ファミリーポートレイト

桜庭一樹

集英社文庫

ファミリーポートレイト　目次

ファミリーポートレイト

第一部

旅

一　原初の記憶

——あたしは、いま、五歳。

庭の、暮れていく菫色《すみれいろ》の空と、春の風にあおられて左から右に散っていく色とりどりの花びらを眺めているところだ。


その庭は、庭というほどおおきくて立派なものではなくて、小屋の裏側にある空き地に住人たちが菫やパンジーやチューリップを植えただけの空間だった。でも子どものあたしには、ちいさいもおおきいも、立派もみじめもわからなくて、小屋の、二メートルぐらいしかない縁側に腰かけて、いつまでも花と、風と、空の色の変化をみつめていた。

小屋、というのは二階建ての住宅で、すでに崩れかけていて、住人が動くたびに女の悲鳴のようにキーキーと鳴った。一軒に、確か、五世帯。細長い長屋で、カステラを切り分けたようにまっすぐ五つに仕切られていて、それぞれ、一階には台所とトイレが、二階には六畳間がひとつあって、勾配が急でやけに薄暗い螺旋《らせん》階段でつながっていた。

うちは生活保護を受けていたし、隣も、隣も、そうだった。汚いカステラみたいな小屋はその辺りに十個ぐらい固まって建っていて、町の人たちから、通称・コーエーと呼ばれていた。公営住宅、の意らしい。それは地元では差別語だった。

お風呂はみんなで使う外風呂で、ベニヤ板でぐるっと外界から守られていた。男たちから覗《のぞ》かれないようにと女どうしで助けあっていた。

あたしの、人生最初の記憶。五歳で、女で、コーエーの住人で、縁側の壁にもたれて散っていく花びらにみとれてる。

「ココマ、逃げるわよ」

ママの声がして、あたしは振りかえる。

そのときの記憶はあいまいだから、うまく説明できない。

螺旋階段を降りてきたママが、あたしに逃げるわよと言った。あたしはおどろかなかった。ママはいつもなにかから逃げてるような気がしたし、あたしはその途中でおいていかれるんじゃないかと怯《おび》えていた。だけどこのとき、ママは、コマコ、とあたしに呼びかけた。あたしはゆっくり立ちあがって、ん、とうなずいた。

ぴちょん、と水が垂れる音がした。

昼でも薄暗い螺旋階段が怖くて、あたしは一人で二階に上がれなかった。ママの帰りが遅いとき――それはひんぱんだった、あたしは台所の椅子に置かれた菓子パンや、市販のおにぎりや、パックの冷えた煮物を食べながら、夜明けになるまで一人で静かに息をしていた――あたしは布団がある二階にたどり着けなくていつも縁側にいた。台所は食べ物と下水のすえた臭いがして長くいると頭が痛くなったし、唯一居心地がいいのが、家から半分だけ外に漏れたような、不思議な気持ちになる、縁側だった。

ぴちょん、という音は、あたしが怖くてたまらない螺旋階段からしていた。水かと思ったけど、見ると赤い色をしていた。どろぉり、と、とろみがあった。階段をつたって台所の床まで垂れてきていた。あたしの視線の先にある、ママの裸足《はだし》の足にも赤いのがべたっとついていた。

「コマコ、逃げよう」

ママがまた言った。財布をつかんだ。鞄《かばん》を探して辺りを見回したとき、ママの長ぁい髪がふわっと風をはらんで夢のように揺れた。あたしの心はせつなさに濡《ぬ》れた。ママはうつくしかった。まだ五歳なのにあたしには人の外見の美醜や、それに、雰囲気、つまりその人をその人たらしめている魂の色がわかった。ママの外見はうつくしくて、魂も七色に輝いていた。

あたしは螺旋階段を見上げたときになにかを目撃したような気がするけれど、よくわからない。先端が赤く染まった、ひらいた鋏《はさみ》が落ちてるのを見たかもしれない。でも、頭に靄《もや》がかかって、ママがコマコ、コマコ、コマコと繰りかえしていることしかもうわからない。

「コマコ、なくしたくないものだけ、手に取って。はやく逃げましょう。コマコ……」

あたしはあわててママの手を取った。

ぎゅうっ、とつかむ。

一瞬の沈黙。それからママが、もう片方の手であたしの頭を撫《な》でて、

「コマコったら……」

と、つぶやいた。


ママの名前は、マコ。

マコの娘は、コマコ。

すなわち、それがあたし。

あなたの人生の脇役にふさわしい命名法。


マコはたちでコマコを産み落として、だからいま、まだ二十五歳だ。

コーエーでの幼い日々の思い出は、これで終わりだ。この後、あたしとママは二度と、

カステラみたいにまっすぐ五等分された貧しい長屋の生活にもどることはなかった。あたしはあの小屋が日本の、何県の、何町の、どの辺りにあったのかもう忘れてしまった。覚えているのは、あの日、春の風に舞うパンジーの花びらが、黄色と紫が混じって胸が痛むほど見事な極彩色だったこと。空が、水彩絵の具で塗りつぶしたような淡い菫色をしていたこと。二階に上がるのがいつも怖かったこと。それから、ママのこと。

あたしがいつも、なかなか帰ってこないママを、静かに息をしながら、待ってたこと。

なくしたくないものを入れたちいさな鞄ひとつもって、あたしとママは列車に揺られていた。もう日は暮れて、窓の外の景色は深緑色に凍りついていた。列車の中には埃《ほこり》と人いきれと古い油みたいな臭いが立ちこめていた。四人掛けの椅子はどれも古くて傷んでいて、ところどころ布が破れて中の汚い板が見えた。椅子があんまり硬いから、お尻も背中もすぐに痛くなって、あたしはママの膝によじ登って、甘えた。

ほかの客は、少なくて、三両編成の鈍行列車のあちこちに、互いに関わりあいたくないというようにバラバラに腰かけていた。ある駅で列車が停《と》まると、ママが窓をうんしょと押しあげ、暗くて寂しいホームに立っていた弁当売りを、手を振って呼んだ。

「お弁当、ひとつ。お茶、ふたっつ」

弁当売りが寄ってきて、ママの顔をしげしげと見上げた。美人だからだ、とあたしにもわかった。ママはびっくりするぐらいきれいな女の子で、顔がちいさくて、手足は長くて、折れそうに細かった。弁当売りは、となりにいるあたしに目を走らせると、表情を不可解そうに曇らせた。娘か？　妹か？　どちらにしても、美女の横にいるにしては冴《さ》えなくって、目立たない、ただの女児だった。そのことにもう慣れていた。あたしは黙って窓から顔を引っこめた。

列車が動きだすと、二人で、ひとつの弁当を分けあって食べた。弁当は冷えていて、おにぎりもおかずもすべてが固かった。あたしはゆっくりと噛《か》んだ。ママはあまり噛まずににんじんを飲みこんだ。それから、ひっくとしゃくりあげた。

ママ？

と、聞くように顔を覗きこむと、ママは真珠のような涙を幾つもこぼした。

「わたしが悪いんじゃない」

そのとおりよ、ママ。

「わたしが、悪いんじゃない。だけど逃げなきゃ」

うん。大丈夫よ、ママ。

「あぁ、どうしてなにもかもうまくいかないんだろう。世の中、うまくやってる人は幾らだっているのに。どうしてわたしはこうなのかしら。コマコ、コマコ」

ママ。

ママ……。

あたしは、自分がママの慰めになるのを知ってるから、心もからだもなにもかも投げだす。ママはひんぱんにかなしそうな女の人だった。真夜中に千鳥足で、からだをぐにゃぐにゃにさせて帰ってくると、縁側で舟を漕《こ》いでいるあたしを乱暴に揺り起こしては、こんなふうに、祈った。

「コマコ、わたしの娘。子どものころから、長いあいだ、空想していたわたしの娘。わたしの分身。いつのころからか、夢のすべてになっていたかわいいちいさな女の子。わたしという人間の、唯一の理解者に育ってゆく者。わたしが神になれる空間の誕生。コマコ、わたしのためのコマコ。産んでよかった。大好きよ、ママはあなたを愛してる」

揺さぶられているあいだ、あたしはじっと息をしていた。人形のように。ママに必要とされてることがあたしの誇りだった。

いまも、列車の、硬くて臭い、座席で、あたしは黙ってからだの力を抜いていた。ママはあたしの内ももの、いちばん柔らかいところを、抓《つね》る。長くのばしたきれいな爪が肉に深く食いこむ。あたしは目を閉じる。ママが大好き。

列車はガタゴトと揺れて、深緑色に凍りつく外の景色を切り裂くようにどこかへ進んでいる。

あたしは眠る。

あたしたちは眠る。


揺り起こされたのはとつぜんだった。あたしは目を開ける。深緑色の夜はどこかに逃げ去って、開かれた窓から眩《まぶ》しすぎる朝陽《あさひ》があたしたちを照らしていた。真っ白な、この世の始まりみたいな、光。ママの顔も逆光になってよく見えない。長い髪が、胸の辺りまで垂れて揺れているのがかろうじて見える。

「見て、コマコ。へんな木！」

へんな木？

辺りは鬱蒼《うっそう》とした春の山だった。おおきくて神話的な木がたくさん、朝の空に昇ろうとする龍みたいなポーズで生えていた。昨日の夜、外の闇が緑色をしていたのは、自然の中を走っていたからなのか……。ごみごみした町にいたときは見慣れなかった、不思議な景色。いつのまにかあたしとママは信じられないぐらい深い山奥にたどり着いていたのだった。あたしは不安になって、ママの膝にかじりついた。

ママがくすくす笑った。

「どしたの、コマコ。怖がっちゃって。ここはきっと、すごぅく素敵なところよ。ママ、ここで降りるわ」

鞄を片手に、元気よく立ちあがる。

「コマコはどうする」

マコは意地悪を言う。

あたしはママの手を握った。長い爪。サンダルを履いたママの足には、昨日、コーエーでついた赤い液体がかたまって、すこし残っていた。手の、爪と皮膚のあいだには、あたしを抓ったときの血もうっすらついている。

あたしは、その手とぎゅっと手を繋《つな》ぐ。あたしはママから離れない。

しゃがれた声の車内放送。聞いたことのない駅の名前を告げるけど、あたしには覚えられない。だから、コーエーがどこの町にあったのかと同じように、このとき降りたのがなんという駅だったのかも、結局、なにもわからないままになってしまう。

〈ホームが短くなっております。一両目と、三両目のドアは外にホームがありません。危険ですのでくれぐれもお開けにならないでください。お降りになる方は、二両目からお降りください……〉

列車が揺れて、駅のホームに滑りこんだ。

ママとあたしは手を繋いで、旅行にきた友達どうしみたいにはしゃいで、大声を上げながら手動ドアを開ける。

飛びおりる。

車内放送で注意されたのに、一両目のドアから出たから、ホームがなくて、一メートルほど下の地面に二人して転がり落ちる。

ママはぎゃっと叫ぶ。列車は無情にもそのまま発車してしまう。

そこは無人駅。

あたしは膝をすりむいて、うめきながら起きあがる。ママはうつぶせに倒れたままだ。死んだふりしてるの、と思ってあたしはママを覗きこんだ。すると、ママはほんとうに苦しそうな顔をしていて、「足、くじいちゃったみたい。コマコ、誰か探して連れてきて。しゃべれなくても、できるでしょ？」と、切れ切れの声で命じる。

うん。

あたしはうなずく。

できるよ。

ママを置いて、ホームによじ登って走りだす。

「走れ走れ、わたしの忠犬コマコ！」

背後からママがあたしをはやしたてる。

あたしは走る。誰もいない改札を抜けて、駅の外へ。

そうして立ちどまる。

駅を出たら、森。

あまりにも鬱蒼とした、天国みたいに穏やかな森がどこまでもどこまでも広がってる。

人がいない。

誰か探して連れてきてって、命令されたのに！

あたしは急に涙が出て、しゃくりあげながらただ立ち尽くす。


「──いいこと、コマコ。わたしがボスよ」

真夜中に、からだをぐにゃぐにゃにさせて帰ってくると、ママはよくそう言ったものだった。そんな夜、ママの息からはまるで致死性の毒みたいな甘い匂いがした。

「手下は、ボスに絶対服従。わかった、コマコ？」

わかった。

「号令、1！」

に！

と、あたしは右手の指を二本立てて、ママに微笑《ほほえ》みかける。

するとママは「なぁに、それっ」と笑いだして、きゃっきゃと言いながらあたしと抱きあう。ママが楽しそうなのでわけがわからないけどあたしも笑う。

ママは昔話もよくしてくれた。そういうとき、あたしは眠いけど一生懸命聞いていた。

「ゴリラの、おおきいのよ。コママコ、ゴリラってわかる？」

わかるよ。

ゴリラ。の、おおきいの。

「それにさらわれるの。きゃーって叫んで、手を振りまわす。……こう！」

こうね。

あたしもやってみる。あたしたちはおおげさに両手を振りまわして、ゴリラにさらわれる美女のふりをして、笑いあう。

「オーディションのときはたいへんだった。なんどもこうやったの。わたしの悲鳴は天下一品で、見事にその役を勝ち取ったのよ」

ママは、女優だった。

といっても、あたしを産むちょっと前までの話。

あたしはスクリーンの中のママを見たことがない。たいがいは端役で、若い美人の女の子の役だったということだ。あぁ、よく覚えておけばよかったのに、ママが話して聞かせてくれた、ママが出てる映画やドラマの名前も、内容も、あたしは結局すべて忘れてしまった。

ゴリラの映画のことだけ記憶に残ったのは、多分、

「そのころ、コマコがもうお腹《なか》にいたのよ。ビキニ姿で悲鳴を上げる役だったから、心

配だったの」

と、ママが話していたからだ。

あたしも映画に出てた。あたしとママは一緒にゴリラにさらわれたのだ。うれしい。

「お腹が出っ張らないように、コマコに『ちゃんと引っこんでてよ、愛《いと》しい子。わたしの邪魔をしないでよね』って話しかけたの。そうしたらお腹はちゃんとぺったんこだった」

ママはくすくす笑う。まだティーンエイジャーみたいな無邪気な笑い方。ママが若くてきれいだからとても誇らしい。

でも、ある夜のこと。ママはうちに帰ってくるなり声も立てずに泣きふした。そういうことは多かった。大人の悲しみの理由なんてあたしにはちっともわからなかったけれど、あたしのちいさなからだはママの感情と一心同体だったから、彼女の悲しみ、彼女の不幸はあたしの胸をせつなくかき乱した。この女の人が不幸なのは自分がいたらないせいなのだと感じていた。

ママがいつまでも泣き続ける夜は、あたしはがんばって、息をしなかった。黙って、口を閉じて、人差し指と中指で自分の鼻をつまんだ。そうやって、息を止めて、台所の床に死体みたいに横たわりちいさな死を味わった。十秒、二十秒、三十秒……。苦しくって、ちいさかった死がだんだんおおきくなってきて、やがてあたしは我慢できずに口を開けてぜぇぜぇと息をしてしまう。罪悪感が胸にひろがる。あたしのせいだ。こんどは両手で自分の首を絞めて、白目をむいて、寝転がる。

だけどあたしがどんなに自分に罰を与えても、ママはちっとも幸せになる気配がない。

「なに遊んでるの、コマコ。わたしが、こんなに悲しいのに」

遊んでるんじゃないの。

死んでるの。

ママの、ために。

あたしは黙って起きあがって、愛しいママを見上げる。そんな夜、ママの目の下にはきまって、お化粧がはげてできた暗黒の空間がひろがっている。不幸はいつしか彼女の美を破壊してしまうのだろう。あぁ、なんということ。

あたしは無力。

そう。

ママのちいさな神は、こんなふうに、いつだって無力だ。

「迷子か？　こんなところに、ちびが一人で。なんだおまえ、狐《きつね》か狸《たぬき》の子が、化けたのかい？」

通りかかった軽トラックの運転席から、若い男の人が顔を出して、あたしを見下ろす。

無人駅の外。

神話的な森の入り口。あたしにすぐに名前を忘れられてしまった、あの駅。

あたしはあわてて走りよって、身振り手振りでつたえる。

ママが、あっちで、助けを待ってる。足、くじいたの。

男の人は日に焼けていて、優しそうな顔をしている。女の子みたいに華奢《きゃしゃ》なからだつきで、若草色のジャンパーを羽織っていた。

車の窓に頬杖《ほおづえ》ついて、にやにやしながら、

「あっちの、森からきた？　頭に木の葉をのせて、人間に、ドロンと化けたの？　なるほどなぁ」

ちがう！

あたしは憤る。

涙が出る。しゃくりあげたら、男の人が急に「なんだよぉ」とあわてて、車からばたばたと降りてきた。

若草色のジャンパーの袖を引っぱって駅の構内に誘う。ジャンパーからはぷぅんと日なたの匂いがした。

ママはさっきと同じところにうつ伏せに倒れていたけれど、いまは、ふてくされたように頬を膨らませて煙草《たばこ》を吸っていた。

足音に気がついてこっちを見て、

「コマコ、遅ーい！」

ごめん。

「あとでおしおき！」

だって、だって、駅にも外にも誰もいなくて。

人がくるまで、待ってたの！

ママは雑草に擂《す》りつけるようにして煙草を揉《も》み消した。あたしは男の人を見上げて、その顔をよく観察した。ママよりもすこぅし年下で、まだ男の子とお兄さんの中間ぐらいに見えた。ママをヨイショと抱きあげて、歩きだす。こっちを振りむいて、あたしがついてきていないのに気づくと、

「おい、子狸。君はおれの、ここを持っていなさい」

ズボンのベルトの端があまって、びよんびよんと揺れているところを目で差した。

わかった。

と、うなずいてベルトの端をつかむ。男の人が歩くと、あたしも自然に後をついていくことになる。

ママが感心したように、

「あなた、子どもの扱い、上手ねぇ。コマコはとっても難しい子なのよ」

男の人の耳がすこしだけ赤くなる。「いったい、どうしたんですか」「ホームがなかったのよ。あそこに落っこちた」「あぁ、二両目から降りないと危ないんですよ。地元の人間はみんな知ってる」「……フン」最後のはママの鼻息だ。

「村にお医者の先生がいるから見てもらいましょう。そういえば、あんた、誰かの親戚？」

「ううん。旅行中よ」

「旅行？　こんなところに？　どっかに、急ぐ用は？」

「……ない。だから、どこにでも連れてってちょうだい。あっ、足が痛いわ」

抱っこされたママの、両足が、あたしの視線の先でゆっくりと揺れている。赤い液体が固まってついていて、サンダルも汚れている。あたしは、昨日の夕方飛びだしてきたコーエーの螺旋階段で、上からとろとろと流れてきた赤いもののことと、濡れてひらいた鋏のことを思いだす。

（コマコ、逃げるわよ）

「助手席、荷物でふさがってるんで、悪いけど……」

ママとあたしは軽トラックの荷台にのせられて、ぴたっと寄り添う。

車が走りだす。

エンジンの震えがからだに響く。龍みたいにうごめく灰色の木が、どこまでもどこまでも続いている。

頭は空高くを目指し、なのに根っこは地面に硬く埋まってる。

「人間みたいねぇ」

ママがつぶやく。

「へんな木！　ねっ、コマコ」

うん。

天気はよくて、春の日射《ひざ》しは町で浴びるものよりずっと強い。ママが、日焼けしちゃうわ、とぼやいたけれど、あたしは気持ちよくて目を細める。軽トラックの荷台で、生まれてはじめて、日光浴なるものの楽しみを知った。森はどこまでも続いている。

軽トラックはガタゴトと揺れながら森の道を行った。それは一本道で信号もなにもなくて、ただただまっすぐに続いていた。途中からは古びたひび割れだらけのアスファルトがなくなって、舗装されてない、石と雑草と轍《わだち》だけの道になった。タイヤがときどき、音を立てて小石を飛ばした。そのたびにあたしはびくっとした。ママにくっついて、空を見上げる。町よりずっと空が高い。きれいな青色をしてどこまでも澄んでいた。

やがて、おおきくて険しい山々が見えてきた。その麓に、太古からありそうな古びた石の塀が見えた。塀にぐるりと囲まれたちいさな村に、軽トラックが入っていく。ママ

が、

「あらっ、城塞都市みたい」

と言うので、ジョウサイトシってなんだろ、とあたしは首をかしげた。塀の中にはちいさな集落があって、田圃《たんぼ》と段々畑もあって、無数のお年寄りが右に左に移動していた。あたしは、荷台から落ちそうなぐらい身を乗りだしてその光景を眺めた。こんなにたっくさんのお年寄りを見るのは生まれて初めて！　森の中の不思議な野生動物たちを見るように、あたしは目をまんまるに見開いた。

村の大通りらしい道の、左右に、木造一階建てのお役所と郵便局と病院がぽつぽつあって、文化の香りがかすかに漂っていた。

病院の前で軽トラックが停まった。男の人がママを抱っこして、下ろした。

天井がやけに低くて、薄暗い建物だった。入り口に銀色に輝く電動車椅子がたくさん停まっていた。待合室に入るとここにもお年寄りがたくさんいて、病気には見えないほがらかさで談笑していた。ママたちを見上げ、

「ウワーッ、要《かなめ》くん。嫁さんをみつけてきたんかい」

「ちがうよ。怪我人《けがにん》」

「どこを、どうした」

「駅で、ホームの下に落ちたんだよ。先生っ、急患！」

診察室に入っていった。

全体に白っぽい診察室に、同じぐらい白っぽいおじいさんがいた。椅子ごとくるりとこちらを振りかえる。肌も白くて、短い髪も真っ白で、白衣を着ていて、眼鏡と、その奥のつぶらな目だけがつやつやした黒だった。

要くん、と呼ばれた男の人が、診察台にママをそっと横たえた。王女さまにするような優しい仕草だった。「くじいたんだってさ」すると、老医師がなにやらつぶやきながらママの診察を始めた。

あたしは隅っこにしゃがんで待っていた。

しゃがむと、大人の、邪魔にならない。

コマコの定位置。

いっとう得意な姿勢。

医師と同じぐらい年を取った、痩せたおばあさんが音もなく近づいてきた。そんなに年を取っているのに看護師の制服を着ているから、あたしはちょっと怖いと思った。足元にいるあたしに気づかず、サンダルを履いた足でぽこっと蹴飛ばした。人間に蹴飛ばされたとは思えないぐらい軽い感触だったけれど、老看護師はあわてて、眼鏡に手をやりながらこちらを見下ろした。

顔のぜんぶがしわしわだった。目はおおきくて動物のそれみたいに優しげだった。

「あらっ、ごめんね」

ううん。

と、首を振る。

通り過ぎようとして、老看護師はふと足を止める。

「お嬢ちゃん。お腹、空《す》いてない？」

ううん。

と、もういちど首を振る。

「そう……。お名前は？」

コマコ。

と、思う。

よいしょと抱きあげられて、椅子に座らされる。スカートがめくれてしまって、老看護師はあたしの内ももに不思議そうに視線を走らせる。ママの、爪の跡。あたしはあわてて膝と膝をくっつけて、隠す。

……あれっ。

ママは診察台でいつのまにか眠ってしまったみたい。聞きなれた寝息がかすかに聞こえてくる。

「旅行者かねぇ」

老医師の声に、要くんがこたえる。

「えぇ、そう言ってました」

「ずいぶん別嬪《べっぴん》だねぇ。都会の人だろうねぇ」

「……さぁね」

要くんがうつむいて、無力な感じで首を振る。

老医師がこっちを振りかえり、あたしに話しかける。

「おかあさんはどうも疲れてるみたいだね。こうして寝てしまったから、あんたもここで休みなさい。わかったかね」

わかった。

だから、コマコ。

「お嬢ちゃん、名前は？」

「年は？」

五歳、と、手のひらを開いて老医師に見せる。

老医師は目を細めて、

「おぉ、おぉ、椛《もみじ》みたいな手だねぇ。ぷっくぷくだ。かわいいもんだねぇ」

「先生、この子……」

老看護師が小声になる。ふたりは寄り添う。老看護師が老医師の耳に唇を近づける。

真っ白でしわしわのふたりなのに空気が奇妙に若くってやわらかい。

なにかをささやかれたとたん、老医師の顔がくもる。

あたしのほうに向き直って、硬い声で聞く。

「お嬢ちゃん。あんたは、口がきけんのか？」

うん。

と、うなずく。

診察室は急にしんと静まりかえる。


通称・コーエーにいたころから、うちにはときどきへんな大人たちがやってきた。虐待防止なんとか協会からきたという、怖そうなおじさんとおばさんがママを責めたてた。ママのことを虐《いじ》めるくせに、あたしには猫撫で声で寄ってくるから、苦手で、あたしはいつもその人たちから逃げてばかりいた。

病院で、情緒の発達が遅れてる、と診断されたこともある。

ママはいつもぼんやりしてて、責められても、診察の結果を聞いても、気にしていなさそうだった。

あたしも、ママが気にしないことはなんにも気にしなかった。

町の大人たちは五月蠅《うるさ》かったけれど、この、龍みたいな木に囲まれたちいさな村のお年寄りたちは、ちがった。乾いた手のひらで「それは、不憫《ふびん》だのう」「こりゃ因果なことだ」と頭を撫でられて終わりだった。

——もしかすると、それでだったのかもしれない。

マコとコマコがこの村に居ついたのは。


その夜から、四、五日のあいだの記憶はあいまいだ。

というのは、あたしは熱を出したのだ。すごい高熱を。全身が真っ赤になって、からだの奥からつめたい炎に焼かれてるような苦しい時間が続いた。

ふぅ、ふぅ、と息をするたび、ちいさな龍の子になったように、炎の息が天井に上がっていく。透明の、熱い炎。

あたしは苦しくて目を閉じる。

「コマコ、しっかりして。コマコったら！」

ママが取り乱して、あたしを揺する。

真っ白な老医師が「こらこら、おかあさん」と注意する。

「お子さんを、揺すらない。揺すらない」

「だって、だって……」

診察室の奥にある、手術室。壁も天井もやけに青白い。部屋の真ん中におおきな手術台がひとつだけ置いてある。めったに使われない場所らしくて、壁際には書棚があって医学とは関係のない本がびっしり入っていたり、からの段ボールが幾つも積んであったり、じゃが芋が詰まった麻袋があちこちに転がっていたりする。床はちょっと埃っぽい。あたしは手術台に寝かされて、おおきな注射を打たれて、天井に向かって透明な炎を幾つも吐きながらうとうとしていた。

こんなに苦しくなるなんて、初めて。

全身がものすごく熱い。

風邪を引いたことはあるけれど、こんな息を吐いたことは一度もなかった。ママを心配させたことも。いつだって、「病院、行く？」と聞かれても、いい、と首を振って、布団にもぐって静かに眠っていた。

だけどこの村にきた最初の夜に出した熱は、これまでとぜんぜんちがった。

なんだか面倒くさい。

がんばって治そう、とか、元気になってまた遊びたい、とか、あたしはあんまり思わない。このまま死んじゃってもいいや……と炎をふぅふぅ吐きながら思ったけれど、

「コマコ、しっかりして。コマコ！」

とママが叫ぶので、目を開けた。

ママは胸をかきむしるようにしながら大声で泣いていた。泣いてるのに、こっちを見

てる。いつも涙を流すときは必ずうつむいて、あたしのほうを見ないのに。それは不思議な光景だった。

「コマコがいなくなったら、生きていけない。コマコ、しっかり。ママのためにがんばって」

……うん。

わかった。

と、うなずく。

死ぬのをやめる。

あたしは生きる。ママのために生きる。ママが生きてるあいだは生きる。

あたしはあなたの守り神。

そう思いながら眠りにつく。目を閉じるとまたママの悲鳴が聞こえる。コマコーッ、コマコーッとあたしを呼んでいる。

大丈夫。待ってて。あたしは生きる。待ってて、ママ。

四、五日経《た》って、熱が下がると、ママの気持ちもようやく落ち着いた。老医師に「先生、ありがと。コマコを助けてくれて」と小首をかしげながら礼を言っていた。

あたしは手術台の上に起きあがって、老看護師がつくってくれたというふわふわのドーナッツを頬張っていた。ドーナッツは、もう二つめ。口の周りについた砂糖粒を、老看護師がそっと拭き取ってくれた。顔のしわしわが漣《さざなみ》みたいに揺れたから、あたしは、老看護師が微笑んだらしいとわかる。その目は相変わらず、動物のそれみたいにおおきくってつぶらだった。

老医師がひゃっひゃっと不思議な笑い声を立てて、

「ただのおたふく風邪なのよ、おかあさん。それなのにあんなに泣き叫んで、まぁ……。母親だねぇ、まったく。母親ってぇやつは、昔っから……」

遠い目をする。

老医師も、自分の母親のことを思いだしてるのだろうか。こんなにしわしわのおじいさんにもおかあさんがいたなんて。あたしはおかしくなって、ドーナッツをかじりかけたまま笑ってしまう。

と、

「おぅ。なんだぁ、すっかり元気になったなぁ」

要くんが顔を出して、ほっとしたように言う。ママが振りかえって「ええ、そうよ」とうなずく。

要くんはちょっとだけ赤くなる。ゆっくり近づいてきて、あたしのほっぺたの砂糖粒を落としてくれながら「子狸も風邪を引くんだなぁ」と、微笑んだ。

そのまま、ママとあたしは村に居ついた。

村に、というよりも、病院の手術室にそのまんまだ。ほんとうに手術が必要な大病をした人は町の市立病院まで連れていくから、とのことで、手術室は手術ができる機能美だけを保ったまま何十年も誰にも使われず、いまではほとんど老医師の書斎と化していた。書棚には医学とは関係のない文学全集や古い文庫本が押しこまれていたし、手術台も、二十年前に買ったわりには新品同様にぴかぴかの姿だった。

ママは、昼はお年寄りでごったがえす病院を手伝って、夜は、手術台であたしとぴったり寄り添って眠った。とても深い眠りだった。この世に存在する命は、マコとコマコのふたつだけだというような。それは幸せの記憶だ。あたしの、原初の記憶。ママの心臓の音。ママの寝息。ママの髪がほっぺたにかかってこそばゆい。ママからは甘ったるい匂いがして、それは、大人の女の人の匂い。あたしのママだけが持つ、素敵な匂い。

原初の記憶。

村にいたときのことで、ほんとうに大切なのは、この、夜の眠りの幸福だけかもしれない。五歳で、城塞都市にいて、手術台の上でママと抱きあって毎夜、眠った。このまま死んでしまってもよいというような原始的な多幸感に包まれて。

夜は幸福だけれど、昼はちょっとばかり面倒だった。村には——名前も場所もわからないけれどあの不思議な城塞都市は日本のどこかの山奥にあのころほんとうに存在していたのだ――なぜだかお年寄りばかりで、若い者はほとんどいなかった。わしらの子どもたちはみんな町に出ていったよ、と、お年寄りたちはべつに悲しくもなさそうに淡々と語った。町に住んでいたのに、年を取ってからわざわざこの村に移り住んだという人もいた。電動の車椅子が人気で、おじいさんもおばあさんも銀色に光る近未来的な椅子に腰かけ、村道をのたのたと歩いているあたしを、勢いよく追い越してはどこかに消えていった。それはまるでお年寄りがたくさん空を飛んでるような光景だった。

春の、水色の空を、銀の椅子に腰かけたおじいさんやおばあさんがつぎつぎに飛んで消えていく。

「コマコちゃん、おはよ」

「コマコちゃん、しゃべれるようになったかい」

「コマコちゃん、字は覚えたかい」

と、必ずあたしに話しかけながら。

そのたびにあたしは、

おはよ。

ううん、ならない。

ううん、覚えない。

と、心の中でちゃんと返事をするけれど、そのときにはもうお年寄りたちの後ろ姿は虚空に消えている。電動車椅子のスピードはそれほど速かった。

それを使ってるのは、膝を悪くしたりして歩けない人ばかりではなかった。つまりは村の最新流行なのだった。その証拠に、おじいさんやおばあさんたちは病院の前に車椅子を停めると、立ちあがってスタスタと建物に入っていくのだ。

「おぅ。コマコちゃん、お手伝いかい」

うん、そう。

お年寄りたちの脱いだ靴や、ビニール製の茶色いスリッパを整えながら、あたしはうなずく。ママはというと、受付で「なんとかさーん。診察室へ。なんとかさーん、お薬です」とてんてこまいになって働いていた。

あたしはママをときどき、横目で見る。

いるいる、と確認して、すごく幸せな気持ちになる。

朝も夜もママのそばにいたい。あたしはマコのためのコマコだから。コーエーにいるときは、ママは留守がちで、あたしは縁側で置物みたいに一日中じーっとしていた。情緒の発達なんて、そんなの、知らない。でもこの城塞都市ではママを独り占めだ。あたしはママのそばにいたい。

だけど、午後になると必ずお迎えがやってきてしまう。あたしは軽トラックの助手席に乗せられて、村役場に連れていかれる。

村役場は木造一階建てで、すごく狭くて、車椅子のお年寄り用に低くつくられた木のカウンターがひとつと、ベンチがふたつだけあった。カウンターの中に座ってるのは、要くん。役場の職員なのだ。村では唯一といってもいい若い衆で、役場の仕事を毎日ひとりきりでやっていた。

病院とちがって、役場はお年寄りに人気がない。

彼は一日、座って、書類をいじっているらしい。

でも仕事がほとんどないから、

「頼まれるたびに、車を出して町までおつかいに行ったりしてる」

とのことだった。無人駅の前であたしをみつけたときも、買いだしの帰りだったらしい。買ってくるのは、老看護師がドーナツに入れるシナモンや、きれいな便箋《びんせん》や、新発売の水玉柄の風呂敷など。

「県から寒村手当てをもらえるから、収入がいいんだ。それで弟に毎月仕送りをしてる。弟はおれより頭がよくってさ。京都の、すげぇ大学に行ってるんだ。きっと日本を支える偉い人になる。おれはその日を夢見て、さ。……おや、聞いてるかい、コマコちゃん」

うん。

聞いてる。

眠って、ないよ。

あたしはお昼のおむすび——老看護師の手作りだ、彼女は毎日、老医師に弁当を作っていて、あたしとママのも持ってきてくれるようになった——でお腹がくちくなって眠くって、要くんの膝にのせられてこっくり、こっくりと舟を漕ぐ。要くんは、太陽のように輝く、世界でいちばん優秀な弟の話ばかりを続けている。それから我にかえって、あたしを揺り起こし、

「いけない。勉強の続き。コマコちゃん、これは？　おい、こらっ。目を開けなさい」

カウンターに置いた学習帳に、のたくったへんなものを書いては、

「あ、い、う、え、お。わかる？」

わかんない。

「これが、あ。コマコちゃんも書きなさい」

どうして。

要くんはあたしに鉛筆を持たせて、むりやり練習させせようとする。

「真面目にやりなさい。ほら、字が読めるようになったら、おかあさんも喜ぶよ」

……ほんと？

「それに、書けるようになったら、しゃべれなくても、コマコちゃんの考えてることが

みんなにもわかるようになるよ。マコさんにも、先生にも、おれにも。コマコちゃん、おかあさんのことが好きだろう？　字を覚えたら、おかあさん大好きってちゃんと伝えられるよ」

そんなの、字がなくたって伝わるのに。

そう思いながらも、あたしは鉛筆を握ってみる。

なにかを考えようとしたり、がんばって覚えようとしたり、つまり前向きな努力なるものをしようとすると、あたしの頭にはいつも急に霞《かすみ》がかかって、なんだかよくわからなくなる。からだも心もだるぅくなって、やわらかくなって、やがて古ぅい動物の絨毯《じゆうたん》みたいに弛緩《しかん》してしまう。

要くんは根気よくあたしを揺り起こす。

「これが、い」

い？

「書いてごらん」

い。

と、鉛筆を握って、二本の縦線を書いてみる。左は長くて、右は、短い。

あ、のほうはぐちゃぐちゃだ。要くんが夢見るような声で、

「あ、と、い、が書けたら〝あい〟って書けるよ。この世でいっとう尊いものだ。なっ、

言葉ってすごいだろ」

あたしは、手術室の書棚いっぱいに詰まった本の山を思いだす。

しかし、あ、い、は、書けなくても、どこにでも存在するのだ。

「コマコちゃんとおかあさんのあいだにあるもの。おれと弟のあいだにあるもの」

役場には一日、誰もこないことがほとんどだ。要くんの日々には変化というものがなかった。

要くんは、午後はずっとあたしの先生をする。

この日は、う、も、え、も、お、も飛ばして、あたしに、し、と、て、と、る、を教えた。

「あ、い、し、て、る」

と書いて、要くんはなぜか険しい顔をする。

その夜、あたしはご飯を食べてから、手術室で手をいっぱいにのばして、老医師の書棚から一冊の本を取る。一冊、抜いたら、周りの本もドサドサと落っこちてきて、あたしは声のない悲鳴を上げる。

しゃがんで、一冊手に取る。

座りこんで本を開く。

ところどころに、あ、とか、い、とか、し、があるのをあたしはみつける。夢中で文字を追う。だけどほとんどは知らない字で、それに、ものすごく複雑な線でできた真っ黒な文字もたくさんある。その種類は天文学的に多い。こんなにたくさんの文字を自分が覚えられる日がくるなんて信じられない。とても現実のこととは思えない。あたしは絶望して、本のページに涙をぽたぽたと落とす。

読めない。読めない。

世界はこんなに複雑で、謎に満ちている。

あたしは泣きながら、パンッとおおきな音を立てて本を閉じる。世界を本のページに閉じこめて、立ちあがって、逃げだす。

何週間か経った。

午後になっても要くんがこない、と思っていると、午後二時をだいぶ過ぎてから病院の前に軽トラックが停まった。

大股で病院に入ってきて、あたしをヨイショと持ちあげる。「学校の時間だぞっ」とおおきな声で言って、軽トラックの助手席に放りこむ。

あれ。

お尻の下になにか硬いものがある。

握ってみると、それは本だった。老医師の書棚にあるような分厚くて重たいのではなくて、薄くて、かわいい挿絵がついていた。開いてみたら、あたしに読める本だった。ほとんどひらがなだけで書かれていて、字がおおきくて、どのページにも挿絵があった。ときどき漢字もあったけれど、その上に、ちいさなひらがなで読み方が書いてあった。

表紙には、本の名前。

ぐ、り、と、ぐ、ら。

読める！

あたしは役場で、要くんの膝に乗って、夕方まで夢中で絵本を読んだ。要くんは満足そうにその様を見下ろしていた。読めない字に差しかかると根気よく教えてくれた。

つぎの日も。

またつぎの日も。

一冊の絵本をあたしは読み続けた。すっかり覚えてしまって、開く前に、つぎのページの文字が透けて見えるようだった。もはや世界は謎ではない。なぜなら読める本があるからだ。あたしの四肢《しし》は絵本を読んでいるときは弛緩しなかった。そのうち、外からしとしとと音が聞こえてきた。いつのまにかやわらかな雨が降り始めたのだ。

要くんが顔を上げて、

「梅雨だなぁ」

と、言った。

あたしも顔を上げて、鉛筆を握って、
つ、ゆ、
と書いた。

要くんは喜んで「そう、そう！」とうなずいた。それから鉛筆で、
梅、雨、
と書いた。

「こっちが、うめ。こっちが、あめ。梅はわかる？　梅の実が熟す季節に降る雨だから、つゆ、は、梅雨、って書くんだよ」

あたしは目をまんまるにして要くんを見上げる。

尊敬の眼差《まなざ》しを受けて、彼は得意そうに鼻の穴をふくらませる。

「すごいだろ、言葉って。素敵だろ、日本語って」

うん……。

そうね。

外の雨音が急に強くなる。

要くんは傷ついたような声色でつぶやく。

「おれは日本って国に生まれたことを誇ることもないしほかの国の同世代のやつらが持ってる愛国心ってやつが自分の内を探しても探してもみつからないんだけど、でも、文

化のうつくしさには、心の底から打ち震えることがある……。日本語っておれ、好きさ」

あたしもよ。

絵本を開いて、あたしは言葉の泉に肩までつかる。

世界はいまや言葉に、日本語に満ちている。

雨は降り続く。

このままやまないんじゃないかと思えるほど激しく、地面を叩《たた》いてはどこかに流れていく。銀色の車椅子には傘を留める金具がついているから、色とりどりのおおきな傘が村道にたちまちあふれる。あたしは病院の待合室の窓辺に頬杖ついて、赤やピンクや黄緑色をした傘がお花畑みたいに揺れているのを眺める。

ある日。夜が明けるころ、あたしは雨がしとしとと降る音で目を覚ます。外はまだ薄暗い。空は下半分が夜、上半分が朝になって、くっきりと黒と白に分かれている。この時間があたしは好きだった。手術台から起きあがって、木の窓枠に向かって背伸びする。あっ、なにか蹴飛ばす。おおきな音を立ててしまって、あたしはびくっとする。ママを起こしちゃう。こんなに苦しそうな顔をして眠ってるのに。蹴飛ばした空の瓶をそっと拾って、部屋の隅に並べる。

ママが好きなお酒の瓶だ。さいきんは要くんに頼んで、町から買ってきてもらう。煙草も。化粧品も。だからママはちょっとずつ、朝、起きられなくなってくる。いまも、半分だけ始まった朝に気づかず、重たい眠りの奥に沈んでいる。

外は雨。

しだいに白が広がっていく。黒は押されて、細くなって、やがて地平線とほとんど重なって消えていく。

朝の光にみとれていると、診察室のほうでかすかな音がした。あたしは扉に近づいて、すこぅしだけ開けて、覗いてみた。

誰？

なにしてるの？

あぁ、老医師と老看護師だ。

どちらも白衣をきちんと身につけて、無言で診察室の中を動きまわっていた。いつもの朝の用意をしてるのだ。ふたりとも真っ白でしわしわの顔をしていて、動作がゆっくりだ。なぜならすごく年を取っているから。

老医師は丸椅子に腰かけて、カルテの山を整理している。

老看護師は箒《ほうき》を片手に、タイルの床を掃いている。

タイルは黒と白の、つまりは夜と朝の格子縞《こうしじま》。何十年も前から使われているらしくところどころが醜く欠けている。

ふたりは互いに背を向けて、朝の用意に余念がない。

ときどき顔を上げて、相手の横顔をみつめる。

小首をかしげて、なにかを問うように。でも言葉にしてなにも問われることがない。静かな時間。お祈りするような敬虔《けいけん》さで、動きまわっては、ときどき相手をみつめる。

老医師は、町の病院を定年になってから一人でこの村にやってきた、と聞いたことがあった。それから約二十年間、町には一度も帰っていないという。老看護師のことは誰もよく知らない。いつからいるのか。どうしているのか。

静かに立ち働くふたりのあいだには一定の距離がある。もうずっと、毎朝続いている習慣なのだろうとわかる。

均衡を破るように、

「生まれ変わったら」

と、老看護師がとつぜんつぶやく。

老医師がカルテに目を落としながら、

「なんだね」

「生まれ変わったら、先生、わたしたち大恋愛をしましょう」

箒が規則正しい動きで床を掃いている。

カルテをめくる音も重なる。

「……いまだってしているつもりだよ」

「はたちのわたしを、あなたに見せたい。わたしはあの子をあなたに見せたい。生まれ変わったら、十九で知りあって、はたちで大恋愛をしましょう」

老医師が声を立てず、幸福そうに笑う。

「それだと、くどけないかもしれないなぁ。はたちのときはぼくはなにしろ、ひどく内気だったからねぇ」

「わたしから話しかけますよ。わたしは、おきゃんだったもの」

「ほう。おきゃんだったのか」

「ええ」

「おきゃん」

「おきゃん」

漣《さざなみ》のようにしわが揺れる。

笑った。

あたしは雷に打たれたように立ち尽くして、おおきく口を開ける。あたしはこの朝、生まれて初めて恋人どうしなるものを見た。それは胸が苦しくなるほど真っ白な空間。

ふたりは愛しあってる、と天啓が閃《ひらめ》いてあたしは床にバタリと崩れ落ちる。黒と白の、つまり夜と朝の格子縞の、つめたいタイルに。

音に気づいて老看護師が近づいてくる。

「あらっ、コマコちゃん」

抱きあげて不思議そうに、

「こんなところで、寝てるの。ママは？」

あたしは怖々と目を開ける。

じつは恋人どうしのかたわれである、老看護師の目を、覗きこむ。相変わらず動物のそれみたいにおおきくてつぶらな目をしている。しわのあいだから目が覗いて、あたしをじっとみつめている。

愛しあってるのね？

と、聞く。

老看護師は不思議そうな顔を続けている。

あたしもママを愛してる、けど。

ね、どうして親子じゃないのにそんなに愛しあえるの？

疑問が胸にひろがって、あたしはぶるるっと首を振る。手術室の中でママが目を覚ます気配がする。「あれっ、コマコ。どこ行っちゃったの？」あわててあたしを探してい

る。老看護師が弾《はじ》けるような笑い声を立てて、

「コマコちゃんなら、ここよ。寝ぼけて床で寝てたの」

「まぁっ、そんな遠くまで転がったの。おかしな子。こっちいらっしゃい」

手招きされて、あたしは恋する老看護師の腕を逃れ、スタートダッシュみたいな勢いでママに飛びつく。

足元の、夜と朝を交互に踏みしめながら。

いい匂い！

ママ、おはよう。

今日もきれいね。


その夜。

手術室の隅で、いちばんおおきな段ボールの中に入って、あたしは本を読んでいた。要くんが買ってくれた絵本は十冊をとうに超えたのだけれど、どれも覚えてしまって、あたしは、書棚に詰まった老医師の本の中から、ひらがなが多いのを選んでがんばって読み進めていた。

漢字があっても、ふりがながたくさん振ってあるのは大丈夫だった。あたしはたったいま、かわいがってた子鹿をこの手で撃ち殺したところ。父さんの畑を荒らしたから。

と、酒瓶をかたむけながらママが寄ってきた。いかにも気だるそうに。

書棚から一冊、抜きだして、

「——ムロウ・サイセイ?」

とつぶやくと、興味なさそうにぱらぱらとめくり始めた。その手つきは、道ばたのごみをひょいと拾いあげたのと変わりない。読むでもなくしばらくいじくっていて、乱暴な仕草で書棚にもどした。

それからしゃがみこんで、あたしの横顔を覗く。

なぁに。

と、首をかしげる。

ママはじっとりした目つきであたしを見下ろしている。その息から、夜のママからときどき感じる、致死性の毒みたいな甘ったるい匂いが漂ってくる。お酒の匂いだ、とあたしにはわかる。ママはいつもよりすこぅし不機嫌な様子だった。

なぁに。

なにを怒ってるの、ママ。

ママはあたしの読みかけの本を奪い取って、ぱらぱらとめくった。「……フン」と鼻息は荒いけれど、どっか寂しそうだ。あたしは不安になる。どうしたの、ママ。あたしはまた、なにをしたの、ママ。

「あんたも、本なんて読むの。コマコ」

ママはかすかに笑っている。

「暗い子！」

手をのばしてきて、耳たぶのやわらかいところをつまんで、思い切り爪を立てる。あたしは静かに目を瞑《つむ》る。

ママはやわらかいところを選んでは、抓りながら、

「黙って、本、読んで。わたしのことなんて放《ほ》ったらかし。難しい本ばっかり読んで。こんなもののどこがおもしろいのかしら。……血、かしらね？」

血？

と、あたしは下唇を嚙む。

ママの憂鬱の正体がわからない。

雨は静かに降り続いている。梅の雨が城塞都市を取り巻いてどこもかしこも暗く濡らしていく。

やがてようやく雨がやんで、夏の気配が色濃くなった。

木々の緑は色を増したし、村の片側にそびえるおおきくて険しい山も、全体が素晴らしい緑色に染まって夏の日射しにきらきらしていた。

あたしは相変わらず、午前中はママといっしょに病院を手伝って、午後からは役場で文字を習っていた。

ひらがなはぜんぶ書けるようになって、漢字の書き取りに入った。「五歳なのに、えらいなぁ」と頭を撫でられながら。でも要くんは梅雨が明けるころから元気がなくなったようだった。どうしてなのかはよくわからない。

ある日、

「コマコちゃんのおとうさんは、どんな人？　いまどこにいるの？」

と聞かれて、あたしは首をかしげた。

おとうさんってなに？

要くんはあたしに鉛筆をもたせて、書かせようとする。

無理にじゃないけれど、でも、黙ってじっと待っている。

あたしは鉛筆を握りしめて、〈おとうさんってなに〉と書く。要くんは「えっ」と呻《うめ》いて、顎をゴリゴリと掻《か》いた。

若草色のTシャツが汗に湿っていた。外からは気の早い蟬《せみ》の鳴き声が甲高く聞こえてきていた。

「ええとね、ほら、ぐりと、ぐらにも、おとうさんとおかあさんがいるはずだろ。おとうさんが男で、おかあさんが女。子どもっていうのは、ええと、どこまで話していいのかな……つまり子どもっていうのは、男と女から生まれるんだ。コマコちゃんは……」

でも、あたしはママから生まれたのよ。

と、思う。

見上げていると、要くんは額の汗を拭きながら、

「コマコちゃんは、おかあさんと、もう一人の男の人、つまりおとうさんから生まれたんだ。って……そんなことわからないか。おとうさんというもの自体知らないんだから、どんな人だったかなんて、君にはさぁ」

深いため息をつく。

あたしはTシャツの袖を引っぱったり匂いをかいだりして遊ぶ。「くすぐったいぞ」と怒られる。それでも続ける。

あたしはママから生まれたのよ！

ママともう一人の男の人が一緒につくった命なんかじゃない、この人はなんにもわかってない、と思う。おとうさん、という要くんの考えが気にくわない。Tシャツの袖を乱暴に引っぱる。

蟬の声が遠くから聞こえてくる。

夏。

夏。

夏の、日。

日がすこしかたむいて、夕方に近づいたころ、ママが役場の前を通りかかった。カウンターの上に腹ばいに寝転んで、漢字の書き取り中のあたしをみつけて、ふらりと中に入ってくる。

「コマコ、勉強中？」

うん。

あたしは起きあがって、にこにこする。

要くんが「そうだ、マコさん」と、努めてさりげない口調で聞く。

「もう三ヵ月も経つから、一応、転居届を出したほうがいいんじゃないかな。コマコちゃんも、ほら、再来年《さらいねん》になったら小学校に上がるわけだし、できたらちゃんとしたほうが。戸籍っていうのは、その、ちゃんとさ」

ママは答えない。

黙ってあたしの頭を撫でている。

ママはいつまでここにいるつもりなのだろうか。あたしも黙ってうつむいている。手下は、ボスに絶対服従。わかってる。

（ぴちょん……）

コーエーの、あの勾配の急な薄暗い階段から垂れてきた、赤い液体が脳裏をよぎる。

（コマコ、逃げるわよ）

こっちを振りむいたママの、きれいな顔。ふわっ、と風をはらんだ長い髪。足が赤いなにかで汚れていた。

（ぴちょん……。ぴちょん……）

「……マコさん、名前、どんな字なの」

「ふつうの字よ」

「書いてみてよ」

要くんがママの指に、ちょっと乱暴な仕草で鉛筆を押しつける。ママはため息をついてから、あたしの学習帳にさらさらと書く。

眞子、と。

要くんの目が輝く。

「あっ、こんな字なんだ。じゃ、コマコちゃんは？」

ママはまた鉛筆を握って、書く。

駒子、と。

「へぇっ、そうだったんだ。名字は？　名字はなんていうの？」

ママはすこし躊躇《ちゆうちよ》する。

それから鉛筆を強く握りしめて、書く。

真宮寺《しんぐうじ》、と。

あたしは、あれっと思う。見たことのない字だったから。要くんがうれしそうに「しんぐうじ、かぁ。真宮寺眞子さんっていうのか。そうかぁ」と何度も繰りかえす。これまで一度だって聞いたことのない名前だ。あたしとママはちがう名字を持っていたような気がしているけれど、それが思いだせない。頭がぼうっとして、だるぅくなってくる。要くんに言われるままに、学習帳の表紙の、名前を書く欄に、しんぐうじこまこ、と書く。それから、漢字も練習してごらん、自分の名前なんだから、と言われて、

真宮寺駒子、

と書く。

これはあたしのことではない、と閃く。

ちがう！

ママは黙ってうつむいている。要くんはうれしそうにママを見上げている。

やがてママは逃げるように役場を出ていった。要くんはその後ろ姿を眺めながら、ママが書いた、眞子、という文字を指の先でこすった。なんども。なんども。指が舌になって嘗《な》めているようなおかしな手つきだった。息遣いも荒くなる。

あたしは怖くなってカウンターの上でじりじりと匍匐《ほふく》後進する。要くんは気づかず、一生懸命、眞子を撫で続けていた。

それで、その夜のこと。

要くんはママの中の〝真紅〟を見た。

あたしが見た夢だったのかもしれない。いまでは記憶が定かではない。

でも……。


夜半に目を覚ました。

こそこそと話し声が響いていた。手術室のタイルがつめたくて気持ちいい。あれっ。いつのまにかあたしは、床に置かれて、人形みたいに壁に立てかけられていた。四肢をだらりとさせて、ほんとうに、まるで命のない人形のポーズだった。ママといっしょに手術台の上で眠りについたはずなのに。

いやよ、と、か細い声がした。

ママの声だ。大人の女の人の、声。ひそやかな。

……わかったわ、とつぎに聞こえた。

声が響くたびに手術台がかすかに揺れる。

いつもの、夜中の、手術室。ほとんど欠けて糸のように細くなった月が、部屋をほのかに照らしていた。タイルが水面のようにつめたく光っていた。誰かがそこから入ってきたというように窓が乱暴に半分ほど開けられていた。夏の夜風に白いカーテンがやわらかく揺れる。

暗闇に目が慣れてきた。

手術台の足のほうに、誰かが立っていた。

華奢なからだ。まだ若い男の人。男の子とお兄さんの中間ぐらいの。どっか無表情に一点をみつめている。

あたしは薄目を開けてそうっと大人たちを見た。ママは手術台の上で半身だけ起こしていた。

「今夜だけよ。それなら」

「どうして」

「面倒なことはいや」

「……面倒って」

するする、と衣擦《きぬず》れの音がして、ママが服を脱ぐ。青白い肌がかすかな月光にゆっくりと濡れていく。裸の腰がおどろくほど細くて、ママは大人なのにまるでかわいそうな女の子みたいに見える。

男の人は仁王立ちしている。

ママは黙っている。と、急に、くっと笑った。止まらなくなったように笑い続ける。

手術台が細かく振動する。

月明かりは死後の世界のような色。

ママの横顔は青い。彫りが深くってきれいな顔。くくくっと笑うたびにやわらかな胸の肉が揺れる。男の人が恐れたように腰を引く。するとママの笑いがおおきくなる。どうしてなのかよくわからない。

ママは笑いながら、ゆっくりと両膝を立てた。

さらにゆっくりと、足を、開いた。

男の人が下唇を嚙む。

ママが笑うのをやめて、ささやく。

「見て」

挑戦するような声。

男の人が震える声でこたえる。

「……見てる」

「見て」

「見てる」

「からだの、中まで、真紅なのよ」

ママが顎をのけぞらせてまた笑う。男の人があわてて手術台に上がってきて、溺れているかのように不器用な仕草で両腕を伸ばし、ママにしがみつく。

窓の外でとつぜん蟬が鳴き始める。

男の人はそれきり一言も発さない。泣いているように肩をおおきく震わせている。ママの笑い声だけが黒い煙のように夜空に昇っていく。


夢だったのかもしれない。あたしはいつのまにか眠ってしまって、よくわからない。

でもそのつぎの夜から、要くんは毎晩やってくるようになったのだった。

ママの中の真紅をもらいにきた。

それきり、昼間、戸籍の話をしなくなった。どこからきたのかも聞かなくなった。あたしのおとうさんなるものについての話も。いまがすべてになった。


つまり、ママは切り抜けたのだ。きっと。


そうして時間は、ゆるゆると過ぎていった。

秋がやってきて、だいぶ深まったころ。ママのお腹がふくらんできた。

なにが入っているのかなぁとあたしはしげしげと眺めるのだけれど、ママは頓着していないようだ。なんだかだるそうで、ぼんやりしていることが増えてきた。ママ、いったいどうしちゃったの、とあたしは首をかしげる。

煙草を口にくわえるたび、要くんや、老看護師や、通りがかりの車椅子のお年寄りがつぎつぎに寄ってきてはママの口から煙草を取りあげる。

「あぁっ、もう」

ママは不機嫌だ。

険しい山は、いまでは紅葉して真っ赤に染まって、燃えてるようにユラユラと揺れて見える。ある日、要くんが軽トラックにママとあたしを乗っけて椛狩《もみじが》りに連れていってくれた。山道をくるくると軽トラックが走る。山は登っても登ってもまだまだ先があった。

頭上に真っ赤な木が茂る広々とした湿地に出ると、要くんは車を停めて、

「ここで、写真、撮ってあげるよ」

とあたしたちを外に出した。

ママがまた煙草を吸おうとして、要くんに奪いとられる。「せっかく胎教にいいことをしようとしてるのに。君はさぁ」「たいきょう？　駒子のときなんか、毎晩、踊りに行ってたわよ」「踊りに？　母親がそうだから、こんな……」要くんは強い口調でなにかを言いかけて、黙る。気遣うようにあたしの顔を見下ろす。

ママは知らんぷりして、風に目を細めている。

秋の風はつめたくて、湿った土の匂いをはらんでいる。踏みしめる落ち葉も土と混ざって茶色く変色している。腐りながら大地にもどっていく途中なのだ。あたしは葉っぱを一枚、拾って、みつめる。真ん中におおきな穴が開いて、ぐにゃりと曲がり、やわらかく朽ちている。

要くんがやけに立派なカメラを取りだして、

「ふたりとも、こっち見て。はい、笑って」

「おもしろくもないのに、笑えない」

ママはふくれ面だけれど、ちょっと甘えたような響きもある。

かまわずに要くんが「笑って、笑って」と繰りかえす。

ママが乱暴にあたしを抱えあげた。急に視界が高くなって、びっくりして、あたしは目をまんまるに見開く。

「はい、チーズ」

ストロボが光った。

あたしはあっと息を飲む。

紅葉は炎のように山肌で燃え続けている。

数日後、要くんが役場で、「はい、こないだの」とあたしに写真を渡してくれる。「眞子さんにあげても、なくしそうだからさ。ほら、よく撮れてるだろう。高校のとき写真部だったんだ、じつは。部長なんだぜ？」あたしはこわごわと写真を受け取る。

真っ赤な葉っぱに囲まれて、ママがいる。あたしを抱えて、顔と顔を仲良くくっつけている。ママはさすがに、女優の貫禄。目をしっかり見開いてカメラを見据え、唇だけをほころばせて魅惑の笑みを見せている。あたしはびっくりしたように口をぽかんと開けてカメラをみつめている。

ふたりはあまり似ていない。飛びぬけてうつくしい母と、どうということもない凡庸な娘。あぁ、あたしたちはなんとちがうのだろう！

「口元がそっくりだね」

あたしの心の声が聞こえたように、要くんが優しい声色で言う。

そっくり？

と、あたしはおどろいて写真をもっとよく見る。

「唇の形と、鼻筋かな。だけど、目と額はちがうね。こっちはおとうさんの遺伝なんだろうな。駒子ちゃんの目は細いもんね。髪の生え際も形がちがうし」

要くんは写真のあちこちを指差しては指摘する。

あたしはそっと自分の唇に触れる。

鼻筋をなぞる。

ママからのギフトを。

目のことは考えないことにする。額も。

——このときの真っ赤な写真を、大人になるまで持っていることはできなかった。どこかでなくしてしまったのだ。だけど記憶には鮮明に残っている。目を閉じるといまだに細部までくっきりと思い浮かべることができる。隙のない魅惑の笑みを浮かべた母親と、ストロボの光にびっくりしている娘。ママはいかにも重たそうにあたしを抱えていて、あたしは両手をぎゅっとママの首に回している。顔と顔が近い。ぴったりと寄り添って、ふたりの共通の敵であるかのようにじっとカメラを見据えている。顔立ちの、はっきりした相違。でも奇妙に似ているその、つめたい目つき。

これが、あなたとあたしの、たぶん最初のファミリーポートレイト。なくすんじゃなかった。


城塞都市にやってきた当初から、あたしは村のお年寄りたちに、おもちゃみたいにもみくちゃにされてかわいがられた。村道を歩いていると必ず話しかけられたし、病院でお手伝いしていると頭を撫でられたり、背中をぽんぽんと叩かれたり、髪の毛をいじられたりした。ご利益がある地蔵になったような気持ちだった。お年寄りたちは幼い生き物が好きだった。あたしは毎日、されるがままに撫でさすられていた。

秋が深まるにつれ、ママのお腹はさらにふくらんできた。村にきたころは、お年寄りたちはママにちょっと遠慮がちだったけれど、お腹がふくらんでくると「運動をしなさい」とか「煙草とお酒をやめて」とか「要くんの言うことをよく聞いて」とか、ママを見るたびに一言ずつなにか言うようになった。

要くんの言うことをよく聞く？

どうして？

と、あたしは首をかしげる。ママはむっつりして黙っていた。

「若い人がこうしてやってきてくれて、子どもも生まれたら、また村が発展するねぇ。要くんと眞子さんが、アダームとイヴになってくれればいい。希望が持てるねぇ。あぁ、男の子かね、女の子かね」

「生まれるのは、村のみんなにとっての孫だよ」

お年寄りたちがみんなうれしそうで、でもあたしには理由がぜんぜんわからない。

窓の外で秋のしんとつめたい風が吹いて、さまざまな濃さの赤色をした紅葉が、右から左にすごい勢いで散っていく。木々は裸になって、灰色の幹は老人の肌のように乾いてひび割れ、それを照らす太陽の光もしだいにかすかになっていき、やがて、

ひらり、

と雪の一片が落ちてきた。冬の始まりだ。

あたしはそんなに雪が積もるのを見たことがないから、ひらり、ひらり、と落ちてきた牡丹雪《ぼたんゆき》がたちまち村道を真っ白に染めて、病院や役場や郵便局や、民家の屋根に降り積もっていく様を呆然《ぼうぜん》とみつめる。すごい。雪。すごい。

ぶるる、と震えると、同時にママが、

「寒っ」

とつぶやいた。手術室には要くんが町で買ってきてくれたちいさな石油ストーブがついていた。ストーブのそばはあったかいけど、ちょっと離れるともう寒い。あたしは夜になると、ストーブのそばに段ボールを持ってきて、その中に毛布を入れて、くるまるようにして本を読んでいた。ページをめくる手がかじかんで、何枚も同時にめくってしまったりする。お話がとつぜん遠くに飛んで、びっくりする。薄暗い手術室の、古い段ボールの中で、異国の物語にどっぷりと浸《つ》かる。楽しい。いまちょうど、アンの赤毛がジプシーから買った染め粉で緑色に染まってしまったところだ。きれいな黒髪になるはずだったのに……。くくっ。

ママは手術台の上でため息ばかりついている。お腹がだいぶふくれていて、あたしはそれを横目で見て、へんなのっ、と思う。

窓の外を、小型の除雪車が走る音がする。夜のうちに、村道に積もった雪をぜんぶきれいに片付けて、お年寄りたちが電動車椅子で走れるようにしているのだ。運転しているのは、要くん。村で唯一の若い衆で、役場の職員。冬だけはこの仕事で、夜中まで忙しくなるらしい。

ぐ、る、る、る、る……。

と、外に怪獣がいるようなおかしな音を立てて、除雪車が走りすぎていく。窓の外に見たこともない怪獣がいるところをこっそり空想してみる。その昔、ママがゴリラのおおきいのにさらわれてビキニ姿で悲鳴を上げたように、いま、怪獣が窓から襲ってきてママとあたしをさらうところを想像して、笑みがこぼれる。

ママと大冒険してみたいな。

ふふ。

「……駒子ったら、なに、ひとりで笑ってるの。へんな子っ」

ママがふくれ面をしてこっちを見下ろす。

あたしはママに笑いかける。

この世にはいま、マコと、コマコと、怪獣だけ。どうする、ママ？

手を繋いで逃げる。この世の果てまで。

あたしはくすくすと笑い続ける。「あんたって笑い声は出るのね。しゃべれないんじゃなくて、しゃべらないだけなのかしら」とママが言うので、あたしはあわてて口を閉じる。

「誰もいないところでは、案外、雄弁にしゃべってたりして」

ママが手術台から飛びおりて、ストーブの前にしゃがみこむ。外からはまだ、ぐ、る、る、る、る……とおそろしい怪獣の鳴き声が聞こえている。

ママ、気をつけて。すぐそばに怪獣がせまってる。

「呪いかしらね。なーんて」

ママがくっくっと笑う。それからあたしをちらっと見下ろした。すごくつめたい顔つきだ。と、急に顔をくしゃくしゃに崩して、「駒子っ」と叫んであたしの頭にかじりつく。

「駒子、あったかい。駒子、あんたはわたしとずっといっしょよ」

もちろんよ、ママ。

この世の終わりの日まで、いっしょよ。呪いのように。親子だもの。

外には怪獣がいる。雪が激しく降り続いている。町には降らない、不思議な雪。積もって、積もって、村を真っ白に染め替えてしまう。


「これはなんだい、駒子ちゃん」

冬が見たこともないぐらい深まって、寒くてたまらない、ある日。

コンコンと咳《せき》をしていたら、おじいさんたちに大騒ぎされて、診察室に連れていかれた。「アーンして」と言われてのどの奥を点検された。それから、聴診器を胸とお腹に当てられた。「後ろ向いて」と言われて、椅子ごとくるっと後ろを向いたら、老医師が急に厳しい声になって、あたしに聞いた。

なんだい、って、なにが？

あたしは首だけ老医師のほうを見る。

老看護師が足音もなく近づいてきて、老医師が指差す、あたしの背中を、覗きこむ。

あぁっと息をもらすような声を上げてしばし黙る。

「爪の跡かしら」

「うむ」

「……最初にきたときも、駒子ちゃん、こういう跡があちこちにあったんですよ。でも腿《もも》の内側とか、二の腕の裏とかだったから、自分でやったのかしらと思って」

「しかし……」

老医師は考えこむ。ふたりとも小声になる。

「背中には届かんだろう」

「ええ、届かないわ……」

ふたりは両腕を自分の背中にのばして、やってみる。「無理ですね」「うむ……」診察室に奇妙な沈黙が落ちる。

窓の外には降り続く雪。白い模様が縦にうごめいているように見える。あたしはそれをぼーっと眺める。吐く息もすこぅし白い。

「咳、してたんだって？　駒子ちゃん」

元気な声とともに、要くんが飛びこんでくる。

「今日は、学校は休校かなぁ。寂しいけど……ん、どうしました？」

老医師と老看護師が、黙ったままで要くんを手招きする。要くんは近づいてきて、あたしの背中を覗きこみ、これはいったい、というように首を振る。

待合室から、

「なんとかさーん、お薬ですっ」

と、ママが張りあげる声が聞こえてくる。

コンコン、とあたしは咳をする。老看護師があわてたようにあたしに服を着せる。白いブラウスとピンクのセーター。

コンコン。

ママの声がまた聞こえてくる。

診察室の中はとても静かだ。

雪が降る。

建物も地面も白一色に埋め尽くす。

夏は緑に揺れ、秋は真っ赤に燃えていた山肌も、いまは雪の層が分厚く積もってどこもかしこも白い。

吐く息も、氷の粒みたいにつめたく尖《とが》っている。

ママとあたしは病院の寒い手術室を出て、要くんの家に移り住むことになった。男の人の一人暮らしにしては立派な一軒家で、平屋だけど部屋が三つもあって、でもほとんどの場所ががらんと余っていた。要くんの前に役場に勤めていて、この家にも住んでいた人が、所帯持ちだったらしい。要くんは不精して一部屋しか使っていなかった。

朝は要くんが先に起きて、自分の朝ごはんといっしょにママとあたしのもつくった。夜はあたしたちといっしょに布団を並べて、川の字になって眠った。あたしは落ち着かなかった。どうしてこうなっちゃったのかよくわからなかった。

昼は、相変わらずあたしは地蔵のように撫でまわされていたけれど、ママにはみんながちょっと距離を取っているような、不思議な態度になっていた。ママはすこしずつ無口になった。もう煙草もくわえないし、軽口もあまり叩かない。ママとあたしがふたりでいると、割って入ってくる人もいた。でもあれこれ話しかけられても、あたしはしゃべらないし、ママも静かだから、へんな雰囲気だった。

ママは外に散歩に出かけることが多くなった。辺りは雪が積もって白い壁になっていたけれど、村道は除雪車できちんと整えられていたから、長靴を履いていればちゃんと歩けた。

ある日、いつものようにあたしがついていこうとすると、ママが怒って、

「わたしはひとりでいたいの。駒子はついてこないで！」

と叫んだ。

あたしはびっくりして、雷に打たれたように立ち尽くす。

「どうしていつもいつも後ろをついてくるの。母親ってだけで人生が終わるわけじゃないのよ。まだ二十五よ。駒子を産んでなかったらこんなことにならなかったわ。女優だったのに。女優だったのに。駒子なんか産むんじゃなかった」

ママの顔は引きつっている。

「たまにはひとりにさせて。しつこい子はきらいよ。ちゃんと、もっと、わたしのことをわかってよ」

あたしは涙を飲む。

またなにか失敗した。とぼとぼとママの後をついていく。ママも泣いていることに気づく。がんばって、走って、ママに追いつく。おずおずと手を握ると、ぎゅっと握りかえしてきた。

「こんなのいや……。いや……」

ママがうめく。

「逃げるのもいや。大人からあれこれ責められるのも、いや。わたしってどうしていつもこうなっちゃうの……」

ママは村の入り口を出る。太古からあるような古びた石の塀も、雪に閉ざされて、いまは見えない。

山の麓の、雪の平野に、ママが十字架の形になって寝転がる。

あたしも真似《まね》して、隣にちいさな十字架をつくる。

ママは黙っている。

悲しみが雪の中に溶けていくようだ。

からだが冷えてなにも感じられなくなる。手足がかじかんで、感覚が遠のき、つめたい夢の中を漂ってるような気がし始める。

やがてママが起きあがって「駒子……」と、おずおず、あたしに手を差しのべる。あたしも起きあがる。

歩きだそうとして、ママがあっと叫ぶ。

足を止める。

あたしの視線の先に赤いものがよぎる。

真っ白な雪の上に、ぽたぽたと赤いもの。ママの足のあいだから垂れている。ママはお腹を押さえて難しい顔をしている。あたしは急に、もしかすると夢だったかもしれない、あの夏の夜に聞いた、ママの声を思いだす。

（見て……）

（からだの、中まで、真紅なのよ……）

ママの中の真紅が流れ落ちて、雪を染める。

悲しみといっしょにからだから出てきちゃった。

ママの真紅！

あたしは硬直する。

ママが苦しげに息をして、

「駒子ぉ、助けを呼んできて」

……うん。

「しゃべれ、なくても、できるでしょ……」

できる、よ。

あたしは弾かれたように走りだす。雪に足をとられて、一回転ぶ。後ろからママが絞りだすような声で、

「走れ走れ、忠犬コマコ……」

雪があたしの足を引っぱる。

あたしは走る。

走れ走れ、忠犬コマコ……。


手術室の扉の前に陣取ってがんばっていたけれど、あたしはいつのまにか眠ってしまった。しゃがんで、両足のあいだに頭を入れて、ちいさく丸まったまま。大人の邪魔にならない。得意な姿勢。両耳を膝の内側にぎゅうっとくっつけると、周りの物音がよく聞こえない。

急に、耳に、

「お狐さんじゃ、なかろうか」

おじいさんのしゃがれ声が飛びこんできて、あたしは目を覚ました。

膝のあいだから、ゆっくり顔を上げたら、お年寄りたちの足がたくさん見えた。鼠色《ねずみいろ》のスラックスと、駱駝色《らくだいろ》のロングスカートと、毛糸の靴下。おんなじビニールのスリッパを履いて、じっとしていられないようにうろうろ、うろうろしている。

「お狐さん?」

「だって……。そうだろう。荷物もろくに持たんと、ふらっと現れて。子どもは口がきけんし、それに、顔があんまりきれい過ぎる」

「うむ」

スリッパがあっちに、こっちに移動する。顔を合わせた相手と、めちゃくちゃにしゃべりあうから、いろんな声が同時に聞こえる。どの足がどの声の主なのか、どの声とどの声が会話をしているのか、あたしにはよくわからなくなってくる。膝のあいだから、おそるおそる見上げる。

「先生が」

「なんだって」

「それが、さっき」

「なんだって」

「流れた子を持っていった」

「だめだったか」

「こんな寒いのに外でふらふらするからだろう。どうして母親なのにそんなこともわからんのか。二人目だろう。なに？」

「双頭《そうとう》だったと、先生が」

「なに？」

「だから、流れた子が」

「なに……」

「だから、頭がふたつあったと。普通のからだじゃあ、なかったと」

「………」

急に静かになった。

スリッパで動きまわる無数の音も、止まった。

手術室の中から、ママのか細い泣き声が聞こえてきた。老看護師が聞き取れないほどかすかな声でなだめ続けている。カチャ、カチャ、と器具がぶつかりあって立てる音。

窓の外では日が暮れきって、漆黒のカーテンみたいな夜が訪れている。

お年寄りの一人が口火を切った。震える声だった。

「一人目は、口がなくて。二人目は、頭がふたつか」

「お狐さんだ。置いてはおけない。要くんと話そう」

「だけどこの子は悪くない。この子は村にいてもいいだろう」

「駒子か……」

みんな一斉にこっちを見た。あたしは膝のあいだで目を閉じた。お年寄りたちがなにを話しているのかわからなかったけれど、背中を立ち昇ってくるような怖さを感じていた。みんなが黙ると、手術室からまたママの泣き声が聞こえてきた。もう老看護師はなぐさめていなかった。要くんはどこだろう？　あたしはそうっと起きあがると、お年寄りたちのあいだを犬のように四本足で進んで、夜と朝のタイルを交互に蹴って廊下に出た。

廊下のいちばん奥、照明も届かない暗い一角に、要くんらしき後ろ姿があった。ざっくり編んだ若草色のセーターに、ジーパンに、おおきな長靴。あたしは床を這《は》ったまま、音もなく近づいていった。

要くんは銀の洗面器を両手で持っていた。洗面器の中でなにかがぽちゃん、と音を立てた。からだがゆっくりと震えていた。いつもの笑顔も、なにも。

顔には表情がない。いつもの笑顔も、なにも。

あたしは要くんの膝に黙って触れた。手のひらを開いて、ぺたりと。要くんの全身がその瞬間、おおきく震えて、洗面器の向こうからあたしを見た。

犬みたいに床に両手をついているあたしと目が合うと、要くんはギャーッと悲鳴を上げた。言葉にならない声を、二言、三言、発してから、洗面器を取り落とした。

あたしの顔すれすれに洗面器が落下してきて、床に落ちておおきな音を立てた。

びしゃり、と水音がした。

真っ赤がひろがる。

なにかが目の前に現れたけれど、あたしはそれをはっきり見ることができなかった。

生まれたての子犬ぐらいのおおきさの。赤い。あたしの双頭の弟。その後もことあるごとに思いだすことになる、あたしたちの家族。幻の。要くんは足をもつれさせて廊下を逃げ、後ろ姿が明るい光のほうにどんどん遠ざかっていった。暗い廊下の隅で、四つんばいの一人目と、洗面器から落ちた二人目が、ふたりぼっちで残される。あたしの顔には真っ赤がかかって小鬼の色に染まっている。

手術室から、殺される動物みたいに悲しい、ママの声。

廊下には暖房がないから、外とおんなじ、雪のつめたい気配が漂っている。あたしはぶるる、と震えて、床に両手をついたまままいつまでもじっとしている。

それきり、ママは要くんの家にはもどらなかった。

運びこまれた手術室がそのまま、再びの塒《ねぐら》になった。あたしもママといっしょに手術室で眠った。ママは一日、手術台で眠っていて、だるそうで、もう病院の手伝いをしない。あたしは段ボールに潜りこんで本を読む。

あたしは銀の食器を盗んだところ。親切な司教さんを裏切った――。

窓の外では雪が降り続いている。冬はまだまだ終わらない。

一週間ぐらい経ったころ、ママはお年寄りたちに呼ばれて手術室を出た。五分もしないうちに、怒りに顔をゆがめて帰ってきた。

どうしたの、ママ。

あたしは段ボールから出て、ママの足元にまとわりつく。

ママはワナワナと震えていて、しばらく口もきけない。

どうしたの、ママ。

ね。

ねぇ。

しばらくするとママは手術台に座り、酒瓶をかたむけて一気に三口ほど飲んだ。それから乱暴な仕草であたしを抱き寄せて、がちっと音を立てて首筋を噛んだ。

あっ、痛い。

あたしは意識をからだの外側に飛ばす。急げ！　痛みが心に回る前に。

ママはあたしを噛みながら、

「できるわけがないわ」

と呻いた。

なにが？

どうしたの。なにを言われたの。

「できるわけがないわ。あんな年寄りどもに。あの人にさえできなかったことが、あんなやつらにできるわけがない」

ママがあちこちを噛む。あたしはじっとしている。人形のように。

「誰にも、わたしと駒子を引き離すことなんてできない。娘は母親のものよ。わたしが産んだんだから。駒子。ねぇ、駒子」

聞いてる。

弛緩してるように見えるけれど、耳は機能してる。あたしはママの話をいつだってちゃんと聞いてる。

「駒子ったら」

聞いてるよ。

……あの人ってだぁれ？

あたしの脳裏に、コーエーの螺旋階段から垂れてきた赤いもののことがよぎる。その向こうに、倒れていたおおきなからだがあったような気がし始める。でも、考えようとするとからだがだるくて心もやたらに重たくて言うことを聞いてくれない。

あの人、っていうのが、要くんの言う、おとうさんなのかな。

と、思う。

なにかがあって、マコとコマコは逃げてきた。列車に乗って、こんなに遠くまで。でもいったいコーエーでなにがあったのだろう。ママはあのときなにをしたのだろう。

おとうさん、は存在したのかな。

どうなってしまったのかな。

ママ？

「わたしに、駒子だけ置いて村を出ていけって言うの。こんなところいつだって出てってやるわ、でも駒子もいっしょよ、親子だもの当然でしょうと言ったら、おまえに母親の資格はないって。どうして？　わたしが産んだのよ。わたしの分身よ。わたしのための駒子よ。引き離すことなんて誰にもできない」

一気に言うと、ママは唇を強く噛んだ。

下唇から血がにじんで、それを赤い舌がぺろっと舐めた。

「駒子を置いていけ。すぐおおきくなるから、駒子と要くんを結婚させる、って言うの。冗談じゃないわ、駒子は誰とも結婚しない。ずっとわたしといっしょにいるのよ。わたしのために生まれたんだもの。そうでしょ、駒子？」

ママは悔しそうに手術台を拳でたたく。

どうしてわからないの、とつぶやく。

あたしはママの細いからだにもたれて、じっとしている。嵐がやむまで動かない。これが娘の役割。人形のように立てかけられてママの嵐に揺れている。

引き離すことなんて誰にもできない。

当たり前のことをママは繰りかえす。不安でたまらないように。

引き離すことなんて誰にもできない。

誰にも。

その日から、ママとあたしは自由に村を歩けなくなった。

どこに行こうとしても誰かがついてきた。銀色の車椅子が、ひとつ、ふたつ、みっつ。前みたいに気軽に話しかけてきたりしない。あたしはママと手を繋いで、うつむいて雪の道を歩いた。「寒いわね、駒子」「あら、雪兎《ゆきうさぎ》よ。ぴょんぴょん跳んでる。かわいいわね」ママがつぶやくときだけ、あたしは顔を上げて辺りを見る。

吹雪の日は、一日、手術室にいる。

とつぜん、ノックもなく扉を開けてお年寄りたちが覗く。ママはいつも手術台に座ってぼんやりしていて、あたしはというと段ボールの書斎で本を読んでいた。

何日も続いた吹雪が、ふいにやんだ、日曜日。

あたしとママは、病院の前に停まっていた銀色の電動車椅子をひとつ盗んで、村道を勝手に乗りまわしていた。ママが座って、膝にあたしをのせて、ビューン、ビューンと危険なスピードを出しては怖がって遊ぶ。ママは運転に慣れてなくて、急に曲がったり、スピードを増したままどこまでも走ってしまう。踏み固められた真っ白な雪が続いている。

向こうから軽トラックが走ってきた。ママは急ブレーキ。衝撃であたしはママの膝から飛ばされて、固い雪の上に頭から落ちる。

ママが、「駒子ったら」と笑う。

軽トラックから要くんが飛びおりて、走ってきた。

笑ってるママのほっぺたを、いきなり張り飛ばした。

ママの笑顔が凍りつく。

「危ないだろっ。子どもが怪我したら、どうするんだ」

「……怪我なんてしてないわ。ほら、駒子。立ってよ」

あたしは立ちあがって、要くんを見上げる。要くんはすごく悲しそうな顔をしている。

真っ白な山肌が朝の光を反射して、それをまた白い地面が映して、辺りはこの世とは思われないぐらいものすごく眩しい。要くんの顔が眩しさに遠ざかる。あれ以来——双頭の息子を見て以来——要くんは一度もママの真紅をもらいにこない。ママもむっつりして要くんを見上げている。

と、

「ねぇ、町まで乗せてってくれない？　このままじゃつまんないわ」

「一人で行くのか」

「そんなわけないじゃない。駒子もいっしょよ」

「……戸籍もないくせに」

「あるわ」

「言えない理由があるんだろう。おれ、調べたけど……真宮寺眞子なんて戸籍は日本のどこにもなかった。駒子もなかった。嘘《うそ》をついたんだ。じゃ、君たちはいったいどこからきたんだ？　どうしてあの日、あの駅で降りたんだ？　荷物もろくに持たずに。……死ぬ気だったんじゃないか」

「……ちがう」

「あんななにもない駅で、ちいさな子どもと二人で。君はきっと子どもと心中するつもりだったんだ。だけど、死ぬなら一人で死ねよ。子どもだってひとつの独立した命で、自分で自分のことを決める権利がある。生きるか死ぬかならなおさらだ。親に、命を奪う権利なんてないんだ。君の行動はどこかおかしいよ。眞子さん、駒子ちゃんを置いて、すぐにここから出ていってくれ」

「あなたは、他人じゃない。なにがわかるの」

ママは震え声でこたえた。

拳で、要くんのお腹をたたく。強くたたいているけれど要くんはびくともしない。ママの泣き声が雪山を震わせる。拳が開いて、セーターを空《むな》しくつかむ。要くんはきびすをかえして軽トラックに乗りこんで、乱暴にドアを閉める。

おおきな音が響く。

電動車椅子の横をすり抜けるように、軽トラックがスピードを増して遠ざかっていく。

村を出て、山道を駅のほうへ。

膝によじのぼったら、強く抱きしめられた。あたしは幸せで震えた。

ママがちいさな声でつぶやく。

「ビューン……」

「ビューン、ビューン……」

電動車椅子を動かし始める。

あたしがくくっと笑うと、ママは元気を出して、スピードを増して村道を走り抜けた。髪が風に舞う。寒くって、縮こまる。ママはいつのまにか再び笑っている。村の門を抜けて、外の雪道を走る。白い山肌は濡れたように光っている。朝陽が眩しい。あたしたちはしだいにスピードを上げて、雪道を狂ったように走りまわる。回転し、走り、曲がり、反対に回転し、気がおかしくなったように笑い続ける。「駒子っ、駒子っ」とママが呼ぶ。くるくる回転して、頭をのけぞらせて二人でまた笑ったとき……。

地響きのようなおおきな音がした。

ママとあたしは車椅子を止めて、辺りを見回す。回転しすぎて、方角がわからなくなっている。頭もくらくらしていて、なにが起こったのかわからない。

山肌から白い塊《かたまり》が滝のように滑り落ちて、村を包んでいくところだった。

雪崩、だ。

真っ白ですべすべだった山肌がとつぜん醜く崩れて、雪の塊が幾つも滑り落ちて、麓の村を上からあっというまに覆いつくした。古びた石の塀も、病院も、民家も、郵便局も、役場も、なにもかもがもともとなかったかのように声ひとつなく視界から消えた。

「ビューン……」

ママが空《うつ》ろにつぶやいた。

地響きはしばらくしてとつぜんやんだ。山の震えも止まって、そこにはただの白い平野が広がっていた。なんにもない。かすかに村の門の先端が覗いているけれど、それも、ここに村があったと知っていればみつけられるといったかすかな突起だった。

「ビューン、ビューン……」

ママが小声で続ける。

ビューン、ビューン……。

やがてあたしとママは、真っ白な、できたての平野に背を向けて山道を駅に向かって走り始めた。電動車椅子はときおり雪の道に蹴つまずいて、そのたびにあたしは地面に転がり落ちた。ママがやさしく手をのばして、拾いあげてくれる。そうしてまた山道を下った。見覚えのある、龍みたいな灰色の木が幾つも空を目指して立っていた。上半身ははるか高みを目指し、根っこは雪の下に硬く埋められている。ビューン……。ママは走りながらずっとつぶやいていた。あたしは村に弟を置いてきたことに気づいた。あたしたちの家族。双頭の。幻の。あの子。走って走って、顔もからだも寒さにかじかんでなにも感じられなくなって。そのうち雪が降り始めた。あたしとママの頭に真っ白に積もった。ビューン、ビューン……。いったいなにから逃げてるのかよくわからなかった。寒いし。ビューン……。どれぐらい走り続けたのか。車椅子の電池が切れてしまって、あたしたちは地面に降り立って歩きだした。吹雪になった。雪の中を、手を繋いで、歩く。ようやく駅が見えた。

あたしとママは見覚えのある無人駅にもどっていた。雪に半ば埋まっている。あれから季節がもうすぐ一巡《ひとめぐ》りするなんてふいに信じられない気持ちになった。あんな村があったなんて、あんなことがあったなんて、もしかして夢、幻。もう信じられない。ついさっきママと列車から落っこちて、助けを呼んできてと言われたばかりのような気がした。幻の春が視界いっぱいに広がって、空気のつめたさも忘れて、あたしのすぐかたわらを、忠犬コマコが走ってすれちがっていく。助けを呼びに。ママはまだホームの向こうで足をくじいて倒れている。ふてくされて煙草を吸いながら。コマコ、遅ーい、と文句を言っている。

そんな、気がした。

でもそうではない証拠に、ママはあのときよりずっと顔色が悪かったし、あたしはいつのまにか文字が読める子どもになっていた。時はほんのすこぅし流れたのだ。

　雪崩の下に消えた、真っ白な、年老いた恋人たちと、書棚にあふれていた書物のことを思いだした。立ち尽くしていると、胸を震わせるおおきな汽笛が響いて、あのときとおんなじ三両編成の鈍行列車がやってきた。ママが硬直したように動かないので、あたしはママの手をそっと引っぱった。機械仕掛けみたいなギクシャクした動きでママが列車に乗りこむ。四人掛けのボックス席に座って、硬くて、古い油みたいな臭いのする椅子に背を丸めて吐息をついたとき、列車が悲鳴のような汽笛を響かせ動きだした。

二　葬式婚礼

六歳。

海を感じている。

その町は海辺にあって、狭くて、一年中、海の水に満ちていた。海のすぐそばに小高い山々が迫っていて、海と、山のあいだのほんのわずかな平地に、ある日とつぜん出現したかのように町はあった。

雪解け水を海まで流していくための細い川が町中にあふれていて、なんだか道路よりも川のほうが多いような気がした。家々は古くて、どれもかたむきかけていた。道路の横断歩道みたいに、赤いちいさな橋が無数にかかっていた。夕方になると、芸者さんたちが下駄を鳴らして足早に歩いてきた。

町には温泉が出て、だから朝には、町を出ていく温泉客をぎゅう詰めに乗せた観光バスが、海から上がる金色の朝陽に照らされてどこかへ吸いこまれるように消えていった。

夕刻になるとまた、これから遊ぶ大人たちを乗せたバスが何台もやってきた。一車線しかない、名ばかりの細い国道はさびれていて、ほとんど観光バスしか通らないみたいだった。バスはおおきくって、国道から、左右の斜面に、いまにも転がり落ちそうに見えた。

海と、山々のあいだには町があり、町と、山々のあいだには黒い線が一本横たわっていた。線路だ。一日に何度か、三両編成の鈍行列車がガタゴト、ガタゴトと通りすぎる。あたしとママを乗せてやってきた、あの乗り物。見上げるたびに胸がきゅうっと鳴る。駅はやっぱり無人駅で、いつも寂しそうにすこぅしかたむいていた。

あたしは朝、早起きだった。

ママがほかの女の人たちといっしょに眠っている二階の部屋を出て、玄関の引き戸を音を立てないように開けて、また閉める。家の前を流れる川にかかった、人がようやくすれちがえるほどの細さの赤い橋を、渡る。道路はどれも、山から海にかけてのゆるやかな傾斜。海に向かって駆けていく。六歳。海を感じている。

海から上がる朝陽はおどろくほどきらびやかな金色をしていて、濡れたように沈む薄暗くて古い町並みを、朝のこの時間だけ見事なエル・ドラドに染め変えてしまう。水平線から朝陽が顔を出すたび、あたしの胸はわけのわからない感動に打ち震えた。物事の始まり。海と朝陽。物語が始まる直前の、あの感動が、海を見るたびに押しよせた。新しい一日の最初の時間、あたしは海を、海を感じていた。

朝陽が完全に上がりきる前に、名残惜しく思いながら海に背を向け、もときた道をもどる。ゆるやかな坂道は海と、細い川から立ち昇る湿気でいつもしっとり濡れている。赤い橋を幾つも駆け抜けて、川から川へ、坂道から坂道へ。夜が遅いこの町では、こんな時間に起きている人はほとんどいない。昨夜の、遊びの余韻に揺られて誰もが眠っている。屋根がすこしかしいだ、古い温泉旅館の厨房《ちゅうぼう》から、朝御飯をつくっているらしい匂いがかすかに漂ってくる。でも人が動いている気配や、音は、ほとんどしない。朝はいつもそれほど静かだった。

あたしは〝いないこと〟になってたから、みんなが起きだす時間になると部屋に帰って、それきり一日、静かに過ごすことにしていた。外に出て走ったり、匂いをかいだり、空を見上げるのは、海と朝陽の時間だけだった。

玄関を開けて、靴を脱いで、靴箱の中に隠す。

暗い階段を駆けあがる。二階には三部屋。どこも、むせるほどに甘じょっぱい女の匂いに満ちている。ママはいちばん隅の布団で、赤い襦袢《じゅばん》を寝乱れさせていた。うう、うう、と魘《うな》されているようにつぶやき、それから歯軋《はぎし》りをした。そっと顔を覗きこむと、眉間にしわを寄せて口の端を吊《つ》りあげた、きれいな般若《はんにゃ》の顔だった。

あたしは窓辺にもたれて、ママの真似をしてしどけなく腰を崩す。子どもなのにしなを作ってみせると、部屋にいるほかのお姉さんたちが喜ぶ。「上手、上手」「やっぱり女の子ねぇ」「眞子ちゃんの娘ね。楽しみだわ」あたしがお姉さんたちに褒められると、ママもうれしそう。ほっとしたような顔をして、いっしょになって笑っている。ここでは子どもなんて足手まといだから、静かにして、隅っこにいて、邪魔にならないように、だけじゃなくて、かわいがられないと生きていけない。あたしは日々、それについて学んでいた。ママを見ては、真似してみる。そう、あたしは女の子。こうやって生きる。

階下で、誰かがごそごそと動く音がした。玄関が開き、また閉まる。と、窓の外を大柄な男の人が出ていくのが見えた。背を曲げ、一刻も早く逃げたいというように足早に、橋を渡って遠ざかっていく。角を曲がって、古い家々の向こうにすぐ姿を消した。

「……理事長、しつこかったって」

いつのまにかとなりに解《さとる》がいて、あたしとおんなじポーズをして窓の外を眺めていた。

そうなの。

と、うなずく。

解は窓枠に犬みたいに顎をのせて、あたしの声が聞こえたかのように、

「うん、そうなの」

と返事をした。

解は同い年の男の子で、なぜかいつも女の子の格好をしていた。白いブラウスに、ア

ップリケのついたデニムのスカート。あたしといっしょにいると同じぐらいの背格好の女の子が二人いるように見える。解のおかあさんもここに住み着いていて、だから、解が女の子のふりをしているのは、あたしのしなと同じ、生きるための手段なのかもしれない。この家では男の子なんて歓迎されない。あたしがお姉さんたちにかわいがられるのを見てきっと解も学んだのだ。

「うちのおかあさんと駒子のおかあさんと、二人がかりで、朝までかかったって。あの男は面倒くさいって、明け方ぐらいにガーガー文句言ってたぞ。おまえ、いなかったけど」

窓辺に、二人で、犬みたいに顎をのっけてうなずきあう。解は人生でいっとう最初にできたあたしの友達だった。解も幼稚園や保育園に行ってなかったし、子どもの相手をする大人もいなかったから、一日、二人いっしょだった。

その町には、町長とか温泉協会の理事長とか、偉いということになっている大人がいた。あいつらはみんなただで遊ぶと、お姉さんたちが夜中によくぶつぶつ言っていた。夕方になるとお化粧して、着物を着て、お姉さんたちとどっかに出かけていくママが、なにをしているのかあたしには最初わからなかったけれど、解があいまいに教えてくれたので、すこしずつ理解するようになっていた。

ママは真紅を売ってるのだ。きっとそうだ。

そう考えるたびに、ほんのすこぅし前にママの真紅を欲しがって、欲しがって、ある日急にいらなくなった男の人がいたことを思いだしかける。でも、記憶は波に揺られるようにうごめいて、若草色をした彼のイメージはゆっくりと遠ざかっていってしまう。ここにいるとほかの場所のことがぜんぜんわからなくなってしまう。

六歳の夏。

朝から、みぃんみぃんと蟬が五月蠅い。

あたしはいつもどおり、夜明けとともに起きて外の道路を駆けだした。こんな時間なのにもう暑くて、耳の後ろからたちまち汗が噴きだした。走る走る。あたしは、走る走る。湿った坂道を、赤い橋を、転がるように駆けては海に近づいていく。そのあいだにも朝陽はのぼっていって、薄暗い温泉街を金色のエル・ドラドに染め変えていく。坂道を蹴る、靴の音が、弾んでいる。走る走る。海に、着いた！

金の海と永遠のような空をいっぱいに感じる。朝が好きだ。あたしは浜辺に座っていつまでも海をみつめている。

と、海からなにかが出てきた。

人魚！

とあたしは、つい数日前に読んだばかりの本を思いだしてじりじり後ずさる。青白い肉体がふたつ出てきたから、つぎにあたしは恋人どうしなのかと思ったけれども、よく見るとそれは両方とも女の人の肉体だった。ふたつはよく似ていた。細い肩。おおきくて、四つの縦線みたいに、下に向かってまっすぐ垂れてる胸。それが、こっちに向かって歩いてくるたびに左右に規則正しく揺れた。

おばあさん、と思いながら眺めていたけれど、近づいてくると二人とも若い女の人だった。誰もいないと思って、朝から泳いでいたらしい。きゃっきゃっと笑いながら、服を畳んで置いてあった場所に近づいて、着始めた。夏のセーラー服だった。ぽつん、と座ってるあたしに気づかず、歩きだす。からだつきはあんなにも似ていたのに、顔はまったく正反対だった。一人は端整な顔つきをした、子どもにもきれいだとわかる女の子。もう一人は対照的に、険しくて思索的な顔をしていた。

険しいほうが、端整なほうに、

「待ってよ、おねえちゃん」

とあわてたように声をかけて、走りだした。端整なほうが振りかえって、妹をからかってわざとスピードを速める。二人とも弾丸のように駆けて、紺色のセーラーを揺らしながら町のほうへ消えていった。

あたしは金の光に包まれて、その光景を見送った。よっつの乳房の、規則正しい揺れと、セーラー服の眩しさが脳裏に焼きついた。

これが、六歳の夏、海と朝陽の中で見たもの。

物語の始まり。

よっつの乳房。


「借りてきてやったぞ。これで、いいんだろ」

その日、お昼過ぎ。

二階の窓辺に座ってぼんやりと外を眺めていたら、トントントンと階段を上がってくる音がした。解があたしのとなりに座りこみ、抱えていた本を乱暴にあたしの膝にのせる。

うん。

ありがと、解。

と、微笑む。

解は顔を背けて、窓辺にもたれて天井を見上げた。今日の解は、ピンクのTシャツとスカート。部屋は女の匂いに満ち満ちている。布団も敷きっぱなしで、まだ寝ているお姉さん。鏡台に向かって髪をすいているお姉さん。雑誌をめくりながら、数秒ごとに「煙草がない」とつぶやいてるお姉さん。誰の目にもあたしと解はまるで映ってないみたいだった。

と、廊下をふらりとママが入ってきて、あたしに目をやるとにやっと微笑んだ。

「あら、駒子。ご機嫌は？」

うん、いいよ。

と、うなずく。

窓に頬杖をついてしどけなく小首をかしげているあたしを眺めて、ママが、

「大人の真似が上手ねぇ。あんたは、芸があるわ。駒子」

すこしだけうらやましそうに、解がそのやり取りを見ている。

解のおかあさんはまだ寝ている。ママが遠ざかると、解は誰にともなく、

「ぼく見ると、親父《おやじ》、思いだすんだって」

親父？

「似てきたって。すごくいやな気持ちになるって。ま、そんなこといっか」

解が、あたしの膝においた本を指差す。感謝しろよ、と言うように目玉をぐるっと回してみせる。わかってる、とあたしは微笑む。それからさっそく、いちばん上においてある本から読み始める。

ママとあたしには身分を証明するものがなにもなくって、だからママはこっそりここに入りこんで働いている。そういう女の人は町では珍しくなくて、みんなから大目に見られているらしい。あたしは相変わらず本が読みたいけど、この家のどこにも一冊もな

くて、だから解に、図書館から借りてきてもらう。

図書館は一階建てですごく狭くて、置いてある本も少ない。いまに全部読んでしまうかもしれない、とあたしは、いつかやってくるその日を恐れている。解はまだ字が読めないから、ページをめくるあたしを不思議そうに眺めている。

「あ」

解が窓の外を指差す。ちょうど家の前を、セーラー服を着た二人組が通り過ぎるところだ。あたしは目を凝らす。やわらかく整った顔と、難解そうで寂しい顔。つまりは愛の顔と、知の顔。今朝早く、金の海にいた二人組だ、と気づく。じっと見下ろしていると、二人のほうもこんどはこちらに気づいて、同時に微笑んだ。

「あら、かわいい」

「姉妹かしら。わたしたちみたいに」

「こんにちは」

「こんにちは」

「あっ、笑ったわ。大人っぽいわね、あの表情。二人ともかわいいわ」

くすくすと笑い声を上げながら通りすぎていく。解が表情を変えずに、

「理事長さんちの娘さん。高一と中三。隣町の女子校に行ってるんだってさ」

そうなの。

「いい気なもんだな。親父は夜毎《よごと》、ここいらのあちこちでただで遊んで、面倒くせえっ
て言われてんのに」

　解はまるで大人みたいに吐き捨てる。

　姉妹は何度もこっちを振りかえって、手を振りながら遠ざかっていく。あたしと解も、にこにこしながら、ばいばい、と手を振る。

　ばいばい。

　ばいばい。

　姉妹が遠ざかっていく道なりに、川がずっと続いている。夏になると鰻《うなぎ》によく似たぬめぬめした魚があふれる。いまも、流れる岩清水のあいだから、ぬめる魚の背が夕陽を浴びて灰色に光っている。まるで水に不吉な模様があるようだ。あたしと解はやがておおきな欠伸《あくび》をして、窓にもたれたまままいつのまにか眠ってしまう。


　ママといっしょにいられるのは、朝も夜も、ほんの一時だけ。

　それがこの町にいたときの、いっとう寂しい記憶だ。あたしと解が眠る時間、家には誰もいなくなって、だから二階の一部屋に子ども二人で固まって、ママたちが帰ってくるのをじっと待っていた。いつのまにかどっちかがコトッと眠ってしまうと、残されたほうは寂しくて、孤独で、豆電球が薄ぼんやりと揺れる部屋で、身動きひとつできない

い橋を渡るときに、解が、おさかな、おさかな、おさかな節よ、とつぶやいた。あたしも心の中でいっしょに歌った。波が揺れりゃあ、ハァ、舟も揺れるよ。ハァ。

その後も、解は夜になると冒険に出ていきたがるけれど、あたしが外をいやがるし、一人で置いていかれるのも怖がるので、我慢しているようだった。二人で眠ってしまって、やがて夜が更けるころ、ママたちが汗と疲れと女の匂いにまみれながら帰ってくる。一階で、沸かした湯を大だらいに注いで、熱く絞った布でからだのあちこちを拭き始める。笑い声も、ささやきさえもほとんど聞こえない。みんな疲れきっている。白粉《おしろい》も落として、襦袢だけになって、重たい足取りで二階に上がってくる。ママの足音！　いちばん軽くて、まだ女の子みたいにちっちゃな足音。あたしは目を覚ますこともあるし、夢うつつで、ママ、と思うだけのこともある。ママは解と絡みあって眠ってるあたしを引き離して、ぎゅっと抱きしめて、あたしのおでこにほっぺたを押しつける。「駒子ぅ、駒子ぅ、ただいまぁ、駒子」あっ、おさかな節とおんなじ節だ、とあたしは気づく。うふ、と思わず笑ってしまう。「なに笑ってるのぅ、駒子」あたしはママの匂いに包まれて眠る。お酒と、白粉と、だるい憂鬱の匂い。ママを独占！　しがみつく。

ときどき、遠い昔に見た、ママの足についていた赤いものと、逃げるわよ、という不安に満ちた声を思いだすこともある。戸籍もないくせに、とママを侮辱した、若草色したお兄さんのつめたい声も。でもすべては遠い。あたしの頭は考えようとするとぼうっとしてきてしまうし、ママの匂いに包まれるとなにもかもどうでもよくなってしまう。ママさえいたらいい。ママさえ幸福であればいい。あたしには、自分、というものがまだなかった。持っているのは、ママという巨大な夢の時間だけ。

七歳。
あたしはいなくなる。

町で二度目の春を迎えると、にわかに解の周りだけが慌《あわただ》しくなった。黒くて、四角い鞄を背負って、毎朝どこかに出かけていく。ママから「窓から顔を出さないのよ」と言われて、あたしは何日も我慢していたけれど、ある朝、こっそり外を覗いてみた。解は、おんなじような鞄を背負った、同い年ぐらいの子たちと列をつくってどこかに遠ざかっていくところだった。女の子のは、赤くて四角い鞄だった。夕方前に帰ってきて、得意そうに鼻をふくらませて、教科書、とか、鉛筆、とかを見せてくれた。算数や社会はよくわからなかったけれど、国語の教科書だけはつかんで、いやがる解がついに根負けして渡してくれるまでがんばった。

やまのあなたのそらとほ《お》く
さいは《わ》ひ《い》すむとひとのいふ《う》

言葉の洪水にあたしはぶるぶると快感を感じて、その場に崩れ落ちる。解が「なんだよ」と言って、教科書を覗きこむ。

「そうか。おまえ、字がわかるんだよな。これ、もう読めるのか」

うん。

と、うなずく。

解が口を尖らせて、

「せっかく字が読めるのに、学校に行けないなんてなぁ。駒子はかわいそうだな」

学校って？

「みんな行くんだよ。同い年の友達もいっぱいいる。あっ、おい。ちょっと待って、ぼくも」

窓の外を見下ろして、解が急に叫ぶ。あたしたちと同じぐらいのおおきさの男の子がたくさん、大声を上げながらどこかに走っていこうとしているところだ。解は階段を駆け降りて、その列の最後に加わる。

ひとりが振りかえって、いやそうに顔をしかめ、「ついてくるなっ」と叫ぶ。

ほかの男の子も一斉に、

「男女《おとこおんな》っ、男女っ」

「スカートはいてら、気持ちわりぃ」

と囃《はや》したてる。

あたしは胸に、まるで刃物で刺されたような痛みを覚える。解は案山子《かかし》になったみたいに立ち尽くしている。部屋にあった、白粉の箱や、安香水の壜《びん》や、なにやかやを、あたしは立ちあがって男の子たちに向かって投げつけた。男の子のひとりが、悲鳴を上げながらこっちを見上げて、あたしと目が合う。誰だっ、というように首をかしげる。あたしはあわててカーテンの陰に隠れる。解の、女の子みたいに甲高い泣き声が、窓の外から聞こえてくる。男の子たちの足音が遠ざかっていく。あたしはしゃがんで、膝のあいだに頭を入れて、両膝の内側に耳をつけて、なにも聞くまいとする。あたしは、いない。解が泣きじゃくっている。あたしは、いない。もうっ。いないのにぃ……。ついに根負けして、階段を転がるように降りて、玄関を出る。割れた壜から立ちのぼる安香水と、白粉の匂いの中に立って、泣いている解の手を、取る。安全なほうへ、家の中へ、引っぱる。解のスカートがふわりと揺れる。あたしは裸足だ。壜の欠片《かけら》でカカトを切った。あたしの足も赤くなる。解はまだ泣いている。ぜんぜん泣き止《や》まない。あたしも泣きたくなる。玄関まで連れてきて、あたしはおかあさんになったように解を抱きしめる。うわーん、うわーん、と解は大声を上げる。うわーん、うわーん。

解は学校に、行ったり、行かなかったり、の日々になる。

スカートは脱がない。

その日から、解の顔を見るたびに、あたしは刃物で胸をちょっとだけ刺されたような気持ちになる。あたしは解に、苦しい、悲しい思いを抱く。でも言葉がないからなにも伝えられない。夕方になると、解は相変わらず、あたしの真似をしてしなをつくり、大人の女、のふりをしてはお姉さんたちに「上手、上手」「ふたりとも、もうお座敷に出られるわよぅ」と囃したてられる。スカートをはいてくねくねしていると、解はそんなに、親父、なるものに似てないのかもしれない。解のおかあさんもいっしょにげらげら笑っている。

でも朝になると、解はまるで老いたる哲学者の横顔だ。むっつりして、四角い鞄を背負っていやいや出かける。窓から見下ろしていると、満潮で川からあふれた水が橋を半ば浸しているところを、ピンクの水玉柄の長靴で蹴散らして走っていく。通りかかった温泉客が「お嬢ちゃん、女の子なのにどうして黒いランドセルなの？」とからかうように聞いた。解が、サッカーボールを蹴るように勇ましく、温泉客の向《む》こう脛《ずね》を蹴っ飛ばす。あたしは思わずくっと笑う。「おてんばめ！」と、おじさんが怒っている。解の後ろ姿がすごい勢いで遠ざかっていく。

満潮の日は、町中の橋が水の下に沈んで、欄干の赤だけが幻のようにぼうっと浮かびあがる。長靴はいて、ぴしゃぴしゃと水を蹴散らして橋を渡るのだけれど、鰻に似たぬめる魚が、橋と水のあいだにうごめいていてちょっと気持ち悪い。

食べられないのかな、と思ったのだけれど、お姉さんのひとりが、

「海で死んだ人が、これになるんだって。だから食べちゃだめなんだってさ」

「フン」

鼻息の返事は、ママだ。

しょうがないわねぇというようにせせら笑って、

「そんなの迷信よ。この辺りってそういうの、多くない？」

「多い、多い。わたしゃよそ者だからよくわかんないけどさ」

なんでも、何十年か前までは町全体が漁港で、けっこう栄えていたらしい、と別のお姉さんが言う。だけど魚が獲《と》れなくなって、漁港の人たちがたくさんいなくなって、その後でとつぜん温泉が噴きだした。それから温泉街に変身して、かろうじて残っているらしい。魚を獲っていたころの舟歌や風習もところどころ残っていて、だから、食べちゃいけない魚もあるのだ。

「そういやさ、眞子ちゃん。葬式婚礼って知ってる？」

「なにそれ、知らない」

「葬式と婚礼をいっしょにやるらしいわよ。若い女の子が、死んだとき。わたしが町にきたころに一回だけあったけど。へぇんな風習よねぇ」

ママが興味なさそうに、ふぅん、と返事をする。魚が川中にあふれて灰色の背をぬめらせている。山に落ちる夕陽がユラユラと町全体を揺らしている。ママはくわえ煙草で「そういやわたし、葬式も婚礼もやったことないわ」とつぶやく。

「へぇ。駒子ちゃんの父親とは、籍、入れてないの」

「…………」

「あぁ、ごめんね。こういう質問はご法度《はつと》。わたしも、聞かれりゃ困るんだったわ」

「フフ。……あの人は、わたしのことなんか人間だとも思ってなかったのよ」

ママの声がいつになく暗い。

ね。あの人、って、だぁれ？

ママはあたしの顔を見下ろして、何事かを考えている。あたしは、自分が、あの人、に似てしまったらどうしようと考える。ママに嫌われてしまう。解みたいに孤独な子どもになってしまう。

でもママは、ふいに満面の笑みを浮かべて、しゃがんであたしを抱き寄せる。「駒子、あったかい」と耳元でつぶやく。くすぐったくて、あたしは笑い声を上げる。愛されてる、という麻酔のような安堵《あんど》に、へたりこみそうになりながら。

「あんたはわたしの味方よ。いつだって。わたしのためにいるんだもの。男ならこうはいかないわ。産んでよかった。わたしの駒子」

くすぐったい。

あたしはくくっと笑い声を立てる。視線を感じて、見上げると、二階の窓から、暗い目をした解がこっちを眺めている。あたしはまた、幻の刃物で胸を刺される。見えない血が服から地面に滴る。

民生委員、と名乗るおじさんがやってきたのは、七歳の夏。解によると「一学期が終わったから、しばらく夏休み。また家にいる」ころのことだった。

蟬の声。

夏の匂い。

海は透き通って、底まで見えるほどに青い。

昼間っから、スーツを着た男の人がやってくるなんて珍しいことで、白粉と汗にまみれたお姉さんたちはめんどくさそうに起きあがって、団扇《うちわ》で互いを扇《あお》ぎながら「なんなのよ」と文句を言った。

「この家に、子どもがもう一人いる、と聞いたもんで」

おじさんはハンカチで汗を拭いていて、玄関から、階段を見上げた。ちょうど二階の手すりに寄りかかって、あたしは階下を眺めていた。目があって、あっ、しまった、と思う。おじさんは靴を脱いで上がってきてしまう。

「君、名前は」

……コマコ。

「誰の子？　おぅい、この子のおかあさんは手を上げて。何歳なの。学校は？　女の子の格好をした男児と、学校に行ってない女児が一人ずついるって聞いてね。君、ほら、名前を……」

あたしは辺りを見回した。

お姉さんたちは我関せずと化粧したり、雑誌をめくったり、小声で話してはくっくっと笑いあったりしているばかりだ。ママも部屋にいたけれど、知らんぷりしてブラシで髪をすいていた。

あたしは、解の鞄を開けて、鉛筆とノートを取りだした。

〝さとる〟

と、書く。

おじさんが、おやっと首をかしげる。

〝七さい〟

と、となりに書く。

「じゃ、君が女の子の格好をした……男の子？」

うん。

と、うなずく。

おじさんは無精ひげをゴリゴリと搔く。「それじゃ、一人しかいないのか。スカートをはいてるから、混乱したのかな……」と半信半疑でつぶやいている。

「ま、学校に行ってなかったら、字も書けないよな。うむ……」

それからも、ときどき民生委員のおじさんはやってきた。あたしだけがいるときと、解だけがいるときがあった。あたしも解もあまり特徴のない薄ぼんやりした顔つきをしていたから、おじさんには見分けがつかなくて、ほんとうに一人しかいないのかもしれないと思い始めたようだった。解もあたしの真似をして、うつむいて、口をきかなかった。解がいるときは、あたしは押入れに隠れて、民生委員があきらめて帰るのを待っていた。

夏が終わるころには、おじさんはもうこなくなった。ママがあたしの頭を撫でて、

「上手、上手。駒子は上手」

と歌うように楽しげに、褒めてくれた。

「駒子は、いないふりが上手ね。そんなの誰にも真似できないわ。いるのに、いないみたいよ、駒子は。えらいえらい」

あたしは黙って頭を撫でられている。

わかってる。

ママの邪魔にならないように、それでいてママの支えになるように、生きるのが、あたしの使命。生まれてきた理由。これからだってうまくやる。あたしは子狸みたいに自在にドロンといなくなる。


八歳の夏。

海に、花が咲く。


異常気象だ、と噂《うわさ》しあいながら、大人たちが窓の外を足早に通り過ぎていく。その夏はいつもよりも寒くって、いつまでも、いかにも夏、という熱気がやってこなかった。海には灰色をした細かな泡がたくさん生まれて、波に揺られてぶわぶわとふくらんだと思ったら、空を雲が流れるように川を逆流してきて、町中がたちまち泡に包まれた。

「波の花って、いうんだってさ」

解が、小学校で先生から聞いてきた言葉をさっそく教えてくれる。

海はまるで灰色の花畑。下に隠れているはずの水がぜんぜん見えなくなっている。夏にしてはひんやりした、乾いた風とともに、波の花があっちに、こっちに、揺れているだけだ。海がまるごとどこかに消えちゃったみたい。

「天候の変化のせいで、海のずっと沖のほうで、プランクトンが異常発生したんだって。

先生が張り切って説明してた」

ぷらんくとん？

「こーんなちいさな、海の中の、生き物。こんぐらいだぜ？　こんなにちいさくても、なんと、生きてるんだって」

解が、親指と人差し指で塵《ちり》ぐらいちいさな生き物を表現してみせる。あたしはびっくりする。そんなにちいさくても生きてるなんて信じられない。

疑いを察して解が、

「いや、ほんとうだって……」

とつぶやく。

波に押されて海の向こうから絶望がやってきたのか、その夏の終わり、女学生がひとり首を吊った。「便所で、梁《はり》からぶら下がったってさ」と、灰色の泡に足元を邪魔されながら、大人たちが噂している。開いた絵本を片手に、あたしは窓辺にもたれて聞き耳を立てる。波の花がぶわぶわと咲きほこる、赤い橋のたもとで、近所のおばあさんとお姉さんたちが話している。

「男かね」

「そうだよ」

「いや、ちがうらしい」

「なにも便所で」

「かわいそうに。生きてりゃ楽しいこともたくさんあるのに」

「ある？」

「さぁ。言ってみただけ。ないかもねぇ」

「……男かねぇ」

「そりゃ、そうだろう。でも誰もわからんよ、死んだ本人に聞いてみにゃ……」

あたしは欠伸をする。

お姉さんの一人が、トントントンと階段を上がってきて「眞子ちゃん、いる。仕事よぅ」と呼ぶ。ママは煎餅布団から半ばはみだして、あたしの腰に抱きついたまま半目を開けている。起きているのと、寝ているのの、中間。生きているのと、死んでいるのの、中間。そんな風情でくったりと寝乱れて「駒子ぅ……」と、ときたまあたしを呼んでいる。

幾度も声をかけられて、ようやく起きあがり、煙草をくわえて火をつけた。薄い唇が歪《ゆが》む。あたしは煙がしみて、目を瞬《しばたた》かせた。窓の外で、波の花も風にあおられて、灰色の煙みたいにもくもくと家の外壁をのぼってきている。見る間に量が増えているようで、怖くなる。

「稼げる仕事よ。遺族がたっぷり出すからさ」

「ハァ？　遺族？」

「葬式婚礼よ。眞子ちゃんがうちらの中ではいちばん若いし、女学生の役なんて向いてるから」

「……いやよ。お姉さん、自分らがやりたくないんでしょう」

「うん、まぁ、ちょっと薄気味悪いけどさぁ。でもあんたじゃなきゃ遺族も納得しないわよ。わたしらじゃ、さすがにトウがたちすぎってもんだわ」

お姉さんがふっと鏡を見る。

この家にいる女の人たちでは、ママがいちばん若くてきれいだった。ほかの人たちは、太ってたり、痩せすぎてたり。ママのおかあさんといってもよさそうな年のお姉さんもけっこういた。ママは煙草をぎりぎりの端っこまで吸って、吸殻が山になったアルミの灰皿に向かって放った。ため息といっしょに煙が天井にふわっと立ちのぼる。

葬式婚礼を見るのは初めてだった。あたしは解と顔を見合わせた。寝ているふりをしておいて、覗きに行こうね、と目と目で相談しあう。


翌日の夜。

あたしと解は家をそっと抜けだした。死人が出た家は、解がちゃんと調査済みだった。

「こっち……」と手を引かれて、泡だらけの橋を抜けて、道を下っていく。

異常発生した波の花は、夜に見ると、月明かりを映してかすかな青色に光っていた。まるで夜空に浮かんで、雲の上を歩いてるみたい！　きれい、きれい、と胸がどきどきして、思わず立ちどまったら、解に強く手を引かれた。「急いで！　もう始まっちゃうよ」雲を蹴散らして走りだす。あたしたちは、夜の夢の中。夢の中では誰もが雲の上を歩ける。

死人の出た家は、海沿いにあった。やっぱり、海の向こうから絶望がやってきたんだとあたしは思った。それで、いちばん近い家に入りこんで、トイレに行こうと起きだした女学生を捕まえたんだ。ついさっきまであったかい布団にくるまって、くぅくぅ眠っていたのに。絶望はまだ、波の花に紛れて町にいる。隠れている。ぶるっ、と震えたときに、その家に着いた。解が張り切って低い塀をよじ登って、あたしにも手を差しのべた。ふたりして、手入れの行き届いた庭に落っこちる。剪定《せんてい》された松が、あたしたちにぶつかられて、揺れる。

葬式婚礼は障子を開け放された広間で行われている。

ひそやかな泣き声が漏れている。

紋付袴《もんつきはかま》のおじさんたち。留袖姿の女の人たち。箱膳を前にずらりと並んでいる。冷えた料理には誰も手をつけていない。酒だけが進んでいる。誰も話す人はいない。

上座には紋付袴の若い男の人が座って、酒をあおっている。ぼんやりした表情。となりの女の人を見ないようにしている。

女の人は、白無垢《しろむく》に角隠し。真っ白な顔をしていて、すこぅし歪んだ角度で座ったまま身じろぎもしない。背後に積んだ座布団に立てかけられていて、カチンと固まっている。目は閉じられたまま。

死んでるのだから、動かない。

庭にも、波の花がじくじくと押し寄せている。天上の世界にいるような、でも海の底に沈んでしまったような、わけのわからない気持ちになる。

——葬式婚礼は、町の昔からの風習だといった人もいたし、そうじゃない、映画かなにかで見てごく最近真似するようになったんだ、女の子がよく死ぬ町だから、といった人もいた。あたしの周りにいるのは温泉が出てからやってきたよそ者ばかりだから、みんなの話に聞き耳を立てていても、確かなことはよくわからなかった。未婚のまま女の子が死んでしまったときに、葬式と婚礼をいっしょにやって、既婚者にしてからあの世に送りだす儀式らしかった。未婚のまま、あの世に行ったら、あの世で暮らしに困って、温泉芸者になってしまう。つまりママやお姉さんたちみたいにだ……。

女の人は動かない。

死んでるのだから、動かない。

首が妙に長ぁいような気がする。こないだ本で読んだばかりの、ろくろっ首みたいに、ほかの人よりずっと長ぁい。積まれた座布団によりかかって固く目を閉じ、首のところのおかしさを自ら恥じてるようにも見える。

解が小声で、

「首、括《くく》ったからだよ」

とささやく。あたしは思わず震える。ろくろっ首によく似た、若い葬式花嫁から目が離せない。

真っ白に塗られた、でも死相がはみだして波の花と同じ灰色にも見える顔に、目を凝らす。どこかで見た顔なのだろうかと思ったけれど、よくわからない。

末席にいたセーラー服の女学生たちが、とつぜんワッと泣き伏したかと思うと、手を取りあって、裸足のままで庭に飛びおりてきた。あたしと解はあわてて身を隠す。

「こんなの、あんまりだわ」

「かわいそうよ。かわいそうよ」

「あの世でどうなったって、いいじゃない。こんなことされるよりもずっと。大人って勝手よ」

「女学生のまま、あの世に行ったっていいじゃない。こんなのわけがわからない」

互いの肩を抱きあって、発作を起こしたように激しく泣き始める。まるで動物の断末魔のように甲高く、夜空をぶるぶる震わせる。波の花がうれしそうに小刻みに揺れる。

そんなに泣いていたら、夜の闇に隠れている絶望に、目をつけられるのに。あたしはからだを固くする。

紋付袴の大人たちが出てきて、「君たち、もう帰りなさい」と女学生たちを追いはらう。女学生たちは口々に「ばーか」「おじん」「くたばっちまえ」と、らしからぬ言葉で大人たちを罵倒しながら走って出ていく。

それから、死んだ女の子の名前らしきものを叫んで、一斉に、

「さよなら」

「さよなら」

「さよならよ」

歌うように唱えると、軽い足音を響かせて、夜の闇に消えていった。

波の花がふるっと震えた。風が吹いて、女学生たちを追うように泡がおおきくなびいた。

ママの仕事は、夜更けだった。

解に手を引かれて、奥の間が見えるように庭を迂回《うかい》していく。丸窓の障子に、指を舐めてぷすっと穴を開けて、ふたりで覗いた。ママは白無垢に角隠しを着せられて正座していたけれど、さっきの、本物の葬式花嫁と比べると着物の質がすごく落ちたし、着付

けも化粧もいい加減だった。付いている人もぞんざいな態度で、ママが足を崩そうとしたら「おい、正座」と低い声で注意した。それから、汚いものでも見るようにママを横目で見た。

ママはしばらくのあいだ、おとなしく座っていた。と、煙草を吸おうとしてまた注意された。ふくれて、ため息をつく。ついに「頼まれて、きてんのよ。わたしだっていやだったんだから」と小声で文句を言った。

「帰るわよ、わたし」

「……いてくださいよ」

相手も不機嫌そうに言う。

「前のときは、誰がやったのよ」

「名前は忘れたけど。流れ者だったから、しばらくしたらいなくなりましたねぇ」

「葬式お婿さんのほうは？」

「それは土地の者が。べつにそうは気にしないから、青年団でくじを引いて、適当に」

ママが欠伸をした。

しばらくすると、廊下のほうが騒がしくなってきた。大人たちに囲まれて、葬式お婿さんが、花嫁さんを横抱きにして奥の間に入ってきた。首が動かないようにおじさんたちが支えている。花嫁さんは死んでいるから、目を閉じたままで、無抵抗だった。

奥の間のいちばん隅に、花嫁さんを横たえる。みんなどやどやと出ていく。一刻も早く逃げたいみたいに。ママのほうは誰も見ようとしない。

葬式お婿さんと、ママの二人だけになる。二人のあいだには赤くて薄い布団が敷かれている。部屋の隅には花嫁さん。ママがめんどくさそうに立ちあがる。と、お婿さんが乱暴にその腕を取って、よろけたところを胸を押して、布団の上に倒した。角隠しが取れてころころっと飛んできて、あたしたちが覗いている丸窓のすぐ下で止まる。

ママの吐息がおおきくいちど、響く。

帯を解くのもぞんざいだ。お婿さんはのしかかって、ママを覆い隠す。しがみついたかと思うと、ちいさく「うわ、あったけぇ。生きてる……」とつぶやくのが聞こえて、とたんにママがけたたましく笑いだした。

お婿さんが情けなさそうに「笑うなよ」とうめく。

ママは楽しそうに、

「だってあんた、ものすごく怖がってるんだもの」

「死体のある部屋で、こんなこと。誰だって」

「おいでよ、ほら、ここよ、怖くないよ、わたしはあったかいわよ。こんな面倒なことやらされてんだから、せめて楽しまなきゃ。青年団で、くじを引いてラッキーだったって思わせて、帰してあげるわ。ほら、ここよ、ほら、はやく。あったまるわよ」

「あったまる、か」

「温泉、芸者ですもん」

ママが笑う。お婿さんはしがみつきながら、かすれた声でママに名前を聞く。「なんていうの。なんていうの」と繰りかえす。ママは吐息混じりに、

「源氏名、赤魚よ」

「あかうお？」

「だーって、みんなお魚の名前がついてんだもの」

「ほんとうは？」

「えっと、えっと、ほんとは……コマコよ」

ママがあたしの名前を言ったので、あたしはおおきくのけぞって、危ういところで解の腕に支えられる。お婿さんが唸《うな》り声《ごえ》のような、吐息のような、低い声の合間に「コマコ」とつぶやく。「コマコ、コマコ、コマコ……」あたしは逃げ腰になる。腰が引けて、そのぶん視界が動いて、障子に開けた穴から見える風景がふっと変わる。

部屋の隅に捨てられて、忘れ去られたろくろっ首の花嫁さんが、音もなく立ちあがる。あたしは息を呑《の》む。ママとお婿さんの狂乱を、黙って見下ろしている。目が開いて、あ

ぁ、その目には大人への軽蔑があるようだ。ママが甘い声を上げて、お婿さんの首に腕を回す。花嫁さんはそんなことはどうでもいいようだ。首を長ぁくのばして、天井の梁から吊りさがってるようにユラユラ揺れている。見ていると、急にこっちを振りかえった。ユラッ！　着物の裾が揺れる。目があった！　みつかった！　あたしは後ずさりする。解は魅入られたようにそこにいて、お婿さんと温泉芸者の葬式初夜をみつめている。花嫁さんの異変には気づいていないみたい。あたしはひとりで背を向けて、走りだす。月明かりを浴びて青く発光する、雲のような泡を蹴って。走る走る。あたしは、走る走る。

庭を出て、外の道路を走って、海へ。夜も更けるころで、道には、旅館の浴衣姿でほろ酔いの、温泉客たちがちらほらと歩いているばかりだ。誰にも、宙に浮いてあたしを追うろくろっ首の花嫁が見えてないようだ。あたしは転がるように駆ける。温泉客はあたしを見て「なんだ、こんな子どもが……」と不思議そうにつぶやく。「俺、酔ってるのかな……」

海に着く。

夜明けはまだで、あたしが愛する金の光は水平線の下のほうに隠れている。浜辺は泡で埋まって、海も、海面が見えないままもくもくと波を揺らしている。あたしのとなりに、葬式花嫁が立つ。怖くて震える。息もできない。となりからこの世のものならぬ冷気が立ちのぼっている。ある日、とつぜん、便所で首を括った女学生。快活で、前日までいつもどおりだったというのに。いったいなにに悩んでいたのか家族にも友達にも誰にもわからない。冷気が増す。あたしは動けなくなって、やがて、勇気を出してとなりを見上げる。

夜の冷気に包まれて、葬式花嫁はじっとしている。白粉を塗られた顔は死相がはみだしてはっきりと灰色に沈んでいる。両目は見開かれて、どろんとしている。首が、やっぱり、長すぎる。白い布が巻かれて傷跡を隠してる！　機械仕掛けのようにゆっくりと、ジ、ジ、ジ……と首を動かしてこちらを見下ろした。紫色の唇が動く。なにか、言いそうだ。でも唇だけが動いて、なにも聞こえない。やがて花嫁さんはあきらめて口を閉じた。

あたしといっしょに、浜辺に座る。うち捨てられていた古いテトラポッドの上。あたしが膝を抱えると、花嫁さんも同じポーズをした。白無垢に角隠しの姿にはぜんぜん似合わない。昨日まで女学生だったのだとわかる、気のおけない無垢な雰囲気。膝を抱えて、その手の甲に顎をのっけて、すごく寂しそうな顔で海を見ている。

やがて金色の光が水平線から昇ってきて、朝が始まると、葬式花嫁は氷が熱に溶けるようにとろとろと金に染まって、ゆっくりとかき消えた。

秋は静かにやってきて、それとともに、ちっちゃいプランクトンが無数にいるという不思議な灰色の泡も、海の向こうにいつのまにか退場していった。町は静かだった。椛《もみじ》が一枚、ひらひらと舞って、温泉客の腕をかすり、道路に落ちた。見る間に赤が濃くなり、茶色くなり、つぎつぎ地面に落ちていって木々はどれも裸になる。秋はいつも瞬間で、すぐに気温が下がり、冬がやってきた。

その年の冬は、極寒だった。お姉さんたちは着物の上からちゃんちゃんこを羽織って、マフラーも巻いて、下駄を鳴らして仕事に出かけた。カララン、コロン……。下駄が鳴る音がちいさくなったのは、道路も橋も凍りついたからだ。こんなことは初めてだとのことだった。

解が、

「異常気象だって。先生が言ってた」

と教えてくれる。

「汐氷《せきひょう》っていうんだってさ。もっと増えるって」

汐氷？

「ほら、見ろよ。欄干も、電信柱も凍りついてる。塩分がたくさん混じってるからあんなに固いんだ」

沖合いの海の異常がまだ続いていて、塩分の多い波が町に押し寄せ、気温の低さであちこちで凍ってしまったのだった。どこもかしこも灰色の氷に薄く覆われて、道を歩く大人たちはやたらと、転んでいた。

目を凝らすと、海の色も灰色だった。凍った道を渡ってあれがまたやってきたのか、冬が濃くなったころ、女学生がとつぜん自死した。町でいちばん高い商工会議所ビルの屋上から、冬の渡り鳥みたいに飛びおりたのだ。

「頭が、割れたそうな」

「……それでまた、葬式婚礼をやるのか。はやく埋めてやればいいのに」

「そうはいかないだろう。あの世で芸者になったら親が困る。やるだろうよ、やるだろうよ」

大人たちの噂話を、本をめくりながら聞いている。

ママは憂鬱そうに「稼げるったってさぁ。まったく……」と煙草のフィルターをがじがじと噛んでいる。ゆっくり立ちあがると、行くか、というようにため息混じりに足を踏みだした。そうしてその夜は、帰りがいつもより遅かった。解に、覗きに行こうと誘われたけれど、あたしは断固として断った。夏、葬式花嫁のお化けに追いかけられたときの記憶がからだに染みついていた。頭が割れた花嫁さんなんて、ぜったい見にいくもんか。ママも、ママも……気をつけて。

つぎの日、また女学生が死んだ。二人で手をつないで、汐氷の割れ目から冬の海に飛びこんで凍ったのだ。

ママは大忙しで、二件の葬式婚礼をはしごした。解も覗きのはしごで、翌朝、「花嫁さんの片方は、顔が見えないようになってた。二人目は見えた。それでさ、目玉が、こぉんなに……」と、学校に行く前にあたしを捕まえてことこまかに説明した。ママはというと、部屋の隅に敷かれた煎餅布団にくるまって、誰がどんな大声で話しても起きなかった。疲れきって、からだも薄ぅくなって、くぅくぅ眠っていた。

都会で、女学生たちに人気のある歌手がとつぜん死んだのだ、という大人たちもいた。それが原因で自死の連鎖が起きている、と。だけどあたしはそうじゃなくて、海から上がってきた、姿の見えない異国の死神が鎌をふるってるのだという気がした。だから、夜はあまり外に出ないほうがいい。トイレにも行かないほうがいい。朝まで我慢だ。絶望に、死神にみつかって、鎌で首を狩られたり、頭を潰されたりする。そんなふうに想像してはママが帰ってくるまで震えていた。

窓の外では、相変わらず、町が汐氷に凍りついていた。

びゅうっ、と、異国の死神がため息をつく。

ママは昼間、壊れたように眠り続けている。

あたしはこれまでと変わらず、いないままだった。

ママのミニチュア、置屋の座敷わらしみたいにじっとして、黙って、解が借りてきてくれる本を読んでいた。白粉をはたく真似や、唇に紅を引くしぐさも覚えて、ときどき窓辺で器用にやってみせると、お姉さんたちは喜んだ。解も、あたしをじっと観察しては、真似する。二人で向きあって、鏡を見るように互いをみつめながらパントマイムをした。髪をすく。白粉をはたく。眉を描く。紅を引く。腰を崩して、女の物思いに、ふける。解はたちまち吸収して上手になった。

あたしはいない。どこにもいない。いたら邪魔だから、こうやって、縁起のよさそうな半透明の座敷わらしになる。このままずっと、年も取らずに、永遠に置屋の二階に住んでいるような気がした。解だけは大人になる。解は、だって、学校に行ってるから。虐められてるけど……。大人になった解は、ここにあたしがいることも、子どものころを座敷わらしとともに過ごしたことも、忘れてしまうかもしれない。この冬、あたしはそんなふうに感じていた。だるぅくて、ほかにはなにも考えられなかった。なにかから逃げるように眠り続けるママのことだけが心配だった。

窓の外を、見覚えのある女学生が通りすぎた。

あの、理事長の娘の片割れだ。詰襟姿の男の子と腕を組んで歩いている。恋人どうしらしい。あれ、もうひとりのほうはどうしたの、とあたしは首をかしげる。片割れは、妹だった。険しい顔つきをした、知のほうだ。愛のほうはどうしてるのだろう、と思っていると、恋人どうしは腕を軟体動物のようにうねうねと絡ませあって、汐氷の道路をゆっくりと通り過ぎていった。腕だけがべつの生き物になって、交尾してるみたい。絡み方を微妙に変えながら触れあっていて、動きが止まることも、互いから離れることもけっしてない。

道路の向こうで、レンズが夕刻の日射しを反射して、光る。TVクルーなるものが汐氷にコーティングされた町のあちこちを撮影している。マイクを持った男の人がこちらに近づいてくる。通りかかった温泉客にマイクを向けた。声がかすかに聞こえてくる。

「おどろきました。これ、ぜんぶ氷なんですねぇ。さすがに寒いですよ」

「そのぶん、温泉に入ったときは格別だよなぁ」

「ははは」

出勤していくママとお姉さんたちが、TVクルーに捕まる。マイクを向けられたお姉さんたちが大笑いするけれど、ママはそっと首を曲げて、カメラを避ける。お姉さんの一人が気づいて、

「あら、そうだ。この子、昔は女優だったのよ。あんた映りなさいよ。見栄えがするんだからさぁ」

「いいって、わたしは」

ママは逃げるように背を向けて、汐氷の道路を急ぐ。と、つるっと滑って仰向《あおむ》けにひ

っくりかえる。お姉さんたちがきゃっきゃと笑って、手を差しのべる。ママに歩み寄ろうとして、ひとり転んで、互いに「なにやってんのよぅ、あんた」「眞子ちゃん、ほら」と笑いあう。

「地元の芸者さんも、慣れないことで転んでしまうようです」

マイクを持ったおじさんが、カメラに向かって言う。

ママは起きあがって、カメラに背を向けたまま、後も見ずに走りだす。

その夜、あたしは、解が図書館から借りてきた本を読んでいる。

本屋でみつけた、一冊の本の中に入りこんで、冒険をする。ファンタージエン国の女王がぼくの助けを待っている！　国には真っ白な虚無が押し寄せていて、女王の民を救うのはぼくしかいない！　それなのにぼくは臆病で、力がないんだ……。今夜はまた葬式婚礼が一件あって、ママの帰りは遅い。解も覗きに出かけていて――どうしてあんなにも葬式初夜を見たがるのか、あたしには解のことがわからない、死の国ととなりあわせの、おそろしい営みだというのに――置屋の二階にはあたししかいない。でも怖くない。

こんな素敵な本は初めて読んだ、とあたしは感動に打ち震えている。すばらしく面白い物語が、あたしのちいさなからだの奥で、鐘のように激しく音を立てている。からだ全体が青銅の鐘になってしまったような気がし始める。感動に、揺れる。おおきな音を立てて空気を震わせている。ぐぉーん、ぐぉーん、と、部屋の中のなにも動いていないのにあたしだけ躍動感になぎ倒されそうだ。荒れ野に立ち、風に押されて地面につっぷすように、強大な自然の力に屈するように、あたしは煎餅布団の上に倒れて、無言のまま部屋中を転げまわる。右から左へ。左から右へ。幾度も。幾度も。あぁ、飛べるものなら飛びたい。物語への感動が未知のエネルギーになって、からだに満ち満ちて、毛穴から溢《あふ》れだす。じっとしていられない。転げまわって、声のない声で喚《わめ》く。すごい、すごい、すごい。

窓の外になにかの顔が見える。黒い、おおきな顔。老人のような、若者のような、異国の死神が夜を漂っている。転げまわるあたしをみつけて、鎌をかまえたままで不思議そうに覗きこんでいる。あたしはいま、一冊の本を胸に抱いて、万能感に満ちて床に転がっている。連れていけるものなら、やってみろ、とあたしは死神をみつめかえす。これほどの、暗い喜びに満ちた子どもを。これほどの、孤独に堕落した子どもを。

死神の顔がふっと消えて、代わりに、玄関の引き戸が開く音がする。

「ごめん、くださいませ」

あれっ。

女の子の声だ。

あたしは、窓の外からかき消えた、死神の顔が気になって仕方ない。だけど死神は消えてしまったし、玄関からは何度も「ごめん、くださいませ。くださいませ。くださいませ」と女の子の震え声が続いている。こんな時間に、こんなところに、女の子が訪ねてくるなんてどういうことだろう。あたしがそっと廊下に出て、階段から覗くと、毛糸のマフラーを頭からかぶって顔を隠した女の子が、マフラーのあいだからおおきな目だけをギョロリと出して、あたしを見上げた。

「誰かいる？　大人はいる？」

ううん、大人はいない。

解もいない。

あたしだけ。

と、首を振る。

女の子は両手を揉みしぼって「赤魚さんは、いる？」と聞く。首を振ると、途方に暮れたように首をかしげ、しばし玄関に立ち尽くした。

上がりなよ。

と、片手で手招きする。

女の子はごくっとつばを飲んで、それからうなずいた。靴を脱ぎ、おっかなびっくり二階に上がってくる。どうして顔を隠しているのかな、とあたしは女の子を見上げながら考える。見られたら、困る、なにがその奥にあるというのだろう。

女の子は部屋の隅に座って、落ち着かないというようにきょろきょろした。あたしが抱えている本を見るとうれしそうになって「それ、わたしも読んだわ。ちいさい頃」と言う。あたしが顔を輝かせると「おもしろかった。わたしも幸いの竜の背に乗って空を飛んでみたいと思ったわ」と微笑む。

それから、そっとマフラーを取った。

……あ。

と、あたしは気づく。

理事長の家の、姉妹の片割れだった。きれいでやわらかな顔をしたほう。つまりは、愛のほう。お姉さんだ。この冬、町では女学生がどんどん死んでいたから、あたしはふと、なんだまだ生きてたのか、と思う。

「この部屋、中はこんなふうになってたのね」

愛のほうがつぶやく。

そうよ。

と、あたしはうなずく。

「もうひとりのお嬢ちゃんは、留守なの」

うん。

「ひとりでお留守番、えらいわね」

そんなことないよ。

あたしはひとりで平気。

ママがいれば、平気よ。

「片割れになっちゃうと、辛《つら》いわ」

愛のほうがふいにあふれた涙を拭く。

あたしは目をぱちくりする。

「妹が死んだの。ついさっきよ」

目を見開いて、愛のほうがつぶやく。

「原因がぜんぜんわからない。楽しそうだったし、ボーイフレンドもできたばかりで。ご飯食べて、お風呂に入って、寝て。わたしたち、同じ部屋にいるの。二段ベッドの上から、なにか垂れてくると思って、電気をつけたら……」

窓の外を、あたしは見る。雪がちらちらと降り始めている。この寒さだ、今年は雪も深いだろう。愛のほうはまた辺りをきょろきょろ見て、

「明後日《あさって》、妹の葬式婚礼があるの。初夜に雇われるのは、いつもきまって赤魚って女の人だって聞いたわ。知ってる？」

知ってる。

あたしのママよ。

「だから、わたし、赤魚さんにお願いをしに……」

愛のほうが落ちつかなげに、三つ編みにした長い髪のさきっぽを自分で引っぱった。

そのとき玄関ががらがらっと開く音がして、続いてお姉さんたちの低い話し声と足音も響いてきた。愛のほうはかすかに肩を震わせた。窓の外で、雪がとつぜん激しくなる。雲が月明かりを隠して外がぐっと暗くなった。

どうしてもあたしにわからないのは、愛する人がいるのに、死んでしまう気持ちだ。

いや、ちがう。

愛する人に、死ね、と言われたらあたしはきっとすぐに死ぬだろう。それがその人の幸福になるのなら。自分の手で首を絞めて。舌を噛んで。息を、止めて。もしもママに命じられたらできる、と思う。

でも、愛する人が悲しむのならどうして死ねるのだろう。あたしは泥酔して帰ってきた、赤魚さんこと、ママの青白い顔を見上げながら思った。部屋の隅には、マフラーで顔を半ば隠した理事長の長女。愛のほう。姉妹の、生き残った片割れ。あたしは、知のほうが腕で交尾していた、詰襟の男子学生の横顔を思いだす。とつぜんの自死に片割れも呆然としているし、家族も男子学生もおんなじだろう。

ママはかったるそうに大あくびをして「じゃ、また葬式婚礼？　いいけど。で、お願いってなによ」とため息混じりにつぶやいた。

愛のほうが顔を上げる。

あたしは窓辺に座って、まだ考えている。自分のために、自分の絶望のために死ねるなんて。ということは、自分のために生きてたのかな？　あたしはママをみつめる。己《おのれ》の持ち主たる、ママを。

手下は、ボスに絶対服従。

ボスに無断で死んだりしない。

自分のために生きたり、死んだりするってどういうことか、あたしにはよくわからない。

「代わってほしいんです」

愛のほうが言った。鈴が鳴るような、かわいい声だった。

「なにを？」

「初夜を。……赤魚さんがしたことにします。こっそり交代してください。わたしが妹の代わりをしたいんです。……姉ですもん」

「生娘《きむすめ》が、なにを言ってんのよぅ。ふふ」

「姉ですもん。他人に身代わりをされるなんていやだもん。これまでだって、どうして母親や姉妹や、友達がやろうとしなかったのかわからない。温泉芸者にならないように、温泉芸者を雇うって、だって、変じゃないですか」

「理屈っぽい子ねぇ。学校、行き過ぎじゃないの。三日に一回は休みなさいよ。どんどん利口になっちゃうわよぅ」

ママが笑ってまぜっかえす。化粧を落として土気色のしわしわになったお姉さんが二人、近づいてきて、愛のほうの肩を左右から乱暴に小突く。

「お嬢ちゃん、世の中にはね、汚れてもいいものと、悪いものがあんのよ。だからこうやって一ヵ所に集まるんじゃないの。この世は、ほら、この町みたいにさ、どこまでもゆるやかな坂道になってて、油断してるとずるずる落ちていっちゃうのよ。ここに長くいると匂いがつくわよ。ほら、帰れ!」

「代わってください。お願いします。お金なら、払います」

懐からちゃりりん、とお金の音がした。

冗談のようにかわいい子豚の貯金箱を、愛のほうがぶんぶんと振りかざしてママたちを威嚇した。いいから帰んなさいよ、とお姉さんたちに小突かれると、抵抗して、エイヤッと貯金箱を柱に投げつける。

陶器の割れる涼しげな音がして、小銭が畳に散らばった。

ママたちは困った顔をして、女学生と、割れた貯金箱と、小銭を見比べていた。

煙草の煙混じりのため息をついて、ママが、

「あー、もう、わかったわよ。あんたもう、勝手に、処女を散らせばいいでしょ。妹の死体の横でさぁ。わたしは、知ーらない」

煎餅布団に潜りこんでふて寝をした。

お姉さんたちも、危ないじゃないの、と文句を言いながら陶器の欠片を集め、小銭の山をママの枕元にじゃらじゃらと積んだ。愛のほうがゆっくりと立ちあがって、みんなに背を向けた。電灯の淡い光から陰になって、その顔が沈む。窓に、映っている。口元だけがにたっと笑って、それはさっき窓の外に見た異国の死神とおんなじ、氷の息吐く絶望の笑顔だった。

翌々日の夜。

ママはめずらしく置屋の二階にいて、あたしをあやしてくれている。ママかあたしのどちらかが風邪でもこじらせなきゃ、夕方からずっとママがそばにいることなんてなくて、だからあたしは静かにはしゃいでいる。

眠れ、眠れ、いとしき子よ、とママが子守唄を歌っている。あたしは膝にのせられてゆっくりと揺らされている。赤ちゃんにするような仕草。あたしはもう八歳で、おおきいんだけど、ママはそのことに気づいてないみたい。部屋には、二人きり。お姉さんた

ちはお座敷でおさかな節の最中だし、解はまた葬式初夜を覗きに行っている。ママが雇われたけど、女学生が身代わりを申し出た、あの初夜だ。ママは、お座敷に出てたらばれちゃうから、いつものあたしみたいに、いないこと、になって、部屋にこもっている。

部屋はママで満たされている。

いい匂い。幸福の匂い。信じられないぐらい幸せ！

あたしは、ママでいっぱいで、一昨夜、読んで感動して転げまわった物語の興奮の余韻も手伝って、この世にいるんじゃないみたいにふわふわしている。物語のぐぉーん、はまだまだ抜けない。

あたしはぼんやりと夢見心地で、まるで赤ちゃんにもどったようにママに揺らされている。目を閉じる。ママが大好き。

夜が更ける。ママは膝にあたしをのせて、壁にもたれたままウトウトと眠ってしまう。寝息がやわらかくって、甘いから、うっとりする。

「駒子っ、駒子っ、たいへんだっ」

ふいに至福の時を乱す声と、足音がする。階段を駆けあがってくる子どもの足音。部屋に飛びこんできて、せっかくママの膝でまどろんでるあたしの邪魔をした。解だ。

どうしたの。

邪魔、しないで。せっかくママと二人きりなのよ。

「死んだ」

なにが。

どうか、したの。

「花嫁だよ。葬式花嫁。お婿さんも死んだ。殺された。いいから、早くっ、駒子！」

あたしはあわてて立ちあがる。解はこんなに寒い、氷に包まれた冬の夜更けだというのに、じっとりと手のひらを汗に濡らしている。ぬらっ、とした手触り。手を引かれて階段を駆け降りた。玄関先に落っこちていた、大人用の、濃い藍色のちゃんちゃんこを羽織って、外へ。下駄の音が氷の上でかすかに響く。カラン、コロン……。海に背を向けて、ゆるやかな坂道を山のほうへ上がっていく。この世の、上のほう。汚れてはいけないもの。冒してはならない上等なもののほうへ。

「死んでる。死んでる」

解がうわ言のように繰りかえす。

「殺したんだ……」

坂を上がって、上がって、途中でつるつるの氷に足を取られて何度も転んだ。遠くから、おさかな節を歌う芸者さんの嬌声《きょうせい》や、温泉の、ちゃぽん、という水音が聞こえてきた。解が、早く、早く、と繰りかえす。汗にぬめる手は、川に住む、鰻に似たあの魚を思いださせる手触りだった。やがて一軒の、三階建ての立派な住宅に着く。塀をよじ登って、小ぶりな日本庭園に落っこちて、また手を引かれて奥の間へ。

裏庭に向かって障子が開け放されて、月明かりに薄ぼんやりと情景が浮かびあがっていた。静止画のようにもうなにも動かなかった。解のスカートがぶるっと震えた。あたしもいちど肩をおおきく揺らした。

部屋の隅に、葬式花嫁が寝かされていたような気がする。知のほうだ。真ん中に赤い布団が敷かれていて、裸の男の子が倒れていた。裸体は青白くて、おどろくほどほっそりした腰は、まるで女の子みたいにまだ儚《はかな》かった。

布団から、赤い液体が染みだしていた。

その傍《かたわ》らに、もうひとりの葬式花嫁が座っていた。右手におおきな出刃包丁を握ったまま絶命していた。首に切れ目があった。全員、動かない。三人ともだ。

死んでいるから、動かない。

あたしは、二年前の夏、浜辺で金色の光に包まれていた姉妹の裸体を思いだした。四本の縦線みたいに下に垂れさがって、規則正しく揺れていたよっつの乳房。物語の始まり。

解が耳元で「見てた。見てたんだ」とつぶやいた。あたしは後ずさった。

「花嫁さんが、いきなり刺したんだ。枕の下から出刃を出して。男のほうがなにか言ったけど、花嫁さんが『いま、死ぬのが流行《はや》ってるのよ』って……」

あたしはもう一歩、下がる。

「それから、自分の首にも当てて、一気に……」

心中した人なんて、初めて見た。

あたしは三人分の死の気配と、二人分の鮮血にあふれる静止画に、背を向ける。塀をよじ登って外に出ようとすると、解が手を貸してくれる。解も震えている。坂道を下ろうとすると、視界いっぱいに、氷に包まれた町と、灰色の海がどこまでも広がる。びゅうっと冬の夜風が吹く。海の向こうから、氷の表面を撫でてここまで届いた風は、おどろくほどつめたい。鎌で斬りつけられたような痛みをからだ中で受けとめる。風は止まらない。振りむくと、理事長の家から、塀を越えて、二人分の鮮血が、泡立ちながら、ダムが決壊したようにこちらに押し寄せてくる。真っ赤な泡が！　下駄を取られて、裸足になる。足に絡みつく。あたしたちは転がるように坂道を降りていく。視界の先には氷の海が、風の鎌を振るっている。背後からは、鮮血の幻影が、あたしたちを追い立てる。あたしは走る。ママ、ママ、ママ！　走る。走る。ママ、ママ、ママ！

知らせなきゃ。

ママを助けなきゃ。マコのためのコマコが。

置屋に逃げこんで、玄関の引き戸を閉める。風の鎌も、鮮血も、置屋の中まではやってこない。結界があるのだ。あたしは階段を駆けあがって、夢の中に逃げこんでるママを起こす。ママは「なによぅ、駒子……」とむにゃむにゃしている。あたしはママを無理に起こして、手を引いて、外に連れだす。理事長の家まで着くと、塀を乗り越えようとするあたしにあきれたように、ママが、「ちょっと駒子、ここに木戸があるわよ」と指差す。

奥の間の、死体を見て、ママはくるりときびすを返す。

あたしの手を引いて、転がるように駆けて置屋にもどる。解は部屋の隅で震えている。お姉さんたちはまだお仕事中で一人もいない。ママは「なんで？　なんで？」と繰りかえしている。

「あの子たち、なんで死ぬの？　わかんない。これ、まずくない？　ねぇ、駒子……」

ママがおろおろする。

「警察がくるわ。わたし、事情を聴かれるわ。だってわたしがあの子と交代しちゃったんだもの。あぁ……」

押入れを乱暴に開けて、行李《こうり》から荷物を出してまとめ始める。あたしは、ふとなにかを思いだす。足についていた、赤い液体。螺旋階段から、ぴちょん……と垂れてくる音。コーエーのあの部屋。

あのときもママは言った。

いまも、言う。ほら。

「駒子、逃げるわよ」

うん、わかった。

と、あたしはうなずく。

部屋の隅で震えていた解が、顔を上げる。あたしとママを見比べて、

「どっか、行っちゃうの」

ママは答えない。

ボスが黙ってるから、あたしもじっとしている。解がもう一回、

「行っちゃうのか……」

こんどは納得したようにつぶやく。

それから「ちょっと、借りてくる」と口の中でもごもごと言って、部屋を飛びだした。階段を駆け降りる足音が遠ざかっていく。

窓の外ですこしずつ夜が明けてくる。お姉さんたちがほろ酔いで帰ってきて、鞄に荷物を詰めこんでるママと、周囲をうろついているあたしに気づいて「どうかしたの」と聞く。

「ううん……」

ママは首を振る。

夜はどんどん明けていく。うっすらと寒い、冬の朝が立ちこめる。窓の外に、誰かが

やってくる。紺色の制服を着た男の人が、二人。警察の人だ。それと、もう一人。警官よりも年配の、くたびれた服装をした男の人。玄関先で煙草を吸っていたお姉さんに、年配の男の人が聞く。

「この家に、スズキマコさんはいませんかね」

「ハァ？」

「昨日のニュースでね。ほら、汐氷の。探し人が映っていたものでね。髪の長い、痩せ型の。二十代半ばぐらいの」

「……知らないねぇ」

お姉さんがそっぽを向く。男の人がふいにこっちを見上げる。その眼光の鋭さにあたしはきゅっと縮こまる。男の人が「娘が一人いるはずでね。ほら、ちょうどあの子ぐらいのさ」と言いながらあたしを指差す。あたしはあわてて窓から離れる。

警官二人も、お姉さんに声をかける。ちいさな話し声が聞こえてくる。

ママはいつのまにか洋装にもどっている。コートの襟を立てて、帽子をかぶって。ストッキングをはいた足が寒そうだ。鞄を片手に、あたしを振りかえり、

「駒子も、くる？」

もちろん。

ママと一心同体。コマコはマコといっしょに逃げる。世界の果てまであなたについて

いく。

いっしょに階段を降りて、発酵した、女たちの排泄物の臭いまでもが凍りつく、冷気に満ちた朝の裏庭を抜けていく。靴はぜんぶ玄関にあったから、ママもあたしも裸足だ。氷のつめたさにたちまち足の裏の感覚がなくなる。置屋を抜けて、裏道から、駅へ。

灰色に凍る海と、裸の木が揺れる山々のあいだに、赤い橋が無数に架かるちいさな町があり、町と、山々のあいだに、黒い線が一本横たわっている。線路だ。一日に何度か、列車が行き過ぎる。あたしたちをここに下ろした、あの列車。転んだり、足の裏に切られるような痛みを感じてうめき声を上げたりしながら、あたしたちはまた駅にたどり着いた。

無人駅は駅舎も、ホームも、柱も、どこもかしこも氷に覆われて灰色に沈んでいた。朝の光がかすかに金色に輝いて、あたしたちを照らした。駅からは、海と、町が一望できた。あたしは呆然と、とつぜん別れることになった海を見下ろしていた。

なんとなく、当然のように、あたしはこの町でずっと暮らして大人になるのだと思いこんでいた。ママにぴったりと寄り添って。友達の解といっしょに。置屋の二階の、薄暗がりで。

金の光は弱々しくあたしを照らして、眩しさに、あたしの目から一滴だけ涙が流れ落ちた。ガタゴト、ガタゴトと揺れながら、三両編成の鈍行列車がやってきた。ママと二人で乗りこんで、鞄を網棚にのせて、硬い座席に座ってかじかんだ足を手のひらで温めた。

窓の向こうに、解がいた。あたしはあわてて窓を押しあげた。ホームを走ってくると、こっちに向けて、ずいぶんおおきなカメラを構えた。借りてくるって言ったの、これのことだったんだ。記念写真。あたしの顔を忘れないように。でも、それ、焼き増ししてくれてももう受け取れないけど。カメラは銃口のようにぴたりとあたしに照準を合わせている。大好きなママの隣で、カメラに向かって、あたしは精一杯の笑顔を向けた。目がさらに細くなって、口は開いて、顎もちょっと上がって、したことがないぐらいの満面の笑みになる。解に、さよなら、さよなら、さよならよ、と手を振る。隣でママは、写りたくないというようにうつむいて暗い横顔を見せている。カシャッ、と銃声のようなシャッター音が響いて、この瞬間の、あたしとママが氷にとらわれたように永遠になった。

解は、ズームアップとか、カメラの技術なんてまだ知らなかったと思う。

だから、きっと豆粒みたいにちいさく写ったに過ぎないだろう。

場違いなほどの、満面の笑みで手を振るあたしと、かたわらでうつむくママ。

それがあなたとあたしの、たぶん二枚目の、ファミリーポートレイト。

一度も見たことがないけれど、心の中で、現像して、だからいまでもくっきりとその写真を思い浮かべることができる。日本のどこかで、解がフィルムを現像して、持っていてくれるだろうか。それとも大人になったいまはとっくになくしてしまっただろうか。あたしのことなど覚えていてくれる人はどこにもいないだろうか。

もしかすると一度も現像されることのないまま忘れ去られてしまったかもしれない。

寒い、と悲鳴を上げてるような、甲高い汽笛が鳴って、列車が走りだした。ホームに立ち尽くした解が、我にかえったようにあわてて走りだした。「駒子ぉ、駒子ぉ」と叫んでいる。解の顔は泣きそうなのに、あたしはにこにこ笑いながら手を振っている。「元気でなぁ、おぅい、元気でなぁ、おぅい、元気でなぁ……」解も力いっぱい手を振りかえしている。あたしはふと、ここがなんという町だったのか、知らない、と思いだして、ホームに書かれた駅の名前を読もうと目を凝らす。どんどんスピードが増していって、追いかけてくる解の姿も、駅の柱に書かれた名前も、なにもかもがかすんで記憶の海の奥深くに沈みこむように、急に遠ざかる。

駅はちいさくなり、代わりに、窓いっぱいの海が現れる。朝の、光に満ちた海。いまは氷に閉ざされ、上空を、異国の死神たちがうようよしているおそろしい海。物事の始まりで、終わり。おそろしい海。あたしが愛した金の海。

あたしはいつまでも海に目を凝らしている。足の裏はまだ痛みを訴えて、足だけがぶるぶる震えている。ママは疲れきって、座席にもたれてもう居眠りし始めている。どこに行くのだろう。あたしは、知らない。手下は、ボスに絶対服従。あたしは窓に頬杖をついて、かすかなため息をつく。心の中で、大声でおさかな節を歌ってみる。

おさかな　おさかな　おさかな節よ。
波が揺れりゃあ、ハァ、舟も揺れるよ。
おさかな　おさかな　おさかな節よ。
男は舟で、ハァ、沖へ出るのよ。

……ハァ。

三　豚の世界の女王

十歳。
豚の頭と睨《にら》めっこしてる。
勝敗はつかない。
豚は死んでるし、あたしという女の子には表情がない。
た、い、く、つ……。

そこはすごく新しい町で、乾いて石ころだらけの荒れ野がどこまでも広がる真ん中に、ある日とつぜん現れたというようにじつに唐突に存在していた。ところどころに雑草が生えているだけの硬い土地で、その雑草には花が咲かなかったし、土埃に汚されてパサパサと乾燥していた。町は四角くて、豚を飼う舎がいちばん外側をぐるりと囲んでいた。人間はその真ん中にいた。ちいさな四角い家に住み、碁盤の目みたいに規則正しい、細い道を歩いていた。

「養豚で儲《もう》けようって、若いやつらだけでここに町を作ったんだ。二十年ぐらい前かな。だからほら、この町に年寄りはいない。いるのは豚と、若いもんだけ」

ママに説明したのも、まだ四十歳ぐらいの男の人だった。町の人は、男も女も髪を茶色く染めていて、蛍光色のだぼだぼジャージを着ていつも煙草を吹かしていた。道にみんなして唾を吐くから、新しい町の、道路は、どこもにちゃにちゃして歩くたびに靴のゴム底にへばりついた。町を一歩出ると、見渡す限りの平野で、海も、山も見えなかった。あたしは最初、海の見えない町にきたことにがっかりしていた。でも、ママが心配で、じきにそれどころじゃなくなった。

町の人は、男も女も、豚の飼育と解体の仕事をしていた。町には生きてる豚と死んでる豚の匂いが充満していた。それはなにかを〝日なたにちょっと長いあいだ置きすぎてしまった……〟ような、あったかくってムワリとした匂いだった。飼育場には豚が人間の倍以上いて、朝も夜も静かに虚空をみつめていた。解体工場に、毎朝、何百頭もの豚が連れてこられて夜にはお肉に変身した。ママは、そっちにいたから、あたしも工場のあちこちを邪魔にならないようにうろついていた。

この町では、学校に行ってない子どもがいても誰も気にしなかった。ほかの子どもが、町の真ん中を横切る線路伝いに、ガタゴトと、隣町の小学校や中学校に通っていくのを横目で見ながら、あたしは日がな一日のんびり暮らしていた。高校に行ってる子はほとんどいなかった。町を出ていくか、働きだすかのどっちか、らしかった。朝と夕方には、町の真ん中にある駅に、制服姿の生徒たちがあふれる。どの制服も着崩されて、スカートは短くて、ズボンはぶかぶかで、詰襟も短くて。学生鞄はどれも、教科書が入るのかと不思議なほど薄っぺらだった。靴のカカトは踏まれてぺしゃんこだった。朝と夕方だけ、駅舎には駅員さんが立って、後の時間は無人だった。駅員さんは、解体工場で喧嘩《けんか》して、怪我したという、片足のないお兄さんだった。義足で、ぶすったれて、生徒たちの定期券をチェックする。右手に持った切符切りの鋏が、いらいらしているようにいつもカチカチカチカチと音を立てていた。三両編成の鈍行列車が、発車するたび、お兄さんは顎を上げて目を細める。首をかしげていつまでも見送っている。遠くに行きたいんだ、町を出たいんだ、とあたしは察する。でもお兄さんは出ていかない。義足を揺らして、家に帰り、テレビをつける。いつまでも出ていかない。家でテレビを見てる。

あたしの日課は、まず朝、駅を眺めて、それから昼は、解体工場をぶらつくことだった。ベルトコンベヤーにのせられた豚がどんどん切り離されて部位になっていくところを口を開けて眺めていた。白い、おおきな部屋。ガスで仮死状態になった豚が、後ろ足で吊りさげられてどんどんやってくる。コンベヤーにのせられる。と、電動カッターでひょいひょい切られて、足がなくなる。頭がぽこっと取られる。皮が剝《む》かれる。舌と内臓が取りだされる。楕円形《だえんけい》をした、ピンクのお肉の塊になる。また縦に吊るされて、巨大冷凍庫に向かって消えていく。頭だけが部屋に残る。それがでっかい洗濯機みたいなのに入れられて、たくさん回っている。みんな長靴を履いている。床は常に水が流れて、豚の血が洗われている。誰も私語をしないし、流れ作業が止まることもない。ママは、豚の頭の洗濯機にくっついて、真剣な顔をして中を覗きこんでいる。あたしは洗濯機から取りだされた洗浄後の頭と、睨めっこする。

豚は淡いピンク色をしていて、目を細めて笑ったような表情のもあるし、怒ったように目を吊りあげてるのや、人間にそっくりの苦悶《くもん》の表情のもある。あたしは豚と睨みあう。でも勝敗はつかない。豚は死んでるし、あたしの表情も、この町では、めったなことではもう動かない。

ゴム長靴に、ビニールの前掛けをかけた社長が「おまえら、ちゃんとやってるか！」と怒号みたいな声をかけながら歩いてくる。作業員たちは手を止めずに、顎だけで軽くうなずく。あたしはこの町の男の人も、女の人も、いまだに誰が誰か見分けがつかなくって戸惑っている。社長も、ほかの男の人たちと年格好が同じだし、髪も茶色くて肩までのばしていて、からだも固太りしていて、煙草の吸い方も笑い方もみんなして似ている。多様性のない町。片足をなくした、若い駅員さん以外は。不思議な町。

工場の外では、半ば野生化した猫が屯《たむろ》していて、威嚇するようにシャーッと鳴く。猫は工場から捨てられた肉片や内臓の欠片を常食にしていて、だからどれも丸々と太っている。あたしは怖くって、自然と足早になる。横目で見ると、猫たちの顔はもう猫とは思えないぐらい、いまでは豚に似ている。目がちいさくなって、鼻がおおきくなって、匂いも、ムワリとした、日なたのそれだ。

猫が一匹、あたしを追いかけてくる。まんまるのからだで、転がるように。あたしは声にならない悲鳴を上げて逃げだす。そういえばこの町には坂道がひとつもない。平野につくられた四角い町は、坂道もカーブもなくて、小鳥になって空から見たら、きっと幾何学模様の地上絵だ。

あたしは解体工場を出て、町の隅にある、どうやら図書館らしい建物に入っていく。どうやら、というのは、建物のどこにも、図書館、とか、本をどうぞ、とか書いてないからだ。一応作られたけれど、誰にも必要とされずに廃墟《はいきょ》になったらしい。ガラス扉には鍵がかかっていないし、大雨が降ったときについたらしい泥はねがカチカチに固まって、すごく汚い。中に入ると、タイルの床の上に埃がたまっていて、歩くたびに白く舞いあがる。トイレの水はまだ流れる。電気はつかない。だから昼間だけだ。あたしがここにくるのは。埃に咳《せ》きこんだり涙を拭いたりしながら、そっと歩く。本棚はたった五つ。蔵書はひどい！　司書さんが選んだんじゃなくて、本棚を埋めようと中身も見ずに集めたのだろう。だって同じ文学全集が三セットもある！　それに、全集の二巻だけなかったり、上下巻の下巻しかなかったり。ハウツー本もたくさん混ざってる。一応、どれにも図書館のラベルが貼ってある。あたしは屑山《くずやま》からお宝を探すハンターになったつもりで、埃にむせながら通路を歩く。下巻しかない本は、上巻の内容を想像しながら読んだ。アシュレーとのあいだになにがあったんだろう？　南北戦争の前はどんな生活だったのかな？　心の中に、ヒロインの過去が勝手に立ちあがる。嵐のような若い日々を想像して、ほくそ笑む。この通りだったらいいな。ちがってても、いいけど。自分はいつか、この本の上巻をどこかで読むことができるかしら。本は自由に手に入るものではなくて、本との出会いは有限で、偶然だったから、このころあたしはいつも物語に飢えていた。

ザムザさんが起きたら虫になってて、あたしはきゃっきゃと笑う。

荒れ野で出会った、三人の魔女にそそのかされて、張り切るおじさんの戯曲を読んだら、あたしはものすごく興奮してしまって、誰もいない図書館で魔女たちになりきって右に左に駆けまわる。

いつにしよう、また三人いっしょになるのは、雷、稲妻、土砂降りに誘われて？

騒ぎが終って、戦いが敗けて勝って、そのあとで。

それなら、日暮れ前に片附こう。

所は、どこだ？

荒れ地がいい。

ひき蛙《がえる》が呼んでいる。

どどん、どどん！　それぇ、マクベスが、来るぞぉ……。

埃が薄暗い図書館の天井まで立ち昇り、スモークを焚《た》いた舞台みたいに白くなる。あたしは魔女の役、おじさんの役、おじさんの奥さんの役、ぜんぶをやって、本を片手に、見えない観客に向かって見得を切る。楽しくって、自然と自信にあふれて、誰もいないこの場所で、あたしは、おろおろして口もきけないいつものコマコとはまるで別人になる。すべての幕を終えて、無人のカーテンコールにこたえてもう一度、さぁ、舞台へ！　三階席にまで愛想よく手を振り、それから優雅に、バレリーナみたいなかわいいお辞儀。割れんばかりの拍手に送られ、カーテンが閉まると、共演者の、自分と、自分と、自分と、駆け寄って抱きあう。ありがとう、素晴らしい舞台だったわ、いいえ、原作がいいのよ、なんと素敵な物語だったこと、あら……外を見て。いやだ。もう日暮れだわ……。

いつのまにか日が翳《かげ》って、図書館の外には黄色い夕日が垂れこめている。乾いた風が砂埃を上げて通りすぎていく。あたしはびっしょりかいた汗を拭いて、ただのコマコにもどる。夜に読む本を一冊、探して、胸の前で抱きしめて外に出る。埃と汗であたしは汚れている。つまらない娘。なにもできない娘。ママのもとにもどる。

振りかえらず、図書館を後にする。はぁ、と吐く息は豚の皮膚にすこし似たピンク色をしている。いまでは書棚のどこにどの本があるのかほとんど覚えてしまった、図書館のことを考えながら、あたしはだらだらと家路をたどる。興奮しているのに、心のどっかがひどく惨めで、大好きなのに、どうしても届かない気がして悲しくて、あたしは、自分はまるで物語に恋してる女みたいだと、まだ恋なんてしたことないのに、本の中でしか知らないのに、子どものくせに、ふと確信する。


家路は、足が、重くなる。

黄色い夕日がかすんで、道路は舗装されてないから、風が吹くたびに雑草が揺れて、土埃も舞いあがる。なにもかもが乾いていて、あたしは埃だらけでくしゃみをひとつ。

家は四角い町の一画にある。みんなが住んでる、二階建ての四角い家と同じ区画にあるけれど、あたしとママにあてがわれた家には一階しかなくて、土地もちょっとだけちいさい。みんながおんなじ形の家に住んでるから、家のちいささは欠落のしるしになって、よそ者のあたしたちは、だから、遠巻きにされている。

ちいさな家は住宅の区画に三つだけあって、一つにはやってきたばかりのあたしたち、もう一つには片足のない駅員さんが住んでいた。三つめの家は空き家だった。区別しなきゃいけない人がこれ以上いないからだろう。

家に入る前に、あたしはふっと道路の向こうを振りかえる。

夕日は黄色い。

解体工場で切り落とされた、豚の足がたくさん、ちゃんと四本で一頭分ずつ規則正しく、道路を歩いて夕日の奥に吸いこまれるように消えていくところを幻視する。夕日はあの世への入り口。何百頭もの豚たちが足だけになって昇天していく。あたしは目を細める。

家の、白い扉を開けると、玄関先にママのちいさなハイヒールと、工場用のゴム長靴があった。それと、男物のおおきなゴム長靴も。あたしは顔をしかめる。あいつがきている。

家は一間しかなくて、白い部屋には布団が敷いてあって、誰かのところからもらってきたようなふるいちゃぶ台もひとつ転がっていた。布団にくるまって、ママが泣いていた。半裸で、壁のほうを向いて、長い髪を両手でせわしなくいじりながら。茶髪の、固太りした四十歳ぐらいの男の人がパンツいっちょで仁王立ちして、煙草を齧《かじ》るようにして吸っていた。

ママがこの人を、社長、と呼ぶから、あたしは、いつもくる男の人が解体工場の社長なんだろうと察している。でもどうしても顔の見分けがつかない。考えようとすると頭に靄がかかってなにもかもよくわからなくなる。いつも同じ人がきているのか、たくさんの男の人がきているのかもわからない。町の人たちは似すぎていて、駅員さんしか見分けられない。欠落にしか気づけない。

「おい、豚」

社長、らしき男の人が、ママに声をかけた。ママのか細い肩がびくりと揺れた。

「おい、豚。おまえの猫が帰ってきたぞっ」

あたしはうつむいたままズック靴を脱ぐ。

部屋の中には、汗が饐《す》えたようないやな臭いが籠っている。社長がきた後はいつもそうで、これがこの人の臭いなのだろうけれど、あたしは大っきらいで、ほんとはいますぐ窓を開けたい。だけど、勝手なことをしたら怒られる。ママが声を立てずに泣いている。あたしは図書館から取ってきた本を床に放りだして、布団に駆け寄った。

ママ。

ママ。あたしよ。あなたの神よ。

「おまえのばか猫が、帰ってきたって、言ってるだろっ。聞こえてるのか。おいっ」

吸いかけの煙草を指のあいだにはさんで、こっちに近づいてくる。額が、脂を塗った鍋みたいにぎらぎらと蛍光灯の光を跳ねかえしている。泣いているママの、肩に、思いっ切り煙草の火を押しつけた。ママがぎゃあっと悲鳴を上げる。社長が片頰で、軽く笑う。

「聞こえてるか、おばはん。おい、三十にもなってろくに仕事もできねぇし、なにかってぇと泣いてばかりで、おまえはつまんねぇ女だよ。まったく……」

ママを痛めつける声は、どっか甘くて、あたしにはその理由がぜんぜんわからない。「一人目は、ろくにしゃべれねぇし。二人目は死産で、なんだっけ、頭がふたつもあったんだっけ」ママの髪を引っぱる。うれしそうに笑いながら。むりやり振りむかされたママの顔は青白くて、痩せたから頬がこけていて、かつてはあんなにうつくしい女の子だったのに、いまではだいぶ傷んでいる。涙で化粧がはげていて、鼻を啜《すす》ると首のしわが揺れた。

蔑《さげす》む、相手に、この男の人はずっと飢えていて、だからあたしとママは格好の獲物だった。この町にきてからこういう生活が続いている。町の人たちは顔も文化も持ち物もほとんどいっしょだから、

ちがう
ものに
飢えて
いる。

社長がママを殴ろうとするから、あたしは二人のあいだに無言で割りこむけれど、ばか猫っ、と呼ばれてほっぺたを張り倒される。誇り、がガラスみたいにパリリンと割れて床に散らばる。あたしはあわてて床に這いつくばって、必死で拾いあげようとするけれど、襟首をつかまれて壁に放り投げられ、拾った欠片もきらきら輝きながら虚空に消

えていってしまう。

蔑まれて、生きると、誇りが割れる。

割れて、

光って、

飛び散って、いつかどこにもなくなる。

あたしは自分のことを、目の細い、みっともない、残飯食いのばか猫だと感じるようになる。そうなるまで毎日、社長が根気よく言い続けたから。壁にぶつかった頭を撫でながら、目を開ける。あっ、いやだ。ママの顔も牝《めす》の豚さんになっている。豚の鼻と、耳と、尻尾がついて、うれしそうに、すがるような目つきで社長を見上げている。豚になったママに、あたしはヒクッとしゃくりあげる。ママは社長のことが怖くて、この人に支配されていて、なにを言われても、くるくるした豚の尻尾を悲しげに振ってみせるばかりだ。

二人の交尾が始まったので、あたしは目と耳をふさぐ。ママの真紅は、昔はあんなにきらびやかで素敵だったのに、いまでは黒ずんで、静脈血のようにどろっと汚れている。部屋いっぱいに、黒が、ひろがる。

ママ、あたしはここにいる。ここにいて我慢してる。あなたの神。疲れきって、埃だらけで、あなた以上に真っ黒に汚れた、惨めな、ちいさな肉塊。それがあたし。慰めになっていても。いまは必要とされていなくても。いつもあなたのそばにいて、けっして裏切ることはない。いつも見守っている、目。あなたのためだけに存在している、命。

あなた自身によく似て、無力で疲れて、貧しいこの神。

あたしは壁にぶつかったせいで頭が朦朧《もうろう》としていて、ママたちのへんな声も遠くからうわんうわんと聞こえてくるばかりだ。ようやく交尾が終わって、社長が出ていくと、ママは電気を消して布団に潜りこんだ。なにも言わず、そのまま一人の世界に沈んでいってしまう。

あたしも、床に丸まったままいつのまにか眠る。

夜中に、痛くて目が覚める。

暗闇の中で目を開けると、あたしの傍らにママがしゃがみこんでいるのが見える。ぶつぶつとなにか言っている。手元に、オレンジ色のちいさな光。あ。煙草だ。ライターの炎で、煙草に火をつけては、あたしの腕に押しつけて消している。

痛い、んじゃなくて、熱かったんだ。

あたしは気づいて、ちょっと笑う。

「なに笑ってるの、駒子」

ううん、なんでも。

「わたしのことを笑ってるの？」

ちがう！　そうじゃない。

あたしはママのことをけして蔑まない。

誰より愛してるから。

「ばかだと思ってるの？　あんたも、わたしのことを。わたしは女優だったのよ。有名なアイドルの、友達の役もやったし。コマーシャルに出たことだってあるんだから。テレビに映ってた人なんて周りにいる？　わたしは、駒子、わたしはねぇ……」

いないわ。

ママがいちばん。

いまだって十分うつくしい。

若くて、きれいな女の子よ。あたしにはわかってる。

「駒子。駒子。わたしのための駒子……」

ママは無表情だ。仮面でもかぶっているように、顔の筋肉ひとつ動かない。またライターをいじって、煙草に火をつけて、あたしの腕に押しつける。じゅっ。痛いっ。じゃなくて、熱いっ。炎をしっかり見ていると感覚がはっきりしてきて、これは熱いんだと自覚できる。あたしはにこにこする。ママはまた、火をつけて、あたしの皮膚の上で揉み消す。それから、また火をつけて、こんどはその煙草を口元に持っていって、ちいさく吸った。

「……駒子の味がするわ」

ライターであたしをあぶりながら、煙草を吸う。次第に表情らしきものがもどってきて、顔にもからだにも人間らしい温かみが漂い始める。そのぶん、あたしが人形になる。じゅっ、とされても、あぶられても、もうなんにも感じない。仮面をつけて寝転がる。ママの身代わり。娘だもん。マコのためのコマコだもん。ママの苦しみを、ほらっ、引き取った。

暗闇にライターの火が揺れている。涙のように。やがてママはあたしを抱きしめると深い眠りに落ちる。ママのからだには唾液や、汗や、いやな男の人が残していった妙な臭いが満ちていて、あたしは口呼吸しながら眠ろうとする。でもいつまでも眠れない。ただ、ママの寝息をじっと聞いている。

夜は明ける。

昨日と同じような今日が始まって、悪夢に放りこまれたようにまったく同じ生活を繰りかえすことになる。目覚めることにもう喜びはない。また、朝は生徒たちがガタゴトと通学していくのを眺めて、片足の駅員さんはカチカチカチカチと切符切りの鋏を鳴らし、解体工場は流れ作業で床に豚の血が流れ続けて、ママは頭の洗濯機をぼーっと覗きこんでいて、あたしは豚と睨めっこ。こっそり図書館の舞台に立つときだけが楽しみで、埃だらけになって家に帰って、社長に痛めつけられてるママを見るしかなくて、自分も殴られて、誇りを拾いあげるのにまたもや失敗してどんどん人間から家畜に落ちていって、疲れて、ママのとなりで眠りにつく。

わかっているから、起きたくない。

このまま生きていたら、あたしはどんどん、人間ではないものになってしまう。誇りだけはどうしてもなくしてはならないと、あたしはどっかでわかっている。いま失ったら、大人になっても二度と取りもどせないと。でも、もう、手遅れだ。あたしは失い始めてる。


十歳の終わり。

夕方、道路を歩いていて、社長らしき男の人とすれちがう。どうしてわかったかと言うと、反対側から歩いてきたあたしを見て、きゅーっと顔をしかめたからだ。

男の人は家族連れだった。みんなでレストランに、行く途中。ママと比べたらぜんぜんきれいじゃない、小太りで快活そうな奥さんと並んでいた。男の人はあたしと同じぐらいの年頃の女の子の手を引いていた。

その子も、殴るの、とあたしは思う。

でも、その子は子豚のようにぷくぷくしていて、パパ、パパ、と社長にしきりに話しかける。心にもからだにも痣《あざ》がなくて、まだまっさらだ。あたしの心には以前はなかった暗雲がいつも立ちこめていて、ねぇ、その子も殴って、と考える。ママを殴るのなら、奥さんも。あたしを殴るのなら、娘も。ねぇ、殴って。

日常の平安のために、区別されて蔑まれるものが必要なのだ。あたしはママといっしょにずるずると落ちて、いつのまにか、あの海辺の町で、置屋のお姉さんが語っていた〝汚れてもいいもの〟になってしまった。もう人間じゃない。人間に似た形をした、なにかべつの命だ。

振りかえり、社長と妻と娘をじっと見据える。

あたしは、呪いの邪眼がほしい。

魔女になっちゃいたい。

視線で、あのまっさらを汚してやりたい。取りかえしがつかないくらい失わせてやりたい。あたしよりずっと、ずっと、不幸になぁれ！

それから、自分のちいさな両手のひらを見下ろして、ママにすまない気持ちになる。

あの町にいたとき、友達の解はずっと女の子になりたがっていた。そうなることで、おかあさんにとって無害な存在になってあげたかったんだろう。愛されたり、感謝されたりしたくてたまらなかったのだ。あのころ、解はあたしのことをうらやましがっていた。だけどいまでは、あたしのほうが解をうらやんでいた。それは卑屈な気持ちだった。以前はなかった、家畜の気持ちだ。あたしは自分の頭をかきむしった。悔しくてふがいなくて、その場で地団駄を踏んだ。土埃が舞いあがっておおきく咳きこむ。あたしは……。

あたしは……。

男の子になりたい、と願い始めていた。

解がうらやましかった。解は男の子だった。男の子は、強い。そのはずだ。強いから、いざとなったらおかあさんを守れる。解は大人になったら、おかあさんの騎士になれるのだ。

だけどあたしは……。

このままおおきくなっても……。

だめだ……。

あたしはできることなら凜々《りり》しい男の子に生まれ変わって、か弱いママを守ってあげたかった!

自分に満足できない、自分を恥じる、誇れない、自信を持って人に差しだせない、そういう気持ちが混ざりあって涙になって一粒、乾いた道路に落ちた。

小走りで家に帰りながら、心の中でこっそり男の子に変身して、中世の庭で、決闘をした。あたしの剣が唸って、屈強な大人の男を倒していく。ママは荒縄で柱にくくりつけられていて、蒼白《そうはく》な顔でもってこっちを凝視している。破れかけたドレスが風になびく。あたしは騎士。あたしは強い。けっして負けない。つぎつぎに男たちを倒して、ママをくった荒縄を、剣を一振りして落とす。白馬にまたがるとママを横抱きにし、悪漢の蔓延《はびこ》る城からすたこらと逃げていく。

「勇敢な方！　お名前は？」

ママは愛と感謝をこめて、あたしに聞く。

「コマコと申します！」

「コマ、コ……」

ママが繰りかえす。なんとうつくしいその横顔！　まこと姫君の名にふさわしい！

諸国を旅してもこんなにも素晴らしい姫はいなかった。あぁ、野に咲く一輪の花の如《ごと》く、可憐《かれん》にして汚《けが》れなき乙女よ。白馬は山道を蹴り、どこまでも進んでいく……。

ふっ、と気づくと、あたしは家の前にいる。今日も、何百頭もの豚の足が、電動カッターの切り口も生々しく、夕日の国、つまりはあの世へと行進していくところだ。ママが出てきて「あらっ。なにやってるの、駒子。しょげちゃって」と優しい声で聞く。ママ、とあたしはその腰に思い切り抱きつく。

大好き。

大好き。

大好きなのよ。ほんとうよ。

……嘘じゃない。まだ大好きよ。

心の中で繰りかえす。あたしはこの人から、心もからだも、離れたくない。いっときも。けっして。生きてるかぎり。

ほんとう、よ？

男の子になりたい、ママを守ってあげたい、と思ったばかりだというのに、十一歳になってすぐの、ある夜、あたしのからだが勝手に女になってしまった。

いつもどおりの一日が終わって、ママは、さいきん手に入れた中古テレビに見入っていた。それは壊れかけていて、チャンネルが選べなかったから、いつも同じ局がかかり続けていた。時間帯によってニュースをやっていたり、クイズ番組だったり、ドラマだったりした。ママは壊れかけたようにだらっと床に座って、缶ビールを片手に、テレビを指差しては「わたしもこういうのに、出たことある」とか「アシスタントの女の子、きれいでしょ。わたしもこんなふうに、ここに立ってたのよ」とか、誰にともなくつぶやいていた。あたしはトイレに入って、それから、パンツも上げずに飛びだしてきた。テレビが大音響で、せまい部屋に、天気予報のお姉さんの声が響き渡っていた。「大型の台風が強い風をともない……」膝の辺りにパンツを引っかけて、小股で近づいてくるあたしに、ママが顔をしかめて、

「なに、やってるの。ばか猫、駒子」

あたしは黙って自分のパンツを指差した。覗きこんで、ママが、あぁっ、とため息をついた。煙草を灰皿において、

「あーあ。かわいそうに、あんたもとうとう女になっちゃったのねぇ」

めんどくさそうに立ちあがり、戸棚から用品をいろいろ出す。あたしを手招きして、使い方をかんたんに説明した。「これから毎月、たいへんよ。女になんか生まれなきゃよかったって思うわよ」またテレビの前にもどって、座りこむ。若い女の子みたいに膝を抱えて、縮こまって、ブラウン管に目をすえる。あたしは震えながらトイレに駆けもどって、言われたとおりにした。

出てくると、ママはテレビの前で眠ってしまっていた。あたしはテレビを消して、ママに毛布をかけてやって、自分は布団の隅に潜りこんだ。眠れないけど目を閉じた。ひとつだけある、四角い窓から、砂漠を照らすような白くて乾いた月光が部屋に射しこんでいた。

明け方ごろに、変身する夢を見た。

本で読んだことがある、狼男《おおかみおとこ》の発作みたいに、あたしは月光に照らされてのたうちまわっていた。胸をかきむしり、痛みにのけぞり、言葉にならない悲鳴を上げながらどうっと倒れる。両手を前足のように、両足を後ろ足のように、つっぱって、四つんばい

で震える。月光に照らされて、後押しされて、あたしは変身していく。四肢が長くなって、髪ももっとのびて、胸とお尻がおおきく張って、たちまち、いまとはちがう姿に変わっていく。村人たちが鍬《くわ》や鋤《すき》を握って、あたしの周りを囲み、じりじりと迫ってくる。「生け捕りにしろ」「いや、心臓に杭《くい》を打ちこめ」「銀の弾丸だ、やつは銀に弱い。誰か、撃て、撃つんだ！」銃声が鳴り響き、ようやく変身を終えたばかりのあたしは、空しく地面に崩れ落ちる。猟銃をかまえた村人が、一歩、また一歩とあたしに近づいてくる。「しとめたか……？」「そのようだ」声に聞き覚えがある。そっと目を開けると、猟銃を握ってこっちを覗きこんでいるのは……。

「……駒子、起きなさいよ。どうしたのよ」

その顔は……。

「汗びっしょりよ。あんた、着替えれば？　風邪、引くわよ。知らないけど」

その顔は……。

あたしは目を開けた。

ママが不思議そうな顔をして覗きこんでいた。あたしのほっぺたに優しく手のひらを当てて「熱っ。いったいどうしたの。こんなに駒子が熱々なの、赤ちゃんのとき以来よ。もぅ」と笑っている。

いま、あたしのこと撃ち殺したくせに！

せっかく変身したところだったのに！

と、勝手に夢に登場させたのにあたしはむくれる。ママが気づいて「あら、ご機嫌斜め？　めずらしいわねぇ、駒子はいつもひとりで楽しそうなのに。ふくれちゃって」とからかう。

だって、ママが。

ママがあたしを撃つから。

あたしは目をこすりながら、寝返りをうち、そのまままた眠ってしまう。ママが「着替えなさいよ、寝汗でびっしょりよ。もうっ、手がかかる」と文句を言いながら、あたしのシャツを脱がせた。「あら……」とつぶやいて、しばし、裸のあたしを見下ろしている。

どこか、おかしい？

不思議そうにあたしを眺めるママに気づいて、ちょっとだけ目を開ける。

でもすぐに、また夢の世界に引きずられていってしまう。

ママ、おやすみ。

夢の世界では、あたしは、村人役のママが放った銀の弾丸で撃ち殺されて、夜の荒野に転がっている。死んでいるのに、意識があって、真っ白な月に藍色の雲がかかって辺りが暗くなっていくのがわかる。ママがあたしの頬に触れる。「ほら、シャツを着てよ。駒子ったら、もぅ……」ママのおおきくてごつごつした手が、あたしの毛皮と、開いた口から覗く黄色い牙を幾度も撫ぜている。硬そうな髭《ひげ》をもじゃもじゃ生やしていて、ママは夢の中ではおじさんだ。「そうそう、こっちの袖にも腕を通して。ほら、お腹を出さないの。幾つになるのよ、手がかかるったら……」ママはいとしそうに、あたしのピンと尖った耳や、鋭利な爪や、やわらかな肉球を撫ぜ続けている。「かわいそうに。変身してしまうとは」「マコ、おまえの娘にまちがいないな」「あぁ」「娘を撃ち殺さねばならんとは。因果な病だ」「仕方がない。獣になってしまったんだから。わたしがこの手で始末をする。それが親の、愛ってもんだ。うちのやつに……この子の母親に、事の次第を伝えて、それから埋葬の準備をせねばならん」「マコ、おまえは村の平和を守った。それだけは確かだ。自分を、責めるなよ……」

と、あたしは夢の彼方《かなた》。

屈強な男たちに、前足と後ろ足をつかまれてどっかに運ばれていく。あたしはでっかくて、重たくて、すごく立派なからだをしているから、男たち四人がかりでも、村の外まで運びだすのに難渋している。あたしは死んでるのに、自分のでっかいからだと、月に照らされる灰色の毛並みが誇らしい。獣であることがなにより誇らしい。からだが揺れている。あたしの死体が揺れている。

「眠れ、眠れ。駒子よ、眠れ」

調子っぱずれの、ママの子守唄が聞こえる。気まぐれに歌いだしたみたいで、すぐにやめる。あたしのからだを左右に揺すりながら、フンフン、フンフン、と歌詞のない鼻歌になっていく。

あたしの死体が揺れている。ママの子守唄に揺れている。

灰色の、分厚い毛皮が、月の光に照らされてふぁさり、と音を立てる。

日常はいつもどおり過ぎていった。

朝は駅を眺めて、昼は解体工場にいて、午後をちょっと過ぎると図書館の劇場に立った。いまは、愛国心に燃える、かわいく太った娼婦《しょうふ》になりきって、馬車の中で貴族や修道女と対峙《たいじ》しているところだ。馬車は轍に揺れながら進んでいき、劇もすこしずつ進行する。埃が舞って、スモークみたいにあたしを包む。

夜は社長がやってきて、ママを痛めつける。ママも、痛めつけられるのを待ってるみたいで、あたしは夜がいやでたまらなかった。あたしが夢の中で、ママの放つ銀の弾丸から逃げなかったように、ママは社長の振りまわす言葉の鞭《むち》からも、拳からも、逃げようとしない。麻酔を打たれたようにじっとしていて、社長が帰るときには寂しそうな顔をしたりする。

いつも薄ぼんやりと霞《かす》んだあたしの心の中で、憎しみだけは、墨汁みたいにはっきり、黒い。以前はなかったものなのに。この町にきてから病原菌みたいに胸に棲《す》みついた。ママは社長の鞭の中毒になっているし、あたしは暗黒の伝染病に罹患《りかん》して、ちいさなからだいっぱいに憎しみをためている。

暗黒！

まるで、もともとあたしの内部に存在したもののように。

その黒い気持ちは、あたし自身によって発見され——冒険の末にたどり着いた新大陸みたいに——心のいちばん奥の場所に定住し、あたしから歓迎されてると勘違いして、我がもの顔に黒い領土をひろげていく。

毎日、憎しみを募らせる。女、になって以来、あたしの霞んだ心には一点の暗黒が常駐する。

家に帰ると、社長があたしの頭を小突いて「この中に、なにか入ってんのか。おい。弟が双頭になったのは、おまえの頭が空っぽだった代わりだろ！」と嘯《うそぶ》く。

「ろくに口もきけねぇ。なにか、言ってみろよ。ほら、しゃべってみろよ」

あたしは黙って小突かれている。

「背、ばっかりひょろひょろのびて。能無しがっ」

我慢している。

頭上に暗黒星雲がひろがる。そのむこうに星がきらきら。意識を遠くに飛ばす。遠く、遠くに。いまここでなければどこでもいい。

　遠く、遠くに。

　もっと遠くよ。

　ちらっとママを見ると、ほんとうね、という顔でうなずいている。社長が帰ると「うん、駒子は背がのびたわねぇ」と独り言みたいにつぶやく。「それに……」と言いかけて、あたしの顔から、ちょっと下に視線を落として、言葉を切る。

　あたしは目をそらして、部屋の隅まで走って、丸くなる。もっと昔、十代になる前、チビのコマコだったときと同じように、膝のあいだに頭を入れて、大人の邪魔にならない、得意なポーズで縮こまる。

　コマコよ。もっともっとちいさくなぁれ。

　でも、願いむなしくあたしはどんどんおおきくなる。夢に見た狼男そのままに、からだのあちこちが変身しようとしていることにあたしは気づいている。ママも知ってるのかどうかは、よくわからない。あたしはさいきん、夜、にょきにょきとのびてゆく自分の骨がきしむ音で、おどろいて目覚めたりする。それに、胸の先端がいつも、すごぅく痛い。歯茎が腫れて、あたらしい歯が生えてくるように。額が割れて、角が生えてくるように。地面が割れて、活火山が出現するように。平らだった胸が張って、痛んで、痛んで、いまにも内側からなにかへんなものが生えてきそう。すこぅしずつ膨らんでくるあたしの胸を、ママは不思議そうに眺めている。娘が、自分の分身が、神が、夢のように素敵な存在だったたちいさな女の子が、自分とおんなじ女になっていくなんて、信じられない、という風情で。

あたしは恥ずかしさと、ママにすまない、という気持ちでいつも居心地が悪い。あなたの邪魔にならない、あなたのために生きる、という思いと、あたし自身のからだの成長はぶつかりあってしまうように感じられる。成長していく自分が恥ずかしい。良心の呵責《かしやく》を覚えて、ますます縮こまる。

コマコよ。もっともっとちいさくなぁれ。

マコの手のひらにのっかるぐらいの、小鳥のようなサイズにもどれ。

でも、からだはむなしく、にょきにょきと上にのびていく。てっぺんは空を目指し、根っこは地面に深く埋まっている。天と地に引き裂かれそうで、だからあたしは毎晩、夢に魘《うな》される。銀の弾丸を何十発もこの身に受ける。ごっついおじさんと化した、髭面のママに、猟銃で撃ち殺されては、いとしそうに毛皮を撫ぜられる。ママ、泣かないで。また生まれ直してくるから、泣かないで。あなたのお腹から、何度だって、ちいさなコマコになって生まれてくるよ。あなたのためだけに。あなたの心の平穏のためだけに。マコのためのコマコ。あなたのためだけに世界にやってきたとるにたらないちいさな命。

ある夜。

銃弾が闇を切り裂き、中世の森で今夜もあたしは狩られて命を落とす。村人たちに四肢をつかまれ、運ばれていく。今夜はことのほか月の光の薄い晩で、ママの悲しそうな横顔もよく見えない。銃声と、夜の、つめたい風の音。泣き続けているママ。硬そうな髭に塩っ辛い涙が落ちる。と、そこに、ふいにシャキーンと涼やかな音がした。耳元で響いたので、あたしは起きて、そっと目を開けた。

ひらいた鋏があった。

ママの左手に、ぎゅっと握られていた。

ママは、右利き。だから左手で動かす鋏はこころもとない。いまにも目や頬を衝《つ》かれそう。ママはうっすらと微笑みながら、右手であたしの髪をつかんで、左手で切っていた。

根元からばっさり。

あたしの髪は、物心ついたころからのばし続けて、いまでは腰の辺りまでのびていた。美容院に行かないから毛先はふぁさふぁさで、風が吹くと獣の鬣《たてがみ》みたいにふくれあがった。ママよりも長い髪。いまは切られて、布団にひろがって、シーツの上に黒い波模様ができたみたい。

ま、いいや。

あたしは目を閉じた。

中世の森にもどる。

銀の弾丸がまた飛んでくる。森の奥に連れていかれて、穴に埋められ、見開いたままの灰色の目で、この世の最後の景色を見上げている。白い月。こっちを覗きこんでいるママ。この子は獣になってしまったんだ……。始末をつけるのが、親の務め……。悲しそうなママの顔にみとれていると、ママは先を尖らせた杭を握りしめて、そのがっしりした肩と、太い腕に渾身《こんしん》の力を込めて、あたしの心臓めがけて打ちこんだ。

「おまえがけっして生きかえらないように。夜に彷徨《さまよ》うことのないように。地中深くで眠るのだ。失われた、おまえの魂のために祈ろう。アーメン……」

土がかけられ、地上の風景が遠ざかっていく。月も、空も、風も。

眠りが深くなり、あたしは夢から遠ざかる。

朝、起きると、あたしはくりくり頭になっていた。

長かった髪がなくなって、生まれて初めてのセシルカットだ。ママが目を細めて「短いのぅ、似合うじゃない」と浮かれたような口調で言った。

あたしは、うん、とうなずいた。

鏡を見ると、ひょろりと痩せて、顔は青白くて、まるで男の子みたい。

あたしのかつての望みがママにも伝わってたのかな、と首をかしげて考える。男の子になってママを守りたかったこと。

あぁ、あたしが夢の中で繰りかえしてたことを、ママもやったのだ。

あたしを去勢した。

その夜から、中世の森の夢を見なくてすむようになった。毎夜、深い眠りが訪れた。あたしはあったかくていい匂いのするママにもたれて、甘えて、死んだように眠った。去勢されたから、もう女の子じゃないけど、かといって男の子でもなかった。だいぶ大人になりかけていて、でも大人でも子どもでもなかった。あたしはただのコマコという生き物だった。

もう、原初の記憶にあるような、この世にマコとコマコの二人きりと信じられるほどの幸福な眠りはやってこなかった。それは不安に満ちて、愛《いつく》しむというよりすがりつくようで、二人とも黒くて、つめたくて。それはどっか、死に似ていた。ゆっくりと心中するように、毎夜、あたしたちは抱きあって眠った。

ある夜のこと。

ごろごろしてテレビを見ていたママが、とつぜん立ちあがって、ものも言わずに外に出ていった。それっきりいつまでも帰ってこないから、あたしは心配で、玄関を出た。

白くて、細くて、まっすぐな道路。街灯が真っ白けに辺りを照らしている。どこに行ったのかな、と首をかしげていると、四本セットの豚の足が、切り口をぴかぴかと光らせながら歩いてきた。右の前足が持ちあがって、チョキの形をした手の先っちょで、あたしを手招きする。さいきんでは、あたしは幻影の中で死んだ豚たちに親切にされていた。豚の世界のちいさな女王。人間なのに家畜の心を持ってるからだ。豚の足に誘われて、あたしは道路を走りだした。四本の足は生きてるように自在に動いて、その上にあった頭や、胴体まで、見えるようだった。あたしはじきに、町の真ん中へんにある、四角いおおきな家の前にたどり着いた。

ママがいた。ぼうっ、とした表情で塀にもたれて、一心になにかをみつめていた。豚の足は、お役御免《ごめん》っ、というようにカチカチと短いステップを踏んであたしに挨拶してみせ、とっくに暮れた、夕日の方角へと立ち去っていった。

ママ?

と、あたしはかたわらに立って、顔を覗きこんだ。

さいきんではあたしとママの身長はそんなに変わらないから、横に立つと、親子なのか姉妹なのか友達なのかよくわからない風情だ。ママは白い塀にもたれて、顎をのっけて、なにかをじっとみつめていた。視線を追って、あたしも塀の内側で展開されてる光景を眺めた。

そこには一家団欒《だんらん》の静止画があった。茶髪でがっしりした、ちょっと不良っぽいおとうさんと、ふくよかで快活そうなおかあさんと、いかにものびのびと育っていそうな娘。食卓には三人分のカレーライスと、色鮮やかなサラダ。灯《あか》りに煌々と照らされて、テレビもついている。

静止画がゆっくりと動きだす。

娘の口からカレーが垂れると、おかあさんが笑いながら拭いてやる。娘はしゃべるのと、食べるのと、甘えるのに夢中。おとうさんはスプーンで娘を指しては、話に口をはさんでいる。そのたびにおかあさんも娘も笑う。

社長かな、とあたしは首をかしげる。

あたしとママを、殴っては、蔑んでは、維持している素敵なマイ・ホーム。こんなの茶番だからもうなんとも思わない。あたしは豚の世界の女王だから、白い塀の外に堂々と立って、つめたい目で人間家族を眺めている。幻覚がひどくなってる。豚の足たちが夕日の国から帰ってきて、四本セットで、あたしの周りを取り囲んだり、塀をよじ登って社長の一家団欒に混ざっていく。床中を豚の足が歩きまわり、娘の膝に乗り、おかあさんの頭に前足を置き、あたしの代わりに縦横無尽に暴れまわるけど、社長と家族はぜんぜん気づかない。相変わらず、カレーライスを食べながら楽しそうにしゃべっている。

ママがとなりで、ひっく、としゃくりあげたので、あたしはびっくりして覗きこむ。

ママ、どうかしたの。

だいたい、どうしてこんなところにいたの。こんなの見て、楽しいの。社長の奥さんなんて、見たって、しょうがない。ママのほうがずっと若くって、きれいだし。しょうがない。

「いい家ね……」

ママがつぶやく。

「素敵な家族。やさしそうなおかあさん。駒子、わたし、あの子がうらやましい……。わたしの母親はろくに家にいなくて、わたしのことをかわいがってくれなかったし、ご飯もつくってくれなかった。あんなふうにかわいがられたことなんてないわ。ひどい母親！　わたしをかわいがらなかった。ここは、いい家ね……。わたし、わたし、うらやましい……」

あたしはあわてて両手を差しだして、泣き崩れるママを支えた。ママのからだは痩せっぽちなのにずっしりと重たくて、あたしはもうすこしでいっしょに地面に倒れそうになった。憐憫《れんびん》の気持ちが胸にいっぱいになって、とろとろと流れ落ちた。ママはひどくちっちゃくて、まるであたしのママじゃなくて、ちいさな子どもになってしまったようだった。

泣かないで。

あたしの娘。

あなたのママが、あなたを愛せなかったのなら、あたしがそのぶん愛してあげる。誰にもできないぐらい深く。献身的に。不安が一切なくなって、人生に完全に満足できるようになるまで。いくらだって。いくらだってよ。それでもだめなら、時が過ぎて取りかえしがつかないのなら、できればもう一度だけ、この世に生まれておいで。あたしの娘になって生まれなおしておいで。その寂しい人生を、最初の瞬間からやりなおせばい い。あたしは、もう女。あなたの手で去勢されたけど、あなたの許しさえあれば、いつだってまた女にもどれる。あたしはあなたを産める。マコ、だから泣かないで。ちいさなあたしの、さらにちいさな娘のように、無力な、痩せ細った女の子。

豚の世界の女王の、お腹から、生まれなおして、母と娘で家畜小屋に君臨しよう！　あたしたちだけの王国をつくろう！　そこにはあなたのひどい母親も、あなたのことを孕《はら》ませた男も、言葉の鞭を振るう支配者も入れない。そうだ、また女優になればいい。夢のTVスターになればいい。豚の世界はあたしの思うがまま。家畜はみんな、あなたを讃《たた》える。赤い絨毯の上を得意になって歩こう。パパラッチに追いかけられて世界の果てまで逃げよう。注目されるのは、愛されるのはもうウンザリ、って愚痴を言いあおう。こんなことなら平凡な暮らしにもどりたいわねって、二人で甘いため息をつくの。

泣いてるママを支えながら、あたしの幻想の国はどこまでもひろがっていく。気づくとママは泣きやんで、その代わり寒くてたまらないというように震えている。塀の中の団欒はいつのまにか終わっている。娘はテレビを見て笑っているし、おかあさんはカチャカチャと音を立てて洗い物。おとうさんが、いない、と思ったら、玄関が開いて、まっすぐこっちにやってきた。目が合う。いけない、あたしたちに気づいてる。

ママが殴られる、とあたしは背中でママのからだを庇《かば》って、殴りやすいように、自分の後頭部を社長に向けた。どうかこの誘いに乗って、あたしの頭を殴ってくれますように。ママに危害をくわえませんように。

社長はあたしを押しのけて、ママの顔を覗きこむ。

「困るよ……」

声が甘くて、べたついてて、あたしは戸惑う。

ママは声を抑えて泣いている。

「困るよ。家までこられたら。わかるだろ、眞子?……後で、行くから。な? 後でちゃんと」

豚の足はいつのまにか消えている。

路上には、小声でささやきあう男女と、ぼうっとそれをみつめているあたしの三人だけが残されて、街灯に白く照らしだされている。

塀の中からは、洗い物の音と、かすかに漏れてくるテレビの音。

ママは黙ってる。

ほんの一瞬、近くなった、豚の世界がまた遠ざかる。もうすこしであっち側に行けるところだったのに、とあたしは吐息をつく。幻覚はどんどんひどくなってるみたいで、さいきん、現実の出来事との区別がつかない。あたしの頭はますます薄ぼんやりして、からだはいつもだるぅく緩んでいる。だから、その夜遅く、約束どおりやってきた社長らしき男の人と、ママの、交尾から目を背ける元気もない。壁にもたれて、壊れたように目を見開いて、凝視している。男の、汗の臭い。なんだかやたら煙たいような、空気を濁らせる体臭。ママの上にのしかかった社長が、あたしを見上げて「ばか猫っ。見るなっ。おい、死んだ弟から、頭、かえしてもらってこいよ」とせせら笑う。ママもいっしょになって、力なく笑っている。「悔しかったら、人並みにしゃべってみろ。おまえみたいなのは大人になってもなんの役にも立たねぇ」と、唸り声の合間にあたしに嘯く。

あたしは黙って二人をみつめている。

あたしは目を開けてるけど、もう、なにも見ていない。

現実の世界のことは、なにも。

見る価値のある、うつくしいものなどもうなにもないように感じられる。

顔が凍りついて、喜怒哀楽が表にまったく出なくなる。いまなにを感じてるのか、自分でもよくわからないから、表情も動かない。だけど、朝、駅を眺めに行くと、生徒たちはあたしの代わりに学校なるものに向かって、あたしの代わりに友達と笑いあってるように見えるし、カチカチカチカチと切符切りの鋏を鳴らす片足の駅員さんは、あたしの代わりに毎日苛立《いらだ》ってくれてるような気がする。昼間、解体工場に行くと、洗濯機の中を回ってる豚の頭は、豚によって笑ってたり、怒ってたり、しょげてたり、苦悶の表情で固まっていたりして、あたしの代わりにさまざまな感情を見せてくれてるように思える。あたしの、心の鏡。豚の頭がたくさん回る、おっきな洗濯機。ママもぼうっとそれを覗きこんでいる。

しがみついて、守ろうとしていた、誇り、はとっくに奪われて、いまではあたしはただのデクノボーだ。なにも感じない。苦しくも、悔しくもない。ただ、ママを愛し続けてる。それだけが残る。かつて人間だった証《あかし》みたいに。

あたしは失ったものがなにかもわからなくなって、午後、無人の図書館の、埃だらけの床を無表情なまま転がりまわって、それでもなにかを表現しようとする。閉じこめられてる。からだに、心が、閉じこめられてる。あたしは、本の中で出会った内気な青年に変身して、彼とともに異教の神に祈りを捧《ささ》げる。

鳥は、卵の中からぬけ出ようと戦う。

卵は、世界だ。

生まれようと欲するものは、一つの世界を破壊しなければ、ならない……。

あたしは大声で叫ぶ。図書館の壁を揺るがすように。声というよりも轟音《ごうおん》！　堤防が決壊し、嵐が吹きすさび、山が炎を噴き、地面が割れる、そう、大自然が立てる轟《とどろ》きのような、激しい音を立てて、台詞《せりふ》を読み、叫び、転げまわる。シンクレールはあたしだ、と思う。涙が流れる。その液体の、熱さと、塩っ辛さに、己でおどろく。熱い！

まだ生きている。

涙はとめどなく流れて、頬の皮膚がおどろくほどそれは、熱い。

もうすぐ十二歳になる。

小学六年生の年なんだそうだ。よくわからない。関係ない。

大人になるまでずっとこの町にいなくてはならないのだと思っていた。あきらめて、ただぼんやりと日々を過ごしていた。

変化の日はとつぜんやってきた。

夕方、図書館の帰りに駅に寄って、ホームにあふれる生徒たちを見ていた。彼らがいなくなって、駅員さんも義足をたくみに操って家に帰っていき、無人駅になった。無人になってからも、時折、ガタゴト、ガタゴトと三両編成の鈍行列車がやってくる。夜も更けたころ、最終列車が停まって、見覚えのある中年の男の人が降りてきた。もう永遠に思えるほど昔、海辺の町で、最後の朝、「スズキマコさんはいませんかね」と置屋に訪ねてきたあの人だ。あの朝、二階から見ているあたしを指差して、あれぐらいの年の娘がいるはずだと言った。でもこのときは、駅のそばにぼうっと立っているあたしを見ても、同じ女の子だとは気づかないようだった。無理もなかった。あたしは背もすごぅく伸びたし、髪は男の子みたいに短く刈られているし、だいいち、あれからもう何年もが経っているのだ。

社長の家を聞かれたので、いつかママが塀にもたれて泣いていた家を、身振りで教えた。男の人はうなずいて、教えたとおりの道を歩いていった。追っ手だろうか、とあたしは怪しんだ。誰なのかわからないけど、この人はあのときも、ママとあたしを探して海辺の町までたどり着いたのだ。

あたしは後を追った。

社長の家に着くと、男の人は玄関先でしばらく立ち話をしていた。それから、社長と連れだって出てきた。あたしは隠れて二人の後を追った。夜の、無人の解体工場に入っていく。洗濯機の陰に隠れて、二人の会話を聞く。

「スズキ、マコ？」

「ええ。ずっと探してるんです。惜しいところでいつも取り逃がして！」

「あんた、探偵さん？」

「そう」

「鈴木、ねぇ。鈴木……。真宮寺眞子なら、うちにいるけど。ほら、その」

社長が、人差し指と中指のあいだに挟んだ煙草で、洗濯機のほうを指差した。探偵を名乗った男の人も、こっちを見る。あたしはあわてて顔を引っこめた。

「豚の頭の洗浄をやってる。三年はいるかな。ちっとも、仕事、覚えねぇけど」

「娘がいませんか」

「あぁ。でっかいのがいる」

「でっかい？」

「十一か、二だけど。しゃべれねぇ。ここが、おかしいんだ」

「そう！　間違いない。その親子です。母親のほうが指名手配中だから、警察も捜してるけど、ぼくらももう何年も後を追い続けてる。金をかけてる依頼人がいて。どこに行ったかちっともわからなくて、ちいさな町まで虱《しらみ》つぶしに」

「警察？　指名手配？　あいつ、いったい、なにやったの」

探偵は黙って天井を仰いだ。

ぴちょん……と、その昔、どこかで聞いた不吉な音が耳によみがえった。流れてくる赤い液体のことをふと思いだした。あたしは背中に寒気を感じてからだを縮めた。

社長が煙草を床に放って、靴の先でかんたんに揉み消した。口を開く。

「あんた、眞子のこと、連れてっちゃうの」

「どっちにしろ警察がくれば連れていかれますよ。この町にそういう親子が住み着いてるらしいってのは、ほら、隣町まで通学してる中学生たちの口から漏れてきてね。ぼくらの耳に入ったってことは、遅かれ早かれ、警察もきますよ。ま、ぼくは報酬をもらえればそれで御の字だが。なにしろ長くかかったんでね。これで最終的に成功報酬がなきゃ、がっかりだ」

「そうはいかないよ」

「は？」

「俺から眞子を引き離そうったって、そうはいかないよ」

「どういうことですか」

ひゅんっ。

電動カッターが唸る音がした。

豚の頑丈な足をも一瞬で切り落とす、業務用のおおきな刃物。なにかが噴きだす音と、むわっと鉄っぽい臭いが立ちのぼった。あたしは洗濯機の後ろで黙って震えていた。床に水が流れ始める。その水がこっちにやってくると、赤い液体が混ざっていた。家畜みたいに、人間を殺した？　これも幻覚だろうか？　あたしはそっと首をのばして社長を見た。おおきな背中が魔法使いみたいに曲がっていた。

停まったベルトコンベヤーの上に探偵が仰向けに寝ていた。

頭は向こう側に消えていて、あるのかないのかよくわからなかった。電動カッターが唸って腕と足を切り落とした。慣れた仕草で内臓もぜんぶ抜いた。社長がどこかに歩き去っていく。またもどってきて、おおきなビニール袋に、中身を抜かれて薄くなった探偵を畳んで、入れて、どこかに持ち去っていった。

またもどってきて、あたしのほうにやってくる、と思ったら、洗濯機の中になにかを放りこんでスイッチを入れた。がたん、ごととん、と鈍い音を立てて、洗濯機の中でなにかが回り始める。豚の頭より、硬そうで、いつもとちがう音。

震えながら外に出ると、てらてらと全身を輝かせる、野生の猫たちが、散らばったなにかを食べていた。震えながら角を曲がろうとしたとき、もどってきた社長と鉢合わせした。

あたしは黙って息を飲んだけれど、社長のほうが怯えておおきな声を立てた。

それから、あたしだとわかると薄ら笑いを浮かべた。

「なんだっ。ばか猫か」

あたしはうなずく。

「見たのか」

……うなずかない。

「見たんだろ！」

黙ってる。

「ま、いいや。だっておまえ、しゃべれないもんな。俺がなにをやったかなんて誰にも話せないだろ。帰れよ、豚小屋に。ほらっ」

お尻を乱暴に蹴っ飛ばされて、地面に倒れる。べちゃっ、と内臓の欠片が手のひらと腰について、あたしは声のない悲鳴を上げる。立ちあがって、一目散に逃げだす。

どこからか、豚の足がまたたくさんやってきて、あたしといっしょに走る。家畜の霊を引き連れ、あたしは、走る。走れ走れ、コマコ。豚小屋に帰れ。ママに伝えなきゃ。ママに……。

あたしはうちに飛びこむ。テレビの前に座りこんでビールを飲んでるママに飛びかかって、手を引っぱる。「なによぅ、もぅ」といやがるママを連れて、豚の足の大群とともに解体工場へ。豚の足たちは二の足を踏んで、工場には入りたがらない。苛立ったように地面をカチカチと蹴り、辺りをうろつき始める。ママは、夜中なのに工場の照明が煌々とついたままだと気づくと「いったいどうしたの」と不思議そうな顔をした。

あたしは豚の頭の洗濯機を指差す。ママは覗きこんで絶句した。せわしなく髪をかきあげながら、

「誰これ。やばくない？　誰がやったの。……あの人が？」

あたしの顔を見て、悟ったようにつぶやく。

帰り道。ママは意気消沈してとぼとぼと歩いている。「せっかく静かに暮らしてたのに……。仕事もあるし、住む場所もちゃんとしてて、駒子も楽しそうで。あぁ、もうっ……」独り言を言いながら、苛立ったように両腕を振りあげる。

「どうしていつもこうなのかしら。わかんない。ほんとに、わかんない……」

うちにもどってドアを開けると、部屋の真ん中で社長が胡坐《あぐら》をかいていた。ママとあたしの、息が止まる。部屋の中にはびっくりするほど血と臓物の臭いが充満していて、それはどうやら社長のからだから発せられているようだ。赤らんだ顔。目はどろっと濁って、ママをみつめる表情がいつもよりも汚い。

「眞子、こっちこいよ……」

ママがごくっと唾を飲む。

「ん……」

「はやく、こいよ」

「ん」

「脱げよ」

「…………」

ママはため息をつきながら服を脱ぐ。社長に乱暴に抱き寄せられるけれど、今夜のママは、いつもの、黒ずんだ真紅をからだから発散させない。ママはもう心を閉ざしている。社長にからだを預けながら、別のことを考えているのがわかる。しばらくして、社長がおおきな呻き声を上げて静かになると、社長の頭越しに、共犯者の笑みを浮かべてあたしを見る。この人、ばかみたいね、とその顔が伝えてくる。あたしは、コマコは最初っからこの人のこと嫌いよ、と表情で返事をする。社長の赤ら顔は、どす黒いおかしな色に変わっている。起きあがると「どこにも行くなよ、眞子。ずっと俺のそばにいろ」とつぶやいてママを乱暴に抱きしめる。ママは薄笑いを浮かべている。

社長がふらつきながら出ていくと、ママは憑き物《もの》が落ちたようにさっぱりした顔つきをして、起きあがり、急いで着替え始めた。何年も前、まだあたしがチビだったころ、町にたどり着いた最初の日とおんなじ、帽子に、コート。めったに履かない、素敵なハイヒール。あのときとは別人のようにママは痩せ細って、ふっ、と笑うたび、目の下には漣《さざなみ》のような細かなしわが浮かぶ。髪の毛もぱさついて、背を曲げて部屋の中を彷徨う姿はまるで老婆のようだ。

「……わたし、逃げるけど」

ママのからだからはまだ交尾の匂いがする。

こけた頰に陰がかかって、かつてのうつくしさの余韻が、胸を焦がすほどに痛々しい。

ママは急に、にやっと笑いかける。

「駒子もくる？」

どうしようか。

そうね。

行くわ。

一人にしておけないから。あなたにはまだあたしが必要。あなたの旅には。あたしという脇役が。ちいさなマコたる、コマコが必要。サンドバッグのように叩きのめす、無力な分身が必要。そうね。あたしも行くわ。

あなたとは、この世の果てまでいっしょよ。呪いのように。親子だもの。

そうでしょ？

ママは力無くあたしに笑いかける。その顔に、お願い、わたしを捨てないで、と書いてある。あたしの胸に、また刃物で刺されたような穴が開いてドッと血が流れる。捨てるはずがない、子どもに親を捨てられるはずがない。たとえどんな親でも。愛さずにおられるはずがない。それがあたしたち、子ども、という生き物の本能。あらかじめそうされてこの世にやってきた。あたしがあなたをこんなところにおいていくはずがない。なにがあっても、この世の果てまで連れ去られても、一言だってあなたを責めるはずがない。否定するはずがない。安心して。そんな不安そうに、眉間にしわなんて寄せないで。この先も、ずっといっしょよ。

呪いのように。

親子、だもの。

ママが片手に鞄を持って、もう片方の手で逃がすまいとするようにあたしの手を握って、玄関を出る。豚の足が勢ぞろいしていて、あたしはあっと息を飲む。白くて、細い道路。夜明けの、すこし前。地平線いっぱいまで、無数の豚の足が埋め尽くして、道路はいまや足の切断面のピンク色に染まっている。あたしとママのほっぺたも、血の気がもどってピンク色にぴかぴか輝く。あたしは玄関先が舞台になったように、足を交差させて、両腕をひろげて、優雅に一礼する。カーテンコール！　この町での、あたしたちの物語の終わり！　人間が、ほかの人間の手によって誇りを奪われ、しだいに家畜の心になっていく古典的悲劇を、胸からとろとろと血を流しながら、何年にもわたって繰りひろげた。観客は、豚の霊たち。人間はひとりも見ていてくれなかった。あたしとママはこの町に、いたけど、いなかった。あたしたちは〝ちがうもの〟で、あたしたちは〝いないもの〟で、あたしたちは〝奪われたもの〟だった。でも、豚たちは見ていた。豚とあたしは仲間だった。あたしはここで、永遠とも思える長い時間を、豚の世界の女王として過ごしたのだ。絶望しながら、同時に闇に君臨した。

ママが「なにやってるの」とあたしをうながす。手を引っぱられ、あたしはトトトッとよろめいてから、ママと並んで歩きだす。あたしはもうずいぶんおおきくって、まだ十二歳になるちょっと前だというのに、並ぶとママと変わりない。うつむいて先を急ぐと、同い年の二人が連れだって歩いてるようにしか見えない。だんだん、手下とボスには見えなくなってる。だけどママは威張る。威張って、甘える。「ほらっ、早く。ぐずぐずしないでよ、ばか猫っ」あたしは、くっ、と薄く笑う。黙ってとなりを歩いてあげる。

豚の足があたしたちの周りを取り巻いている。前にも、後ろにも、横にも。頭上に床があるように、あたしたちの上を歩いてる足もある。何千頭、何万頭もいるように見える。あたしは、こんなにも大勢のあたしの民が誇らしくて、目を細める。

家畜の行進。

ピンク色の地平線！

ゆっくりと朝がやってくる。

朝とともに、民たちは光にてらてらと溶けるように姿を消していく。道路の上にひろがるかすかな模様みたいになっていって、やがて乾いた風が吹くと、ふっ、と、いなくなる。

お別れ！

駅にたどり着くと、隣町に向かう生徒たちがホームに屯して、列車がくるのを待っていた。

みんな眠そうで、ぼうっとしている。ママが発散する、ついさっき終えたばかりの交尾の匂いに誘われたように、男子生徒たちが煙草の先っちょを噛みながらなんども振りかえる。鼻をひくつかせて、舐めまわすような目つきでママを見る。駅員さんは相変わらず苛立っていて、カチカチカチカチと高らかに切符切りの鋏を鳴らしている。あたしとママが切符を買って、改札を通ろうとすると、ほんの一瞬、びっくりしたように目を見開いた。

出てくの。

と、聞かれて、
うん、出てくの。

と、あたしはうなずく。

駅員が目を伏せる。睫毛《まつげ》の長さにふいに気づいて、あたしはみとれる。女の子みたいにきれいな顔をしていて、それなのに手の指だけは妙にごっつい。その指で、切符切りの鋏を自在に操っている。あたしとママはホームの隅に立った。男子生徒たちがこっちを見ながら、小声で囁《ささや》きあっている。ほら、社長の……と言った後、手の指でへんな形を作ってみせて、くっ、くっ、くっ、くっ、と声を立てずに笑った。ママには聞こえない。どこまでも続く黒い線路をぼんやりと眺めている。

やがて汽笛が鳴り響き、三両編成の鈍行列車がホームに突進してくる。そのとき、ママがなにかつぶやいた。

えっ。

なぁに、ママ。

と、首をかしげる。

「やり直すわ」

ママは言った。

ここではないどっか、はるか遠くをみつめながら、夢見るような口調で、

「やり直すわ。働いて、いい母親になって、素敵な家庭をつくるの。駒子、わたしはほんとうにやり直すからね」

そう。

無理、しないでね。

と、あたしは微笑む。

あたしの笑顔を見て、ママが「駒子ぅ……」としゃくりあげる。

列車が長くて重たいブレーキ音を響かせ、あたしたちの前で急停車する。ドアが開いて、警官の制服を着た若い男の人が一人、降りてくる。その手に握られた一枚の写真に、

あたしの目は吸い寄せられる。ほんの一瞬。でも、あたしの知ってる写真だとわかる。間違いない。きっと若草色のあの男の人に頼んで、焼き増しさせたんだろう。燃えるような紅葉に包まれて微笑んでいる、若くてうつくしい母親と、その腕に抱かれたみっともない娘のファミリーポートレイトだった。

でも、残念、それははるか昔のあたしたちの姿で、いまでは二人ともまるで別人だ。あたしとママは友達どうしみたいに腕を組み、笑いあいながら列車に乗った。警官とすれちがう。肩と、肩がぶつかった。警官が「おっと、失礼」とつぶやく。

ママが先に車両に入っていく。

あたしは振りむく。まだ学校出たてみたいに若くて、ほっぺたが薔薇《ばら》色に輝いてるその警官の、ふっくらした左の福耳に、唇を近づける。

あたしはもう女。去勢されちゃったけど、でも女のふりはできる。おおきなからだを利用して、大人の女みたいに甘く、低く、囁く。

「……社長が探偵を殺したわ！」

生まれて初めて、ほかの人間に向かって話しかけた。

声は出せた。ただこれまで、誰とも話したくなかった。

無人の図書館で、埃の舞いあがる舞台に立つときだけ、あたしは声を出していた。叫び、轟かせ、転がりまわった。どどん、どどん！　いま、思っていたよりもずっとうまく囁けた。警官は眩しそうにあたしを見た。

「解体工場で、豚用の電動カッターでね。……死体の一部はまだ工場にあるわ。みつけて」

暗黒！

復讐《ふくしゅう》してやるという、黒くて、醜いこの気持ち！

「あの悪漢を、捕まえてちょうだい。ひどい奴《やつ》なの」

汽笛が鳴る。

警官が「君は……？」と聞くけれど、あたしは手動のドアを閉める。窓ガラス越しに一瞬、誘惑するように甘く微笑むと、きびすを返してママの後を追った。

鈍行列車の、四人掛けの硬い座席に座って、ママはあたしを待っていた。怯えた子どもみたいに「こないかと思った！　駒子！　一人で降りちゃったかと思った！」と繰りかえして、もうけっして離さないというようにあたしの手を握りしめる。

あたしはゆったりと微笑んで、ママのとなりに腰かけた。コマコがそんなことするわけないのに！　マコはときどきおかしなことを言う。考えなくてもわかるのに……。

車両には朝の匂いに包まれた小学生や中学生がたくさん乗っていて、あたしたちを遠巻きにしていた。列車が揺れて、走りだした。ホームにさっきの警官が立って、不思議そうにあたしたちを見上げていた。でもママの顔は帽子で半ば隠れていたし、あたしは、彼が握りしめた写真に写る幼女とはすでに別人の、おっきな女の子だった。大人の真似して、べったりした笑みを浮かべて軽く手を振ると、警官はまた怪訝《けげん》そうな顔をした。

改札から、片足のない駅員さんもこっちを見ていた。あたし一人を、じっと見ていた。女の子みたいにきれいな顔と、もったいないぐらい長い睫毛。制帽の下で、うらやましそうに表情が歪んでいた。毎日、毎日、朝と夕方、駅員さんはやってきては去っていく列車を見送っていた。遠くに行きたい、でも、けっして乗れない、と言いたげに。ママがまたとなりでつぶやいた。

「わたし、やり直すわ。きっと、きっとよ。駒子、わたしはね……」

ママの声が遠ざかる。気が、遠くなる。

あたしも表情を急に歪めて、互いにそっくりおんなじ顔つきになって駅員さんとみつめあう。列車はスピードを増していく。駅員さんは、いいなぁ、と恨めしげに、口を緩めてなにかつぶやく。片手は相変わらず切符切りの鋏をカチカチカチカチと鳴らし続けている。あたしは声を出さず、唇の動きだけでつぶやきかえす。

でも、遠くに行くのも、そういいもんじゃないよ?

ほんとよ？

……行くけど、ね。

列車はスピードを増し、あたしたちを乗せてガタゴト、ガタゴトと地平線を遠ざかっていく。

四　見てる?

十三歳。

さくら餅を食べてる。

再び季節の変化を感じられる心になった。いまは、春。雨に濡れた路地にはらはらと花びらが落ちてくる。あたしは、ママのお手製、さくら餅を幾つもほお張っている。咀嚼《そしゃく》するたび、にちゃ、にちゃ、にちゃ、と口の中でへんな音がする。お水を入れすぎなのかも。それとも、練りすぎたのかも。あたしは首をかしげながら、黙って咀嚼し続けている。にちゃ、にちゃ、にちゃ。

台所から、ママが、

「駒子、どう?」

と、褒めてほしそうな満面の笑みで聞いてくる。あたしは黙って親指を立てて、最高、と返事をする。ママは得意満面になって、

「でしょう?　わたしも、やればできるのよ」

とうなずいている。
花びらがまた落ちてくる。

その町は古くて、こぢんまりして、ゆったりと歴史を重ねてきた土地に独特の落ち着きがあった。季節にかかわらず、流れる空気がいつもやわらかくって、それに包まれていると、がんばろう、とか、急いでなにかをやらなくちゃ、といった焦燥感がからだの外側から知らないうちにはがれていった。昔はちょっとした城下町だったとのことで、かわいらしいお堀があってちょろちょろと水が流れていた。町並みは古いけれどどの家もよく手入れされてぴかぴかだったし、ところどころに、明治のころから建ってるというお洒落《しゃれ》な洋館もあった。路地にも、家々の庭にもさまざまな花が咲いていて、穏やかに過ぎていく時間の流れを感じさせた。
あたしとママは、この町でいちばん家賃の安い、半分かたむいたようなアパートを探して住み着いていた。それはアパートというより、時代劇でよく見る長屋に近くて、カステラを切り分けたように四つに仕切られていた。平屋建てで、玄関に面したちいさな台所と、裏庭に面した六畳間があった。夕方になると、縁側から菫色の夕日が射しこんできて畳を甘くさびしく照らした。裏庭には、前に住んでいた誰かが植えたらしきパンジーやチューリップがちょっとだけ生き残っていて、季節によってきれいな花を咲かせてあたしを喜ばせた。

平屋だというところは、ちがうけど、このアパートはあたしのいっとう最初の記憶にあるコーエーなる住宅とよく似ていた。きっと日本中のどんな町にも、いわゆるコーエーが存在するんだろう。あたしは、ママといっしょに逃げて、逃げて、旅して、旅して、くるっと回ってもとの場所にもどってきちゃったような気がしていた。家賃は、格安で、噂によるとそれは、この部屋で昔殺人事件が起こったからなのだ……と、となりの部屋に住む巨漢のお兄さんがにこにこしながら教えてくれた。

お兄さんはものすごく太っていて、顔がおばあさんみたいにしわしわで、噂によると元相撲取りとのことだった。姥嵐《うばあらし》というおかしな四股名《しこな》だったらしいと教えてくれたのは二部屋先に住むちっちゃいおじいさん――身長は百四十センチメートル弱で、顔も、手足も、目や鼻も、遠近法の狂いを感じるほどほんのすこしずつ、あたしたちよりちいさかった――だった。おじいさんは手書きの番付表まで見せてくれて、ほんとうだよ、小結《こむすび》だったんだ、と力説したけれど、その番付表は子どものあたしが見てもむちゃくちゃで嘘っぽかった。そしてそのおじいさんはというと、元華族の息子で、大学を首席で卒業してから家出して、ごく最近まで外国のサーカス団にいたのだと噂されていた。たまぁ教えてくれたのはさらに奥の部屋の、ほとんどいつも部屋にいない女の人だった。たまぁにしか見かけないけど、そのたびに、女学生みたいにやたら若く見えたり、おばあさんみたいに萎《しお》れて見えたりしてちょっと気味が悪かった。年齢不詳のその女の人は、指名手配中の凶悪犯らしいとのことだった。おかしな新興宗教に入っていて、部屋の中では床からいつも三センチぐらい浮いてるらしい。その噂を教えてくれたのは……ママだった。のんきなママ！　指名手配中の凶悪犯は、自分でしょ。

あたしはほんとうならもう中学一年生になってるはずの年だったから、いまではいろんなことを想像したり、察したりしていた。五歳の春、コーエーで見たような気がする赤い液体のことは、記憶に自信が持ちきれないけれど。でも、ママがなにかをやって逃げていて、だから嘘の名字を名乗っていて、身分が証明できないからあたしは学校に行けなくて、探偵が言うには警察もずっとママのことを捜していて……と、頭の中でいろんなことがつながって、いまでは、わかってきていた。

ところであたしたちのことは、アパートのおかしな住人たちになんて噂されてるのだろうか？　それだけはぜんぜん耳に入ってこないから、よくわからなかった。ただ、となりの部屋の姥嵐から一度だけ、廊下でばったり会ったときに「駒子さん、君、ほんとうは何歳なの」と聞かれた。あたしは相変わらず、声を出すことがほとんどなかったから、目をぱちくりさせながら小声で「ほんともなにも、ほんとに、十八歳よ」と答えた。姥嵐は、ふぅん、とうなずいた。いや、無理があるのはわかってたけど……だってママがそう答えろって言うんだもん！　手下は、ボスに絶対服従。あたしは愛想のいい作り笑いを浮かべて姥嵐とみつめあう。この一年でまたにょきにょき背が伸びたから、でっかい男の人である姥嵐と並んでも、あたしの目線の高さは彼とそう変わりない。あたしはいまや、大女と、おっきな子どもの中間の、微妙な生き物だ。ご飯を食べても栄養が追いつかなくて、すごく痩せている。髪はあの時以来ずぅっと、くりくりに短い。

「じゃ、おかあさんは?」

姥嵐がしつっこく聞く。

「えっと、ママが十五歳のときに産んだから、いま、えっと、三十三歳」

「へぇ。もっと若く見える。眞子さんって」

「うん!」

あたしは元気よくうなずく。

廊下には兼用の水洗トイレがあるから、一日中、かすかな尿の臭いが漂っている。埃と泥に汚れた窓から、昼間の眩しい光が廊下に落ちる。玄関のほうから、誰かが帰ってきた物音。靴を脱いでゆっくりと上がってくる。

姥嵐はトイレに向かっていって、あたしは細い廊下で、そのおっきなからだとなんとか無事にすれちがう。玄関を上がってきた、ちっちゃいおじいさんとも続いてすれちがう。あまりにも二人のからだのおおきさがちがうから、遠近の感覚を狂わされたみたいにあたしはクラッとする。

部屋に帰ると、ママは部屋の真ん中にでんと置いた古い足踏みミシンを一心不乱に動かしていた。かたかたかたかた、とおおきな音が響いている。畳の上には型紙が散らばっている。

ただいま、ママ。

と、思う。

ママが顔を上げずに「おかえり、駒子……」とつぶやく。

その姿に、あたしはちらっと目を走らせる。薄いピンクのカーディガンに、化織のブラウス。茶色っぽいロングスカート。髪を後ろでまとめて、薄化粧もしたママは、前の町にいたときの姿が嘘みたいにこざっぱりして、それに全体にふっくらと肉もついている。物静かで落ちついていて、まるでぜんぜんべつの女の人に取って代わったかのようだ。

町を出るときうわ言のように繰りかえしていたあの声が、ふと耳によみがえる。

（やり直すわ……）

ママは約束したとおり、着々と人生をやり直している。こうやって昼は洋裁の仕事を請け負っていて、難しい顔をしてかたかたかたかたとミシンを踏む。「間違えたら、ぜったいいけないのよ……」と子どもみたいに口を尖らせて、生真面目《きまじめ》な口調でもってあたしに説明する。「難しいわぁ、もぅ」とときどき呻いているけれど、後ろ姿はどっか楽しそうだ。ご飯もつくってくれる。お米はにちゃにちゃで、お味噌汁《みそしる》はだしを取ってないけど。魚は夜空に黒煙を噴き、煮物は鍋から猛毒のような泡を垂らすけど。そのたびに二人でお腹を抱えて笑いあって、失敗したわ、失敗したわ、とはしゃいだ。日々はまるで終わらないキャンプみたいで。あたしもお手伝いをしたし、ママはずっと家にいてくれた。

あたしはいまやママの背丈を越して、成人女性と比べてもおっきなからだになってたので、ママはあたしに「人に聞かれたら十八歳って言いなさい。駒子はからだが弱くて、おうちにいるの」と命じた。あたしは、了解、とうなずいた。もともとほとんど人としゃべらなかったし、黙ってさえいれば、ほんとはまだ子どもだとばれなそうだった。あたしは一日、縁側に座って、窓枠にもたれて、裏庭の甘くてさびしい情景を眺めていた。いっとう子どものときにもどったみたいだった。逃げだす、前。流浪の民になる、前。静かな幸せ。なにもないことの幸せ。あなたとともに過ごす日々が、平坦《へいたん》なことそのものの、胸をかきむしりたくなるほどの幸せ。大人になってもこのことだけを覚えていて、心の支えにして生きていけばよいと思った。

十三歳の、春の終わり。ママがお札を握って「駒子、いいことしに行こう」とあたしの腕を引っぱった。何日も、何日もミシンを踏み続けないと手に入らない、けっこうな大金を握って無造作に揺らしてるので、あたしは、なんだろ、と首をかしげた。ママはアパートを飛びだした。とうに桜が散って、近づいてくる雨の気配に空気が甘く濡れていた。夕刻の町を、楽しそうに歩きだす。昔みたいな独特の華やかさ、つまり真紅は、いろんな男の人たちから搾り取られてるうちにだいぶなくなっていたけれど、それでもママはやっぱり、普通よりずっときれいな女の人だった。だから道行く中年の男の人たちがママをじっとみつめたり、振りかえって目で追ったりした。でもママはさいきんでは異性の目に頓着しない。子どもみたいに無邪気な様子で、スキップ混じりに道を歩く。雨の匂いが、上空を漂ってる。もうすぐ春が終わる。季節は巡る。あたしたちをゆったりとどこかに運んでいく。未来へと。薄闇の向こうに揺れる、さびしい未来へと。

ママはスキップしながら、お堀のそばにある古い建物に近づいていった。そこは写真館だった。ちっちゃくて、二階建て。一階がスタジオで、二階が暗室と館主の住処《すみか》を兼ねているとのことだった。ガラス張りのウィンドゥに、七五三の写真や、卒業写真、お見合い写真に、家族の集合写真……町の人たちの、さまざまなよそ行きの姿が華々しく飾られていた。ママは口笛を吹かんばかりに楽しそうに「駒子、いいことしよ。写真撮ろ」とつぶやきながら写真館に入っていった。

館主は薄手の毛糸のチョッキを着込んだ、痩せ細ったおじさんだった。あたしとママを、重たげなクリーム色のカーテンに囲まれたスタジオに案内する。貴族を連想させる、洋風の重厚な椅子にママが座って、そのかたわらにあたしが立った。するとママが首をかしげて考えこみ「やっぱり、駒子も座らせてちょうだい」と注文した。館主がうなずいて、椅子を二人掛けの細長いものに取り替えた。深い赤色をした布張りの椅子で、右にママ、左にあたしが座って、互いに相手に向かってちょっとからだをかたむけ、カメラをみつめる。

カメラは冗談みたいにおおきくて、おおげさだ。「はい、笑って」と言われる前に、なんだかおかしくなって自然と微笑んでしまう。ちらっとママのほうを見ると、女優のスマイルはもう忘れてしまったのか、いつも通りの横顔を見せてゆったりと微笑している。

——ストロボが閃光《せんこう》のように光った。

穏やかな時間。

嵐が過ぎ去って、ただ平穏に過ごしていたあの時間。後から振りかえったら、なにがあったかぜんぜん思いだせないぐらい、悲しみとも苦しみとも無縁で、いっしょにいることがただ幸せだった日々。カメラがまた、けっして止まらない時間を瞬間、乱暴に切り取った。

たぶん三枚目の、ファミリーポートレイト。

数日して、あたしが一人で写真館に取りに行った。引き伸ばして、アルバムに入れられた写真から、まるで双頭のようによく似た表情のあたしたちが、首をくっと伸ばしてこっちをみつめていた。顔のつくりはぜんぜんちがう。ママは目も鼻もくっきりして、それに花びらみたいな形の唇をしてるのに、あたしのほうは目も細くて鼻もおおきすぎて、唇には色がない。からだのおおきさもちがう。でも、目つきが……。あら、信じないわ、とあざ笑ってるような、そのつめたい目つきが、まったく同じ人間かと思うほどそっくりだった。

　これはいまでも持ってる。

　あたしの宝物だ。

　できれば死んだときお棺に入れてほしい。ママと過ごした日々の、幸福な記憶といっしょに、灰となって此処《ここ》より永久に消え去らん。


　十八歳のふりをしたあたしは、毎日、ちいさなかわいらしい町を飽きずに歩きまわった。春の日射しを浴びながら。長雨にお気に入りのサンダルを濡らしながら。夏の、真っ黒な影を踏みながら。町とはこのようなものだったのか！　歩くことは自由で、歩くことはむやみに楽しかった。

　朝は、通勤の大人が鯖色《さばいろ》のスーツの裾をはためかせて道を急いでいたし、その横を、制服姿の、あたしと同い年ぐらいの男の子たちが自転車のベルをチリンチリン鳴らしながら通りすぎた。昼間はちいさな公園で子どもたちが走りまわっていたし、夕刻にはお豆腐屋さんが喇叭《らっぱ》を吹き、新聞配達のおにいさんがスクーターであたしを追い越しては、またあたしに抜かれて、また追い越して、を繰りかえした。このおにいさんとは顔見知りになってきて、会うと「よぅ」と挨拶してくれた。あたしはそのたび、黙ってにやにやした。

本屋、というものと出会ったのもこの町でのことだった。あたしにとっての課題はいつも、読める本を確保するということで、これはなかなか難題だった。最初に町の図書館を探したけれど、三階建てで、町の規模にしてはずいぶん立派で、しかも真面目そうな顔つきをした高校生や、大学生や、お年寄りで貸し出しカウンターがいつも混みあっていた。身分を証明できない子どもはお断り、の、普通の図書館だ。あたしは気圧《けお》されてすごすごと逃げ帰った。それで、町をうろついていて、新品の本がたくさん積まれた店をみつけた。一歩、入ったら、食べ物屋さんみたいなエプロンをつけた若い女の人と目があった。レジから顔を上げて「いらっしゃいませ」と言う。あたしは飛びあがり、回れ右して転がるように店を出た。翌日、気を取り直して、もう一度入ってみた。同じ女の人が同じ格好で立っていて、今日は本棚にハタキをかけていた。「いらっしゃいませ」と、また言われた。男子高校生が雑誌を片手に、レジに向かった。あたしは横目で彼と彼女を観察した。じきにピンときた。

本は、売られてるのだ。

欲しい本は自分のお金で買うのだ。

あたしは本であふれた店内を見回して、絶望した。あたしは読みたい。なんでも読みたい。活字であればかまわない。飢えてる。だけど本というものはすごく高くて、あたしには買えなかった。

店を出た。

外を歩きだすと、本屋の中から、無数の本がざわめくのが聞こえてきた。「読まないのか」「おれを読まないのか」と責められているような気がした。本にも、性別があった。作者が男か女か、主人公が男か女かは、ぜんぜん関係がない。本という生き物には独自の性別があって、女の本は「まぁまぁ」となだめているけれど、男の本は「どうしておれを読まずに帰るんだ。あいつは頭がどうかしてるぜ」と、聞こえよがしに嫌味を言った。あたしは逃げようと小走りになった。歩幅がおおきいから、すこし走るとたちまちアパートに帰りついた。

つぎの日、また本屋に入った。

ほかのお客さんを観察する。するとあたしはひとつのことに気づいた。本は、買わなくても、その場で開いて中を見ることができるのだ。どうやらそれをやってもエプロンの女の人から怒られないようだ。あたしは自分もやってみようと、ごくっと唾を飲み、本棚を見回した。

とたんに本が洪水のように目に飛びこんできて、あまりの量と、あまりの新しさに、どれを選んだらいいのかわからなくって、気が遠くなる。あたしは目を閉じたまま、一冊、手に取る。

開くと文字の洪水だ……。

欲しくて、手に入らないものであふれた本屋は、あたしの生活が貧しいことを教えてくれる。

だけどしばらくすると、その店と道路をはさんだ反対側に、崩れかけたバラックみたいな小屋があることに気づいた。横断歩道を渡って、行ってみる。

そっちも、本屋だ。図書館で読みなれたような古い本が並んでいて、レジにいるのもくしゃくしゃのおばあさんだ。古本屋、なる商売をあたしは初めて知る。小屋の外にワゴンがあって、カバーがなかったり、ひどく破れたり、どこで保管されていたものやら、ぐにゃりとひしゃげた文庫本が積まれている。一冊百円、と書いてある。

「駒子、これでジュースでも飲んでおいで」

と、ママはさいきん、あたしに一日につき百円ずつお小遣いをくれた。あたしはバラックの前にあるワゴンから、毎日、一冊ずつ選んで買うようになる。あたしは不思議な世界をみつける。すごく凝った方法で人が殺されて、探偵が出てきて犯人を暴いたり、はるか未来の宇宙で起こる大戦争について緻密に書いてあったり。古い文庫本から、図書館の本からはみつけられなかった、新しい世界を知る。毎日、夢中で読む。

こんなふうにして、本の確保にまたもや成功する。

このミッションには失敗したことがない。

どんな町に流れていっても、あたしは彼ら、彼女らをみつけられる。


町の真ん中はちょっとした盆地になっていた。坂道がほとんどない平坦な土地だけれど、よく見るとゆるやかなアリ地獄みたいに真ん中がすこぅしへこんでいたのだ。いちばん低い場所、ほっこりとあったかな町の空気が重たさで沈んで、ほわほわと溜《た》まった、その場所に、かわいらしいちいさな動物園があった。

あたしは動物園なんて初めてで、珍しい生き物に静かにはしゃいで、毎日のように動物園の近くまで見にいった。近くまで、というのは、そこもまた有料だったからだ。動物園のとなりにある公園のベンチに座って、遠くのほうに見える灰色の固まり――アラビアの象を見た。うごめく模様みたいに常にうごうごしている焦茶色の生き物――手長猿の集団も見た。

公園のすぐそばには麒麟《きりん》のスペースがあって、こっち側からも彼の長ぁい首や、離れたおおきな目、濃いオレンジ色をしたすべすべの皮膚がよく見えた。でっかいことの憂鬱は、あたしにもよくわかるから、次第に彼に親しみを覚えるようになった。あたしは日がな一日、公園のベンチに座って、古い文庫本をめくっていた。人間が海になったりおじいさんの脳が若い美人に移植されたり都会に酸性雨が降り続いたり弾丸が人体の中で消えたり、主人公たちは毎日信じられないほど忙しい。想像するのに、体力を使って、あたしは黙ってくたくたになる。動物園のすぐそばで、生身のペットがほとんど手に入らなくなった未来世界のお話を読むなんて、お金で買えない贅沢《ぜいたく》だなぁ、とある日思う。うふっ。あたしも電気仕掛けの羊、ちょっとほしい。

耳元にいかにも悲しげな息がかかったので、無意識に（あっ、ママだ）と思いながら顔を上げた。本を読んでると自分がどこにいるのかよくわからなくなることがある。アパートの、いつもの縁側にいるような気がしていたけれど、よく考えてみるとここは公園だ。

耳元で、本を覗きこんでるのは、彼だった。

オレンジ色のでっかい麒麟。

ふんふん、と、読んでるようにうなずきながら、ときどきあたしの顔を見る。はやく、はやく、というように首を左右に揺らすから、あたしの横顔にも乱暴に当たる。ページをめくってやると、また、ふんふん、と読み始める。

へんな麒麟！

それ、人間の真似？　それともほんとに読めるのかな。あたしはおかしくなったけど、気にせず、ふんふん、と自分も読み始める。麒麟はしばらくいっしょに本を覗きこんでいたけれど、そのうち飽きたのか、ゆっくりと遠ざかっていった。動物園のほうから「わぁ、ママ、麒麟！」と子どものうれしそうな声がした。あたしは肩をすくめて、また読書を続けた。あたしのママはいまミシンを踏んでる。かたかたかたかた、と小気味いい音を立てて。幸せの音。穏やかな音。日常の音。……急に自分もママのそばにいたくなって、本を閉じて立ちあがる。こんなにおおきくなったのに、いまだにママが恋しい！　あたしはアパートに向かってよろめきながら歩きだす。公園を出たところで、新聞配達のおにいさんのスクーターに追い越される。「よぅ」夕日が麒麟とよく似たオレンジ色に町を染めかえていく。

昨日と同じように、なにもなかった、今日という日。

明日もこうでありますように。なにごともありませんように。

月に一回、あたしは大家さんちに行く。

大家さんはアパートのすぐそばにある、古いけどなかなか素敵な洋館に一人で住んでいる。平屋で、屋根はうすい緑色で、ちっちゃな飾り煙突がある。ほんとはあの煙突から居間の暖炉に落っこちて、会いに行きたいんだけど、そうもいかない。アンやパレアナやセーラが一斉に飛びだしてきそうで、あたしにはこの家は憧れだった。

べつに、大家さんが建てたわけじゃないらしい。大家さんはまだ若くて、たぶん、えっと、二十代の後半か、三十歳ぐらい。女の子みたいに小柄で、華奢で、赤みがかった長い髪を後ろで結んでいて、いつも、やけにぺらぺらした黒っぽい服を着てる。いちおう男の人だけど、姿勢よく座ってる姿は、まるで誇り高い女の人みたいだな、と思う。若い、貴族の、未亡人、っぽい感じだ。

大家さんは目が見えないから、いつも、細い腕をのばして、両手のひらで壁を触りながらゆっくりとこっちに歩いてくる。こんな素敵な洋館に住んでるのに、見えてないのは、もったいない。前、あたしがそう言ったら、壁が震えるほど大声で笑った。それからあたしに聞いた。

「駒子さん、ほんとは、何歳?」

「えっと……十八歳」

「十八にもなった子が、そんなこと、言うもんか。そんなに素直なのは子どもの証拠だよ」

大家さんはもとはロック界のスーパースターで、ある夜、アンコールにこたえて歌ってるときにファンの投げたコカ・コーラの瓶が頭に当たって、打ち所が悪くて、失明した。という噂だったけど、なにしろ噂だからきっと嘘だ。いや、ほんとだ、と言い張る姥嵐に「なんていう名前のスーパースター?」と聞いたら、「それは知らないけどさ」

とふくれた。かっちりと白塗りのメイクをして歌っていたから、素顔は誰も知らなくて、だからいまでは無事に隠遁《いんとん》生活を送れてるんだそうだ。

大家さんの、鼻歌が、調子っぱずれなのを知ってるからあたしはおかしくって仕方ない。でも大家さんがスーパースターでも盲目の一青年でもべつに関係なかった。あたしは毎月、家賃を払いに行く。駒子さん、駒子さん、と歌うように楽しげに話しかけてくれるから、その声のビブラートが気持ちよくって、あたしは首筋を撫ぜられてるように目を細める。家賃を持って出かけるとき、あたしの靴には虫みたいな透明の羽がフワッと生える。

「この世でもっとも尊いものがなにか、わかるかい。駒子さん」

真面目な顔をして、大家さんが語る。

わかんない。

と、首を振る。

それから声に出して「……わかん、ない」と答える。

「それは、愛だよ。駒子さん」

うへぇ。

と、思う。

声に出しては、言わない。あたしは黙ってあきれちゃってる。

「小説とかさ、読むことある?」

うん、ある。

「古今東西、小説で書かれたものも、歌に歌われたものも。それに、人々の口に上った話題でもさ、いちばん多いものは、なに? 愛についてだ。それだけ重要なことだからだよ。そうじゃなかったら、昔っから、世界中で、みんなしてここまで書いたり歌ったりしゃべったり泣いたりするもんか。男女の愛は人類にとってもっとも重要な案件だ。聞いてる、駒子さん?」

聞いてる、聞いてる。

揺り椅子に腰かけて、きぃ、きぃ、と前と後ろに規則正しく揺れながら、大家さんは語る。赤毛が一房、後れ毛になって頬にかかっている。頬は透き通るほど白くて、きめも細かい。

ときどき、大家さんちに恋人がきていることもある。遠くに住んでて、仕事をしていて、月に何度か時間をつくっては会いにくるらしい。あたしはじつは彼女のことがあんまり好きじゃない。縮れ毛を肩の辺りまでのばしていて、小太りで、ちょん、ちょん、と書いたようなちっちゃな目をしている。動作がせわしない。それに大家さんより年上だと思う。二十五歳、と言ってたけど、きっと嘘だ。笑うと目の周りの皮膚に、ママのとよく似たこまかな漣《さざなみ》が立つ。きっとママとおんなじぐらいの年齢だろう。

彼女を見ていると、あたしの心はなぜか落ち着きをなくして沈みこんでいってしまう。

恋人がきてる日は、あたしは早々に退散する。


ある日のこと。彼女はうつくしいから好きだ、と大家さんが言ったので、あたしは不満でいっぱいになって風船みたいに天井までふわふわと上がりかける。

「目が見えなくなって、何年か経つけど。もう慣れてきてね。だって、触るとわかるんだ」

大家さんは指揮者みたいに腕をおおきく振りあげ、手のひらをやわらかくして、愛しげになにかに触れるような仕草をする。

「こうやって、撫でて、骨格を確かめていく。ぼくは昔から面食いだったから、美人じゃないといやだ。見えないからって、不細工な女はやっぱりきらいだ。だから手のひらで確かめる。……駒子さんも、ほんとに十八歳だったら、こうやって触って確かめて。合格だと思ったらたちまちモノにするんだけどなぁ」

つまんないことを言いだすから、あたしは、ちぇっ、と思って返事をしない。

「たくさんの女に触れてきたから。見えなくなったからって、だまされないよ。ぼくの手のひらには目がある」

「ママは？」

「ママって、誰の。あぁ、君の？　さぁ。触ってないからわからない」

「すごく美人よ……。昔は女優だったの」

「そういう噂だね。原宿の竹下通りでスカウトされて女優になって、でも愛人の子を身籠っちゃって、失踪したって。それがけっこう有名な相手で、いまでも探偵を雇って母と子を探してる、ってさ。えっ、じゃ、ほんとなの？」

あたしは返事をしない。

洋館の、かわいらしいフランス窓。小鳥が飛んできて、チーチチ、と夢の国を連想させる鳴き声を立てる。

この町はなだらかな盆地になっていて、アリ地獄みたいに真ん中がへこんでいる。だから、失踪した若い女優や、コカ・コーラの瓶が当たって失明したロックスターや、華族出身のサーカスのピエロや、元力士や……なにかから逃れた人が、ずるずると飲みこまれるようにこの町に集まってきてるような気が、し始める。それならここは、持ってたものを失いつつある人たちがつくった、あの世みたいな町なのかもしれない。誰も、焦ってないし、誰も、これからなにかを成し遂げようと思ってない。夢を持って生きていない。だって、それはすでに成されて、すでに終わったのだ。ここは昔有名だった人たち、だけどいつのまにか人々の口に上らなくなった人たちの墓場みたいだ。とっても静かで、みんな、穏やかに幸福で。なだらかな盆地の奥に、洋館やかたむいたアパートごとみんなしてゆっくりと飲みこまれていく……長い途上。

あたしがフランス窓を眺めながらそんなことを考えてるあいだも、大家さんは熱々のアップルティーをあたしに勧めながら、話し続けている。女の、骨格に、触れることの性的快感について。

「興奮するんだ」

「骨に？　へんなの！」

「だってもう見えないんだからぼくに残された女体は骨と肉の触り心地と、匂い」

「匂いはわかる。あたしも好きだったりきらいだったりするもん」

「ぼくの匂いは？」

「えっと……」

あたしはなにも言わない。アップルティーをすする。熱っ！

大家さんは揺り椅子の上で、アップルティーをこぼさずに器用に飲む。夢見るような口調で、

「まず、皮膚を楽しむ。額と鼻柱の横がぺたっとしてたり、頬と首が冬のアスファルトみたいに乾いてたりする。確かめようとしつこく触ると、いやがる。むりやり触る。やがて相手が屈する。人形みたいに、されるがままになる。震えながら。そのことにぼくは興奮する。それから、それからね、皮膚の下の骨に到達する。指の腹で、奥にある骨

を掘り起こしては確かめる。額から鼻筋、頬骨の位置、顎のライン……。心の中にその人の顔を組み立てる作業だから、これは快感というよりむしろ数式を解くよう。さて、顔を組み立てたら、こんどは舌で、指で、その顔に触れる。相手の顔に触れながら、同時に、心の中にできたうつくしい顔に触れるんだ。相手は吐息をもらしてぼくに甘えるから、それにこたえるけれど、心の中では、完成された顔を自分の唇によって崩していく。うつくしいものを、蹂躙《じゅうりん》したい。とりかえしのつかないことをしたい。その夢をぼくは視力を失ってから官能の中で実現するようになった。肉が崩れて目も溶けてぼくに咀嚼され食われていって、さいごに女の骨格だけが残る。とりかえしのつかぬ、性交。相手を殺し、喰《く》らうこと。究極の性的強奪。目が開いていればできない。こんな、女の楽しみ方があったとは。……あれっ、駒子さん、君って何歳なんだっけ、こんな話しても大丈夫？」

「だから、十八歳」

あたしは自分の手のひらで頬や顎を撫でながら、ふつうの抑揚で答える。

大家さんの見開かれた目は虚空を彷徨っている。灰色がかった、濁ったガラス玉みたいな不思議な目。「顔を食べたら、つぎは、からだだ。細い首から、胸の肉へ。手のひらで、ぐっと、皮膚の下の骨を確かめていく……」うっとりと語りながら、アップルティーをお代わりする。

大家さんと話してると、からだの奥のほうのよくわからない場所が、トイレに行きたいのをすごく我慢してるときみたいにぞぞっとする。聞きながら、せわしなく自分の頬骨や、鼻柱や、細い顎に音もなく指を這わせる。短く刈った髪にふわふわと覆われた頭蓋骨にも触れる。家賃を払うために訪れては、こんなふうに大家さんと話す時間が、あたしは好きで、でも気持ち悪い。

そんなに美にこだわるくせに、大家さんが、たまにくる恋人のことを美人だと判断してるのが、解《げ》せない。触ればわかるよ、と微笑むのだけれど、あたしは首をかしげて、ママのほうがきれいなのに、彼女は冴《さ》えない女なのに、とすごく悔しくなる。

家に、帰って、アパートの縁側に座りこむ。月の光がわずかな裏庭を照らしている。よく見ると庭もなだらかにかたむいていて、アパートの床も同様で、あたしたちは建物ごと盆地のいちばん下に長い時間をかけて落ちていってる途中なんだと、また思う。ママは足踏みミシンのふたを閉めて、ピアノのお稽古が終わった女の子みたいに無邪気な顔つきでにっこりしてみせた。「どしたの、駒子。そんな難しい顔して、考えこんじゃって」なんでもない、とあたしは首を振る。ママが近づいてきて、となりに座った。あたしは黙ってママの顔に手をのばす。

「なによう」

近くでよぅく見ると、目の周りの皮膚が骨格にあわせてくぼんでいる。昔は泣いたり笑ったり怒ったりしたときだけ現れたしわが、いまでは、ずっとある。あのころ薔薇色だった頬も、乾いてざらついてる。

目を閉じて、ママに、触れてみる。

皮膚を、骨を、楽しむ。

月が皓々《こうこう》と裏庭を照らしている。

風が吹いて、パンジーの花びらが数枚、地面に散る。

逃げて、旅して、ここまでやってきたあたしたち。

もう八年が経つ。ママはすこしずつ、若くてとびきりきれいな女じゃなくなっていく途中だし、あたしもこんなにおおきくなっちゃった。

マコのちいさなコマコだったはずなのに、ママよりでっかくなって。でも、相変わらずこんなにさびしい。

男の人の声がよみがえる。

(愛人の子を身籠っちゃって、失踪したって)

(それがけっこう有名な相手で……)

(……いまでも探偵を雇って母と子を探してる、ってさ)

あたしは目を閉じたまま、ママの骨に触れ続ける。いまのママを心から追いだして、原初の記憶にある、若くて生き生きしていたママを思い浮かべる。

それから、あたし自身は見たことのない、原宿の竹下通りでスカウトされた瞬間の、とびっきりかわいい女の子を想像してみる。

ゆっくりと目を開けて、いまのママをじっとみつめる。

ねぇ、ママ。

あたしとあなたは、この世の果てまでいっしょなのよ。

呪いのように。

親子、だもの。

月と、風が、静かに裏庭を揺らしている。ママは黙ってあたしに顔を触られている。ときどき「なによぅ。へんなの」と言っているけれど、顔は屈託なく笑っている。目尻と口の横でかすかなしわが漣《さざなみ》のように揺れる。

ママ、あたしより先に死なないでね。

と、思う。

こんな世界に、あたしだけおいていかないで。二人でならなんとか耐えられる。あなたはあたしを産んだ。あなたの責任よ。あなたのせいであたしはいまこの世界にいるんだから。

年なんて取らないで。

おいて、いかないで。

約束よ、ママ。

あたしはいつまでもいまのママの鼻柱を撫ぜている。ママは笑いながら、なによぅ、なによぅ、と繰りかえしている。


そんなこんなで、もうすぐ、十四歳。

空気もまだ肌寒い早春の朝、ママは気の早いさくら餅をつくった。お皿にたくさんのせて、あたしに差しだす。本日の朝ごはん。薄いピンク色をしたお餅は、去年の春に食べたのよりやわらかそうで、お皿の上でぐんにゃりとひしゃげている。あたしは笑顔で、一口。

にちゃ、にちゃ、にちゃ、にちゃ。

去年よりさらに水っぽくて、おかしな感じ。だけどママが褒めてほしそうにもじもじしているから、あたしは、おいしいよ、と微笑んでみせる。ママは着実に生活をやり直している。それは確かだ。ママ、よくできました！

ママは腰回りにまたすこし肉がついて、からだがさくら餅のようにやわらかくなって、それにつれて動作もゆっくりになってきた。泣いたり喚いたり抓ったりもしなくなって、いつもぼんやりと霞んでいる。あたしのだるぅい感覚がうつってしまったみたい。

冬のあいだにお金を貯《た》めて、古いちいさなテレビを買ったから、ママはミシンを踏みながら毎日テレビをつけっぱなしにしている。足踏みミシンの音がすごくおおきいから、テレビも大音量だ。ドラマでも、旅番組でも、なんでもいい。一日テレビを見ては楽しそうにくすくす笑っている。あたしはその傍らで、テレビの音を意識から飛ばして、文庫本を読んでいる。夜、ママの仕事が終わると、ママの膝に頭をのせて読書することもある。ママがテレビを見て笑うたびに、膝がかすかに震えて、気持ちいい。おかしくないのにあたしも笑ってしまう。そんなときに限って、本の中ではとんでもない悲劇が起こっているというのに。

ある日のこと。

散歩を終えてアパートに帰ったら、部屋に足を踏みこんだ途端に雑誌を踏んだ。くしゃっ、と音がした。雑誌なんてめったに見ることがないから、びっくりしてその場にしゃがみこんだ。あたしは限られた資金で本を手に入れるのに毎日必死で、雑誌は贅沢品だったし、ママはあたしとは反対に、テレビが大好きで、活字というものを見ることがほとんどなかった。めずらしいな、と思いながら、開かれていたページを見た。

どこかの偉い学者さんが、家族といっしょに写ってる記事だった。邸宅の広々とした庭で、奥さんや息子や娘やいかにも血統書付きのおおきな犬と並んで、こっちに笑顔を向けている。どの顔にも曇りがなくて、この世の内側で輝いている、という自負に満ちている。学者さんはたぶん四十歳ぐらい。息子は中学一年生で、よくわからないけど優秀な学校に通ってるらしい。「休みの日は息子とキャッチボールをします。勉強ばかりでは人格にひずみができる」「父さんのは豪速球。受けるたびに手がジーンと痺《しび》れる!」あたしは興味を失って、顔を上げた。知らない人たちの、はるか遠くの、偽善的ファミリーポートレイトだ。ママはかたかたかたかたかた、とミシンを踏み続けている。いったいどうしてこんな雑誌買ったんだろ? あたしは縁側に腰かけて、庭を眺めた。春が刻々と濃くなってきている。あたしはだるくって、寝転んだ。

かたかたかたかた。

ミシンは唸り続けている。

さいきん、ママはなにもかもがゆっくりになってきているから、ミシンの音も前よりも穏やかだ。あたしはしばらくしてから、起きあがって、台所に立った。ママに任せておいたら夕ご飯が夜中になっちゃう! お米を磨《と》いで、水といっしょに鍋に入れて、ガス台にかける。火加減が大事なのだ。冷蔵庫から赤いウインナーとしなびたキャベツを出して、ざくざく切って、いっしょにフライパンで炒《いた》める。塩と醬油《しょうゆ》を多めに入れてしょっぱくしたら、これだけでご飯のおかずになる。テーブルに並べて、箸も出す。ママの背中を眺める。

かたかたかたかた、ミシンが唸る。

かたかたかたかた、ママの背中もそれに合わせて揺れている。

いま、なに考えてるの？

あたしは声を出さずに、その背中に問いかける。

鍋から湯気が上がる。

あたしの頭からも不安の煙が上がり始める。


動物園から、動物が逃げた、という噂を聞く。

これは嘘じゃなくてほんとうだった。いったいどの動物が逃げたんだろ、と不思議に思って、散歩の途中で早めに公園に寄った。ゆるやかな盆地の、いちばん真ん中。最終的にみんなが到達するところ。檻《おり》に入れられて、見世物になってる、めずらしい動物たち。公園から動物園の中を覗きこんでみたら、びっくりすることに、ほとんどの動物がすでにいなかった。

象はいなくて、灰色のおおきなからだがいつもあった場所には切り取られたような透明な空間が浮かんでいたし、手長猿もいなくなって猿がぶらさがっていた木の枝だけが檻の中にくねくねと残されていたし、ピンクフラミンゴは、なぜか一羽だけ、仲間外れになって取り残されて、鮮やかなピンクの縦線になったまま呆然として動かなかった。

毎日、ベンチで本を読んでると覗きこんできた牡《おす》の麒麟も、どこかにいなくなっていた。

あたしはのんきに、あらー、と思ったけれど、町の大人たちはみんなして動物の捕り物に引っ張りだされていた。若い職員が、夜のうちに檻の鍵をぜんぶ開けて、逃がしてしまったということだった。「とんだ愉快犯だ！　税金泥棒だ！　さいきんの若いやつは……」と、公園ですれちがった知らないおじさんに話しかけられた。おじさんも捕り物のために駆りだされたらしくて、鯖色のスーツを着ているのに、足元はスニーカーで、片手に長い棒を握っていた。棒の先に紐《ひも》がついていて、これで動物を捕獲するらしかった。おじさんは怒髪天をつくほど怒っていた。町中の人がおんなじ気持ちで、大人たちの怒りのオーラで昼間の空まで灰色に沈んで見えた。

動物園の職員も、バンに乗って走りまわっていた。なになにはまだ若くて嫁入り前だから、ぜったいみつけてやらないといけない、と、なにかの動物につけていたらしい名前を繰りかえしては頭を抱えていたり。動物の特徴を聞かれて、色白で、美人で、でもシャイな性格なんだ、とか、口から唾を飛ばしながら説明していた。会社の廊下とか、店の倉庫とか、民家の庭とか、町のいたるところで、ちいさくてめずらしい動物がみつかっては、捕獲された。象がなかなかみつからなくて、麒麟もまだいなかった。この町にそんなに隠れるところなんてないのに、とあたしたちは不思議がった。

麒麟が覗きこんでこないし、遠くに目を凝らしても象も猿もフラミンゴもほとんどいない公園で、あたしは不良少年みたいに唇をとがらせて文庫本をめくった。ちぇっ、と嘯く。ベンチにお行儀悪く胡坐をかく。うっとうしい前髪を、そっとかきあげる。くりくりのセシルカットだったあたしの髪は冬を越すうちにすこぅしのびて、いまでは長めのショートカットになっていた。立ちあがって、ポケットに片手を突っこみ、軽く口笛を吹く。

麒麟がいないとさびしかった。覗きこんだり、また離れたり。たまぁに客がきて囃したてると、面倒くさそうにだけど近寄っていって、いちおう愛嬌《あいきょう》を振りまいたり。気まぐれで、怠惰で、もう、終わっちゃってる生き物。動物園に閉じこめられた、めずらしい異国の動物。それってまるで、かつての女優やロックスターやピエロや力士たち……ゆるやかな盆地をいっしょになって落ちていく、失われた生き物たちみたいな姿だ、とふと思った。盆地のいちばん最後には、さびれたかわいらしい動物園があって、檻の中に老いたる異国の動物たちがいる。あれらは、女優やロックスターや力士が、輝く風貌を失いながらゆっくりと滑り落ちていって、最後の場所まで到達したとき、動物に姿を変えたものなのかもしれない。もともと人間だったから、本も読めるのかも。そんなふうに想像して、あたしはまた口笛を吹いた。……それならあたしのママもいつか動物になっちゃう！　あたしといっしょに、親子の海豚《いるか》かなにかになって、水槽の中で永遠の海を漂うのだ。大家さんや、隣室の姥嵐もべつの動物になっちゃって、となりの檻にいるのかも。

逃げた動物が、どんどん捕獲されてもどってきている。役場の車が「みなさん、おおきな動物をみつけたら、ご自分で捕まえようとなさらずに動物園までご連絡ください！お怪我をなさらないようにくれぐれもお気をつけください！」と放送しながらゆっくりと通りすぎる。あたしは口笛を吹きながら歩きだした。のっぽのコマコの長い影が、夕刻の日射しに遠くまで細長くのばされて、心もとなくゆらめいていた。

大家さんちに、家賃を払いに行く。

スキップなんて子どもみたいな真似は、いつのまにかしなくなった。代わりに、男の子みたいに口笛を吹いて。長くなってきた髪が、あたしをすこしだけ大人にしてくれたみたい。ズボンのポケットに、手を突っこんで。元気よく、大股で。まるで十八歳の内気な男の子みたいに。ママは中性的でござっぱりしたあたしが好きだから、いつもなるべくそうしている。去勢されたあの夜のことをけっして忘れていない。あたしは女の子じゃない。大人には育たない。あたしはママに脅威を与えない。あたしはママと平和に暮らしたい。あたしは……。

ライオンの頭の形をしたドアノッカーに、手をのばす。出てこないので、大家さんの名前を呼ぶ。玄関は開いてる。あたしはほがらかな声で名前を呼びながら、中を覗く。慣れてる家なので、もう勝手に入ってしまう。大家さんは居間にもいないし、ピアノとギターがおいてある奥の部屋にもいない。

ベッドルームのドアを開けると、部屋いっぱいに感じるほどおおきなダブルベッドの上で、大家さんが女の人と裸で絡みあっている。あ。交尾。大家さんは絞め殺されてるみたいに大の字で弛緩していて、女の人のほうは肉付きのいいからだを激しく揺らしている。大家さんのほうが、女の人に、頭っから喰われてるみたい。大家さんのからだは雪みたいに真っ白！　女の人のほうは浅黒くて、肌もがさがさしてるし、からだの肉がたるんで、下がってる。振りむいたその顔は、いつもよりさらに老けてて、目尻と口角の皮膚が下がってしわが寄り、醜い。あたしはまたいやになる。大家さんはゆっくりと起きあがって、恋人の腰を両腕で抱きながら、

「誰？」

「コマコ」

「あぁ、そっか。もう月末かぁ……」

大家さんが薄く微笑む。

「見てもいいけど、でも、これ、十八歳未満はお断りだよ？　駒子さん」

「だから、十八歳！」

あたしは悔しくって、叫ぶ。大家さんは笑みを浮かべて、

「見たい？」

あたしは返事できない。

大家さんの声は奇怪なほど甘い。ここにいたらいけないような気がする。でも動けない。

「見てる？」

「……うん」

あたしがうなだれると、女の人がくっ、と笑う。湿った吐息が漏れて、しわが寄った口角から灰色のよだれが一筋垂れて、乾いた胸の肉に落ちる。

「見てる？」

「………」

「見てる？　駒子さん」

「うん」

あたしは急に、ものすごく昔のことを思いだす。

いまはもう存在しない村。山の奥の。龍みたいな形の木がたくさん生える、山の奥の。老人ばかりが暮らす白い村の、病院の。手術台。青白い月光に照らされて。窓から侵入してきた若い男。若草色の、あのお兄さん。

（見て）

と、言われて、

（見てる）

とこたえた、震え声。

あ、い、という文字を教えてくれたあの人。

この世でいっとう尊いもの、と。

いまごろになって急に、あたしはあの夜のお兄さんの悲しい気持ちがわかるような気がする。見てる。あたしも見てる。その人の、ふだんは衣服と意識の下に隠されている部分を。内部を。それは内臓とおんなじ色。からだの奥がぞぞっ、とへんな音を立てる。

あ。いま内臓に鳥肌が立った。

あまりにも懐かしい真紅を前に、呆然とする。

それから、とつぜん床に崩れ落ちる。

大家さんも、真紅をもってる人なのかもしれない。

官能から愛されてる人なのだ。いまだって、ほら、恋人は大家さんにしがみついて、もっと、もっとと真紅をほしがってる。真紅には意味なんてなくて、なのに麻薬なのだ。女の人は歯を食いしばり、泣いてるような声を上げながら、大家さんの真紅を搾り取ろうとやっきになっている。あたしはそのかわいそうな交尾を、見てる。大家さんは手のひらをやわらかくして、女の人の胸をつかんだり、腰を撫ぜたりする。まさか心の中で殺して骨にしてるとは思えない、静かだけど無感動な横顔。

やがて大家さんがかすかな息を漏らすと、女の人が動きを止めた。

女の人は部屋を出ていくとき、あたしの耳元で「見てんじゃないよ」と吐き捨てた。

あたしは彼女とは目を合わせなかった。しばらくして、着替えて居間に入ってきた大家さんは、いつもどおりの穏やかさであたしにアップルティーを勧めた。一口、すする。

熱っ！　あたしは縮こまって、椅子の上で硬くなる。

大家さんは揺り椅子の上でのんびりと、前と後ろに揺れている。

「……恥ずかしいなぁ」

嘘ばっかり。

と、あたしはあきれる。

見てる、ってうれしそうだったのに。

「あの女の人、ブスよ。それに、どう見ても三十は過ぎてると思う。あんなのおばさんよ」

あたしがティーカップから唇を離して、不満そうにつぶやくと、大家さんは大声で笑った。

「駒子さんって、やっぱり」

「なに」

「ぼくが好きなの？」

真紅がぶわっと立ちのぼる。揺り椅子が動くたびに、真っ赤な煙が部屋中に広がる。

凄《すさ》まじく甘苦い香り。彼の真紅はいまが盛りだ。その、懐かしさ。時間を強引に遡《さかのぼ》り、かつてのママのもとに駆けもどってきたかのような、甘い興奮。熱烈な喜びと、つぎにやってくる絶望的な悲しみ。憎悪。ママはもう枯れかけてるというのに。霞んで、やわらかくなって、薔薇色だった肌も乾いてきてしまったのに。この盲目の青年はいまこの時に咲きほこってるのだ。

あたしは黙りこむ。

「好きなの？」

うん……。

ママが大好き。

ママみたいなあなたのことも、たぶん。

あたしは、愛し続けた真紅の、亡霊のすぐそばに座って、アップルティーを飲みくだしながら彼をみつめている。

この男の人を見ていたい気がする。まるで輝いていたころのママみたいな、いまの彼を。

懐かしくって、悲しい。

あたしが急に鼻を鳴らし、静かに泣き始めたので、大家さんはますますおおきな声で笑う。それから、わざとかもしれないほど調子っぱずれの音程で、難しい英語の歌を歌ってみせる。あたしはますます泣いて、でも、そう、好きなの、とは言わない。

昔のことを考えている。あたしが生まれる前のこと。物語のほんとうの始まり。竹下通りを歩くとびっきりきれいな女の子。

その子の、マコの行く道には、コマコが待つ灰色の未来がけぶっている。

「あんたたちのこと、聞かれたけど」

出かけようとアパートの玄関でスニーカーに足を入れた瞬間、後ろから声をかけられた。

春はなかなかやってこない。桜が芽吹きそうで芽吹かず、ピンク色の蕾《つぼみ》もまだちいさくて固い。風だけはふんわりと優しくて、あったまった土の匂いがかすかにする。

声をかけてきたのは、奥の部屋に住んでいる年齢不詳の女の人だった。今日は、若い。女学生みたいに弾んだ声をして、ほっぺたも上気しててかわいらしい。昨日はおばあさんみたいにしわしわで背中まで曲がってたのに。

「聞かれた？」

と問うと、肩をすくめて、

「うん。昨日ね。姥嵐もおんなじやつにあんたたちのことをあれこれ聞かれたって。名前とか、年齢とか。いつごろ、どっからきて、どんな生活してるのか、とかさ」

「……へんなの」

あたしは靴から足を出して、立ちあがった。またべつの探偵だろうか……。女の人は興味津々の顔つきをしてあたしを見上げている。小柄な大人を見下ろすことに、あたしはさいきんではすっかり慣れていた。背はどんどん伸びている。あたしの手足は男の子のそれみたいに細くって、長い。

女の人が不思議そうにつぶやいた。

「駒子ちゃんって、十八歳にしては、身長の伸びが止まらないわねぇ……」

返事をせずに、肩だけすくめてみせる。それから部屋にもどって、ママに声をかけた。テレビは相変わらず大音量。ママはぼんやりした顔つきでミシンを踏み続けている。終わらない苦行を自分に課してるみたいに。

ママ、と声をかけて四回目で、気づいて「うん？」と顔を上げた。

探偵がまたあたしたちをみつけたのかもしれない、と教えると、ママはなぜだかほっとしたような笑みを浮かべた。

「そう！」

「うん。……ママ？」

「それなら、またどっかに行かなきゃ。ねぇ？」

「……うん」

「そうよねぇ、駒子」

ママはこの町での平和な生活にとっくに飽きてるのかもしれない。ミシンを止めて、椅子の上で女の子みたいに両膝を抱え、膝に顎をのっけて目を瞑った。おでこに深いしわが寄った。考えこんでる。あたしは、また急に出ていくことになるのかも、と思って、町にお別れしようとアパートを出て、足早に歩きだした。

ゆるやかな盆地。

ずり落ちていることに誰も気づかないほど、ほんとうに、ゆるやかな。

かわいらしくて、さみしい町。

お客さんのこない動物園みたいに、めずらしい動物たちが毎日、手持ち無沙汰に暮らしてる。

歩きだすと、道を行くどの人も、かつての有名人なのかもしれない、という気がし始める。消えてしまった元ミス・ユニバース。転落した音楽プロデューサー。引退した国民的アイドル。筆を折った人気漫画家。かつて輝いていた人たち。夢を現実にした人たち。国民の憧れの人たち。TVクルーがヒステリックに彼らを追いまわした。それはみんな過去のこと。では、あの人たちはみんなどこに行ってしまったんだろう？　この町にいないとしたら。ゆるやかな盆地で、喝采の後の日々を過ごしているのでなければ。いったいどこに行ってしまったんだろう？

写真館の前を通り過ぎる。見覚えのある男の人が、腕を組んで、小首をかしげて、ウインドゥに見入っている。

七五三の子どもや、成人式の女の子。大勢で集まった家族写真は、いまにも騒がしい話し声が聞こえてきそうな躍動感。一瞬を切り取られた、人それぞれの大切なポートレイト。……あ。あたしとママの写真も飾られてる。長椅子の右と左に、おんなじポーズで腰かけ、おんなじ表情を浮かべてカメラをみつめている、母と娘。うつくしい母と、デクノボーの娘。男の人がウィンドゥを見上げてなにごとか考えこんでいる。

それは四十歳ぐらいの、上等なスーツを着た人で、あたしはついこないだ、部屋に落っこちてた雑誌でその人を見たことがあるのを思いだした。有名ななにかの学者で、息子も優秀で、邸宅に住んで血統書付きらしいおおきな犬を飼っていた。それなのにこんなところに立ってるなんて。この人も、後は、アリ地獄を落ちていくだけなのかな？それでこの町に流れてきたのかな？　あたしは後ろを通り過ぎながら、へんなの、と首をかしげた。

写真館からすこし離れたところで、角を曲がってとつぜん走ってきたでっかいアラビアの象にあやうく踏まれそうになって、あたしはあわてて避《よ》けた。象は、自然の驚異を感じさせるとんでもないおおきさだった。こんなに近くで遭遇しなかったら、象のからだがここまでおおきいなんてわからなかった。灰色をした巨大な岩石が転がるように、こっちに向かってきて、一歩、一歩が凄まじい地響きを立てていた。藁《わら》みたいな匂いのする一陣の風があたしの全身を撫ぜて、つぎの瞬間にはもう収まった。写真館の前に立っていた学者さんも、ぎょっとしたように、走りすぎていくアラビアの象を見送っていた。

動物園のバンが三台、あわてたように車体を揺らして追いかけていった。

象の後ろ姿はどんどん遠ざかっていった。速いなぁ。濃い灰色をしたしわしわのお尻が、走るたびにまんまるく揺れてユーモラスだった。

路地を抜けて、お堀に沿ってしばらく歩いた。大家さんちの前を通り過ぎて、ゆるい坂道を下って、公園へ。ベンチに座って、ぼんやりする。麒麟がいないのを確かめて、また立ちあがる。

本屋にも寄る。文庫本を一冊。あたしが生まれる前につくられた、古い本。カバーも取れて、表紙がくしゃくしゃになってる。きっとあたしが、この本の最後の読者。流浪の旅の果てにたどり着いた、いっとう最後の、若くて、いっとう孤独な読者。あたしは本を丸めて尻ポケットに無造作に突っこみ、ピューピュー口笛を吹きながら歩きだす。

麒麟は、どこへ、行ったやら。あたしたちは、こんどはどこへ、流れていくやら。

アパートに帰ると、なんとママはもう荷物をまとめ終わっていた。帽子に、コート。昔とおんなじ服だけど、からだのラインが変わったせいか、お腹の辺りがちょっとだけきつそうだ。全体の輪郭も昔ほどくっきりせず、白昼夢のようにぼやけている。

　ママは鞄を持ったまま、片手をほっぺたに押し当ててテレビをみつめている。持っていけないかしら、と惜しんでいるのがわかった。ママはテレビが大好き。ママはいまやテレビっ子。あたしは、ママのテレビもあたしの文庫本みたいに丸めて尻ポケットに入れられたらいいのになぁ、と思う。

「あっ、駒子」

　ママが、いつのまにか傍らに立ってたあたしに気づいて、びっくりしたようにつぶやく。あたしには荷物なんてほとんどない。写真館で撮ったファミリーポートレイトと、着替えを布バッグに詰めて、それからママと仲良く腕を組む。さぁ、旅立ちましょう。再び、マコとコマコの旅が始まる。この旅はけっして終わらない。どちらかが死ぬまで、けっして終わらない。コマコはマコについていく。

　この世の果てまで。

　ここなんてまだぜーんぜん果てじゃない。まだまだ。まだまだ。海辺の町の、置屋の二階も。ピンク色の足に囲まれた、豚の世界も。ミシンが毎日かたかた鳴り続けた、動物園の町も。まだまだ。まだまだ。あたしたちはもっともっと堕《お》ちていける。まだまだ。まだまだ。

　あたしとママは仲良く玄関を出て、春がやってこようとしている、湿ってあったかな路地を歩きだす。元気よく。行進するように。かちかちに固まった桜の蕾が、風にかすかに揺れている。

あたしは林に囲まれた洋館の前で足を止める。急にわけのわからない衝動にかられて、「大家さんに、報告！」と叫ぶと、大家さんちのライオンの頭のドアノッカーに手をのばした。ママを待たせておいて、一人で洋館に入る。名前を呼びながら廊下を歩いていく。大家さんはというと、居間でぼんやりと紅茶を飲んでいた。アップルティーの、人工的な甘い香り。

大家さんの真紅はママのとおんなじぐらい甘いけど、ママよりちょっとだけ人工的な感じがして、そこも好きだ。

「誰？」

と、聞かれて、

「コマコ」

とこたえる。

「どうしたの」

「急だけど、出ていくことになって」

「あぁ、そうなんだ」

あたしがもじもじしていると、大家さんが手のひらを揺らして、あたしを呼んだ。おそるおそる近づくと、腕をのばしてあたしに触れて、腰を抱くようにして、自分の膝に座らせた。

顔を、触られる。

じっと、している。

皮膚を味わって、それから、骨を確認してる。

美人なのかな、と小声で自信なさそうに聞かれるので、ちがうの、と正直にこたえる。

大家さんは大声で笑った。

「正直だなぁ。駄目な、女だなぁ」

それから急に、あたしの唇に自分の唇を重ねた。

熱っ！

と、あたしは肩を震わせる。人間の唇って熱い。炎のよう。おでことおでこをさわさわとくっつけあいながら、

「駒子さん、ほんとは何歳？」

「……まだ十三歳」

最後だから、ほんとのことを言う。

大家さんはまた大笑いして、もう一回、とささやいてあたしの唇を軽く舐める。それから、小鳥を離すようにしてあたしの腰からぱっと手を離した。あたしはあわてて床を

蹴って、大家さんから離れる。

ドアの手前で立ちどまって、

「さよなら！」

と叫ぶと、大家さんは、灰色にけぶるガラス玉みたいな目であたしをじっと見た。一瞬、見えてるのかな、と思って、それから、そんなはずない、と首を振る。

「うん、さよなら。駒子さん」

「……さよなら」

もう一回、言って、あたしは大家さんに背を向けた。

洋館から出てきたら、ママが不思議そうに首をかしげて、あたしの顔をしげしげと観察した。どこかが変わった、でもどこだろう、といぶかしむように。あたしは知らんぷりして、ママのとなりをまた歩きだした。

長いあいだの魔法が解けて、急に女の子にもどってしまったような気がした。ママによってせっかく去勢されてたのに、月に一回しか会わない、よく知らない大人の男の人の手のひらと唇によって、あっけなく女の子にもどされてしまった。

ママは不安そうにうつむいたり、横目であたしを観察したり、考えこんだりしている。ちょっとだけいらいらしてるようだ。じきに、駅に着く。駅は町の外れにある。盆地のいちばん上。急行列車も停まる駅だから、ホームは比較的おおきいし、長い。やってきた三両編成の鈍行列車にまた乗りこんで、二人で硬い座席に座る。もうあたしはおっきくなったから、ママのとなりには座らない。四人掛けの座席の、向かい側に腰かけて、長くなってしまった足が邪魔にならないようにお行儀悪く通路に投げだす。

ママが煙草をくわえて、火をつけた。

目を細めて、一服吸う。

口紅がよれて、唇の色がまだらになった。不機嫌そうに顔をしかめると、おでこと目尻にこわいしわが三本ずつ寄った。汽笛が鳴る。列車が走りだした。どこへともなく。あたしは窓の外の情景をぼんやりと眺めた。町はあっというまに滲《にじ》んで、遠ざかっていく。列車は、林がまるで緑の海で、その上を走っているように、濃い緑を切り分けて進んでいく。

一瞬、窓の外に濃いオレンジ色をした光がよぎった。林を歩くなにかを列車が追い越したのだ。

いまの、麒麟だ、とあたしは悟る。

町を出て、林の中を彷徨ってたのかな。どうりでなかなかみつからないはずだ。でも食べるものや寝るところがちゃんとあるのかしら。冬になったら、生活は大丈夫かな。あたしは首をかしげる。ママに「どうかしたの」と聞かれて、ううん、なんでもない、と首を振る。

大家さんも、若草色のお兄さんも、いちばん大事なものは愛だって言った。ママのことを思うと、その言葉が信じられる。ママがいちばん大切。あたしの唯一の宝物。

麒麟は檻から出されて、林を彷徨っている。動物園には帰ろうとしない。それどころかどこかに向かってどんどん遠ざかっていく途中だ。

二番目に大事なものは、自由だ、とあたしは思う。

餌がなかなかみつからなくても。冬がきたら寒くて死んでしまうとしても。富める空間ではなくても。

それは新しい概念で、もし学校に行ってたらそろそろ中学二年生になるはずだったこのとき、あたしは、愛、と、自由、の関係について考えている。

ママが鞄を開ける。求人広告がいっぱい載ったチラシを出して、あたしに押しつける。チラシはくしゃくしゃになってる。赤いボールペンで一ヵ所におおきく丸がしてある。

「つぎはここに行くのよ」と、ママが煙草を吹かしながら言う。売り子募集や事務員募集やドライバー募集の広告に混じって、ママが丸をつけた広告だけがなんだか、あれ、おかしいぞ。

〈隠遁者募集〉

なんだこれ、へんなの、とあたしは顔をしかめる。ママは唇の端に煙草をはさんだまま、窓の外を見ている。あたしがボスよ、あたしが選んだ町に行くのよ、と、その不機嫌そうな横顔に書いてある。口の横に寄ったしわが、表情が動くたびに深くなったり浅くなったりする。わかってるよ、とあたしはため息混じりにうなずく。手下は、ボスに絶対服従。わかってるったら。

唇にはまだ、

熱っ！

のときの、感覚が続いてる。あたしは真紅の残り香を楽しんでる。座席に腰かけたあたしの、うつむき方や、前髪のかきあげ方が、前よりなんだか女の子っぽい。ママがちらっとあたしを窺《うかが》い見る。女が、男を疑うように。目をそらして、また煙草を吹かす。煙が不機嫌そうに揺らめいて天井にのぼっていく。

鈍行列車はガタゴトと走り続ける。あたしたちを乗せて。九年前と同じように。そう、ママといっしょに旅人になってからもう九年もの月日が経とうとしているのだ。コーエーの記憶、つまり、あたしがおそらく鈴木駒子だったころの記憶も、すでにかなりあいまいになっている。旅の記憶が重たくのしかかっている。置屋の座敷わらしや、豚小屋の家畜や、十八歳の男の子だったときの苦しみの重量が、あたしの肩を常に地面に向かって押し倒そうとしている。あたしはいますぐにでも倒れそうだ。もう音《ね》を上げそうだ。

でもママがいるから平気なふりをし続けている。ママの平和を守るために心を殺している。

つぎはどこに行くのだろうか。

つぎはなにになるのだろうか。

鈴木駒子という生き物はもういない。ここにいるのは、ママのための人形。マコのためのコマコ。ママのために変幻自在になんにでもなり、同時に、自分のためには意味のあるなににもなれない。

列車はガタゴトと走り続けている。

ママは煙草を吸い続けている。

あたしは甘じょっぱいため息をつく。もうすぐ十四歳。ママのことが、まだ、大好き。

五　ボクシング・ユア・ドーター

十四歳。
夏。
ママのパンチが飛んでくる。

その庭園はどこまでも続いてるように広々としていた。地平線を探して西を、東を、北を、南を見渡しても、鬱蒼とした緑に邪魔されて庭園以外のなにもあたしの目には映らなかった。緑と、白。幾何学的に配置された緑と、ところどころにおかれた、古代ギリシャにタイムスリップしちゃったかのような彫像と、おおきな噴水。なかでも、四角く刈りこまれた木々によって造られた巨大迷路があたしのお気に入りだった。入り組んで、どこまでも続いて、そのくせどこまで行ってもおんなじような情景ばかりで、頭がおかしくなりそう。巨大迷路で一日、遊んでる日もあった。口をきくことなく。笑うことなく。泣くこともなく。

ママは夏の日射しを避けるように東屋《あずまや》にいて、木製のカウチに寝転んでいた。大事に持ちこんだ小型テレビに、一日、見入っていた。中世のヨーロッパを模した巨大な庭園には不似合いなアイテムだったけど、ちゃんと電気のコンセントもあったから、ママは困ることなく一日、男女入り乱れるTVスターたちの姿を眺めては気だるく笑っていた。

庭園の真ん中にはおおきな湖があって、それは夏のあいだ、空の色を映して鮮やかな水色をしていた。朝は、すこぅし金色がかった朝陽に染められて、昼は、空と同じ素晴らしい色で、夕刻になるとそれにかすかな菫色が混ざった。あの海辺の町でみとれていたときのように、あたしは朝になると起きだして、湖のほとりに座った。せっかく入れたミルクコーヒーが冷めてしまうのにも気づかず、湖面のやわらかな変化に目を凝らしていた。

「……舐めて、ごらん」

ある日、主《ぬし》が言った。

「その水を舐めてごらん。あなたの疑問が解けるだろう。若い人」

主は、あたしどころかママよりもちいさいかもしれない、くしゃくしゃに縮んだおじいさんで、ママは八十歳ぐらいだと思うわと言ったけれどあたしはぜったい百歳を過ぎてると思っていた。ヨーロッパのファンタジーに出てくる翁《おきな》みたいに、威厳がなくもないけど、妙に現実感の乏しい容姿をしていた。生成《きな》りの布を巻いただけのようなおかしな服装をして、灰色がかった髭を長くたらしていて、目は垂れさがった瞼《まぶた》に隠されてよく見えなかった。目尻からヤニが垂れて黄色い涙みたいに固まっていた。声だけは青年のようだったから、あたしはよく、ほんとうにおじいさんなのかしら、それとも、若い男の子が特殊メイクでおじいさんに化けてるだけなんじゃないかしら、と首をかしげた。動きも早いし、言うことだってけっこう若い。それに、若いのにおじいさんに化けてこの世から早々にリタイアしたい気持ち、ちょっとわかるし。

主はあたしとママの雇い主だった。〈隠遁者募集〉の広告を出した張本人。この巨大な庭園も、いまではどこにあるのか場所も名前も忘れてしまった、とある駅を降りて、けっこうすぐのところにあった。確かに立派なお屋敷らしき門構えではあったけれど、中に入ったらこんなに巨大な庭園が広がってるなんて外からは予想できなかった。主はもともと地主さんかなにかで、財力をかけて、憧れだったフランス式庭園なるものを造ったらしい。異国のような不思議な庭は、メンテナンスがけっこうたいへんだった。あたしとママがうろうろしているあいだも、そこかしこで庭師が絶え間なく仕事をしていた。

「舐めて、ごらん」

青年のように張りのある声で、主が言う。

あたしはおそるおそる、湖面に手のひらを近づける。夏の日射しが照りかえして、眩しくって目を瞑る。ママといっしょに着せられている、真っ白な麻のワンピースに、水が数滴落ちて染みこんでいく。

手のひらにすくった水に、犬のように舌をのばして、触れる。

しょっぱい!

びっくりして、顔を上げる。

「海の、水なんだよ」

主があたしを覗きこんで、舐めるようなへんな声で言う。

湖面がきらめく。空と同じ色。ふっ、と光が翳る。風が吹いて雲を流していって、太陽を半分ほど隠したのだ。薄ぼんやりした水色に輝きながら、湖面も風に揺れる。

そういえばかすかに潮の香りがする。確かにこれは海の水だ。

主が遠くを指差す。

「この湖と、海とは、地下に開いたトンネルでじつは繋がってるんだ。昔、飼っていたグレイハウンドが湖に落ちて、沈んで、つぎの週に外の海辺に打ちあげられたことがある。だから湖を泳いでる魚も、淡水魚じゃないんだよ。ほらっ」

青い背をきらりと輝かせて、おどろくほどおおきな魚が湖面すれすれを泳ぎすぎる。

水は澄んでいて、けっこう下のほうまで透けて見える。

湖面には、東屋や、彫像や、あたしとママにあてがわれてるちいさな小屋が映っていて、まるで地上にあるのとそっくり同じ建物が沈んでいるかのように見える。水に飲みこまれた古代の町みたいに、静かに波に揺らめいている。青いおおきな魚が数匹、過去の住人たちの亡霊のように、音もなく泳ぎまわっている。

覗きこむと、くらっと眩暈《めまい》がする。

湖面のきらめきに目をこらす。湖はまた、あたしには馴染《なじ》み深い色……海のような色であたしをみつめかえす。

幼いころ、海を眺めるのが好きだった。朝になるとちいさな赤い橋を駆け抜け、坂道を転がるようにして海辺に向かった。朝陽に染めかえられた金色の海にみとれた。また、海のそばにもどってこられるなんて。

あたしは朝陽がのぼる方角の空を見上げてみる。東。そっちの方角の、すぐそばに、きっと海が広がってるのだろう。あたしたちは主との契約があるから、巨大庭園から出ることができないけれど、すぐそばに海があるのは確かだ。

契約上、あたしとママは主に話しかけたらいけないことになってるから、あたしは黙って主に微笑みかける。主は幸福そうに「そう、海だよ。海なんだよ」と繰りかえした。

遠くからママが不愉快そうにこっちを見ていた。ママはあたしが主と話しているといやがることが多い。いちど「……男と話してるときの駒子は、いやらしい」と言われたことがあった。あたしは視線に気づいて、そっと主から離れて一人で庭園を歩きだす。

だけどママの目はいつまでもあたしを追ってきた。

〈隠遁者〉というのは、十八世紀から十九世紀にかけて、イギリスの若い貴族のあいだで流行したものなんだそうだ。

ママとふたりで面接に赴《おもむ》いたとき、主がそう話していた。

そのころ、古典的な理想郷を夢見て、自宅の庭をちょっとばかり古風な庭園に造りかえる貴族が増えた。庭園を完成させるためには、昔風の〈隠遁者〉が必要だった。人生の儚さや富のむなしさを瞑想《めいそう》する苦行者たちこそが、風景を完成させるんだそうだ。だけど本物の〈隠遁者〉なんてなかなかみつからない。だから貴族たちは、食い詰めた労働者や、奇人や、詩人を雇っては自分の庭園をうろうろさせたらしい。

こういった若い貴族たちの趣味は、世間の評判が悪かった。

「イギリスで最後の〈隠遁者〉は、一八三〇年に契約を解除された。雇い主は、以降は等身大の人形を庭において代わりにしたんだってさ。あはは」

主はそう言って、あたしとママの顔を交互に見た。

昔の〈隠遁者〉は、駱駝《らくだ》の革でつくったローブを着せられて、聖書と時計と布団しか与えられず、何年も庭園を彷徨ったらしい。

だけど主は、あたしたちに麻でできた白いワンピースを何着も買ってくれて、ご飯もお菓子も自由に差し入れてくれた。お屋敷の図書室にも出入りさせてくれたから、本にも不自由しなかった。靴だけは支給されなくて、あたしとママは庭園をいつも裸足で歩きまわった。雇われたのは春だし、いまは夏だったから、雨の日以外はべつに平気だった。

あたしとママは、こうやって、天国みたいな庭園で、二人っきり。

やることもなく。

あたしは十四歳。

図書室には日本文学全集と百科事典しかなくて、だからあたしは、ちょっと前まで古い文庫本で未来の冒険や昔のヨーロッパの殺人事件の話ばかり読んでいたのに、いまは、明治時代や大正時代の日本を舞台にした話をつぎからつぎへ、難しい顔をして読むことになる。

白いワンピースをはためかせて。

巨大庭園の、芝生や、東屋や、噴水のふちに腰かけて。

のびてきた髪をかきあげ、長い足を投げだして。

これって苦行でもなんでもないけど。主が雇ったのは庭園の背景になる生きた妖精なんだろうと思って、楽だからまぁいいやと、毎日のんびりと暮らしている。

日が暮れると、三角屋根のかわいらしい小屋に帰る。一間だけのちいさな家。昔話に出てくるようなおおきな藁のベッドと、鏡台と、お風呂と、トイレ。あたしたち専用のお風呂がある生活なんて、初めて！　誰にも気兼ねなくゆっくりお湯につかる。ママは烏《からす》の行水だけど、あたしはいつまでもお風呂から出ない。所有することの、喜びに、お風呂によって目覚めた。お湯にタオルをつけてお行儀悪く遊んで。潜って遊んで。お風呂のお湯も、入ってる時間も、すべてあたしのもの。歌いだしたいほど、静かに浮かれている。所有の喜び、は、あたしからとうに失われた、誇り、なるもののささやかな代償となる。あたしはどんどん長風呂になる。心もからだもふにゃふにゃにふやける。

夜が更ける。

夜中を過ぎると、ママのパンチが飛んでくる。

ちくちくする藁のベッドの左側であたしが眠っていると、ママが暗闇の中で音もなく起きあがる。
あたしは薄目を開けて、見てる。気づいてるけど眠ってるふり。これは毎夜のこと。窓からの月明かりだけが頼りの、暗い小屋。夏だというのに、冷気を感じるほどに青白い月光は、その昔、あたしとママが二人きりで眠っていた手術室を思いださせる。棚に積まれた、古い本。床に散らばるじゃが芋の袋と、段ボールの山。部屋の真ん中にぽつんと、新品同様の手術台があった。その上で、ちいさなあたしと、おおきなママは、毎夜抱きあって眠ったのだった。この世にはマコとコマコの二人きりだというように。互いの寝息にかろうじて支えられて。あの、奇跡のような幸福。原始的な多幸感。あれはとうの昔に失われてしまった。あたしの成長によって。ママの加齢によって。長くて、無意味な流浪の旅によって。あたしたちは互いをすこしずつ失いながらここまでどろどろと流れてきた。

そうして、いま。あれからもうすぐ十年が経つという、いま。あたしたちは、老人だか青年だかわかんない、いかれた主が造った巨大庭園に自ら引きこもって、二人きりで怯えている。行き場所もわからず、互いのこともわからず、ただそれぞれの孤独に震えるばかりだ。

憎むことはできない。

でもこんなにも憎い。

ママが起きあがってじりじりと近づいてくる。月明かりにうっすらと照らしだされたその姿の、なんというちいささ！　庭園についてからのママは、あまりごはんを食べなくなったからどんどん痩せていって、いまではまるで冬の小枝のような細さだった。眼窩《がんか》が落《お》ち窪《くぼ》んで、それに表情もいつもぼんやりと悲しそうだった。あぁ、あのころのママはあんなにもおおきくて、きれいで、鮮やかな真紅だったというのに。いまでは、デクノボーのはずのあたしのほうがずっとおおきくなってしまった。あたしにのしかかってくるママは、かつてあたしを産んだ人だというのに、まるで小鬼のようにちっちゃいじゃないか。

あたしは目を閉じる。かたく閉じる。

ママのパンチが飛んでくる。

あたしは目を閉じて、眠ってるふりをする。意識を外に飛ばす必要はない。痛みが心に届いても、もう平気だ。あたしはおおきいから。ハートもボディも鋼《はがね》のように丈夫だから。痛みをちゃんと受けとめられる。

今夜は、ひどくはげしい。

マコが静かに激昂《げっこう》してる。

コマコに怒り狂ってる。

両手を振りあげ、拳を固めて、がすっ、がすっ、とおおきな音を立ててあたしを殴る。頭を。顔を。胸を。お腹を。本気なのがわかるから、あたしは狸寝入りしながらぐっと歯を食いしばる。ママ、痛いよ。痛いってば。いや、平気だけどね。薄目を開けると、ママの目つきはいっちゃってる。憎しみと、悔しさと、自己嫌悪で歪んだ顔だ。娘じゃなくて、自分を利用したり、捨てたり、とるに足らないものとして軽んじた、すべての男の人たちに対するようにこっちを睨んでる。

あたしはまた目を閉じる。

ごめんね、ママ。

こんなにおおきくなってしまって。

成長することで、大事なママを裏切ってしまって。

ママはあたしを殴り続ける。夜が白々と明けるまで。細い呻き声を上げながら、拳を振りあげる。がすっ。がすっ。あなたはわたしのちいさなコマコでしょ、と確認するように。永遠の服従を強要するように。

ママは拳を振りまわす。あたしにはもう、知らんぷりすることしかできない。

そうして、朝になると、あたしは痣だらけ。

どこまでも続く、夢のようにうつくしいフランス式庭園。噴水から流れる水。東屋に落ちる日射し。湖面が空の色を映して輝く。あたしは肩までのびた髪を揺らして、白いワンピースの裾を風になびかせながら、庭園を歩く。その姿を、影絵のようにうごめく庭師たちが、怯えた目つきでちらっと見る。朝からうっかり不吉なものを見てしまった、というように。あたしの左目は紫色に腫れていて、開かない。顔も首も、引っかき傷と打撲で色とりどり。腕と足もあちこち痛んで、歩き方がおかしい。視界がはげしく上下に揺れる。息をするたび、右の肋骨《ろっこつ》が二ヵ所、きしむ。

あたしは裸足で、よろよろと、巨大迷路に入っていく。

どこまでも進んでいく。

どこに行きたいのかわからない！

どうにかしたいけれど、どうにもなりたくない。向上心なんていっさい持てない。ママをおいてどこにも行けない。ママを愛してる。でももうママに疎《うと》まれてる。いまのあたしは、かわいがるにはおおきすぎる。ちいさな神と崇《あが》めるには、もう生臭すぎる。役に立たないだめな生き物だ。

腫れた左目に触れてしまい、痛みにびくっとして、手を離す。痣だらけの手足を見下ろして、確認する。片目しか見えないから遠近感がおかしくって、ときどき迷路の木々に頭から激突する。枝が刺さってまた怪我をする。血が出る。鉄の臭い。生臭い。あたしはにやにやと微笑む。

あたしは粗末に扱われている。ママにも、自分自身にも。あたしは傷だらけ。ごみたい。そのことにすごく満足する。あたしは自分にもっと罰を与えたい。勝手に成長してしまって、マコのちいさなコマコではなくなってしまった、裏切り者の己の肉体に。おまえなんか破壊されてしまえばいい。成長することなく、どこかで破滅すればいい。消えてなくなればいい。

迷路の真ん中に到達する。四角い空間。あたしは寝転んで十字架の形になって、空を仰ぐ。涙が流れて、傷に染みて、痛い。もっと痛くなっちゃえ！　あたしは目を閉じて、死んだふりをする。ついに力尽きて死んだふりをする。でも、胸が静かに上下してるのが自分でわかる。あたしはまだ息をしてしまってる。

ママごめんなさい。ママごめんなさい。

あたしはいつまでも死んだふりをする。日が暮れてくるのが、肌に落ちる日射しのやわらかさでわかって、そうすると絶望する。夜がくるのが怖い。夜がくるのが怖い。


季節は巡る。

秋になると、庭園の緑がすこしずつくすんだ赤色に染めかえられていった。湖面の水色も次第に重たく濁って、その上に、真っ赤に燃える落ち葉がはらはらと舞っては、重なりあって浮く。風で波が立つたびに、奥に、手前に、かたまって揺らめいている。背を光らせるおおきな魚の姿が、ゆっくりと遠ざかる。覗きこもうとして落ち葉に邪魔される。湖面が赤く燃えている。

気温が低くなってきたから、あたしたちは、裸足だと寒いなぁ、と考える。そう思い始めて一週間ほど経ったら、主から革のブーツを支給された。白いワンピースの上から、薄手のコートを羽織る。ママは一日、テレビを見ている。現実から逃げるように。昼間はあたしに無関心だけど、目があったり、たまたまそばに寄ったときには優しかった。

「どうしたの、駒子」

声が変わらずやわらかい。

ううん、と首を振ると、テレビを指差して、

「この番組、おもしろいわよ！」

そう。

よかったわね、ママ。

と、あたしは片頬だけで笑ってみせる。昔はしなかったはずの、ちょっとしらけたような緩い表情。ママはなんにも言わない。遠くを見るような表情を浮かべて、あくまでもやわらかく微笑んでいる。またテレビに視線をもどして、ぼんやりと頬杖をつく。

三十四歳。あぁ、それでもママはまだうつくしい女の人ではあった。最近ではまたほっそり痩せていたし、手足は長くて真っ白なままだ。顔立ちもお人形みたいに整っている。よく見ると、あちこちに無残なしわが刻まれてしまっているけれど。

巨大庭園に隠遁してから、三つめの季節がやってきた、いま。あたしはママの顔をあまりはっきりと見なくなった。それに、鏡もあまり見ようとしなくなってきた。小屋のお風呂場にあるけど、いらない。ママはどんどん霞んでくるのに、あたしの肌のほうはつやつやしてる。そのせいでママからきらわれるかもしれない、と考えるとおそろしい。それに、おおきくなってきたあたしは、かつてのママにあんまり似ていなかった。若草

色のお兄さんが昔、言ってくれたように、唇の形と鼻のラインをほんのちょっと受け継いだだけ。あとの場所は、誰だかわからない父親の遺伝だ。あたしはそんなの見たくない。

夜になると、あたしは夢を見る。

夏が過ぎたころから、ママはあまりあたしのことを殴らなくなった。落ち着いて、すぅ、すぅと寝息を立てて眠っていることが多かった。とつぜん豹変《ひょうへん》して殴りかかってくるのは、週に一回か二回ぐらい。だけどあたしのほうは、布団にもぐって目を瞑りながら、眠ると必ず見てしまう、夢の世界に怯えていた。

秋になってから見続けている夢は、この巨大庭園が舞台だった。湖のほとりにあたしはひとりで立っている。そこは古代の世界で、空には始祖鳥が飛んでいるし、羽のあるへんな魚までふらつきながら飛行している。地上の世界が湖面に鮮やかに映っていて、まるで水に飲みこまれた景色のように波間に見え隠れしている。あたしはどうやら古代の戦士のようだ。性別はわからない。勇ましいし、肩に背負う弓と矢のことを考えるたび、あたし自身には理解できないぐらいのはげしさで気が逸《はや》るようだから、もしかすると男の子なのかもしれない。獲物か、敵をみつけて、はやく矢を射って倒してみたいと熱望してる。

ふいに湖面がうごめいて、水の中から恐竜のような巨大生物が首をもたげる。その、燃える二つの目！　硬い皮膚！　開いた口は地獄にまっすぐ続く奈落のよう！　高層ビルのようにはるか頭上まで首が遠ざかる。それから、重たいものが地上に落下するようなすごいスピードであたしをめがけて奈落が落っこちてくる！

　あたしはあわてない。

　弓を引き絞り、巨大生物の眉間めがけて放つ。

　幾度も放つ……。

　そういう夢だ。

　巨大生物は恐ろしい咆哮《ほうこう》を轟かせて、その身をくねらせ、バシャーンとおおきな水音とともに湖面に再び姿を消す。倒したのかはわからない。翌日の夜になるとまた現れるから、あたしはどうしてもこの魔物を倒せないままなのかもしれない。

　夢の中では、あたしは孤児で、村の人々の厚意で育ててもらってる。あたしは戦士に成長した。いなくなった父親は、遠くの湖で魔物に姿を変えたのだと教えられ、その魔物を倒す旅に出たところだ。倒して村に帰らなければ、愛し君《いときみ》との婚礼が許されないのだ。愛し君とは、村長の娘だった。高嶺《たかね》の花だ。……何度も夢を見るうちに、どうやらそういう事情らしいとわかった。だけど、あたしには幼いころの記憶も残っているのだった。魔物になる前の、父親の姿が。

　その人は確かに人間で、人間だから正しいところも間違っているところもあり、人間だからやさしいときもひどいときもあった。どの姿も、あたしには変わらず愛しい。責めることなんてできない。時を経て魔物になってしまったいまも。倒さねば自分の未来がないとしたら、いっそ未来なんていらないような気さえしている。

過去と、未来に。魔物と、愛し君に。戦士の心は常に引き裂かれている。だから夜毎、畏れながら弓を引き絞る。弓から手を離し、矢を虚空に飛ばすたびに、心のどこかが死ぬ。魔物の眉間に矢が突き刺さり、咆哮が響くと、胸に、刃物で刺されたような強い痛みを感じる。それでも夜毎、湖のほとりに立ち尽くしては、魔物が現れるのを待つ。魔物もまた、息子に弓射られるのを知っていながら、必ず姿を現す。

地獄の一形態。

夜毎の戦い。

けっして終わらない悲しみ。

ねぇ、夢の中で矢を射るときの、あの甘美な気持ちの正体はなんだろう？

自由になりたい、という気持ち。でも同時に、他者を攻撃しているのでなく、まるで自分自身を痛めつけているような、甘い苦しみ。

愛は絶望！

愛は自己嫌悪！

愛する者を殺せ！

あたしはいま、十四歳。地獄にいる。十年もかけて旅をして、手を繋いで逃げて、逃げて、ついにこういう場所にたどり着いた。出口はない。

小屋にはママの寝息が響いている。くぅ、くぅ。くぅ、くぅ。


あたしは図書室の本を全部読んでしまった。毎日、庭園のあちこちに寝転んでは読むしかやることがないのだから、当然のことだった。主もまた、動物園の町で行き会った人たちと同じく、あたしのことを十八歳だと聞いていたけれど、それにしてはあたしがあまりになにも知らないと気づいたらしくて、ときどき授業なるものを開いた。

それは気まぐれで、いつも急に呼ばれるから、あたしはあわてる。こっちから話しかけられないから、わからなくても、質問できない。ママがいやがってるような気もするし。

主の授業はすごく一方的だった。あたしがぜんぜん知らない、原子とか分子の話。宇宙の成り立ち。テコの原理。最初のころは、あたしがきょとんとしていると、わかるまで根気よく説明してくれた。本の中に出てきたことがあるから、なんとなく察していた、進化論。未来への人類の夢。そういった理科の授業がいちばん長くて、つぎに社会の仕組みの話になった。資本主義と、社会主義。企業と、お金の流れ。それからなぜかとつぜん、世界で起こっている戦争の話になった。思い入れがあるらしくて、薔薇戦争の話がすごぉく長かった。第一次世界大戦で世界がどう変わったか、それから第二次世界大戦が始まるまでのあいだに、ヨーロッパの若者の精神に起こったこと。そこから生まれた数々の芸術。科学の進歩と、戦争に使われる機具の変化。世界が急にせまくなったこと。冷戦！　たったいま、べつの国で起こってる悲劇的な闘争。と、急に数式の話に変わったのであたしはびっくりした。サイン、コサイン、あとなんだっけ……。主はべつにあたしを教育してくれようとしてるんじゃなくて、退屈してるだけのようにも見えた。だんだん、あたしが理解しててもしてなくても、話をつぎつぎに思いがけないところに飛ばすようになった。あたしも同じぐらい退屈だったから、ときには楽しく、ときには困惑しつつ、主の授業につきあった。

朝と、夜。

あたしの生活は静かに混乱していって、だんだんなにがなんだかわからなくなる。夜も、怖い夢ばかり見るからよく眠れなくて。ママの不機嫌も気になるから、いつもどっかが覚醒していて。だから朝も寝不足でぼぉっとしていた。物事がよく考えられなくなってきた。出口なし。

巨大庭園にやってきた冬は、おどろくほど重たくって、雪量も多かった。

旅をするうちにあたしは、本に対するのと同じように、冬というものにも性別があるように感じていた。空気が湿っていて、静かで、雪がぽたぽたと落ちてくるのが、女の冬。それはいつのまにか近づいてきていて、音もなく北風の国にあたしたちを連れていく。対して、男の冬はもっとずっと荒っぽいのだった。堆《うずたか》く雪が積もり、そのくせ空気は乾ききって、強い風が身を切るようで。男と男が対峙するように、歯を食いしばらなくてはならない、力強くて難儀な冬だ。

庭園の冬は、おおきな男のようだった。それを意外に感じた。旅の最初に、あたしたちは雪の積もる山間《やまあい》の村に住み着いた。そこから線路伝いにすこしずつ、あたしはママといっしょに南に向かってるのだとばかり思っていた。太陽が昇る海――つまり太平洋側にある、ちいさな町を転々としながら。いつかたどり着くはずの、南の土地の、平和な生活を夢見ながら。だけど巨大庭園で過ごす冬は、雪が重たくのしかかり、東屋は半分ほどが埋もれてしまったし、芝生も剪定された木々も真っ白に塗り替えられ、噴水まででも硬く凍りついていて、彫像はというと寒さにがたがた震えていた。

湖は一日、灰色がかって、シャーベットのようにとろとろした波を揺らしていた。枯葉はとうに朽ちて、湖面にはなにも浮いていなかった。さびしい情景だった。

もしかすると、異常気象、だったのかもしれない。庭園があんなに冷えこんだのはあの年だけだったのかもしれない。あたしとママは夜になると小屋で寒さに震えていた。あたしは冬が寒いと、死神がやってくるような気がしてなんだか怖かった。硬く凍りついた水面を伝って、海の向こうからやってくる、異国の死神。夢だったのかもしれないけれど、海辺の町の、置屋の二階で、確かに窓ガラス越しに目があったことがあった。この湖は、地下のトンネルで海と繋がってる。死神の幻にあたしは怯えた。寒くて、怖くて、頭もからだもだるぅくなってきてしまう。そうして、ママがつけっぱなしにするテレビを、見たくもないのに一日ぼーっと眺めていた。

あたしはあまり外に出なくなったけれど、ママはというと、革のブーツを雪だらけにしては、はしゃいで庭園を歩きまわった。「すごい、雪！」とうれしそうな声が聞こえてきて、あたしがつきあいでちょっと外に顔を出すと、無邪気な笑顔を浮かべて手招きする。雪を蹴散らして走ったり、大の字に寝転んだり。それで、寒くなって小屋に逃げ帰って、ベッドに潜って震えた。

日が暮れると、ぐっと冷えこんだ。薪が一日につきすこしだけ支給されたから、あたしは暖炉に火を熾《お》こして小屋をあたためた。揺れる炎に、小屋の天井や、壁や、床や、ママの横顔が暗い橙《だいだいいろ》色に照らされた。暖炉の前にしゃがんで、毛布にくるまって、手のひらぐらいのサイズの小型テレビに二人で見入った。

夜が更けると、おおきな藁のベッドに二人で抱きあって眠った。そうしないと寒くて朝まで生きていられなそうだった。ママはすごくあったかくて、アルコールの甘苦い匂いがして、寝息がとてつもなくやわらかかった。

男の冬があたしたちの上にのしかかっていた。寒さが骨まで響いて、怪我をしていないときでも寒さのあまりからだのあちこちが痛かった。

ママは週に一度ぐらい、やっぱりあたしにパンチをした。あたしはただ黙って、ママの嵐が終わるのを待っていた。

でもママの嵐が終わっても、冬はいつまでも終わらなかった。実際はほんの数週間のことだったのだろうけれど、あたしは百年も二百年も経ってしまったような気さえした。世界はいまや白一色で、時間の流れを止めてしまい、あたしとママは小指の先ほどのおおきさの人形にされて、卓上のスノーワールドに閉じこめられているようだった。

ある、夜明けのこと。

とつぜんの来客があった。

スノーワールドを破壊する来客が。

その夜、ママはいつになく機嫌がよくて、楽しそうだった。あたしはぼんやりしていたけれど、ママはウイスキーを口に運びながら、横目でテレビを見ては、ときどきおおきな声を立てて笑った。女の子みたいな、ぱっと弾ける笑い声。あたしは、あぁ、今夜はママがもどってきていると思った。かつて女の子だったママが。いろいろなものを奪われる前のママが。ミニスカート姿で、自信満々で、七色に輝きながら、コマコ、逃げるわよ、とささやいたころのママが。夜の闇の中で、テレビのかすかな光に照らされて、ママの横顔はまるで昔と同じようにうつくしく見えた。

そして、もうすぐ夜が明けて、灰色に光る冬の朝がやってくる、という時間。

窓の外でかすかな話し声が聞こえて、あたしは目を覚ました。乱暴にママを揺り起こす。急に不機嫌になったママが、右手を振りあげてあたしの頬を打った。おおきな音が響いて、あたしはびっくりしてちょっと肩をすくめた。外の話し声は、男の人たちだった。一人は、主だ。いい加減聞きなれた、だけどいまだに若いのか年寄りなのかよくわからない声。もう一人のほうには聞き覚えがなかった。いかにも落ち着いた、大人の男の声だった。

マコが……。

というつぶやきも聞こえて、続いて、

コマコも……。

と、言った。

追っ手だ！

あたしはベッドから飛び起きてカーテンの陰から外を見た。一面の雪景色がいつのまにかすこぅし溶けかけていて、屋根から窓にかかるつららもちいさくなり、とろとろと水滴を落としていた。主が腕を組みながらなにかを話していた。隠遁者……とか、募集広告で……とか、切れ切れに聞こえた。

もう一人の人は、こっちに背を向けていた。上等なスーツに、コート。すらっと背が高くて、いかにも高そうな衣服や物腰の上品さからして、あたしたちを追ってくる探偵なるものではなさそうだった。

ママが起きあがって、あたしのとなりに立ち、窓の外を覗いた。不機嫌そうな横顔が、ふいに強く歪んだ。視線に気づいたように、男の人がこっちを振りかえった。あたしはあっと息を飲んだ。顔に見覚えがあった。

動物園の町で、ママが持っていた雑誌に載っていた、あの男の人！　奥さんと息子と娘とおおきな犬のファミリーポートレイト。休みの日には息子とキャッチボール。有名な学者。まだ若くて、四十歳ぐらいの……。

そうだ。動物園の町で一度だけすれちがったことがある。写真館の前に立って、あたしとママの二人きりのファミリーポートレイトを直立不動で見上げていた。あの男の人だ。

この人が追っ手だったの？

探偵を雇って、あたしたちをずっと探していた人？

ふいにあたしの真横でつめたい風が起こった。ママが走りだしたのだ。若い女の子そのものの身軽さで。ブーツも履かず、白いネグリジェ一枚の姿で、玄関を開けて、雪の積もる庭園に飛びだしていく。あたしも後を追った。小屋の前に立っていた、主と、男の人も、おどろいたように叫び声を上げた。

「眞子さん！」

「おーい、眞子ぉ！」

男の人が呼びかけた声は、奇妙に優しかった。昔、慣れ親しんだもの同士だというような。でもそれがはるか過去のことなのだと、まだ気づいていないような。時を超えて甘えかかるような、不思議な声だった。呼ばれて、鈴木眞子は、七色に輝きながら一回だけ振りかえった。髪が逆立つほどの怒りと、苦しみと、無念とが雪の上に燃えあがった。それはほんの一瞬のことで、ママはまた走りだし、湖に向かった。あたしも裸足でママの後を追った。男の人たちも口々になにかを言いながら追ってきた。足に感覚がなくなって、あたしには地面がつめたいことがわからなかった。雪の上にいることを忘れた。ママは湖の前に立つと、ちらっとだけこちらを見た。あたしは立ちどまって、飼い主を見守る犬みたいに、ママの誘いをじっと待った。ほんとうに、ほんとうに、このとき、あたしは待ったのだ。

ほんとうだ。

嘘じゃない。

だけどママは、こんどはあれを言わなかった。おおきくなってしまったあたしには、もう言わなかった。

(コマコ、逃げるわよ)

(——コマコもくる?)

ママはあたしに見向きもせず、自分の絶望に沈んだ。おおきく腕を広げた、白い十字架みたいな形になって、なんの躊躇もなく湖に飛びこんだ。

氷の粒のような水しぶきがあたしの顔にかかる。

「ママーッ!」

あたしは絶叫する。

湖面は二、三度揺らいで、ママを飲みこんで沈黙する。

「ママーッ! ママーッ! いやーっ!」

しまった、出遅れた。おいていかれた。あたしは起こった出来事が信じられないままあわてた。走って、雪の地面を蹴り、湖にダイブしようと空を飛んだところで、後ろからのびてきた四本の腕によって地上に強引に引きずりおろされた。がくっ、とからだが震えて、地面に思い切り墜落した。その瞬間、あたしは自分が羽をもがれたと感じた。ママとお揃《そろ》いで持ってた羽を。地上をあてどなく旅するあいだ、落ちまいとしてずっとうごめかしていた羽を。虫みたいな、つまんない、でもあたしたちにとっては大切な、あのぼろぼろの貧しい羽を。

「駒子さんっ」

「こらっ、暴れるなっ。駒子！」

主の腕の力は老人とは思えないぐらい強くて、あたしは、やっぱりこの人はほんとうは若者なんじゃないか、と思った。男の人は、会ったことないくせになぜだか馴《な》れ馴《な》れしくて、眞子と同じく、駒子、とあたしのことも呼び捨てにした。背が高くて痩せていて、ようく見るとあたしとよく似た切れ長の目と、富士額《ふじびたい》をしていた。

おまえか。

と、思った。

おまえがあたしをこんなにおおきくしたのか。

おまえの遺伝か。

ついにやってきた、追っ手。あたしの父親。遺伝の半分。一生、会うことはあるまいと思っていたのに。無事に逃げ切れれば、会うことはなかったのに。十年のあいだ、ずっと、マコとコマコを追ってきたのか。

あたしは父親なるものから、黙って反抗的に目をそらした。二人の大人の男に、地面に強く押しつけられたまま、湖に目を凝らした。

灰色をした湖は、ママを飲みこんだままだまったくの無音だった。

ぴちょん、と雪が溶けて流れる音がした。

ママの姿はもうどこにもなかった。

ついさっきまでこの腕の中で眠っていたのに！

二人で寒さをしのいでいたのに！

ママはこんどはあたしをおいていってしまった。

——この後のことは記憶が断片的になってしまって、あたしにはもう説明することができない。とにかくだるくて、なにもかもが薄ぼんやりと霞んでいた。

警察がきて湖をさらったけれど、ママはみつからなかった。

地下のトンネルから海に抜けたんじゃないか、前に飼っていたグレイハウンドもそうだった、と主が言ったけれど、海岸にも打ちあがらなかったそうだ。

だから、ママがどうなったのか誰にもわからない。

あたしの父親らしきあの男の人は、ママが死んだと思っているようで、目の前でそれを見てしまったあたしのことをやたらと気遣っていたけれど、あたしは、ママはまだ生きてるような気がしていた。トンネルを抜けて、海に出て、駅にたどり着き、またあの三両編成の鈍行列車に乗りこんで、ぺろりと舌を出しながら逃げちゃったのだと。

こんどは、あたしのことをおいてきぼりに。

目を閉じると、ガタゴト、ガタゴトと列車が揺れる音がする。甲高い汽笛が響く。四人掛けの、やたらと硬い座席。上に押しあげる窓。外に広がる、深緑や、青や、橙色の情景。森や、海や、麒麟。マコとコマコの不思議な旅。けっして終わらないはずの逃避行。脇役のコマコがおおきくなって、お役御免になっちゃった後も、主人公のマコだけは一人で気楽な旅を続けている。太平洋沿岸のちいさな町をすこぅしずつ南下していく。何十年もかけて。年を取りながら。出会う男の人たちに、真紅をちょいちょい奪われながら。

ママ、もう子どもを産まないでね。

と、あたしは夜空に祈る。

あたしは以外の子どもを、あたしみたいにかわいがらないで。約束して。あたしがあなたの唯一の子どもよ。最初にして最後の、そして最大の神。ママ、わかってる？

ママ。

二度と子どもを産まないでね。

あたしは警察で、ママと過ごした十年のことを根掘り葉掘り聞かれた。ぼんやりする頭をなんとか起こして、記憶を総動員し、最初から説明した。だけど、あたしはママといっしょに暮らした町の名前もろくに覚えてなかったし、こんな場所だった、とあたしなりに説明しても、警察の人たちには結局どこだかよくわからないままの町もあった。ほんとうに、あんな町が、あんな人たちが、実在してたのだろうか？　だんだんあたしも自信がなくなった。ただでさえあたしは情緒の発達が遅れてて、さらに幻覚と幻聴の症状があり、現実認識の能力は、誰かが脳に手を突っこんで握りつぶしちゃったかのようにガタガタに壊れていた。どれがほんとうの出来事で、どれが夢だったのか。誰が実在する人で、誰が妄想なのか。大人たちから責めるように質問されるごとに、混乱して、あたしの話は壊れかけた万華鏡みたいに二転三転した。

十年前、ママがコーエーから逃げた原因については、大人は誰もあたしに説明しようとしなかった。結局、ママは行方不明ということで片がついた。あたしは父親らしき男の人の家に引き取られることになった。

のしかかるほど重たかった冬が、ようやく終わろうとしていた。

こうして、あたしの神話時代はとつぜん終わりを告げた。
男の人が運転する車に乗せられて、都会に向かって高速道路を走りだす。助手席から見える風景はすべて暗い灰色に滲んでいる。あたしは十四歳。すでにカラカラの抜け殻だった。なにもかもを失い、自分という女の子は、人生のすべてをもう終えたのだと感じていた。

いま思えば——。
あの十年が、あたしの人生のすべて。
マコはコマコの魂を持ってった。

第二部　セルフポートレイト

一　えくすたしー

十七歳。
あたしは、ママのいない世界で女になる。

その学校は古くってボロボロで、いつも暗い白色に輝いていた。東京の、山手線と私鉄が絡まりあう巨大な駅のそばにあって、埃と油と排気ガスで上空の空気は信じられないぐらい人工的に濁っていた。おおきなデパートやコンクリートの高層ビルが重なりあって、星の見えない夜空に、銀色の狼煙《のろし》のように屹立《きつりつ》する。その大通り沿いに、古くてでっかい神社があって、朱色の鳥居がつめたい太古の炎を模したように建っていた。神社の裏手に、崩れかけた都立高校。都会の子はみんな私立を目指すから、定員割れして、廃校寸前。半分ほどの教室は使われていなくて、私立を落っこちたワケありの子ばっかりが朝も夜も校舎のあちこちで思い思いに若い時間を浪費する。
ひび割れたコンクリートの、校舎の外壁に張りついた時計はぶっ壊れていて、もう何年ものあいだずっと「12」を差し続けてる。きっとあれは、昼じゃなくて夜の十二時だったんだ、あの学校は、押しピンで壁に留められた虹色の虫みたいに、誰かの手で夜に留めおかれてたのだ、といまでも思う。

夏の終わりの、夜の十二時。

校舎はその時間で、永遠の一瞬に凍りついていた。

通ってるあいだずっと、学校ではなぜか夏が終わらなくて、いつも夏服を着てたような気がする。朝はだるぅくて、みんな授業をまともに聞かずに、窓の外や、揺れる白いカーテンを眺めたり、鉛筆で机に落書きをしていた。放課後になり、夏の日が暮れ始めると、次第に元気になった。薄暗い体育館では、バスケ部の少年がボールを片手に軽々と、高く高く跳んでいた。サッカーゴールの前では黄色い髪をした女子の集団が立ち騒ぎ、渡り廊下を歩くと、夜の匂いが夏の風に乗ってからだを撫でた。いまではほとんど使われていない、古びた新館の一階にある、文芸部の部室の前には、廊下を走りながら自作の詩を暗誦《あんしよう》し続ける少年がいた。通り雨の後、制服のスカートを揺らして、女生徒が渡り廊下から中庭に飛びだしてどこまでも走っていく。あたしは足を止めて、目で追い、あぁ逃げ水を追っかけてるんだ、狂ったように追っかけてるんだ、と気づく。

夏。

終わらない。

悪夢のように。

いつまでも空に張りついていたいというようにしつっこかった太陽が、ようやく落ちて、暗くなると、校舎全体が真っ白な照明に照らされる。夏の終わりのナイターみたいに眩しい。その光を、濃い緑色に照りかえしてみせる中庭の芝生は、冗談のようにうつくしい。生徒はみんな、夜になっても帰らない。校舎の半分ぐらいしか占拠できない、都立高校の子どもたちは、少人数なのに目いっぱい学校中に散らばる。舞台せましと走る、うら若きミュージカルスターのように。

体育館の裏では、コーヒーの空き缶に煙草の吸殻が山になってる。それが規則正しく並べられていて、煙たくって変質的な光景。プールはもうずっと水を替えられてなくって、滲んだ緑色の藻《も》が茂っている。プールサイドにも、水面にも、藻と枯枝と枯木と、使用済みの、うす灰色のコンドームの山。だけど誰も掃除しない。水のそばは無法地帯。

放送室にはＤＪがいて、夜が明けるまで耳が割れるほどの音量で音楽をかけ続けている。少年が五人、少女が一人、交代でガラス張りのブースにこもっている。古びたガラスにはスプレーで落書きされてる。〝愛と暴力！　青春以前！〟みんな外国製のビールを瓶からじかに飲んで、煙草をくわえて、気が向いたときだけ、踊る。

お酒と煙草と音楽とセックス。

衝動こそが愛。愛ってのは絶望。

青春以前の日々よ。

月光！　誘われるようにあたしは、落書きだらけの机に突っ伏してふて寝していたのに、起きて、のっそりと廊下に出る。埃だらけの廊下に寝っころがって、キスしてるカップルをまたいで、暗い階段を降りる。廊下と階段だけは照明がないから、肝試ししてるかのように暗くて、ときどき幽霊の気配がする。

夜の校庭に出る。

ころころころ……と、だぁれもいないのに、サッカーボールが急に転がってきて、あたしは片足で軽く止める。幽霊がいたって不思議じゃないから、気にせず虚空に蹴りかえす。照明の当たらない、宵闇の中庭のほうに、黒と白の、つまりは夜と朝のボールが吸いこまれて消えてく。

ずっと夏！

こめかみから流れるつめたい汗を、青白い手の甲で拭きながら、ぶらぶら歩く。渡り廊下を通り抜けて、ボロボロの新館へ。暗闇の中で、階段の手すりだけがなぜか新しい真っ赤なペンキで塗られていて、汚れた人間の血管みたいに暗い赤色。夜が滓《かす》のように溜まる、真っ暗な踊り場に、太った不良がしゃがんでる。あたしを見上げ、

「よう、男女《おとこおんな》」

吸いかけのピースをけだるく持ちあげ、歯のない口でからかう。あたしはだらりと足

を止め、見下ろして、にやつく。

「スカート穿《は》けよな。ていうか、おまえ、でけぇんだよ」

「……やだよぉ」

　ブレザーの制服は、上は男女兼用。ごわごわした生地の真っ白なシャツに、紫の細いボウタイ。下は、女子は紫のスカート。男子はズボン。だけど服装規定のどこにも、女子はスカート、と書いてなかったから、あたしは入学したときからずっとズボンで通してきた。男子はみんなズボンをずり下げて、シャツもはだけて、スニーカーのかかとも踏んで着崩していたけれど、あたしはシャツの釦《ボタン》を留めて、ベルトもきっちり締めていた。足は裸足だけど。なにせ夏だからね。

　その昔、十四歳にして百七十センチ近く身長があったあたしは、いまやその大台を超えて、男の子みたいにすらっと育っていた。食べないから小枝のように痩せてたけど。高校の制服だと断然、スカートよりズボンが似合った。髪はのびたので背中まで真っ黒に垂らしていた。ポケットに手を突っこんで、仁王立ちして、不良を見下ろす。ピースを一本勧められたので、笑って断る。裸足でぺたぺたと、暗い階段を上がる。渡り廊下のほうから、主のいないサッカーボールが勝手にポン、ポン、ポン、ポン……と弾む、やけに鈍い音が聞こえてくる。振りかえらず、血管みたいな細い手すりに沿って上がってく。

四階まで上がると、廊下は部室通り。通称、キ○ガイ通り。血と暴力と犬死にの映画撮ってる映研と、ポルノ映画ばかり撮ってる映研が、となりあって曖昧に共存してる。その奥に、軽音部。日によって、びっくりするぐらい大人数で集まってバンドの練習してるときと、リーダーらしき少年が一人だけのときがある。一人のときは、少年はなぜだかジェリー・リー・スタイルでピアノを弾いてて、完全に気がふれてるように見えて、愛しい。バンドのメンバーの少女が「あれって、好きな曲の、歌詞の真似してるのよ。あの子ばかなの」と、リーダーのことなのに肩をすくめて吐き捨てるように言った。

どこも、使われてない教室を勝手に部室にして使ってるだけ。表札はそれぞれ「1－A」とか「1－B」とかのままで、勝手にドアにスプレーで自分たちの部室だと書いてるだけ。いつのまにか、もっといい学校へ、もっといい将来へ、と親にケツを叩かれて子どもたちは行進するようにどっかに行っちゃって、取り残されたあたしやジェリー・リー・ルイスJr.や、逃げ水を追いかける女の子やらがごく少数、校舎に巣くっている。夜になっても帰らないし、大通りのコンビニでなにか買ってくればべつに飢えることもない。

あたしはいちばん奥にある図書室に入って、ドアを閉めて、電気をつける。四角いおおきな机と、たくさんの椅子があるけど、そこには座らない。ちゃんとした椅子に座ったことなんかないまま十七歳になったから、床とか、地面とか、汚いところのほうが落ち着く。あたしは書棚から一冊、抜いて、床に丸くなって、読み始める。青白い、痩せた、かわいそうな蛇みたいに。ぐるるととぐろを巻いて。寂しさに震えながら。

いまやってるのは、ヴァージニア・ウルフの全作読破。密度が濃くって、だからひとつの文を幾度も読む。進まない。楽しいか？　よくわからない。寂しさを紛らわす手段。あたしは起きあがって、胸ポケットからくしゃくしゃになったマルボロ・メンソールの緑と白の箱を取りだす。噛みながら、ライターで火をつける。埃だらけの床に大の字になって、汚い天井を見上げる。読書は喜びではなく、一人遊びではなく、魂を震わせる轟音でもなく、恐ろしい現実からの全力の逃避となった。小説の神様が悲しんでる。こんなふうになってしまったあたしという信徒を、どっか遠くから哀れんでいる。そんな気がする。

十七歳。

あたしはすでにすべてを失って、長い余生を生きてる。マルボロ・メンソールを噛みながら、煙が目に染みて泣きながら、気が狂って死んだ、海の向こうの女文豪の文字の、暗くて広大な夜の海を、終わったよぉに漂ってる。

——十四歳で旅を終えて、父親らしき、あたしとそっくりな男性の家に連れ帰られた。その人の家は、山手線沿線で私鉄の路線も絡みあってる、この学校からも近いとある駅のそばにあった。若者でにぎわう繁華街から近いのに、びっくりするぐらいの高級住宅街で、牢獄《ろうごく》みたいな塀がどこまでも続いていた。あたしはそこで、十五歳、学校に行ってたら中学三年の一年間を、膝を抱えて口もきかずに過ごした。現実に対応できなかったし、時間が必要だった。家には腹違いの弟と妹なるものがいて、どっちも毛並みが最高で、名門の学校に通っていたけど、あたしは十六歳になると、誰でも入れる都立高校に潜りこむことになった。

高校一年生。初めて通う、学校なるもの。これが普通の学校生活なのか、よくわからない。あたしは静かに暮らした。わからないことが多かったから、そういうときは沈黙でやり過ごした。黙って、にやにやしている。いままでだってそうだった。愛するママにどこに連れていかれてもあたしは適応した。それは、希望を持たないことによって初めて成し遂げられる。裏返しの大冒険だ。どうなりたいなんて考えずただ波に揺られるように静かになじんでいく。高校一年の一年間で、あたしは現実に対応した。いまでは、ほとんど、あの牢獄みたいな邸宅には帰らない。父親が振りこんでくれるお金を、銀行で下ろして、コンビニで食べ物を買う。

夜中に、校庭の隅の、水飲み場で洗濯する。赤いネットに入った石鹸《せっけん》でごしごし洗う。家に帰らない子はほかにもたくさんいたから、コンクリート打ちっぱなしの、ひび割れだらけの水飲み場で洗濯するうちにいつのまにか洗濯仲間ができていた。男も女もなくて、みんなして平気でシャツも、下着も、洗った。あたしはブラジャーをつけてなかったから、買いなよって教えてくれたのは洗濯仲間の女の子だった。映研のスタッフの子だ。

洗濯を終えると、あたしはそれを、校庭の反対側の隅にある、寂しそうな灰色の木の枝にかけた。季節外れの姫林檎《ひめりんご》が赤くてちいさな、やけに乾いた実をさらして、夏の夜風にいまにも落ちそうに揺れてて、だからあたしはそれが姫林檎の木なんだと知ってた。もうおばあさんだったのかもしれない。やたら静かな木だった。長い時間をかけて失ったものを反芻《はんすう》しながら、この世から消えてく途中なのといった按配《あんばい》の。あたしはその木が好きだった。昔の生徒がいろいろ落書きしてたけどまともに見なかった。ただ、もたれてるとなぜだか心が落ち着くのだった。あたしのハートはいつも大波で、揺れて、静かにしてあまり人とも話さないし黙ってにやにやしてるだけなのに、ほんとうは苦しくて、いますぐにでもノドを掻き切って死んでしまいたい気持ちに二十四時間囚《とら》われていたのだけれど。ここにいるとすこしだけ楽になった。乾いた実が、まだ女なのよと囁くようにちいさな赤い色を燃やしている木にもたれて、枝に引っかけて干した下着とシャツが乾くのをじっと待っていた。

尻ポケットには、ヴァージニア・ウルフの文庫本。両性具有のへっぽこ詩人が時を超えて愛を探す、荒唐無稽な冒険譚《たん》。姫林檎の木にもたれて、読書。なにも考えたくない。

未来なんていらない。あなたがそばにいてくれないのなら。できることなら過去に走ってもどって、いつまでもあなたに甘えていたい。逃げ水を追っかけるように、狂ったように現実から走り抜けたい。いつまでもあなたに必要とされる子どもでいたい。あの、ちいさな神のままでいたかった。おおきく育ち、人間になってしまったあたしになんの価値があるものか。ママ。

ママ、どこにいる？

あなたのコマコはいったいどうすればいいの？

あたしは、十七歳。

若き廃人。

未来は死の色に染まり若さにはなんの意味もない。

学校にばっかり入り浸ってるのは、ここにいるとママの幻影をダイレクトに感じられるからでもあった。たとえば、夏の終わりの風に揺れる、夜の花壇。乾いた洗濯物を小脇にだらだら歩いていると、季節外れのパンジーが花びらを散らして、右から左にやわらかく散り急いでいく。暗い黄色と紫の、ちいさな花びら。目を細めると、制服のスカートを揺らして花壇に水をやる、若き日のママの幻影がふいに立ち現れる。水色の如雨《じょう》露《ろ》を重たそうにかたむけて、花の上から水をふりかけている。時折、楽しそうに頭を小刻みに振っている。確かに見覚えのある、その横顔。おおきな瞳と、濡れたように光る、花びらのかたちの唇。

視線を感じて女の子がゆっくりと振りかえる。風に茶色い髪が揺れて、その顔を一瞬、おおう。洗濯物を取り落として、駆け寄ろうとすると、幻影は夜に紛れてたちまち消えてしまう。

朝、だるくて机に突っ伏している授業中にも、ママの笑い声が聞こえて目を覚ますときがあった。廊下から、校庭から、ときには同じ教室のどこかから。ママはすぐそばにいて、でも、あたしがいることに気づいてないみたいに変幻自在に、風に乗ってどっかへ消える。転がってくるサッカーボールは、過去から現在へ、ママがふざけて蹴ってるような気さえし始める。

あたしは学校で、朝も夜も、過去の気配に耳をすましていた。図書室に置きっぱなしの鞄から、ときどき、アンティークの椅子に腰かけたマコとコマコの最後のファミリーポートレイトを取りだしては、飽きずに眺めた。

あたし以外の生徒たちも、朝は生気にとぼしくて、半分眠ってるように薄目を開けてぼんやりと過ごしていた。そうして夜になると、死者の群れみたいに起きあがっては、音楽を聴き、踊り、煙草を吹かしては、百年も前に書かれた近代小説やおかしな哲学や親の世代に流行った寂しい歌謡曲、つまりは過去のカルチャーの話をして過ごした。子どもなりに、真剣に愛しあってる子たちも多くいて、彼らは校舎のあちこちで、互いに思い思いのアルコールを口にふくんでは短いキスを繰りかえしたり、煙草の銘柄によって変わるキスの味を試しては密《ひそ》やかに笑っていた。

あたしは一人で、ときどきいたずらに屋上に上がっては、都会の夜空を見上げた。星の見えない夜空は、サーチライトや、遠くの摩天楼の青白い光や、轟音とともに行き過ぎるヘリコプターでやけにかしましかった。屋上には、夕方ぐらいからずっと不吉な死の気配がして、それは昔、海辺の町で異国の死神を見たときとよく似た、暗い微笑に頬を撫でられてるような感覚だった。健全さの欠片もないこの校舎では、上空を死神が飛んでたからってわざわざ誰も見上げなかったし、ただでさえみんな、半分ちょっとぐらい死んでるようなものだった。若さって、死に近い。おどろくほどのことじゃなかった。

屋上に行くのはほんとうにときたまのことで、後の時間はほとんど、あたしは例の姫林檎の木の下か、新館の四階のいちばん奥にある図書室にいた。自分はここにいるけど、どこにもいないような気がしていて、ひとりで床に丸まって本を読んでばかりいた。図書室の奥の壁におおきな鏡がかかっていて、ある夜、それに映っている自分を見たときに初めて心が落ち着いた。なんというか、鏡の中に、ほんとうの自分がいる、鏡の向こうに閉じこめられてる、と思ったのだ。あたしには現実感というものがなかった。いつもふわふわと膜がかかった中にいて、虚空を彷徨《さまよ》ってるようで、なにをしても、たとえば物を触っても自分の手の感覚だという気がしなかったし、笑っても笑ってる気がしなかったし、すべてがぼんやりと水に滲んでいた。だから鏡を覗いて、自分の全身が映ってるのを見たとき、なんだぁ、そっちにいたのかぁ、本物のコマコはぁ、と思った。コマコは困ったような顔でもってにやにやしていた。びっくりするぐらいおおきくなって、姿見いっぱいにひろがって、ずいぶんと痩せて全身が青白く発光していた。父親にそっくりの、ちょっとだけ猫背の、薄くて貧弱なからだをしていた。瞳は切れ長で、暗くて、額はやけにひろく秀でていた。

鏡の前で、床にとぐろを巻いて。コーヒーの空き缶に、マルボロ・メンソールの吸殻を押しこみながら。気が狂って入水自殺した女文豪の本はもう全部読み終わって、つぎに、夫を撃ち殺して自殺した、男性名の女流作家のセンチメンタルなＳＦ小説を流し読みしていた。となりの教室からは、ピアノでめちゃくちゃのブギー。あの少年がまたジエリー・リー・スタイルで夜空に黒煙を上げている。教室の前を通るたびに目が合うようになって、会釈まではしないけど、視線で遊びあうようになっていた。ある夜。夜更けに、顔を上げるとあたしのすぐそばに立つ黒い革靴が見えた。少年にしては、ちいさな靴。よく磨かれてる。いつのまにかとなりのブギーが止まってる、と思いながらけだるく顔を上げたら、少年が仁王立ちしていた。

ゆっくり、起きあがって、胡坐《あぐら》をかいて髪をかきあげる。なに、と言うように首をかしげると、少年はしゃがんだ。マグカップを差しだす。熱いコーヒーがなみなみと入っていた。

「差し入れ」

「……ありがと。熱っ！」

「熱いよ、淹《い》れたてだから、って言おうと思った。手遅れ！」

「あはは」

あたしは笑う。少年はほっとしたように片頰をゆるめて、そっと、あたしのとなりに腰を下ろした。

「名前は？」

「……コマコ」

「上は？」

「えっ、上から、正確に言うと、桜ヶ丘《さくらがおか》駒子」

いまは父親の名字を名乗ってるから、あたしはそう答える。生きてるとどんどん変わるから、あたしにとって名字は名前なんかではなくて、住んでる町の名前とか番地ぐらいの意味しかなかった。あたしはこれまでもこれからもずっとただのコマコだ。

それきり少年はなんにも話さなかった。あたしは読みかけの本を床に軽ぅく投げた。

青い背表紙の、分厚い文庫本。落下してくしゃっとなる。それから一杯のコーヒーを、黙りこんだまま、二人で分けあって飲んだ。火のついた一本の煙草をかわるがわる吸った。ブギーは聴こえない。演奏の主が今夜はこっちにいるからね。あたしたちはなんにも話さなかった。次第に、心臓がどきどきと脈打ち始めた。やがて夜が明けて、図書室の窓の外で、都会の朝陽が濁った黄色い光を増していった。あたしたちは黙って立ちあがって、それぞれの教室に帰った。

つぎの夜も。

夜が更けると、となりのブギーが止まって、少年がコーヒー片手にやってきた。

つぎの夜も。

つぎの夜も。

永遠に続くかのように、白い夢のように、つぎの夜も。

つぎの夜も。

となりの教室から「リーダーは」「恋してるからしばらくこない」「なにそれ」と女の子たちの会話が聞こえてきた。「あのばかも恋とかするの」「ばかになんなないと恋なんかできねぇ」「そういう人じゃないと思ってた!」「変わり者」「あーあ。はやく帰ってこいよ……。あのばか……」少年がとなりで身じろぎした。窓の外で月光が薄くなった。カーテンがつめたい風に揺れる。

顔を上げて、勇気を振り絞ったように少年が言う。

「キスしていい？」

「うん」

「いい？」

「……うん、いいよ」

少年はその後、たっぷり五分も黙っている。

風に髪が揺れる。

図書室は夏の終わりの、夜の十二時で凍りついていて、永遠の一瞬をいまかいまかと待ってる。

やがて少年が意を決して、あたしの肩を抱く。どっちも慣れてなくて、石像になったように硬い。やがて唇と唇がぶつかって、あたしは、ニコチンとカフェインが入り混じってすごく苦い、生涯で二度目のキスをする。

時が止まる。

あたしは目を閉じて、少年の唇に全部をふさがれてる。風に、二人の髪が絡まって揺れてる。となりの教室では黄色い髪の女の子たちが、机の上に胡坐をかいて、ギターのチューニング中。階段では不良が煙草の灰を床に落とそうとしていて、一階の廊下では文芸部の少年が自作の詩を叫ぼうと思い切り息を吸いこんだところ。渡り廊下では、弾んできたサッカーボールが一メートルの高さで凍りつき、校庭では姫林檎の木が風におおきく揺らいだ瞬間。水飲み場では流れでる水と下着姿でシャワー中の家出少年たちが凍りついたように静止する。体育館では、バスケットのゴールに向かって高く高く跳んだ女の子が、ぎらぎらした笑顔のままで一時停止。時が止まる。あたしたちが、また唇を離す、そのときまで。時が止まる。だけどいつまでもキスしていたいからあたしも少年も動かない。やがて、ゆっくりと互いから離れると、こんどはこわごわと、抱きあった。背中を上から下に不器用に撫でられて、大人の女みたいな余裕で急に微笑む。時が再び回り始め、となりの教室でギターが鳴り、煙草の灰は暗い踊り場の床に落下して砕け、サッカーボールも渡り廊下でバウンドし、水飲み場の水も弾け、バスケットのゴールを勢いよくボールが通過した。歓声。笑い声。怒号。音楽。足音。あたしたちはお互いの硬い背中を、授業では教えられないから、ただ衝動のままに愛撫する。

夜が明ける。

背中を撫であうだけの、不器用な夜が、続く。

つぎの夜も。

つぎの夜も。

となりの教室から、黄色い髪の女の子たちがささやく声がする。「リーダーは」「だから、恋してるからこないって」「なんだよそれ」「恋ってさ、突然の旅みたいじゃない？

もしくは予期せぬ失踪。心のね？」「おぉ、それで詩をつけてよ。先週の曲に」「えぇ、難解すぎるっつうの」あたしは軽く欠伸。少年が指をのばして、女の子みたいに細くてまっしろな指であたしの唇に触れる。

　夜が少年の色に染まり始める。まっしろに。

　とぐろを巻くように床にしゃがんでるあたしの、シャツの釦を、少年が震える指ではずしていく。あたしには羞恥心があんまりなかった。異性に裸を見られるのは初めてだけど、平気で、座っている。下着もぜんぶ脱がされて、震えながら触られて、あたしは目を閉じる。くすぐったーい。声もなく、笑う。少年が急にひるむ。あたしは目を開けて、じっと見上げる。少年が勇気を取りもどし、また手をのばす。

　お互いに手探りで、声ひとつ立てずに、すべてが終わる。

　少年がふいに弓なりになって、後ろから撃たれたようにあたしの上に崩れ落ちる。

　真夜中の図書室で、おおきな鏡に、絡みあう裸体がうつっている。ほっそりした少年と、同じぐらいほっそりして、胸の肉があること以外は、上に重なる少年と変わらない風情の自分が。自分で自分をみつめかえす。夜は少年の色に染まっている。あたしは交尾なるものを経験したから、試しに、静かに目を閉じてみる。自分の中に、真紅を探す。

　あの、ママが持っていたものを。

　自然とあふれる、女という蜜の色を。

夜空に漏れて周囲を交尾の気配に染めんばかりだった、素晴らしい真紅を。

だけどあたしという女のどこを探しても、それはない。経験したって、真紅は生まれない。

あたしは目を開ける。

真夜中の図書室。

裸で、少年とつめたく絡みあっている。

唇からは煙草とコーヒーの、ビターな味。

もう一回、目を閉じる。

海の、波の音が聞こえる気がする。大好きだった、明け方の海。あぁ、ママ。あたしの中にやっぱり真紅はない。ママの娘なのにあなたとはあまり似てない、とあたしは考える。

あたしという女の中には、真紅じゃなく、海のような空のような、うす青い空洞がひろがってる。あたしの女は、色にたとえると、水色。あまりにあわい。さらさら。まるで水の色。あたしの中に炎はない。あの狂気はない。ママをママたらしめていたもの。ママの魂そのもの。夜に滲む真紅。男たちを問答無用に誘って、同時に烈《はげ》しく苛立たせるもの。ママを旅立たせたもの。真紅！　甘い火柱！　弱さが強さ。神秘的なあの弱さ。

あたしが声もなく泣き始めたので、少年があわてて抱きしめる。その力が意外に強くって、あたしはすこしいやだな、なれなれしいからいやだな、と思う。

少年が耳元でささやく。

「ごめんよ……」

「ん……」

「大切にするから。駒子を、誰よりも、なによりも。ほんとだ」

「……ほんと？」

ほんとだ、ほんとだ、と少年が繰りかえす。

あたしは自分の中の水色といっしょに、ゆっくりと目を閉じる。


十七歳。

あたしは、ママのいない世界で女になった。


デートは昼間。

制服のままで抜けだして、日があるあいだは眠たいから、二人で目をこすりながら歩く。おおきな街にはさまざまなトラップがあって楽しい。ディスクユニオンに入って、下から上まで、レコードを舐めるようにして選ぶ。伊勢丹《いせたん》の一階で、近未来的なドレスを着た巨人のようなマネキンの横に立って、真似してふざける。騒ぎすぎて店員につまみだされそうになる。紀伊國屋《きのくにや》書店では、一階から七階までじっくり本を眺める。あたしはまだ本屋なるものがちょっと怖い。入ると、文庫本を二、三冊、おそるおそる買う。喫茶店らんぶるの薄暗い座席で顔を寄せあい、泥水みたいなココアをすする。あたしたちはあまり話さない。夜の空気と、つめたいからだの気配を昼間も感じながら、黙っていっしょにいる。少年は夜がくるのが待ち遠しそうにときおり身じろぎするけれど、あたしは、正直、そういうことにあまり興味が持てない。辺りに水の色がひろがってて、あたしのからだの中はしんと静まりかえっている。どうしてあんなことが楽しいのかよくわかんないと思ってる。目を閉じると、豚の世界で大声を上げて絡みあってたママと社長や、洋館のベッドルームで女の顔をうっとりと撫でていた大家さん、月光に揺れる手術台の上で、ママの足のあいだを震えながら覗きこんでいた、若草色のお兄さんの横顔が、チラチラとかすめる。

だけどあたしはというと、ぼんやりして、泥水みたいなココアを黙ってすするばかりだ。それより、少年がときおり小声で語る、音楽の話を聞いてるほうがいい。言葉はブギー。耳をくすぐり気持ちがいい。

少年が質問をするけど、あたしは自分のことをほとんど話さない。真宮寺駒子も、双頭の弟も、真紅の炎みたいな女も、家畜小屋の生活も、鈴木駒子も、十八歳の青年が大人の男にキスされて十三歳の女の子にたちまちもどってしまった、不思議なファーストキスも、なにもかもが、言葉にならずにらんぶるの汚いテーブルにぽとぽとと落ちていく。

ふと、となりのテーブルに制服の女の子が座る。半透明の姿で、向こうの壁が透けて見える。そうっと顔を上げると、若いママの顔にガツンとぶつかる。頬杖《ほおづえ》をついて悪戯《いたずら》っぽくあたしをみつめている。あぁ、ママの幻影。

向かい側の席で、少年がディスクユニオンで買ったふるいレコードを鞄から出し、いじりだす。

あたしはゆっくりと目を瞑る。

死んでるみたいに。

夜になると、あたしたちは手を繋いで学校へ帰る。あたしがつくったママの幻影がついてくることもある。とっくに学校について、屋上の手すりにもたれてあたしたちを見下ろしていることもある。何日も姿をみかけないこともある。そのたびにあたしは、ほんとうのママはいまどこにいて、なにをしてるのかな、と思う。まだ旅を続けてるのかな。新しい子どもを産んで、またかわいがってるのかな。まだ、きれいかな。真紅は輝いているかな。

あたしと少年は図書室の床で、絡みあって眠る。少年はあたしのからだを宝物のように抱きしめて何度もため息をつく。床には読みかけの本が積まれている。図書室の古い文学全集。あたしが紀伊國屋書店で買ってきた文庫本。少年の大切なレコード。ブギー。夜はブギー。あたしたちは眠る。無数の文字の上に寝転がり。文字に眠る。

明け方になると、となりの教室から、熱々のコーヒーが運ばれてくる。いい匂い。苦くて黒い。すすると、熱っ！　裸のあたしたちを、溶けかけた月光が青白く照らす。こっちも隠すことはないから、コーヒーを持ってきた女の子のほうも恥ずかしがらない。ときには短く言葉を交わすこともある。

「リーダー、どう？」

「……優しいよ」

「惚《ほ》れてる？」

「……うん」

「燃えてる？」

「……燃えるってなぁに」

「爆発すること！」

下腹を押さえて、女の子が照れたように首を揺らし、ささやく。あたしは首をかしげて微笑む。爆発ってなに？

コーヒーの匂いに気づいて、少年が起きあがる。あわててシャツでからだを隠して、「もう行けよ！」と女の子を追っ払う。けたたましい笑い声といっしょに女の子が去っていく。後ろ姿の、針金のような細さ。若いから痩せてる。あたしたちはみんな針金みたいに、夜に、ぎゅんぎゅん痩せ細っている。

あたしはほとんどものを食べない。痩せちゃって、ふらふらと眩暈《めまい》がするときに、不思議な満足感がある。あたしは粗末に扱われてる。自分自身にさえまったく大切にされてない。あたしは自分の肉体を通して、この世のなにかに重大な罰を与えてるのだ。あたしをこんなふうにした、こんな形でこの世に生み落とした、残酷で気まぐれななにかに。ほら見ろ、こんなにかわいそうじゃないか、おまえの責任だ、と。あたしはものを食べない。いつも痩せてる。ほかの女の子たちも似たり寄ったりのほっそりした腰つき。現実になどねじ伏せられませんからという、高らかで惨めな宣言。

あたしたちはいつもぼんやり、ぎゅんぎゅんしている。

十七歳。

導火線に火がつく。

校舎は相変わらず夏の終わりのつめたい月光に照らされていて、いつまでも夜の十二時の空気に閉じこめられていた。あたしは学校にいて、図書室と姫林檎の木の下と屋上を行ったりきたりしていた。

夜。少年の母親がやってるという、ゴールデン街の飲み屋に顔を出した。小便の臭いと埃とふるい脂が入り混じり、店は豪快に斜めにかたむいていた。一本の瓶ビール片手に二人でいちゃついていると、母親がやってきてピーナツの小皿を乱暴においていった。

「こいつ、すげぇお嬢さまなの」

少年が誰にともなく言った。顔を上げると、指があたしを指していた。母親が振りむいて、やけに優しい笑顔を浮かべた。

「父親、桜ヶ丘雄司《ゆうじ》。知ってるだろ、テレビにもよく出てる。偉い学者」

「へぇぇ、あの二枚目の。そういや顔が似てるわねぇ」

「すごいだろ？」

「そんな偉い人の娘とつきあってるなんて。あんた、すごいじゃないの」

「ははは」

あたしは奥歯でピーナツを噛んだ。

少年もそれきり黙って、ビールをかたむけていた。

変化はすこしずつやってきてあたしを変えていく。

夜毎に、少年が指先であたしをさぐり続けて、そしたらいつのまにか導火線の先に火がついてしまい、ちいさな火がじりじりと近づいてきて爆発の時を待つ。

図書室の床。

夜。

月光！

鏡の前。床に倒れて絡みあって、窓の外をふらふらと飛ぶ死神の幻影を見ている。あたしはどっか上の空。相変わらずの、水色の女の子。と、とつぜん胴体から後頭部にかけてうす青い火花が散る。ひゃあっ、とおおきな声を出す。少年がおどろいたように動きを止める。それからまた動きだす。あたしはこんどは明確に長い悲鳴を上げる。太い鉄骨にからだを刺し貫かれたみたいに、弓なりに仰《の》け反《ぞ》る。とつぜんがくがくっと震えて息が止まる。ついで甲高い、ちいさな獣の断末魔みたいな声がノドの奥から捻《ねじ》れでて、でもその声は自分で思ったよりずっと微《かす》かだから、たちまち虚空に消えてく。あたしは目を閉じ、一人きりで奈落に落ちる。

少年が激しく動き続ける。あたしは目を開けて、呻きながら、獣みたいにまた仰け反る。涙をぽろぽろ流しながら、両手をのばして少年の細い腰にしがみつく。腰骨どうしが砕けそうにぶつかりあう。あぁ！　おおきな声が出る。自分のじゃないみたい！　風もないのに髪が揺れて、だけどどんどん、そばにいる少年から心が離れてく。気持ちいいとき、女の人って、一人なんだ。あたしはとつぜん通り魔にあうようにこの夜、えくすたしーなるものを知った。刃物で心臓を刺されたように。からだの内部で真っ黒に大爆発する。

そうして、あたしはとつぜん変わってしまう……。

夜は、無法地帯。

あたしはマルボロ・メンソールを噛みながらぶらぶらと歩く。ぶらぶら。ぶらぶら。校庭を横切ると、姫林檎の乾いた実が誘うように赤々と揺れている。夜空には星ひとつない。スモッグのせいで藍色にけぶっている。命を取りあうほどの真剣さでラクロスに励む少女たちが奇声を上げ、そのたび炎の激しさでちっちゃなボールが夜空を翔《かけ》る。古代の女戦士みたいに少女たちが飛び、走り、ボールをキャッチするたびに雄叫《おたけ》びを上げる。校舎のとなりにあるおおきな神社の、鳥居が、朱色に震えている。弱すぎる月明かりがぼーっとあたしを照らす。サッカーゴールの上に少年が三人いて、どうやってよじ登ったのか知らないけれど、カードゲームに興じていて夜が明けるまで降りてこない。

プールサイドについて、煙草を放り、裸足だから揉み消せないので炎が自然に消えるのをぼんやりと待つ。藻が浮いた汚い水を、あぁ湖みたいだなと無気力な笑いを浮かべてみつめていると、短いスカートの小柄な女の子が近づいてきた。ラクロスのラケット

を片手に、フェンスに頬杖ついて、

「そんなニヒルな顔してると、幽霊にみつかるよ。桜ヶ丘さん」

「……幽霊？」

二本目の煙草をくわえて、火をつけようとしながら聞きかえした。声がもごもごと濁る。女の子は身軽にフェンスを乗り越えて、プールサイドに散らかるコンドームをラケットで蹴散らしながら近づいてきた。

「二年に、いい男がいたんだけど。十年前。人の女に手を出しすぎて、男たちの恨みを買って追われてさ。あの、図書室の……」

急に校舎を指差されたので、あたしは首をねじって仰ぎ見た。眩しい照明。ナイターのような。校舎を照らす。夜の十二時で止まったままの、真っ黒な壁時計。校舎の中はてんでばらばらに電気がついていたり、消えていたり。新館の四階の端っこ、図書室の窓に幽霊の顔が見えてぎょっとするけれど、よく見たら幽霊じゃなくてブギーの少年だ。今夜はあたしが現れないから、窓から外を見ている。これだけ離れてると、プールの水際で煙草吸ってる人影が、あたしだってわかるかどうか。遠目で見れば男子の制服を着た痩せた男の子。だから、あたしとこの女の子は単なる恋人どうしにしか見えないかもしれない。

「あの、図書室の窓から飛び降りたんだって。下で頭かち割れて、すぐ死んじゃった。

そいつが女の子たちを抱いてたのがこのプールサイドで、だから、ここでぼんやりしてると女ったらしの幽霊にとりつかれちゃうってわけ」

「……へんな話」

女の子のしゃべり方は、どっか必死だから、あたしの気を引きたくてつぎの話題を探してることに気づく。不思議に思って、横目で眺めると、女の子はびくっとして顎を引く。

彼女はうつむいて、スカートのポケットから煙草の箱を出す。ヴァージニア・スリム・メンソール。細い煙草をくわえて、窺うようにあたしを見上げる。

沈黙。

月光。

幻のような、夏の風。

あたしは腰をかがめて、自分がくわえる煙草をそっと近づける。女の子が震えながら目を閉じる。長い睫毛《まつげ》が震えていて、あたしはその子が、瞳がおおきくて鼻筋の通った、とてもきれいな顔をしてることに気づく。内部で火がつく。好奇心の火。ちいさくて無垢できれいなものを前にしたときの、征服欲だ。あたしは煙草の先と先をかすかに触れあわせる。女の子が吐息をついて、睫毛がまた震える。強く押しつけて、じゅっ、と火がついた瞬間、女の子がぱっと目を開ける。背中に手のひらを当てて、上から下に撫でただけで、女の子は悲鳴を上げそうに唇を激しく震わせる。煙草を吸いながらみつめあう。唇から、煙草を離して、女の子の唇からも煙草を取る。両手に一本ずつ火のついた煙草を持って、そっと顔を近づけ、女の子とキスをする。

苦いのに、やわらかい。両人差し指と中指のあいだに煙草を挟んだまま、あたしは震えを隠して女の子の顔を触ってみる。目を閉じて。骨格を味わう。あのとき大家さんから習ったように。たちまち女の子は魂と肉体を持った人間ではなくただの概念となる。女。女。女。女を手の内におさめてる。奇怪な万能感。確かに万能感なんだけど万能感と呼んでしまうにはあまりにも安っぽいなにか。あたしは彼女の唇を開かせて、舌を差しいれる。ちいさな苦い舌を味わう。ニコチンと少女の混ざった味。彼女は涙を一滴、こぼして「……抱いて」とささやく。紫色のボウタイをほどいて、シャツを脱がせていく。ふいに届いた贈り物のリボンを、無気力にほどくように。

プールサイドには藻が茂っていて、その暗い緑色の奥深くにあたしと女の子は崩れ落ちる。緑の藻と、うす灰色のコンドームが入り混じった奇怪なちいさな森。すぐそばから、風に波打つ水音が耳をくすぐる。あたしは女の子の耳をゆっくりと舐めあげる。ちいさな悲鳴が聞こえる。耳の穴に舌を入れてみる。吐息。甘くって微かな。……あたしははしゃいでる。女の子を手に入れたことに。好奇心は不思議なほど濁っている。白いからだはほっそりしてるのに豊満でどこもかしこも指がめりこんでしまうほどやわらかい。かんたんに壊れてしまいそうなのに、白くって、やけにふてぶてしい。女って不可思議！　あたしはじつに簡単に女の子を手に入れる。声を上げて女の子がしがみついてくるので、慣れない楽器を弾くように生真面目に、でもどっかふざけた気持ちで、最後までやり遂げる。

月光が揺れる。

水面に鈍く映ってる。

大の字になって、校舎を見上げる。図書室の窓からは少年の顔が消えて、いつのまにか、見覚えのない若い男が頬杖をついてこちらを見ている。誰だろ、と思ったけれど、いちど目を閉じてまた開けたら、もういなかった。幽霊かな？　あたしは欠伸をしながら起きあがる。

すばやく制服を身につけ、煙草をくわえる。火をつけたとき、背後で女の子がけだるく起きあがって、耳元でささやいた。

「学食でコーヒー飲まない？」

「……いいよ」

「気持ちよかった」

「そう。よかった」

あたしは立ちあがる。

裸足の足に、誰かが使ったコンドームが絡みついていて、それをはらう。煙草の煙が目に染みる。……大欠伸。女の子はあたしの腕に絡まるから、なにげなくそれもはらおうとして、おっと、とすんでのところで思いとどまる。女の子と寝るのは楽しいけれど、その後退屈がやってくるのも、早い。学食に向かいながらあたしは、もう一人で本を読みたいけどいつこの子を振りはらったものだろう、と首をかしげる。

月光はすこしずつ弱まって、夜の終わりを予言している。東の空がやんわりと溶け始めて、白く濁った朝陽の気配が近づいている。


同じ女の子と三回、寝たところであたしは飽きてしまった。校舎を歩いていると、ただだるそうにうつむいてるだけなのに自然と女の子たちが寄ってきて、話しかけたり、気を引こうとさまざまなことをした。あたしはあまり選ばなかったし、くるもの拒まずで、二人目の女の子とも、三人目の女の子とも、夜中のプールサイドで不思議な交尾をした。生殖をともなわない、戯れ。終わりのない愛撫《あいぶ》。ゴールがないからいつまでも互いをいじくっている。

それは不思議な感覚で、あたしはどの子のこともかわいらしいと思っていたけれど、ときおり誰が誰だかよくわからなくなった。女の子という生き物はなにか根本的なところがすごく似てるのだった。まるで、同じ根っこから同じ養分を吸い、同じ木に生《な》った、姫林檎の赤い実たちのように。ある夜、プールの前に女の子が三人とも仁王立ちしていた。一人は泣いて、一人は怒って、一人は無表情で、「あなたはいったい誰が好きなの！」「一人を選んで！」と詰め寄ってきた。あたしはにやにやするばかりだった。性的対象としての女の子のことをどうしても自分と同じ人間だと思えなかった。それよりも、もっと欲しかった。女の子って不思議なお菓子で、こんなにも甘いのに、どうしてだろう、塩水を飲んだせいでノドが渇くように、もっともっともっと欲しくなってくるのだった。一人より二人。二人より三人。三人より……。

あたしはきびすをかえした。校庭を横切り、火の玉みたいにラクロスのボールが翔る中を、狂ったように走って女の子たちから逃げた。「ねえ、待ってよ！」と女の子たちが追ってくる。水飲み場まで逃げたとき、陰からつめたい手がのびてきてあたしを引っぱった。ママの幻影かなと思ってあたしは引かれるままに校舎の裏に駆けこんだ。でもそれは幻影じゃなくて人間で、四人目の女の子だった。暗がりに引きずりこんだあたしに、ほっそりしたからだを預けて、爪先立ちになって熱いキスをした。誰だかわかんないけどあたしも応じた。そのまま地面に崩れ落ちて、新しい女の子を抱いた。誰のことも大事じゃなかった。この子のことも。初めて抱くから好奇心と征服欲で濁った喜びを感じたけど。女の子たちはまるでペラペラの紙でできたハリボテみたいに現実感というものがなかった。肉のやわらかさとおどろくほどの生臭さ、かわいらしさ、甘い声、征服欲を満たす弱々しさ。それだけ。それだけ。だからよかった。あたしは夢中で抱いた。女の子はどんどん寄ってきた。毎日のように。毎夜、新しいお菓子が自分から転がりこんでくる。抱いて……と、紫のボウタイを自らほどきながら。そうして、五人目。六人目。七人目……。BANG！　BANG！　BANG！　女遊びってのはくせになると止まらなかった。あの子たちはニコチンやカフェイン、アルコールと変わんなかった。そんなに興味ないのに、常習性があって、抜けらんなくなった。あたしは毎夜、女の子たちの肉体を荒らしまわった。それでも彼女たちはついてきた。好き、好き、好き、と。桜ヶ丘さんが好きなの、と。向こうもいい加減ばかになってるとしか思えなかった。あたしは渇いたノドを潤すようにかたっぱしから抱いた。BANG！　BANG！　BANG！

女の子たちを荒らしまわってるとき、あたしはこの世の生きづらさを忘れた。女の子たちを苦しませてるときは自分の欠落をつかのま忘れられた。あたしは過去から逃げたかった！　捨てられた子どもであることから逃げたかった！　過去から逃げるためには導火線に火をつけて爆発し続ける必要があった。それを教えてくれたのは、あの夜、ブギーの少年が与えてくれた、夜空に刺し貫かれるようなえくすたしーだった。忘れろ。忘れろ。忘れろ。苦しいことなんか。捨てられたことなんか。生きてる意味がないことなんか。忘れろ。生きろ。意味もなく生き続けろ。導火線に火をつけてダイナマイトで吹き飛ばすんだ。現実を。なんにも残されてない、この時間を。孤児の余生を。

つまりは、交尾は、女の子の肉体を持った自分にできる唯一のテロリズムだった。あたしは毎夜、銃撃戦のようにして肉体で現実に抗議し続けた。渇きは止まらなかった。えくすたしーなんかもはやどうでもよかった。肉体の、満足なんか。渇きこそが自分そのものだった。男の子の身に生まれていたら、あたしはナイフか銃かダイナマイトを手に入れて罪もない同級生や教師や通りがかりの人たちを皆殺しにしてたのかもしれない。それぐらい渇いてた。だけどあたしは女の子。男の子になってでも守りたかったあの人はもうあたしのそばにいなくて、残されたのは、おおきな女の子に育った自分という、からっぽな器だけ。BANG！　BANG！　BANG！　BANG！　あたしは毎夜、不特定多数の女の子と交尾する。BANG！　BANG！　BANG！　交尾する。皆殺しだ。人数は夜毎に増えて、プールサイドで交尾を終えて図書室にもどり、床で本を読んでいても、女の子たちはドアを蹴破ってきたり、天井から飛び降りてきたり、本棚の陰からとつぜん現れてあたしの前でボウタイをほどく。抱いて。抱いて。抱いてよ。虫の大群みたいにあたしに群がってきて、あたしはまだできる、まだまだできる、と女の子にいつだってやさしくキスをする。止まらない。助けてよ。あの子たちはもはや誰が誰だかわからない姫林檎の実の集合体。あぁ、どうして性的対象としての女の子はこんなにも似てるのだろう。それなのにたくさん、たくさん、もっと人数がほしいと飢えてしまうのだろう。一人や二人や三人の女の子の肉体じゃ本当のところは満足できないのだろう。あたしは幻の銃を手に、引き金を引く。ＢＡＮＧ！　女の子たちを抱いて、傷つけて、苦しめながら、自分を破壊してる。なのにすっごい万能感。女遊びって何。いくら粗末にしても、心がぜんぜん痛まない。女の子たちは不思議なハリボテ。ＢＡＮＧ！

……となりの教室からは、なつかしいブギー。

ジェリー・リー・スタイルのピアノが鳴ってる。

あれきり少年とは一言も口をきいてない。あたしの狂乱が聞こえてるのか、いないのか、音色《ねいろ》は静かだ。好きだったはずなのにいまではなんにも感じない。誰か助けて。怒りと苦しみと寂しさが止まらない。女の子たちとつぎつぎ交尾せずにはいられない。愛よりも暴力が欲しい。労《いた》わりあうより奪いたい。もっと撃てよ。もっとやれるだろ。壊れてしまえ……。

十七歳。

窓から飛び降りる。

あたしは知らないあいだに男の子たちの戦場を荒らしていた。あたしが抱いたのはときには誰かの恋人だったり、この子しかいないと決めた特別な相手だった。

ある夜のこと、三人の女の子と寝て、疲れきって図書室で眠っていた。となりの教室からは寂しいブギーが聞こえていた。それがふいに止まって、

「……逃げなよ」

ちいさな声がした。

あたしは顔の上に開いたままのせていた永井荷風をつかんで、目を開けた。耳を、澄ます。どやどやと大勢の足音がして、なんだか、大昔に夢で見た、獣に変身した娘を追ってきた村人たちの足音に似てるな、と思った。なつかしい夢を思いだしてくっくっと笑ってしまう。人間から、獣になってしまって、父親役のママに撃ち殺された。村外れの森に穴を掘られて、埋められて、祈りを捧げられた。アーメン。月光が揺れていた。ママは泣いていた。あれはからだが女になってしまった直後のこと。現実のママの手で去勢されるまでずっと、悪夢は夜毎続いた。あのころ、ちいさな神だったあたしがまさかおおきくなるなんて、女になってしまうなんて、ママは思いもしなかったのだろう。

……あたしだってそうだったけど。

となりの教室から、とつぜん火の玉みたいな激しいピアノの音が始まって、あたしはあわてて起きあがる。同時に図書室のドアが開いて、制服姿の男の子たちが飛びこんでくる。あたしは立ちあがり、その拍子に永井荷風をうっかり踏みつける。あ。ごめん、文豪。

男の子たちの顔は歪《ゆが》んでいる。女の子みたいに泣きそうなのが、一人。「おまえ、どうしてあいうことするんだよ。せめて大事にしてやれよ。幸せにしてやってくれよ。ぼくの……ぼくの、だったんだから」誰のことかわからないので、あたしはぼーっとしている。名前を言われても、どの女の子のことなのかぜんぜんわからない。姫林檎は無限大に増えて、あたしはいまや真っ赤な果実の海におぼれている。

男の子たちの表情には怒りと軽蔑があって、汚いものを見るように顎を上げてあたしをみつめている。

一人が、顎でドアをしゃくって、「鍵、閉めとけ」と言った。

あたしは一歩、下がった。

あっ。また文豪を踏んだ。

あわてて拾う。

読みかけの悲恋物語。時に隔たれた老文豪と娼婦のおはなし。きたなくってきれい。

男の子たちがじりじりと寄ってくる。

一人がベルトに手をかけると、全員が一斉に同じことを真似して、ズボンを下げた。

……あ。

あたしはなにが起こるのかを悟る。

窓の外で月光がぶるると震える。

二歩、下がる。

男の子たちは制裁の義務に震えている。村人たちのように。この獣を処分するのだ。

ある日とつぜん、変異した異物を。あたしは窓際までゆっくりと下がる。開け放された窓から、夏の終わりの乾いた風が吹いて、あたしの髪をふわっと巻きあげた。いまではずいぶん長い髪。女の子たちが指で触れて、口にふくんで、かき抱いて、桜ヶ丘さんが好き……好き……と、この髪に幾粒もの涙を零《こぼ》した。女の子たちの涙や汗や体液を吸って黒々と不気味に光る。風に煽《あお》られて、髪に染みこんだ女の子たちの匂いや感情が図書室に充満する。男の子たちの影が怒りに揺れる。

あたしは永井荷風を尻ポケットにねじこんだ。

死んだってかまうもんか。

窓枠によじ登り、両手を広げて十字架の形になり、そのまま真っ逆さまに飛び降りた。

月光に撫でられた。

目を閉じた。

死んだってかまうもんか。

狂うってのはこういうことだ。

これで人生終わりでぜんぜん平気！

ＢＡＮＧ……

そっと目を開けると、夜空が映った。銀色のちいさな星がたくさん舞ってこっちに落ちてくるからあっと息を飲んだけど、それは星じゃなくて、とつぜん降り始めた雨の粒だった。大雨。夏の夜のどしゃぶり。ばちばちと音を立ててあたしの全身に叩きつけ、地面を涙みたいに濡らしていく。はるか下の地面をぼんやりとみつめると、赤と水色の混ざった色鮮やかな一点が見えた。びっくりしたような顔をしてこっちを見上げている、男の子。鬣《たてがみ》みたいに逆立った赤毛と、蛍光の水色をしたおかしな……着物に身を包んでいる。何者だろ、と思いながらあたしは男の子に向かって真っ逆さまに落下していった。真下には夜の花壇。ママの幻影がよく水をやっている、パンジーの花壇。そのやわらかな土の上にあたしはバウンドして、土まみれになりながらよろよろと起きあがった。図書室の窓から、怒号が響く。見上げると、ズボンを脱いだ少年たちが、シャツの白とボウタイの紫を蛍光灯の光に照らされながら、つぎつぎ窓枠を乗り越えてこっちにジャンプしてくるところだった。あたしはよろめく。ぽかん、と突っ立っていた、赤い逆毛に着物姿の男の子が、あたしの手を引いた。おおきな、分厚い手。その手にあたしはじっと見入る。急に信じる気になって、引っぱられるままよろめいて走りだす。雨粒が照明に照らされる、広い中庭を抜けて、濡れた芝生を蹴って、大雨の中をびしょ濡れになりながら駆ける。赤毛が艶めいている。背後から怒号が続く。ふりむくと雨の向こうに少年たちがいる。下だけ裸の奇怪な姿で、それはまるで臍のところで仕切られて、からだの上は朝、下は夜に引き裂かれてるみたいで、あたしはおかしくなってしまって、ぶるると震える。

あたしの手を引く男の子は、赤い逆毛と、水色の着物で、それはまるでマコとコマコの、真紅と水色の、炎と水の……融合体みたい。雨が全身を叩く。照明が遠のいて、怒号もどこかに吸いこまれていって、学校の裏門から飛びだしたらそこは神社。学校の裏にあるおおきな神社の境内につく。夜だから薄暗い。電柱についた街灯がかすかに揺れるだけで、学校のあの異常な明るさ、終わらない夏の夜からはすこし距離がある。

雨はいつの間にか止んでいる。

男の子が振りかえる。

奇妙な男の子。着物姿のこの子を、そういえばときどき校舎や屋上でみかけた気がする。これまで気に留めなかったけど。

「……どうして着物なの」

「あ、俺、落語研究会！」

「あぁ」

「一人だけのね。部員、ほかにいないし。……座りなよ」

指し示されたのは、境内に転がってる灰色の石。よく見ると、壊れた巨大な狛犬《こまいぬ》の頭だった。どうして落っこちたのか、頭と胴体が真っ二つに切られて風雨にさらされ、転がっている。男の子は胴体のほうに腰を下ろした。あたしはこわごわと、逆さまになった狛犬の頭にお尻をのせる。さっき死んだっていいと飛び降りたばかりなのに、いまはもうちょっと生きてたいような気がしてる。いま、となりに座ってる奇妙な男の子から、びっくりするぐらい強い生命力が溢れでていて、おかしなやつなのに内側から情熱で光り輝いてるようで、それに照らされて自分も、生きる、方向に、引っぱられてる気がする。

「君、桜ヶ丘雄司の娘でしょ」

男の子が聞く。

湿気《しけ》った煙草に火をつけようと苦心しながら、あたしはちらっとだけ顔を上げる。心の中だけで、ちがうよ、と首を振る。

あたしは鈴木眞子の娘よ。だってママから生まれたの。

「君のボーイフレンドが自慢してたから」

「……軽音部の？」

「うん、そう。俺、あいつとすげぇ仲いいの」

「……もう、別れた」

「あ、そうなんだ。それは聞いてなかった」

赤毛を揺らして、男の子がにやにやする。その笑い方をどっかで見たようだと思って、煙草の先を噛みながらあたしはしばらく考えている。それから自分の笑い方と似てるのだと気づく。にやにや。にやにや。自分自身に麻酔をかけるような笑い方。なんだって平気だよ、のサイン。裏返しの冒険に出てる子どもの顔。

「いつも男子の制服！」

「……自分だって、着物じゃない」

「服装規定に書いてない。着物不可、とかさぁ」

「右に同じ」

「へんな女」

「……いや、それほどでも」

「褒めて、ねぇよっ」

男の子が赤毛をゆさゆさ させて笑う。

神社の境内は静か。朱色の鳥居はつめたい炎のよう。太古の炎。燃えているのに、そばによるとひんやりする。死の国への入り口みたい。茂る木々のすぐ向こうに学校の校舎がぼんやりと滲んでいる。ラクロスの少女たちの声。暗いプールサイドから、少年と少女の交尾の気配。音楽室からめちゃくちゃにへたなオーケストラ。体育館でバスケットボールの弾む音。男の子が身じろぎする。

あたしたちはいつまでも狛犬の上に座っている。上と下に、夜と朝に真っ二つに切られた犬の石像に腰かけて、たわいもない会話を続けている。

月明かりはやわらかい。雨がときおり思いだしたようにぽたぽたと垂れて、首筋に落ちてくる。


「では、ここで一席」

「……は？」

「一口に世の中っていってもいろいろでして。なにしろ人間ってのはいろんな育ち方をするもんですから、育ちによってまぁ、考え方も行動も人それぞれでありまして」

「なに、そのしゃべり方」

「落語だよ、落語。黙って聞けよ、おもしれぇから」

「……あ、そう」

「あるところに、いい家で育てられた、俗にいうお嬢さまってやつがいましてね。ところが蝶《ちょう》よ花よと育てられて、ようやく高校生になったころ。悪い男に会っちまった。男のほうは、まぁひでぇ家で、ひでぇ育てられ方をしましてね。十五を過ぎたころにはすっかり性根が曲がっていた。お嬢さんは、会ったこともないタイプの男なもんだから夢中になっちまって、家族の反対も聞かずに毎日、男と会う。男のほうはっていうと、最初っからお嬢さまをだます気で近づいてんです。毎日、愛を語らって、からだもあわせて、それでも男には情ってもんがないからうっかり惚れちまうってなミスもない。それで、お嬢さんの親をゆするんですな。おたくの娘さんのこんな秘密を知ってますよ、高く買ってくださいよってね。それで、親が金をつくって、娘に持たせた。娘が札束の入った鞄を持って現れるはずの場所、まぁ、それがこの神社の境内だったんですが、そこで、男はずっと待ってましてね。その金が入ったら豪遊しようって腹で、あれこれ考えまして。ところが、いつまでも娘はやってこない。あいつ、どこ行っちまったんだよ。不思議に思いながら男はいつまでも待ってました」

「……どうしてこなかったの」

「はは。娘も、金が欲しかったんですよ。男にすっかり感化されて、うるさい親のもとで暮らすよりこの金で豪遊しちまえって腹で、男のところに持っていかずに、自分で金を使うことにした。男はいつまでも境内で待ってました。夢のような新生活を、心に思い描きながら。なにしろ金がすべての世の中ですからねぇ。そうこうしてるうちに、娘はボストンバッグ片手に、どこまでも遠くに逃げていってしまいました、とさ……」

「へんな話」

「この話には、お客さん。教訓ってぇものがございます。え、なにかって？　男はひでぇ家で生まれて、苦労して育った子どもでした。娘のほうは優しい両親のもとで何不自由なく育てられた。だけど、二人とも、屑《くず》なんです。つまりね、屑からも、屑は生まれる。だけども……」

「ふーん」

「人間からも、屑は生まれる。教育なんざ無力ってぇのがこのお話の教訓でぇございました。おし、まい。……どうかなぁ、桜ヶ丘さん。俺の創作落語」

「いまのが、落語?」

「うん」

「そんなこと、一人で毎日やってるの」

「だって落語研究会だもん。古典もやるけど……過去の名作って大事だからさ。だけど、なんていうか、こういうのが好きだ。作り話だけど、どっか嘘じゃないんだよ。屑から生まれた屑ってのは俺自身のことで。あいつと……軽音部のあいつと仲いいのも、育ちが似てるからで、俺もすぐそこの横丁で育ったし、親、ひでぇし。あ、だから、桜ヶ丘雄司の娘とつきあってるって聞いてうらやましかったな。すぐ別れたってのがどうも謎だけど」

「……あたしが悪いの」

「知ってるよ」

「そ」

「……つまりさぁ、俺は俺の育ちとか、俺の汚いところとかを、語りたいわけ。だけどそのまま生い立ちを話すとかえって嘘っぽくなっちゃってさ。ほんとうの話なのに、なぜか。俺自身の、世の中に対する実感を伝えるためには、どうしてもフィクションにする必要があるんだ。ほんとうの苦しみを、人に伝わるように、きちんと客観的に語るためには。落語は俺の声。言葉を持たない俺の代わりに、俺の苦しみを語る、第二の、つめたい唇。俺の落語は俺の悲鳴。俺の怒号。俺の地獄だね」

「そんなこと、あるの」

「うん。俺はさぁ、世の中を恨んでるから落語をやってる」

「……わかんない。ううん、わかる、かも。……どうだろ」

「汗、かいてるよ。扇子で扇いでやる」

「あ、気持ちいい。もっと扇いで」


十八歳になった。

高校三年生。

校舎は相変わらず夏で、夜で、だけど前よりも雨が多くなった。夏の土砂降り。校舎が真っ暗になって、揺れるほどの大雨。校庭はぬかるんで、真っ黒にやわらかい。ラクロスの少女たちはプールサイドで輪になって作戦会議中。

隣の教室には新しい恋人たち。ブギーと、同じバンドの女の子が寄り添って静かにピアノを弾いている。

つぎの恋の音を奏《かな》でながら一秒ごとに容赦なく変化してく。

音色はブギー。

しだいにママの幻を見なくなってくる。気配だけがときどき漂ってるけど。

あたしと赤毛の男の子は、相変わらず、神社の境内でだらだらしていた。あたしは煙草を吹かして、瓶ビール片手に、頬杖をついて。男の子は無限に作り話を語った。どこからそんなに湧いてくるのかというぐらいたくさんの創作落語であたしを楽しませてくれるけれど、どのお話にも、男の子自身を露悪的にしたような屑の男が出てきては、いやな目にあった。あたしは、あぁ、これがきっと、男の子にとっての導火線、語るという形のテロリズムなんだと思った。嘘の中に、ほんとうの言葉、苦しみや悲鳴や怒号を隠して、雪の玉の中に凶器となる石を隠して投げるようにして、放ってるんだ。

男の子は、世の中を恨んでると言った。

でもあたしには、世の中ってなにかがよくわからなかった。あたしが恨んでるのは自分をこんなふうにしたなにか、この世の上のほうから無情にあたしを見下ろしてるおおきな力だった。男の子の創作落語を、高揚感をもって聞くうちに、自分の中にある怒りや苦しみが見渡せるようになってきた。物語がからだの中に染みわたって、自分自身の苦しみと混ざりあった。なんとなく感じてたけど、これまで言葉にしたこともされたこともなかったなにかが、言葉のうねりになってからだをどんどん満たしていくのだった。

上に、向かって。雪玉を、投げろ。石を隠して。神さまの額を割ってやる。あくまで遊びの雪合戦のふりをして、投げつけて、神さまに真っ赤な血を流させてやる。おおきな、負の力が、落語を聞いてるうちにあたしのからだから生まれてやがてつめたい火柱みたいに燃えあがった。それは心の問題だけじゃなく、肉体の運動だった。女の子のかたちをした、でも夜に痩せ細ったあたしの肉体が、悲鳴と怒号を上げて、空にカッと燃えあがる。抗議の火達磨《ひだるま》。

聞いていると、気持ちが昂《たか》ぶって、彼といっしょに世の中を撃ってるような気持ちになった。そしてそのたびに、今夜も生きるための、裏返しの勇気がからだの奥でちろちろ燃えるのだった。

赤毛の男の子とは、半年も経ってから、どちらからともなく顔を寄せあって、キスをして、それから交尾もするようになった。

男の子は不思議な子で、誰も見てないのに、まるで誰かが見てるかのように、その人たちの目を楽しませたいかのように、流れるような動きで交尾をした。一瞬も止まらなくて、動きに変化をつけ続けて、誰かが見てたら退屈しないだろうなと思うほどに客観性と演劇性があった。指摘してみたけど、自分では無自覚のようで、それであたしは、これがこの男の子の性《さが》なんだろうと思った。魅せずにはおられない。自分自身の境遇でさえ物語にして、人を楽しませずにはおられない。そういう性なのかなと、すこしだけ愛しく思った。

だからこそ、男の子は交尾のとき、すごくきれいだった。動物の雄が羽を広げて光り輝くように、赤毛がさらに逆立って、痩せて浅黒い肌も夜に映えて、夏の雨を全身できらきらと弾《はじ》いた。あたしは抱かれるほどに闇に沈みこんでいくようだった。男の子の、雄のうつくしさに溶けた。組み敷かれる、ちいさくて地味な雌になった。おおきな悲鳴を上げて、仰け反る。えくすたしーと同時に、雄のからだの下でさらに縮んで、安心して夜に沈みこむ。ちっちゃな雌の、無心の快楽に浸る。

男の子は自分のえくすたしーの直前に必ず、左手で、雌の足首をつかんだ。右足の人差し指と中指を口にふくんで、ゆっくりと舐めあげる。それから夢見るように目を閉じて、足の指を、引き千切《ちぎ》らんばかりに噛んでから、雌の上にどさっと崩れ落ちる。その光景を思いだすと、あたしは、朝でも、夜の雨にからだの内側から打たれたようになって立ち尽くしてしまう。水飲み場で一人、出しっぱなしの涼しげな水音に耳を撫でられながら、そっと、自分の右手の人差し指と中指を口に入れて、舐める。男の子を味わうように舌を転がして、強く噛んでみる。

男の子は、真っ赤な鬣《たてがみ》を持つおかしなあの雄は、あたしに、雌でいることと、語ることで撃つことを教えてくれた。

十八歳。

そうしてあたしはすこしずつ、再び、呼吸し始めた。

それからも男の子は語り続けた。あたしは全身全霊で耳をかたむけた。それはまるで、そう、本を読むような行為だった。過去の文豪たちと、目の前にいる赤毛の男の子は、おおきな声で語りかけてくるという意味においておんなじ存在だった。聞いてると、高揚していく。いっしょに地獄巡りをしてるように。あぁ、暗い情熱だけがここにある。心の奥にある。肉体が叫ぶ。神さまに血を流させろ！　石を詰めこんだ雪玉を、笑顔で投げつけろ！　神さまを許すな！　聞き分けのいい子になんかなるな！　文豪どもよ、もっと、語れ、語れ、語れ、語れ！　ＢＡＮＧ！　ＢＡＮＧ！　ＢＡＮＧ！

夜になると神社の境内で、寄りそって、落語で遊ぶ。それからときどき交尾もする。そのうち夏がだんだん終わってくる。永遠に続きそうだったというのに。すこしずつ日がやわらかくなり、涼しくなり、空気の匂いが乾いてくる。ひらっ、と葉っぱが落ちて、それが黄色く乾いているから、あたしは秋がやってきたんだと知る。あたしは十八歳。高校三年生が終わろうとしている。あたしが自分の世界からほんのすこし顔を出して、人と寄りそうようになったとたん、魔法が解けるように夏が終わった。あたしと赤毛の男の子は手を繋いでゆっくりと教室に帰る。朝の教室には教師がいて退屈な授業を毎日繰りかえしている。眠くってたまらない。夜に生きていたから、朝なんかにとても耐えられない。ニコチンとカフェインとアルコールと音楽と文学と映画と創作落語とセックスの日々が気が狂うほど恋しい。生あくびが出る。あぁ、もうすぐ卒業だ。もうすぐ卒業だ。

カチッ。

と、音を立てて、校舎の壁に張りついた黒い壁時計の針が、動く。

カチッ。カチッ。カチッ……。

ふいにチャイムが鳴る。外を見るとなんと雪景色。冬！　校庭に積もる都会の牡丹雪。きれいすぎて嘘みたい。誰かの携帯ラジオから、東京に大雪のニュースが流れている。雪が積もって、あたしたちを閉じこめて憂鬱にさせ、やがて溶けて校庭をどろどろにして、寒さがすこしずつゆるやかになる。卒業の季節。

愛と暴力、音楽と文学とセックス、男の子と女の子と神さま、つまりはモラトリアムの時間が過ぎ去って、これからようやく青春が始まる。

みんなで並んで卒業写真を撮られて、でも、誰もそれを受け取らない。

あたしたちは勇んで校舎から飛びだし、制服をいまにも脱ぎ捨てようとする。卒業証書も思い出のアルバムもなんにもいらない。あたしはママと撮ったファミリーポートレイトだけを鞄に入れて、赤毛の男の子に腰を抱かれて、校門を出ていく。

ふいに誰かから、か細い声で呼ばれたような気がして、振りかえる。

姫林檎の木がぼうっと立っている。年取った女の人みたいに乾いて、おおきな樹。その傍らに制服姿のママの幻がかすかに浮かびあがっている。見ているうちに風が吹いて、ママは歪みながら飛ばされて、どこかに消えてしまう。

「……どうした？」

「ううん。なんでも、ない」

あたしは姫林檎に背を向けてゆっくりとまた歩きだす。

校門を出て、一歩、踏みだした途端に、校舎で止まっていた時間は高速で流れ始めて、いっしょにいたはずの男の子ともはぐれて、みんな爆発したように都会のあちこちに四散していく。校舎の夜の時間といっしょに、親しくなった子たちもどっかに消えて、あたしは一人で、くたびれた男子の制服姿のまま、都会の雑踏に立ち尽くす。男の子と離れたら、みなぎっていたあの高揚感が急に消えてしまって、あたしはだらりと四肢を弛緩させる。

これからどこに行こうか。

つぎはどこを彷徨おうか。

二　文字に眠る

さて。

あたしはまだ夜にいる。

十九歳。

そのバーの名前は「犬の心」だった。ゴールデン街にほど近い路地の薄暗がりに、昼は見当たらないのに夜が更けたらとつぜん現れる、お酒が見せる幻みたいな店だった。夜中に、店員が縦長のシャッターを開けると、地下に降りるコンクリート製の狭い階段が現れる。その店員ってのがつまりあたし。酩酊《めいてい》が残って半ばしびれた頭を軽く振りながら、また階段を降りて店内にもどっていく。看板に電気をつけて。青白い光が、犬、の、心、とおかしな三文字を照らし始める。また、夜が始まる。

そこは都内に数軒ある、いわゆる文壇バーなるものだった。

店内はけっこう狭かった。カウンターだけ十席。どの椅子も腹筋に力を入れてがんばってないと転げ落ちそうなほどちいさくて、革製でつるつるしてて、そこがどことなくサディスティック。照明は暗くて、天井からはおおきな犬の骨格標本がふたつ、ピアノ線で吊りさげられてエアコンの風に揺れている。死んで、骨になって、酩酊しながら夜空を歩いてるみたいに。骨と骨がときおりぶつかっては鈍い音を立てて、それは冥界《めいかい》から聞こえる遠い呼声《よびごえ》のようだった。夜の音。哀しい音。みんなそれが聞きたくてか、夜が更けるとやってきた。作家たち。編集者。新聞社の文化部記者に、評論家。作家と寝るのが好きな若い女の子たち。それと、大学の文学部の教授。

店にいるのは、バイトの女の子であるあたしと、名物ママの由利《ゆり》さんの二人だった。由利さんからはいつも百合《ゆり》の強い匂いがした。香水代わりに、百合の雌《め》しべを首や耳たぶの後ろにこすりつけるから、いつもこっちの鼻がもげそうなほど強い芳香を放っていた。黒い着物に、びっくりするぐらい髪をおおきくふくらませて結った、時代がかったまとめ髪。年はおそらく五十過ぎか六十前といったところだったけれど、化粧も振舞いも若くって、突き詰めて考えるとなんだかよくわからない女の人だった。

由利さんはいるときといないときがあって、その代わりにあたしが毎晩この店にいて、客がくるのをじっと待っていた。時間が早すぎて――といっても十二時は過ぎていたけれど――誰もいないときは、カウンターにもたれて一人きりで本を読んだ。物語とあたし、二人っきりの長い時間。客はたいがいどこかで一杯引っかけてきた後で、グループの場合はお酒だけ出して放っといてよかった。一人でふらっとやってくるおじさんたちは、文学談義を繰りひろげたがるのだけれど、なんの話題を出されてもあたしはけっこう読んでいた。でも、下巻だけ読んで上巻の内容は読まずに想像しただけだったり、歴史の知識や一般常識がないから、古典をびっくりするほど間違った読み方してたりするので、おもしろがられて、よく議論に引きずりこまれた。

由利さんは、あたしをバイトに紹介した文学部の教授がやってくると、

「いい子、紹介してくれたわ。だってこの子をおもしろがって客がくるんだもの」

「……それはよかった」

穏やかにグラスをかたむけていると、カウンターの奥でまたけんかが始まった。揉《も》め事《ごと》は毎夜のことだった。文学観で言い争い、出自で傷つけ、最後はなぜか仲直りして朝を迎えた。あたしはいつものんびりと、涙を浮かべて口げんかする大人たちを眺めていた。それはただで劇場にいるようなおもしろさだった。夜の校舎にいたとき、聞くという快楽を覚えたせいか、カウンターの中でもよき観客になれた。それに、たいがい誰かが、あたしに読ませたいおかしな本を差し入れてくれたから、読むものに困ることもなかった。カウンターの中で、マルボロ・メンソールの煙に顔をゆがめながら、本をめくった。話しかけられれば適当に答えた。客のグラスに酒を注《つ》ぐ。灰皿を取替え、寂しそうな大人にはたまに声をかける。

　このころあたしは、腰までのびてきた髪をおもしろいからという理由で白銀《しろがね》色に染めたばかりで、開襟シャツをくしゃくしゃにはだけて、男物のズボンをはいて、相変わらず食べないから針金みたいに痩せていた。ニコチンとカフェインとアルコールの日々。つまりは夜の奥深くにやっぱり沈んでいた。お気に入りは、ズブロッカにクランベリージュースを適当に混ぜた桃色のカクテルで、これはなぜだかさくら餅にそっくりの味がした。遠いあの日、あの人が作ってくれたぐにゃぐにゃのさくら餅を、飲むように。毎夜グラスをかたむけては、あきらめきれない過去の幻影に漂っていた。夜から出られなかった。出口がなかった。

　あたしは相変わらず、あまりしゃべらない女の子だった。毎晩、文壇バーという小劇場にやってくる、作家や編集者や評論家たちの静かな観察者になった。

　明け方、最後から二人めの客が、千鳥足で帰る。するとあたしはカウンターを拭き、洗い物をし、店内を掃き清める。由利さんは最近できたものすごく年下の恋人とどっかにしけこんで、先に帰ってしまう。あたしは酔っぱらって、煙草をくわえたまま革靴を脱ぎ、カウンターによじ登る。帰る家がないから、ずっと「犬の心」の黒ずんだふるいカウンターが寝床だった。読みかけの文庫本を置いて、煙草はくわえたまま、鈍器のように重たい眠りに落ちる。すると、最後の客――あたしをここに紹介した文学部の教授――が、細くて長い指をこっちにのばしてくる。あたしの唇から煙草をはずして灰皿にのせる。その動きはかすかに官能的だ。薄目を開け、その姿を見やる。秀でた額。切れ長の一重瞼。背が高くて、上質なスーツを、そこまで、とあきれるほどだらしなく着崩している。あたしのそれと同じような、白銀色の、長い髪。まだ若いのに。すっかり若白髪《わかしらが》。

指をのばしてあたしの髪に触れる。

いつまでもしつっこく撫でている。

「……帰って、きなさいよ。駒子」

「……いや」

「いつまでも、こんなへんなところで寝てないで」

「だって、こういうふうに育ったから。豪華な部屋やベッドを用意されてもうまく使えない。わかってよ。……パパ」

教授、桜ヶ丘雄司は困ったように片頬で笑う。

それっきり黙る。カウンターの上に、おおきな犬の死体のように転がるあたしを、どうしようもない過去を見やるように見下ろす。

「君をもっとはやくみつけてあげるべきだったたな」

「……なんのこと？」

「探偵を雇って、がんばったんだ。でもいつもすんでのところでするりと逃げられて。

こんなふうになってからみつかるなんて」

「……もう眠い。パパ」

「駒子。もう取りかえしはつかないんだろうか。取りかえしのつかない過去なんてほんとうにあるんだろうか」

「……もう行って。パパ」

高校の三年間も、卒業したいまも、桜ヶ丘家の、用意された部屋にあたしはほとんど行かない。帰る家はもともとない。ずっとママのとなりの空間こそがあたしの居場所だった。ママが寂しくないように。ママが見下ろす場所にあたしは必ずいた。ママが苦しいときはそれを引き取って、楽にしてあげた。傷だらけで育った。そうしていま、もう十九歳。あたしは人間にもどれなかった。あたしは小鬼。ずっとちっちゃなピクシー。肉体だけがこんなにおおきく育って、いっちょ前になったけれど。なんにも変わらない。ママというひとりの女の人の孤独を癒すためだけに生まれて、生きてきた。ママにこの世においていかれたいまではただのがらくただ。

それなのに、まだ、見苦しく生きている。

十九年も生きさらばえてしまった。

あたしの頭はいつも酩酊していて、はっきりと覚醒して物事を考える瞬間はいまや一度もない。

あたしとあまりにもよく似た目をして、パパがこっちを見下ろしている。あたしはカウンターの上で寝返りを打ち、背を向ける。

「どうしてそんなに痩せてるんだ……。駒子」

生きてたくないからでしょ。

誰からも、助けて欲しくないからよ。

あたしをそっとしておいて。バイト先をみつけてくれてありがとね。おやすみ、パパ。カウンターの上で、二匹の犬の骨格標本に踏まれてるように長くのびて。あたしの身長はいまや百八十センチ近い。白銀色の無力な蛇みたいにあたしはだらりんと眠る。

文庫本を抱いて。

文字に眠る。

孤独が波のようにあたしを揺らし始める。パパが出ていく。毎夜、ごくろうさま。これから家に帰るのね？　あのおっきなお屋敷に。妻と息子と娘がいる素敵なファミリーポートレイトの中にふらつきながらもどっていく。おやすみ、パパ。また明日。

シャッターを下ろす音が聞こえて、あたしも意識を夜に落とす。

眠りがあたしをどっかに連れていく。

現れては消えていく客の中で、とくに気が合うのは、みんなからカジノさんと呼ばれてるおじいさんだった。おじいさんと言ってもよく考えるとまだ六十代になる手前ぐらいだったけれど、十九の女にとってそれは翁《おきな》に等しい年だった。カジノさん、と聞いてしばらくあたしは、非合法カジノとかのあの響きで覚えて、そう呼んでいたのだけれど、よく聞いてみるとべつにあだ名とかではなくただ単に鍛冶野という名字なのだった。ある夜、グラスを差しだしながらそれを告げると、「どことなくへんな呼び方だなぁとは思っていたよ。いや、まちがってはいないんだけど、自分の名字が外国語みたいに聞こえてねぇ。それで、おかしな子だと思ってた」と、鍛冶野さんは低く短く笑った。

「まぁ、確かに賭け事みたいな仕事をしてますけどね。毎日、切った張っただから」

「ふぅん？」

「鉄をうつって意味の、鍛冶、ですよ。ほら、こういう字」

と、水滴で指を濡らしてカウンターにていねいに書いてみせる。

店にやってくる誰が、有名な作家で、大手出版社の編集者で、評論家で、といったことをあたしはちっとも覚えられなかったし、鍛冶野さんの職業もよくわからないままだった。でもある夜、あたしが読んでいた文庫本をふいに指差して、

「おもしろいかい」

「ものすごく」

「よかった。……それ、ぼくが担当した小説でしてねぇ」

と微笑んだので、編集者なのだとわかった。あたしは、そうなの、と、片眉を上げるだけの返事をした。鍛冶野さんはくくっと笑って、

「自分がものを表現するのは、世間から賞賛されたいわけでも、なにが欲しいわけでもなくて、たったひとりで孤独に震えてる、誰かの、夜にやさしく滑りこみたいからだ、と言っていたやつがいた。ぼくはそれ、わかんないけど、わかるなぁと思ってね。だからいま、君が、ぼくのつくった本を無心に読んでる横顔を見てちょっとだけ幸福な気持ちになれたよ。それを書いた作家はとっくに野垂れ死んでるけど。ま、死にがいもあったってもんだ」

「……そうなの」

あたしはからだを硬くしながらうなずいた。これまでずっと読んできた本には、つくってる人たちがいたのかぁ、と当たり前のことを考えた。あたしはあまりにちいさなころから本をみつけてはめくっていて、だからこれらのものを、遥《はる》か昔から自然にそこにあったのだと感じていた。まるで夜空に浮かびあがる星々みたいに。

ぱらぱらとめくると、表紙の裏に、とっくに死んでるという作家の肖像写真が掲載されていた。こっちをじっと見てるので、目があったようで急に怖くなって、閉じた。

「この人、もう死んじゃってるの。不思議。さっきまで、まるでいまここにいるように語りかけてきてたのに」

残念そうな響きで問うと、鍛冶野さんは目を細めてちょっと皮肉っぽい笑い方をした。

「そんなの、構わないさ。どちらにしろ、作家というのは命に線を引かなくてはならない生き物だ。目の前で、燃える、真っ赤な地平線に向かってまっすぐ走っていく。表現の輝きとは本来、そういうもので、緩慢なやつらはいつのまにか文化人なるものになり、まぁ精々《せいぜい》長生きすりゃあいいけど、ぼくは興味ないね。命のかかった言葉にしか、金を出して買っていただく価値はない」

グラスの中で、氷が細い悲鳴みたいな音を立てて、揺れた。

鍛冶野さんがのっそりとした動きで立ちあがって、

「ぼく、そろそろ」

片手で、つけといいて、のサインをした後、

「じゃ。また、生きて逢《あ》いましょうね」

いつもの別れの挨拶をつぶやいて、ふらっと出ていく。

つけといいて、と振った右手の、手のひらが脳裏に焼きつく。痩せてるけど、年の割に元気そうなからだつきの中で、右手だけがやけに活字焼けして、土気色に疲れていて、気になって仕方ない。男の人って生き物は、いろんなことに皮膚が焼けるから、どんな生活をしてるのかなんとなくわかる、と思う。仕事でも顔が焼けるし、女に触れれば、手の指が赤黒く焼けていく。鍛冶野さんの手のひらはほとんど本と同じぐらい濃く濁っ

た、文字の色だった。

　自分の手を見る。

　じっと見る。

　あたしは、十九歳。

　余生のつもりだけどあたしの手はぜんぜん焼けてない。まだなにもやってないからだろうか？　この先なにかを成し遂げることがあるだろうか？　未来なんてあるだろうか？　そんなものはいつのまにかあたしの横を通りすぎて、とっくに過去になってる気がする。煙草の先を噛みながら、天井を歩く犬たちの、まっしろな骨を見上げる。まるで犬の心。さびしい心。

　夜は更けていく。

　今夜もまた文字に眠る。ママのいない世界の片隅で。あのやさしい原初の記憶とは似ても似つかない、硬くて重たい眠りに沈んでいく。

　なにをしたらいいんだろ？

　どこに行ったらいいんだろ？


　夜更けになると由利さんがやりたがることのひとつに、嘘しか言っては駄目よ、という一種の会話遊びがあった。塗りの箸でつくった籤《くじ》に、当たりが二本入っていて、それを引いた一人が質問をする。そうするともう一人が、必ず、よくできた嘘でこたえなきゃいけないというものだ。作家も、編集者も、評論家も、文化部の記者も、さすがに年季の入ったプロフェッショナルの嘘つきばっかりで、なにを聞かれてもすらすらとよくできた嘘をこたえた。酩酊してるくせにそういうときだけみんな暗く輝いた。あたしはカウンターの中で足を組んで、文庫本をめくりながら、にやにや笑いを浮かべて聞いていた。

「駒子もはいんなさい。そうやってこの世の外にいないで」

どろどろに酔っぱらった由利さんに文庫本を取りあげられて、手を引かれて、仕方なくカウンターに頬杖をつく。隅の席に鍛冶野さんが座っていて、当たりの籤を片手にぼうっとグラスを眺めていた。あたしも一本、引いたけど、外れだった。作家のグルーピーの女の子が当たりを引いて、質問を考えるはめになった。戸惑ったような顔をして黙っている。きれいだけどほんのちょっと不幸そうな女の子で、あたしはそこはかとなくその子のことが気に入っていた。困ってるようなので、低い声で、

「あの人、編集者」

「あ、そうなの」

「ん。なんかさ、そのへんのこと聞いてみれば」

女の子はほっとしたように微笑んで、長い髪をかきあげた。

「えっと、あの、どうして編集者になったんですか。ほかにいろいろ職業はあるのに」

「……誰かに知恵をつけられたな」

おじさんの一人が言うので、あたしと女の子は目をあわせて表情だけで笑いあった。鍛冶野さんはグラスをかたむけながら遠い目をした。目の下のしわが漣《さざなみ》のように揺れた。「さて、どうだったかなぁ。あんまり昔のことだから」とつぶやきながら、考えている。天井で、犬の骨格標本が急に激しく揺れて鈍った音を響かせた。あたしは鍛冶野さんのグラスに氷を入れて、お酒をとぽとぽと音を立てて注いだ。

ゆっくりと、鍛冶野さんが口を開いた。顔中のしわがまた震えた。

「確率的に言って、おばあちゃん子が多い職業ってぇのが二つあってね。なぜかはわからない。ぼくはそのデータを見ただけだから。一つ目は、殺し屋。甘えん坊だから人が殺せるのかね。それで二つ目が、編集者。これを聞いたときぼくは深く納得したんだけど、なぜかというとね、いや、大学二年のときにね、学生時代、ぼくは最初は殺し屋になろうと考えてたんだ。スカウトされたんだ。これはほんとうだよ。ひどくおどろいたけどね。

ぼくはもともと倫理観というものが薄かった。死のうとしてる人をわかってて見殺しにしたことも何度かあるし、やっちゃいけないこと、というのも、知識として知ってるけど実感がないから平気で飛び越えるようなところがあった。ぼくは父母には恵まれなくて、ちいさなころから祖母に育てられてね。……いや、かわいそう、なんかじゃないよ。お嬢さん。ぼくは生い立ちの不幸を飲み屋で自慢たらしくまくしたてるような下品な振舞いはしたことがない。これはぼくの大切な源泉で、いまや命と同意義の価値があり、そしてなにより、ぼくをぼくたらしめているものだから。ぼくはぼくのあらゆる不幸を夜毎、大切に磨いては心の中で飽きるまで転がしてるのだ。君みたいな若い女の子にかわいそうって言われるようなことじゃあない。……あぁ、怒ってないよ。大丈夫。

ともかく、ぼくは祖母からかわいがられて育った。スポイルされてね。おばあちゃんから、つまりは世界から強く愛されて育ったから、やがて残酷な人間として完成した。大学は退屈だったし、文学以外に趣味もなかった。だからスカウトされたときに殺し屋になろうと思った。

やめたのは、大学三年の終わり。

父親が急にもどってきて、日本刀を振りまわして暴れたんだ。なにかの中毒だったんだろうね、あの事件に深い意味などなかっただろう。

おばあちゃんはぼくを守ろうとしてね、日本刀をよけられないから、刀を握りしめたんだ。ぼくの見てる前で、右手の指が四本、ぽろぽろっとおもちゃみたいに斬れて、畳に落ちてね。蛇口をひねったように血が出て。まぁ、近所の人たちも大騒ぎでね。父親はすぐに捕まったけど、ぼくはなぜだか、その光景を見た後で、殺し屋になるのをやめた。

それで、殺す代わりに編集者になった。

文芸畑ひとすじで、気づけば四十年近くが経った。

完全な人間に物語など必要がない。でも完全な人間なんてこの世に一人だっていないから、だから、結局のところは誰にでも物語というものは必要なのだ。……そう作家を口説いては、書かせてきた。

できすぎた口説き文句じゃないのって笑われることもあったけど、二十歳《はたち》のころからちっとも変わらぬ、ぼくの矜持《きょうじ》なのだ。今夜も誰かが書いた物語が、誰かの、さびしい夜に滑りこむ。もう、それだけでいいじゃないか。そのためだけに生きて、働いて、死ぬ、愚かな仕事人間どもがいたっていいじゃないか。殺し屋にならなくてよかった。良心のないはずのぼくの、これが、かすかな温かみだ。人間らしさ、なのかな。誰かを絶望から救うのが、ぼくがある作家に書かせたものだったとしたらとても光栄だし、それを全力で書いてしまったことで作家自身の人生がどれだけぶっ壊れたってかまうものか。

そんな四十年だよ。

……帰るから、つけといて。駒子さん、靖国《やすくに》通りまでぼくを送ってください。ほんとうに久しぶりに、若い女の子といっしょに夜を歩きたい気分だよ」

鍛冶野さんと夜を歩いた。

活字とニコチンとアルコールでぼろぼろになったような痩せたからだで、右に、左に、揺れながら歩くので、あたしは倒れたら救出しようと思いながらすこし後ろをゆっくりと歩いていた。

「……すぐれた編集者は」

とつぜん鍛冶野さんがおおきな声でつぶやいた。

「作家の気配を察するよ」

「へぇ……」

「トリュフをみつける豚の気持ち！」

「へぇんなの。鍛冶野さん、すごく酔っちゃって」

「……駒子さんはほんとうに、いつも不安そうな顔をしているね。寒そうに縮こまってばかりだ。ようく見れば、世界はもっとおもしろいのに。こんなに物語で満ちているのに。ほら、見てごらんなさいよ」

酔っぱらった鍛冶野さんが、震える手で夜空を指差した。

「夜空。月の光。お酒。あと、あそこにしゃがんでいる若くて貧しい恋人たち。お酒の苦さ。老いた編集者の戯言《ざれごと》。今夜だけでも、世界はこんなにも震えながら、作家にみつけられるのを待っている。語られることで輪郭を得て、誰かの夜に滑りこむ幸運をひたすら待っている。まるでうぶな乙女の如くね……」

タクシーを停めて、鍛冶野さんはふわふわした足取りで乗りこんだ。こっちを見上げて「では、おやすみなさい」と眩しそうに微笑む。しわが揺れる。

「はい。お気をつけて」

「また、生きて逢いましょうね。駒子さん」

タクシーが靖国通りを走りだし、あたしは夜にひとりで残された。


月に一回、あたしは偽善的ファミリーポートレイトの中を再訪する。

繁華街にほど近い高級住宅街。どのお屋敷もお城みたいにおっきくて、それなのに牢獄を思わせる高くて無骨《ぶこつ》な塀に囲まれている。道を歩いてる人はほとんどいない。どの家にも運転手付きの車や、奥方や子どもたち用のマイカーが何台も並んでいる。あたしはしんと静かな道路を、パパが運転するまっしろな外車の後部座席で丸まったまま通過していく。パパは機嫌がよくて、鼻歌混じりのことさえある。ときどきこちらを振りかえって、よし、いるいる、というようにうなずいている。あたしはたいがい二日酔いで、車に揺られてるだけで気持ち悪い。気を紛らわせようとジェリー・リー・ルイスの昔の歌を口ずさむと、パパが耳をすまし、なんだその歌かというようにうなずいて、ハミングにくわわる。父と娘で、おかしな輪唱が始まる。パパはご機嫌で。娘はぐったりして。

車が桜ヶ丘邸の敷地に滑りこむ。要塞のような外観とは対照的に、敷地に入ると気持ちのいい庭に色とりどりの花が咲き乱れている。白いベンチと、ちょっとした東屋。プロの庭師の手が行き届いた庭は、ちいさいながらも、あたしに最後の冒険を、つまりは隠遁者として過ごして夜毎ママに殴られ、冬は雪に埋もれて震えた、不思議な庭園を思いださせる。どこかにママが隠れていないか、と思う。豚の世界で昔、外塀にもたれて社長の幸福な家族の食卓を見守りながら、うらやましい、とつぶやいたときのように。どこかに隠れて眺めてるのではないか、ときょろきょろする。幻は急に現れたり消えたりするから、あたしはママらしき影を探す。でも、高校を卒業して以来、ママはもうどこにもいない。あたしは幻をみつけられない。

それで、やることもなく。

夢も、希望もなく。

日々をただ漂ってる。

桜ヶ丘邸は四階建ての立派なお屋敷で、いかにも近代建築といった洒落《しゃれ》たデザインだった。吹き抜けの空間が真ん中に通っていて、一階のリビングから四階の真っ白な天井までがくらくらするような眩しさで見通せた。三階と四階は家族それぞれの部屋で、パパのおおきな書斎と、ひとつ違いの弟の個室、まだちいさな妹の個室、それから、あたし用に用意されたけれど使われていないちいさな部屋があった。パパの妻はいい人だった。この家族には意見の交換といったことがどうやらないようで、四年とちょっと前も、パパが、あたしを保護したのでいっしょに暮らす、と事後報告をして終わりだった。パパの妻はなにも言わなかったし、弟も黙っていた。妹だけはちいさいから、甲高くて無邪気な声で、この人誰、この人誰、この人誰、と叫びながらあたしに死ぬほどまとわりついた。

あたしは高校に潜りこむと朝も夜もあの校舎にいて、夏の夜の狂騒に閉じこもってしまったから、パパともその家族ともほとんど会わなかった。でも卒業して、バーでアルバイトするようになってから、月に一度、この家で会食なるものをするようになった。パパはなんとかあたしを家族の中に取りこもうとしているようだった。だけどあたしと偽善的ファミリーポートレイトの人々は水と油のようにお互いを弾《はじ》いた。

あたし、十九歳。

弟、太郎、十八歳。

太郎はパパに似ず、浅黒い肌も小柄でどっしりした体格も、パパの妻の遺伝が強いようだった。話す内容も、文学と哲学、芸術一般に埋もれて夢見るようなパパとは対照的に、現象についてただ事実のみを述べた。その意見は明白で、余白というものがなかった。太郎と最初に会ったときのことをあたしは覚えてる。玄関先に立ったあたしを、衝撃を持って見上げたあの顔を。あたしはあまりにもパパにそっくりだった。ひょろりと痩せたからだ。広い額。切れ長の目の形も、いかにも気だるい横顔も。いまではあたしは、さらに背が伸びてパパと並んでもそう変わらないし、のびた髪を白銀色に染めている。この日も、食卓で、シャツをはだけて、黒いズボンをはいた足を所在無く組んだとき、テーブルの向こうでパパがまったく同じポーズでもって頬杖をついていた。

太郎は今年、大学受験を控えていた。中高一貫の進学校に通って、その人生の集大成となる闘いに出るところなのだ。食卓には豪華な料理が並んで、パパの妻が静かにそれを取り分けている。上品な食卓に、あたしは気が遠くなってくる。どうしてこの世界にママが紛れこんだのだろう、あたしが生まれたのだろう、と不思議に思う。

ふと顔を上げると、パパが箸でなにかをつまんで、口に入れたところだった。上品なはずのこの男の、口に食物を入れた瞬間の、顔が、やけに猥雑《わいざつ》に歪んで見えてあたしははっとする。パパがご飯を食べるところを飽きずに眺める。口を開けると、別人みたいに顔が歪む。おどろくほど下品な顔つきに見えて、あたしは夢中になってパパをみつめる。「……なに」と聞かれて、胸がいっぱいになって、「ううん、なんでもない」と首を振る。

「あなたがご飯を食べてる顔、好きだな。……と思ったの」

「そう！」

うれしそうにパパがうなずく。太郎が箸を落とす。おおきな音が響く。パパは、あたしが食べるところをじっとみつめる。あたしもああいう顔をして食べてるのかな。普段はほとんど食べないけど、この日はちゃんと食物を飲みこめる。

あたしは、寂しい夜はパパのこの顔を思いだそう、と考える。ママとこの男の人が愛しあった時間が確かにあったんだと理解できる気がする。パパはきっと猥雑で下品な顔をしてママを抱いたのだろう。そんな過去もあったのだろう。自分とまったく無関係な人ではないような気が、すこしずつ、し始める。

パパは太郎には厳しい。あたしの前でも、ちっちゃい妹の前でも、気にせず太郎を叱る。成績のこと。将来のこと。素行全般。おどろくほどよく太郎を見ていて、気が遠くなるぐらい細かく注意する。太郎はおとなしく聞いている。

パパの妻は、太郎に優しい。不思議な奴隷のように息子にかしずいている。料理を取ってやり、こぼせば拭いてやり、食べているところをいとしそうにみつめている。夫から叱られていれば自分もしょんぼりしてしまう。

パパはあたしには穏やかだ。ナイフとフォークの持ち方がひどくても、こぼしても、おおきな音を立てても、足を組んでだらけたポーズで、食事中に煙草を吸い始めても、なんにも言わない。あたしが行儀悪くするのを楽しんでるような、待ってるような気までする。あたしは自分もパパの息子になったような気持ちになる。

食事のとき、パパは二人の息子によって、自我を二つに引き裂かれてるようだ。なるべき優秀な男。向上心と常識を武器に、社会の中枢に這いあがっていく男。なってはならない、屑。自由に下品に野放図に生き、堕落していく不良。パパは本物の息子には、もっと優秀でなくてはと厳しく当たり、とつぜん現れた偽物の息子には、もっと自由な姿を見せてくれと微笑む。二人の息子。あったかもしれない、二つの未来。それが並んで座って、それぞれの食事風景を見せている。太郎は礼儀正しく。駒子はユラユラと煙草を吹かし。パパの自我を具現する二つの形。

かつて生まれなかった、あたしの大切な、双頭の弟のように。

洗面器の中に浮いていた、そして床に落っこちて真っ赤な海を漂った、あったかもしれない未来のように。

食事を終えた後のテーブルも好対照だ。太郎の前は舐めたように白くきれいな皿の上に、ナイフとフォークが並べられている。あたしの前は食べ散らかされた料理とこぼしたソース、ナイフとフォークも散らばり、勝手に灰皿にしたバターの小皿にはマルボロ・メンソールの吸殻が山になっている。ちいさな妹が、あたしにやたらなつく。子どもは悪い大人が好きなのだ。あたしも髪を引っぱらせたり、腰によじ登らせたり、好きにやらせる。あたしは女の子には優しい。子どもでもいっしょだ。でも太郎とはぜったいに目を合わせない。

帰り際。

パパが車を出そうとする。一瞬、あたしは一人になる。玄関の壁にもたれて煙草を吹かす。

背後から、亡霊のようにひっそりと太郎が寄ってくる。

生臭い息。あたしはかすかに顔をしかめる。

なにも言わない。

でも強い敵意を感じる。

あたしは瞬間、それに応じる。

くわえていた煙草を太郎の頬に押しつける。じゅうっと音。痛いっ、じゃなくて、熱いっ。太郎は短く甲高い悲鳴を上げるけれど、あたしはそれがどれほどの痛みか知ってるから、おおげさなやつだと太郎をせせら笑う。暴力を受けたことのない人間にこの痛みがわかるものか。愛するものに痛めつけられて育たなかったものにこのおそろしさがわかるものか。あたしは太郎の肉で揉み消した煙草を、おきれいな、素敵な夜の庭にぽいっと放る。太郎は衝撃を受けたように頬を押さえ、あたしを見上げている。

あたしはつめたくみつめかえす。

死神のような目。濁って、暗い。あたしの中に昔から住み着いているあの、暗黒！

夜空を真っ黒に染めるようにからだから発散されて、あたしを取り巻く。

どっかで、太郎とは血が繋がってるのだからこれぐらいやってもいいのだ、とあたしは思ってる。なぜそんなふうに考えられるのか、自分でもわからないまま……。

頬を押さえたまま、太郎が二歩、下がる。車庫からパパがあたしを呼ぶ声がする。ちょっとはしゃいだような、高い声。あたしは太郎を突き飛ばすと、身を翻して車庫に向かう。太郎が尻餅をついて、声にならない声を上げる。

パパとあたしを乗せた車が夜を走りだす。


バーにもどると、薄暗い階段の途中に女の子が一人、人待ち顔で座りこんでいた。あたしが降りていくと顔を上げ、眩しそうに目を細めながら「中に、いなかったから……」とつぶやいた。

「出かけてた。でも、由利さんがいたでしょ」

「……あなたに会いにきたのに！」

あたしは黙って肩をすくめて、女の子をまたぐようにして階段を降りた。背後で、女の子が長いため息をつくのが聞こえた。

このころのあたしには、ときどき女の子の恋人ができたけれど、あっというまにふられてしまうことをばかみたいに繰りかえしていた。

あたしの中には、昔、ママのために演じた十八歳の男の子がときどきよみがえっては、男の子のふりをしようとした。ママ、ママ、安心して。あなたのコマコは、あなたとおんなじ無力な女には育ってないよ。ママを守ることがなにより大事だった、凜々しい男の子のままだよ。……どの女の子との関係もぜんぜん続かなくて、高校の校舎にいたときみたいな爆発もないまま、ただ、静かに終わった。「駒子といるとやみくもに寂しい」と、正面切って言われたこともあった。女の子とは極端に孤独をきらう生き物で、寂しければすぐに浮気をしたり、新しい恋人をつくったりしてさっさと離れていった。さよなら、さよなら。でも、どの子のこともわざわざ追おうとは思わなかった。そのころには興味を失ってたから。あたしにとって性的対象としての女の子はやはり、かわいいけれど根本的なところで個体差というものがどうしてもわからない、硬くて真っ赤な姫林檎の集合体だった。

週末。
その夜は不思議な静けさに沈みこんでいた。
いつもと空気の色がちがった。
もう夜半過ぎだというのにバーはいつになく空いていて、カウンターには鍛冶野さんと、雑誌で写真を見たことがあるけどどうも名前を思いだせない若い作家だけ。由利さんがあくび混じりに、あれをやりましょ、と言った。あたしはくわえ煙草で、煙が目に染みるからしぱしぱと瞬《まばた》きをしながら、籤用の塗り箸を取りだした。

犬の骨格標本が、風もないのに小刻みに揺れていた。夜のつめたさに震えてるようだった。

「あらっ……」

由利さんが呻いた。当たりを引いたのは若い作家と、もう一人はあたしだった。「めずらしいわね。駒子が当たりなんて。いままで、びっくりするぐらい当たりを引かない子だったのに」と言われて、あたしも黙ってうなずいた。毎夜、「犬の心」のカウンターの中にいて、最近ではこの遊びにも加わってるのに、なぜだかあたしは一度たりとも当たりの籤を引いたことがなかった。自分には語るべきことがないからだ、からっぽで、人になにかを語って聞かせる必要がないからだ、と、あたしは達観してるつもりだった。でも今夜、急に禁忌が解かれたように、当たりの籤が転がりこんできた。あたしは黙って煙草を揉み消した。鍛冶野さんがグラスをかたむけた。氷と氷がぶつかってつめたい音を立てた。なにもかもがやけにつめたく感じられる不思議な夜だった。空気も澄んで、軽かった。都会の夜にどっしりと沈みこんでいるというのに。昔、知ってた、海辺の町の朝のように、空気はやわらかくあたしを包みこんでくれていた。

「あんたって、桜ヶ丘先生の娘なんでしょ」

作家が、小指の先であたしを指した。

あたしは黙ってつぎの煙草をくわえた。由利さんがライターで火をつけてくれる。おおきくふくらませた漆黒のまとめ髪が、いまにも首ごとガクリ……と落ちそうに前のめりになった。また、天井で犬の骨が鳴った。カタカタ、カタカタ……。

一服吸って、ゆっくりと煙を吐きだす。白銀色に染めた髪をかきあげた。横顔をみつめられているのがわかる。鍛冶野さんがまたグラスをかたむけた。氷がぶつかる音が急におおきく響いた。

「そういう噂を聞いたけど。でも、昔、雑誌に載ってた家族写真にあんたはいなかったね。あんたと同じぐらいの年の息子と、もっとちいさい娘がいて。見たこともないようなきれいな庭で、家族四人が笑ってた。あれこそがニッポンの、夢のホーム・スイート・ホームだ」

「……犬小屋の後ろに隠れてたの」

「あははは。素敵な長女だ。一点の曇りもない家族写真に入ろうとせず、いるけど、いない。知ってるかな？　鎖ってのは、どんなに強く立派につくりあげても、一点、弱いところがあることが多い。だけど、いちばん弱いところがその鎖の強度なんだ。だって誰かに力いっぱい引っぱられたらさ、弱いところが千切れちゃうんだから。ほかの場所がどんなに立派で、強くても、関係ねぇ」

　あたしは煙草をくわえたまま、天井を仰ぎ見た。

　犬のふたつの眼窩と目が合う。ちょっと笑ってしまう。くっくっ……と肩が震える。小声で鍛冶野さんが「なるほどねぇ」とつぶやく。

「家族ってのはさ、駒子さん。鎖といっしょなのよ。団体生活ってつまり、団体戦なんだからさ。父親一人だけ社会的な勝者だからって、子どものうちの一人だけが優秀だからって、個人戦じゃないんだから、世間との家族ゲームに勝ってるわけじゃない。俺、最近まで桜ヶ丘先生に興味ってなかったわけよ。そつのない仕事するし、きょうび、文学者の世間的露出を考えれば、男も見た目が大事ですからねぇ。そのぶん、あいつは退屈だって思ってたわけ。今年に入ってからやけにこの店に通ってるけど、あのバイトの変な女の子のこと気に入って、くどいてやがんのかな、ぐらいに思ってたのよ。女癖、悪そうだからさぁ。そしたら娘らしいって噂になったから、急に、興味が湧いたわけ」

　鍛冶野さんが口をはさんだ。

「君、思ったほどつまんない子じゃないねぇ。いまさらだけど、君の作品、一冊ぐらい読んでみようか」

「あのねぇ、鍛冶野さん。……まぁ、いいや。とにかく、雑誌記者がやってきて家族写真を撮影してるときに、一人だけ犬小屋の後ろに――ってのは比喩だろ、もちろんわかってるけどさ――隠れてた、謎めいた長女の存在がわかった途端に、桜ヶ丘先生のことが気になり始めたんだ。あの家の、世間的に勝者のはずのあの家の、ほんとうの強度とは隠された長女の弱さそのものだし、素敵な家族の真実の姿も、イコール、彼女なんだって。家族は鎖。その家のもっとも弱いものこそが、家族たちの真実の姿。だから、人間らしい心を持つ者たちは家族の中でいちばん弱い誰かを愛し、守る。ずるい人間は弱い誰かを忌み、捨てようとする。捨てられた弱いものは、夜を、彷徨う……。高齢化も、介護も、虐待も、すべて、だからこそいまもっともこの国で重要な問題なんだ。自分が属する家族の、鎖の、もっとも弱いところこそが俺たち自身の姿であり、ほんとうは命に代えても守らなきゃいけない大切なものなんだよ」

「……すごいねぇ。女と遊びまわって、飲んで、飲み屋のカウンターで原稿を書いて、家にちっとも帰らない男の台詞とは思えん。いいねぇ」

「いや、できないから言ってるんだ。じつはね。……おかわり」

「それでこそ作家だ。有言不実行。ずるくてセンチメンタル。子どもみたいな、しょうもない人びと。だからこそぼくたち編集者の出番がいくらでもあるのだ。ぼくもおかわり」

「もう、いつまでしゃべってるの。男二人で、くっだらない。それで、駒子にする質問はなんなのよ、酔っぱらい」

音もなく灰皿を取り替えながら、由利さんが聞いた。作家は片頬をゆがめて笑い、

「いますぐ家に帰って、嫁さんの寝顔を見ながら土下座したくなってきたなぁ」

「じゃあ、帰んなさいよ。しっし！」

「ちぇっ、帰んねぇよ。ぜってぇ帰らねぇ。もっと夜の向こう側に行って、もっと、書くんだ。……ねぇ、あんた。駒子さんだっけ。あのさぁ、あんたの母親について教えてくれよ。それが俺からの質問。知りたいんだ。犬小屋の後ろで過ごした、あんたの子ども時代。腹違いなんだろ？　でもきっと、立派な庭の、犬小屋の後ろに……つまりはすぐそばに、いたんだ。あんたはずっといたんだ。汚い犬がさ。そうだろ？」

「……あぁ」

あたしはため息のように返事をした。

当たりの籤を握りしめ、それで白銀色の髪を所在無くすきながら考えた。脳裏には、雪の道を走るママの、ビューン、ビューン、という声や、海辺の町で追いかけてきた葬式花嫁の、ろくろっ首みたいな悲しい姿や、葬式初夜の部屋に血まみれで倒れる花嫁と花婿の姿や、巨大洗濯機の中で回っていた豚の頭たちが浮かんでは、もう忘れてしまえというように瞬《またた》いて、消えた。

これまで一度も、なにも、語ったことがなかった。子どものころはほとんど口をきかずにママをみつめていたし、高校生になっても、男の子の落語に聞きほれたり、卒業し

てからは酔客の話を聞いたり……あたしは、ただ静かなひとりの観客だった。

あたし自身について聞かれても、なにをどう話したってあの日々についてうまく伝えられる気がしなかった。だからこそ夜に沈んで、黙ってアルコールの海を漂ってきたのだ。

バーの中は、あたしの横顔をみつめる三人の大人の、ほろ酔いの沈黙に満たされた。

あたしは煙草を揉み消して、「あー」とうめいた。

鍛冶野さんが急に、みんなに見えないようにウインクしてみせた。青年みたいな無邪気さで。びっくりした。

ふと、できる気がした。

もう一度「あー」とつぶやいた。

そうしてあたしは、立派な庭の、犬小屋の後ろ側で起こったかもしれない、この世の裏側での出来事を語り始めた。

「母は作家でした。

……名前を言ってもみんな知らないと思う。いいものを書く人だったしあたしは読者として評価してるけど、でも著名な人になる前に筆を折ってしまったから。そういうことってある。とても残念だけど、きっと運命に決められていたこと。あの人はすべてを書ききる前に物語から離れてしまう運命にあった。

やめてしまったのは、恋をしたから。ハンサムで、インテリジェンスもあって、素敵な人に会って夢中になり、書かなくなったの。物語が恋人だとまで言われた女の人だったのに、物語とお別れして、桜ヶ丘雄司の愛人になってしまった。

父の妻とは、母は正反対の人でした。感性は豊かだったけど、心が弱かった。やがてあたしが生まれた。五歳になるまではあたしは母に育てられた。二人きりの生活は楽しかったけど、ある日、別れがやってきた。

あたしと母は事あるごとに旅に出かけた。外国の町を母子で楽しく歩きまわった。あるとき、北欧のちいさな町の、廃墟になった工場地帯を歩いていたときのこと。真っ黒な、無人の巨大クレーンを見上げていたら、それがとつぜんこちらに倒れてきて、あたしは助かったけど母はぺっちゃんこに潰れてしまった。

なにしろ工場地帯で、いまは誰にも使われてないから、あたしが泣いても母を呼んでも誰もやってこない。日が暮れてもあたしはぺっちゃんこの母の前で泣き叫んでいた。するると、夜が降りてくるとともに、どうやら責任を感じたらしくて、その壊れたクレーンがあたしをそっと持ちあげて、上まで運んでくれた。人が乗って操縦するためのちいさなスペースがあって、あたしはそこで泣きながら眠った。つぎの日も。つぎの日も。誰もこないからずっとそこにいた。クレーンは自在に動いては、森から木の実をもいであたしに食べさせてくれた。

あたしはちいさかったから、次第にもとの暮らしを忘れてしまって、クレーンを母だと思ってなつくようになった。なにしろ相手は鉄の塊で、しゃべらないし頭も撫でてくれないけど、一生懸命にあたしを育ててるのがわかった。育ての親である鉄の塊を、あたしもいつのまにか慕い始めた。クレーンには優しさがあった。あたしはそれにとらえられて、鉄の真ん中で硬いまどろみに落ちたままで育っていった。

十歳を過ぎたころから、下の工場地帯が騒がしくなってきた。工場が動きだすのかと思ったけど、ちがった。その北欧の国で内乱が起きて、あたしが見下ろしているまにもたくさんの人たちが死んだ。夜空にも戦闘機が飛び交い、ぶつかって赤い閃光とともに遠くの海に落ちていくところを見た。聞こえないはずなのに、その国の言語も知らないはずなのに、子どもといってもいい年の兵士がつぶやいた、最後の声が聞こえた気がした。

〝おかあさん……〟

あたしは男の子を産んだ女の人、たったいま消えてしまった命の創造者、兵士の神さま、つまりはおかあさんのために祈った。クレーンのつめたい柱に寄りかかって。こんなにたくさんの人が死んだら、彼らのちいさな神さまの胸はきっと張り裂けてしまうだろうと思った。女の姿をした無数の神さまたちが、頭の中で虫みたいにうごめいた。

鉄の塊は、戦争のあいだもずっとあたしを守っていた。食べ物を与えてくれ、さびしい夜は鉄骨を震わせて異国の子守歌を奏でてくれた。

クレーンに育てられて、十年が経った。

内乱が終わって、新しい政府は区画整理を始め、ようやくクレーンの上に住んでいる異国の少女に気づいた。あたしは保護されてしまった。伸び放題の髪と、父親譲りのひょろりと背の高いからだ。裸で、日に焼けて、獣の子みたいな姿だった。あたしは鉄の塊がおかあさんだと思ってたから、離れたくなくて泣き叫んだ。日本大使館から迎えがきたから、あたしはかすかに覚えていた日本語で説明した。クレーンが育ててくれたと。だけど誰もその話を信じなかった。母親を事故で亡くした子どもが、クレーンに上がって、自分で操作をして森から食べ物を採ったりして生き延びたのだ、ということになった。あたしはクレーンを見上げて、動いてよ、と叫んだ。ほんとにあなたに育てられたのだと、あなたが育ての母なんだとこの人たちに教えてあげてよ、と。だけどクレーンは、役目を終えたと思ったのか、それともいつのまにか死んでしまったのか、もうコトリとも動かなかった。

お風呂に入れられ、髪を整えられて、服を与えられた。飛行機に乗せられて日本にもどると、空港は小野田《おのだ》少尉の帰国以来の喧騒《けんそう》だった。フラッシュの光にあたしはちいさな獣のように唸り声を上げた。マスコミは奇怪な野生児たるあたしをヒステリックに取りあげた。あたしは毎日、神さまに祈る代わりに、母親たるクレーンに祈りを捧げた。海の向こうの、遠い国の、ふるいふるい鉄の塊に。おかあさん、あたしを迎えにきてください。いつまでもおかあさんといっしょにいたいです。おかあさん、俗世間にもどりたくなんてありません。おかあさんにスポイルされ、おかあさんだけを見て、守られ、愛されていたかったのです。成長しなくてはいけないとおとうさんは言います。先生も言います。世間も言います。でもそれはほんとうでしょうか？　おかあさん、迎えにきてください。いつまでも二人であの森にいたいのです。

だけど、答える声はなかった。

あたしは十四歳。

それからの五年間は筆舌に尽くしがたい。いちばん楽しい時期、って大人に言われるけれどそんなのは嘘だと思う。あたしは生きるために、死なないために必死だった。世間の言語を覚えた。心の中に倫理はちっともないのに、世間の常識を上っ面だけ暗記した。服装、しゃべり方、立ち居振舞いを学んで、それでもよくわからないときはにやにやして黙ってるという手も覚えた。あたしは世間に順応した。世間。世間。世間。ばかやろう……。心とからだが悲鳴を上げていた。

あたしは父親が用意してくれた家に住むことができなかった。立派過ぎて、そこで眠ることが不可能だった。見えない針に絶えず刺されるから、素晴らしい場所にあたしはいることができなかった。落ちこぼればかりの高校で、家に帰らず遊びまわるようになった。

夜の顔ができた。

あたしは肉体の言語を習得した。不特定多数の人と、からだを使って愛しあうことを知った。止まらなくなった。だって言葉がいらなかったから。からだでならなにもかもを伝えられたし、そのことだけが救いだった。

だけどそのあいだもずっと、心の中ではクレーンのことばかりを考えていた。夜が明けるとまたさびしくなり、海の向こうにいるはずの育ての母に祈った。あたしをみつけて、こんなに苦しい、あなたを失ってからずっと、と。

それでも日々は過ぎていく。

時間は人間に容赦ないものね。

あたしは高校を卒業した。仕事をみつけて一人暮らしをすることにした。もう世間の誰も、あたしが誰であるかを知らない。マスコミの旬の話題はどんどん変わっていくし、あたし自身も別人のように外見が変化していた。擬態にも成功し、もう、一見、普通の人に見えた。一人暮らしするために選んだのは六畳一間のふるいアパート。家賃も安いし、都心から近いし、それになによりすぐ横に工場地帯があって、あれとは比べ物にならないほどちっちゃいし黒くもないけど、窓からクレーンが一台見えたから。

やがて恋人ができた。あたしはいつのまにか、夜が明けても育ての母に祈りを捧げなくなった。ゆっくりと大人になろうとしていた。気づけば、考えてるのは恋人のことや、仕事や週末の予定、つまりは明日のことばかりになった。ただひとつ、あたしがいまもほかの女の子とちがってるのは、せっかく買って、一人暮らしの部屋の真ん中に据えつけたベッドで眠ることができない、ということだった。あたしは人生のあまりに長い時間を、硬いクレーンの上で過ごしてきた。柔らかなマットレスも、あったかい掛布団も、あたしには素晴らしすぎて使うことができなかった。夜になると仕方なく、ベッドの脇のつめたい床で丸くなって眠りに落ちた。親しい誰にも言えなかった。優しい恋人にも、親切な友達にも、心配してくれているボランティア団体の人たちにも。一人では床でしか眠れないなんて。

いまでは、クレーンがひとりでに動いて自分を育ててくれていた、なんて自分でも半ば信じていなかった。きっとさびしくてそう思いこんだのだろう、と言われ続けて、いつのまにかそんな気がしてきていた。どちらにしろあたしには未来があった。ようやく昔のことはそう考えずにすむようになってた。

ある夜……。

眠っていたら、天変地異かと思うほどおおきな音と震動がアパートを揺らした。ぱらぱら……と天井からもなにかが降ってきた。あたしは目を開けた。目の前に鉄骨があった。

起きあがると、アパートの天井が真っ二つに壊れていた。窓の外にあったクレーンがこっちに倒れてきていた。あたしのベッドに向かって、まっすぐに。

ベッドはぺっちゃんこに潰れていた。

残骸の上で、ぶるるる、ぶるるる、とクレーンが震えていた。

おかあさんがあたしを殺しにきたんだ……。

と、あたしにはわかった。海の向こうから、祈らなくなった娘の、息の根を止めにきたんだ。

あたしはいつまでも震えていた。

ベッドの上で眠っていて、眠ったまま死にたかったのか。いま、まだ生きてることが果たしてうれしいのか。わからなかった。答えはないまま、あたしは夜の底で震え続けていた」

語り終わって、口を閉じた。

バーの中は静まりかえり、犬の骨格標本も音を立てずに天井で凍りついたように止まっていた。

やがて鍛冶野さんが「……お上手、駒子さん」とつぶやき、酔っぱらった危なっかしい手つきで拍手する真似をした。若い作家が黙ってグラスを持ちあげてみせた。あたしはいま閉じた口が、疲れきってもう二度と開かない気がして、じっとしていた。それからクランベリージュースとズブロッカのカクテルを自分でつくって黙ったままぐいぐい飲んだ。

疲労困憊《こんぱい》したけれど、その疲労はなぜだか奇妙にきらめいていた。

若い作家が帰る。

その後、ふらっ、とパパが入ってくる。顔を見て、どうかしたのか、と聞いてくるので、なんでもない、と首を振る。

みんなが帰った後、バーのカウンターによじ登って、行儀悪く胡坐をかいた。頭の中で、クレーンと少女と死を巡るお話を、最初からまったく同じように語ってみた。うまくできた！　さっきとまったく同じ出来だった。まるで観客の前で、ある役柄を演じてみせたように感じて、そのことに静かに興奮し始めた。

はるか昔、豚の世界に君臨していたちっちゃなコマコだったころ。廃墟の図書館でところ狭しと走りまわり、演じたことを思いだした。でも今夜のあたしは読んだ本ではなく、ほかでもない自分自身の話を、とつぜんしたのだった。

あたしは生まれて初めて、人に、自分のことを伝えた。

頭の中で演目を三度も四度も五度も繰りかえして、やがて飽きると、あたしはカウンターの上に仰向けになって煙草を吹かした。真下から見る犬の骨格は、なんだかへんちくりんだった。煙草を消し、目を閉じると、瞼の上にさまざまな映像が流れた。ゆっくりと甘い吐息をついた。

どうして急にあんなに上手にできたんだろう？　文壇バーという不思議な祝祭空間で観客の役を続けるうちに、いつのまにか作家や編集者たちに感化されたのだろうか。

わかんない。

だるい……。

右手を銃の形にして、ふざけて、犬の骨格標本に向けて、ＢＡＮＧ……と撃ってみた。

あっ、痛い、と悲鳴を上げるようにカタカタと骨が揺れた。

やがて重たい眠りがやってきてあたしは胎児のようにからだを丸めた。


十九歳。

あたしは文字の上で目を開け、かすかに身じろぎし始めた。

十九歳。

そして、なんとか起きあがろうともがいていた。

十九歳……。

十九歳……。

「あたしは船でした。

ずっと昔の、おはなし。

……王国は大海原に囲まれていました。真っ白な砂浜。どこまでも広がるサンゴ礁は空と海と同じ青色をしていて、天と地と海の境目がわからないほど混沌《こんとん》としていた。天国のようで、地獄のようで、いま思いかえしてもうっとりします。あの王国がもうないなんてにわかには信じられない。

王国の名前はアトランティスといいます。

古代の海に浮かんでいたのに、そこはまるで科学の発達した近未来都市でした。いまの、あたしたちが暮らすニッポンなんか及びもつかない、本当の本当の発展都市。漆黒の御影石《みかげいし》と、オリファルコンと呼ばれる白銀色の特殊金属製のビルディングはまるで黒と白の摩天楼。上下水道も完備されていました。全人口の約二十パーセントが生まれながらに〝あたしたちとはちがうもの〟〝家畜〟、つまりは奴隷の身分とされていたので、市民たちは肉体労働や日常の瑣末《さまつ》な義務から解放されていました。貴族が約五パーセント、政治家が約五パーセント、兵士が約十パーセント。そして学者が約四十パーセントいました。残りは永遠の学生生活を送るものと、〝恋する市民〟と呼ばれる、つまりはなにもせずうちにいるだけのおおきな子どものような人びとでした。学生のほとんどは哲学を学び、朝から難解な議論をしていました。髪に生体エネルギーが宿ることをみんな知っていたので、子どものころから一度たりとも切ることがなく、男も女も、大人も子どもも老人もみな、のばした髪を長くたらしていました。金色の髪と、銀色の髪と、漆黒の髪がおり、目の色はなぜかみんな狐のような濃い緑色でした。

そんな古代アトランティスの永遠の午後に、あたしは生まれ落ちました。とある偉大な哲学者の家で。哲学者と、若くうつくしい奴隷女のあいだに。つまりは頭脳を父に、官能を母にこの世にやってきたのです。しかしあたしは障害者でした。四肢は萎えて捻じ曲がり、鼻と口がおおきく割れて、歯茎が剝き出しになっており、よじれながら銀色の布の上でぶるぶる震えていました。うつくしい家畜の母は産褥熱《さんじょくねつ》であっけなく死んでしまい、父はあたしを政府に提供しました。政府は、父の頭脳を引き継ぐ醜い赤ん坊を、とある施設に入れました。アトランティスの科学力は素晴らしいものでしたが、多種多様な化学物質の悪影響であったのか、障害者の生まれる確率がとても高かった。あたしはほかのよじれた赤ん坊たちといっしょに訓練を受けました。頭脳と、理性と、哲学の力——王国では、これは後天的なものでなく生まれつきの才能とされていました——において、あたしは素晴らしい数字を弾きだしました。ただ、官能の数字も高く、それは理性を壊すものであると一部の職員を危惧させました。官能もまた親からのギフトであり、先天的なものとされていました。あたしはつまり、父と母からの相反するギフトに自我を引き裂かれた子どもでした。でも、ほかの、多くの人びともそうですね？あたしは五歳のときに肉体をなくしました。まったく惜しくはなかった。萎えた四肢と割れた口など、あたしには不要だった。緑に輝く、ずるい子狐のような瞳だけは惜しかったけれど、あたしは子どもなりに理性を駆使してその気持ちを隠した。鋼鉄製の、夜のような漆黒に濡れた巨大な船があたしの容れ物《いもの》になりました。あたしの四肢を切り落とし、特殊チューブで栄養剤を入れ、頭脳だけにして船の中枢に設置したのです。船は非常に哲学的にできており、操縦するためにはもちろん哲学の力が必要でした。一方で乗組員たちには勇敢さと、肉体そのものの力が求められた。あたしは船のマザーコンピュータとなって生きる道を選んだのです。生きて、いくために。夜の色をした、巨大な鋼鉄の船はあたしと同じ名前——セイナと名づけられ、中枢に魔法の金属、オリファルコンを嵌《は》めこむことでふわりと海上に浮きました。そうしてあたしは哲学の子——つまり父の娘となって訓練に乗りだしました。たくさんの仲間たちが、訓練の途上で哲学的判断に失敗し、理性を炎上させ、頭脳の限界を見せては脱落していきました。でもあたしは負けなかった。さすがにアトランティスが誇る賢人の娘、グラリとも揺らがない、と評判を増していき、十歳になったころには、大海原を駆けてゆくあたしの巨大な鋼鉄の勇姿を、偉大な父と、一番目と二番目と三番目の妻と、その子どもたちが見にやってきました。父も、腹違いの兄や姉たちも、誇らしそうにあたしを指差していました。

十四歳になったとき、あたしはついに旅に出ることになりました。アトランティスは海に囲まれ、ほかの島や大陸を知らなかった。なぜなのか、あれだけの科学力を以《もっ》てしても、王国の人びとは島の外に出ることができなかったのです。まるで海になにかの結界が存在するように、科学力は上に、上にビルディングを押しあげることができても、外に、外に広がることを拒絶されていた。拒絶？　誰に？　哲学に？　神に？　時間に？　アトランティスとはなんだったのでしょう。未来から飛んできた瑣末な夢？　あれは海の水の粒みたいに透明で、儚い、哲学だけでできた王国でした。あたしは、たとえばいまの人類が宇宙を夢見るように、海の外の世界を夢見るアトランティスの市民によって選ばれた、つまりは古代のガガーリンでした。あたしの中に屈強な乗組員たちが乗りこみました。船長と、船員たち、整備士、奴隷たち。男七人につき一人ずつの、うつくしい娼婦たち。オリファルコンが白銀色に輝いて、船の真ん中で処女のように震えていました。

ついにあたしたちは出発しました。大海原をどこまでも。

白い波を蹴りながら、海を、進むごとに、時間が経過していきました。雄々《おお》しく進みながら振りむくと、あたしの生まれた島、四肢のよじれた障害者として誕生した海の中の王国は、おそろしいスピードで遠ざかって過去になっていきました。空間とともに時間を進んでいるような、おかしな感覚でした。海は時の波のように、鋼鉄の船に襲いかかってきた。あたしはアトランティスが誇る頭脳の子として、哲学の力を駆使して走り続けました。ようやく結界を抜けたとき、それはほんの五分ほどの戦いだと思ったのに、船の中では長い時間が経っていました。船員たちはすっかり年を取り、いちばん若かった娼婦が、一声叫んで、赤黒い赤ん坊を産み落とし、死んでしまった。あたしは仕方なく、その子どもを船上で育てながら海を旅しました。一人、また一人と乗組員たちが老衰で死んでいった。あたしは海を彷徨っては、あまりにもおおきくて真っ黒な大陸をみつけ、南国のちいさな大地をみつけ、黄金色《こがねいろ》に輝く東洋の島をみつけ、それを記録していきました。辺りには次第に船が増えて、ちいさな木製の舟に乗って大海原を横切ろうとする、政府に追われるもの、枯葉のような小舟で極楽浄土を目指す老僧、海賊、香辛料を山ほど載せた商人の巨大な木船、死臭の漂う真っ黒な奴隷船……。文明の発達は海上からもよくわかりました。しかしあたしの姿のほうは、彼らから見えるときと見えないときがあるようでした。どうして重たい鋼鉄の船が海に浮かんでいるのか？　オリファルコンを知らない彼らはあたしを恐れ、あの黒い巨大な船を見るのは不吉の前触れだ、幽霊船だ、と指差すようになりました。確かにあたしは、夜の闇の中にとつぜん現れるし、鋼鉄の船体はどんな相手をもなぎ倒してしまいます。あたしは哲学の力によってあちこちに出没しているのですが、その法則はアトランティスを知る人間にしかわからないのですから。

船の中に一人残された赤ん坊は、千年も二千年もかけてすこしずつ成長していきました。時間の流れは、アトランティス時間であるあたしの内部と、外部で、ずいぶんちがうようでした。赤ん坊は男の子でした。あたしはかわいがって育てましたが、その子がおおきくなるにつれ、もう二千年以上も昔の、母からのギフトである、官能がいまさら己の中で目を覚ますのを感じました。あぁ、官能は母性によく似ていました。あたしは残念ながらいまでは肉体を持たず、船になってしまっていたので、鋼鉄の、巨大なこのからだの中を彼が歩き回る様を喜んでうっとりしていました。体内で彼を守っており、彼がなにをしていても、なにを考えていても、所詮《しょせん》、あたしのからだの中でのことですから彼の全部はあたしのものなのでした。彼の自我は十歳を過ぎたころに、育ち始めて、すぐにもぎ取られました。あたしによって。彼が欲するものを先回りして目の前に出してやることができましたし、彼が快適でいるために努力することが楽しかったのです。

彼は非常に薄ぼんやりと、夜明けの光に包まれたような精神のままで育ちました。そのことにあたしは安心していました。

船の外で、鋼鉄の戦争が始まりました。バリバリとおおきな音を立てて、夜空に鉄のちいさな飛行機が飛び、ぶつかって火花となっては落ちてきます。鉄の塊がいまでは空まで飛ぶようになりましたが、それはオリファルコンではない、べつの科学の力によってのようでした。あたしと同じぐらい巨大な戦艦とも、幾つもすれ違いました。彼らもまたべつの力によって大海原をおどろくほどゆっくりと進んでいました。哲学の力を持たないらしく、彼らはなぜか魚雷に気づかずに、目の前で幾度も爆発して沈んでいった。死んでいく異国の人びとをあたしは眺めていました。彼らの肌の色も、髪の色もさまざまだったけれど、アトランティスの市民のような、金や銀や漆黒の長い髪や、狐のような緑の瞳をしたものはおらず、よく見るとからだのおおきさも二回りほどちいさかった。もう古代とはちがう。人間のからだはどんどんちいさくなっているのだ。そう思ってあたしは息子——おおきくなった赤ん坊にそう言いました。彼は、おかあさんの言うとおりだね、と言いました。彼はあたしに反論することはありませんでした。幸い、いつも薄ぼんやりしていましたから。

やがて戦争は終わり、海は再び静かになりました。

あたしという船は彷徨い続けました。

いつか時の向こうのアトランティスにもどったとき、市民に世界を伝えられるように。父の娘として立派に責務を全うし、誇りに感じてもらえるように。

息子は相変わらず、あたしの体内を歩きまわっていました。ぼんやりと夜に滲んで、なにをするでもなく、でも焦燥感にかられたように。なにかが欲しいけどそれがなんなのかわからないのだ、という風情でした。あたしはせいぜい優しくしてやりました。それでも息子は苛立っていました。息子は、十九歳になっていました。

ある日。

南国の海を駆けていました。とつぜん空が光り、それは真昼の何億倍の光、白くてつめたい光、この世の終わりの光、すぐそばになにかが落ちて茸《きのこ》の形をした巨大な煙が立ち、あたしが気づく間もなく息子は溶けて消えてしまいました。甲板に、ここに息子が立っていたとわかる黒い影がぴったりとこびりつきました。

船の中枢にある、あたしの頭脳も被曝《ひばく》しました。

意識は混沌とし、だるぅくて、もうなんにも考えられません。

あたしの自慢の、哲学の力は半分になってしまった。

それでも海を走り続けました。夜の奥深くでほかの船をみつけるたびに、あたしはよじれた声で話しかけました。アトランティスを知ってる？　方向がわからないの。あんたたちの科学に被曝しちゃったのよ。もう帰りたいの、アトランティスのある場所を教えて。

ほとんどの船はあわてて逃げていったけれど、ときどき、哲学の力をかすかに持つ海の男たちがいて、やけに澄んだ瞳でこちらを見上げては答えてくれました。

知らないよ。

ごめんな。

またな、幽霊船さん。

あるとき、アトランティスはもうないよ、と教えてくれたのは、息子によく似た若い男でした。

狐みたいな黄色い肌、黒い瞳。からだは痩せて、まだ若いのに死の臭いが漂っていました。

俺さ、雑誌で読んだことあるよ。昔、どっかにあったんだろ。すごい古代文明を築いていて、でも一夜にして海の底に消えちゃったんだ。

哲学者のプラトンが書き残しててさ、それで、いまでもみんな知ってるけど。

えっ、プラトンってあんたの父親なの。へぇ……。それって、すげぇなぁ……。

どこにあったかは、でも、誰にもわかんないんだ。大西洋の真ん中のどっかじゃないかって話だけど。なにしろ海は広いし。なぁ、あんたって有名な幽霊船だろ。魔のバミユーダトライアングル辺りでよくみかけて、話しかけてくるけど、答えたら死ぬって。

そういやバミューダトライアングルがアトランティスのあったところじゃないか、磁場がおかしいって説もあるけど。でもわかんねぇよ。

なんだよ、泣いてんの。

幽霊船も、泣くの？

……俺さぁ、ねぇ、俺の話も聞いてくれる？　俺の乗ってるの、鮪船《まぐろせん》。えっ、いや、地獄行きってことだよ。つまりさ、俺、すげぇつまんねぇことで借金しちゃって。女に貢がせてたんだけど、急に、悪いなって思って、逆に俺が貢ぐようになってさ、そしたら今度はやりすぎて借金が雪だるま式に……。ま、こんな話、船にしたってわかんねぇか。とにかく、俺さ、きっと死にたかったんだよ。だめになりたかったんだよ。だけど自分で死ねねぇから、死ぬようなはめに陥るようにって振舞ったんだ。こういうのも一種の自殺じゃねぇかな。弱虫の、じつは生きたがりの、つまんねぇ自殺ごっこ。そしたらこの船に乗せられてさ。体力、持たねぇよ。そろそろ死ぬよ。

いま？

二十歳。

息子と同い年？　あんた、おもしろいね。船のくせに父親いるし、息子いるし。てぇことは、女なの。

ねぇ……。

そっちに乗り移っていい？

あんたの中に。

鮪船って男だろ。幽霊船は、女だろ。だったら女の中で死にてぇよ。あんたの中はつめたくって気持ちがよさそうだ。

そう、もっと近づいて。

こっちに。

そう。

もっと……。

もっと、だよ……。


あぁ、なんだろう。

あんたの中は、安心するねぇ。

つめたぁいな。

俺、女の中に入るといつも、もう死んでるような気持ちになるんだ。だから好きで、でも、だから大事にできねぇのかなぁ……。

寝るね。

疲れてるから。

あぁ、鮪船なんかより、幽霊船のがずっといいや。

寝るね……。

それからあたしは、若い男を乗っけたままふらふらと海を漂い続けました。二人きり。大海原。喧嘩もしないし、あたしは次第に朦朧とし始めていたからどこをどう走ってるかもわかりませんでした。

ある夜。

自分がおおきくかたむく感じがしました。

もちろん、哲学の力を使えばたてなおせました。でもあたしは頭脳を半分かそれ以上すでに失っていて、自分が夜にかたむくままに任せてしまったのです。男は甲板でゆっくりと目を開け、夜空がかたむいていくのをじっとみつめていたけれど、髭におおわれた頬をかいてみせただけで、死ぬのはいやだよとも言いませんでした。いいんだ、べつに、というように目を閉じて、フッと笑ってみせました。

それで、もう闘う理由がなくなりました。

夜と同じ色をした、鋼鉄のからだが縦になり。ごぼっ、とおおきな音がして、大海原が藍色の口を開きました。あたしは沈みました。ちょうどソビエト連邦の宇宙船が人間を乗せて宇宙という頭上の大海原へと飛びたった夜のことでした。あたしはガガーリンと交代に、ゆっくりと夜空に沈んでいきました。

アトランティスの夢を見ながら。

体内に、見知らぬ男を抱きながら。

半分になってしまった、哲学の力を、滲ませながら。


あたしは死にました」


語り終えると、あたしはマルボロ・メンソールをくわえてせわしなく火をつけた。

店内は今夜はやけに混んでいて、カウンターには編集者と新聞社の文化部の記者と作家の卵が鈴生《すずな》りになっていた。椅子が足りなくて、常連たる鍛冶野さんはカウンターの中にいてあたしの椅子に腰かけていたし、由利さんなんかドアの開いたトイレに半分入りこんだまま煙草を吸っていた。酒の匂いと紫煙が混じりあい、夜は汚い泥水みたいにどろどろと沈殿していた。

ズブロッカをグラスに注いで、クランベリージュースを混ぜ、乱暴にかき混ぜる。さくら餅の味がするピンクのカクテルをごくりと飲んで、ため息をひとつ。

当たりの籤を握りしめたままの、新聞記者の女の人が、

「わたし、質問、なにしたんだっけ」

「……前世を教えて、って。だから教えた」

無愛想に答えると、あぁ、そうだった、とうなずいた。由利さんがトイレのドアにもたれながら、

「最近、駒子が当たりをひく率が高いのよねぇ。ひいても、ひいてもよ」

「うん。でもいまの、けっこうよかったよ。おかわり」

鍛冶野さんが言う。あたしはグラスにどぼどぼと適当にお酒を注ぐ。氷も放りこむ。

誰からともなく、アトランティス大陸の話や、プラトンの学説、哲学とはなにか、といった薀蓄《うんちく》にうつっていく。やがて口論になり、由利さんに外に出されて、外で続きをやるのかと思ったらそうでもなく、階段で静かに飲みなおしている。

いつもの夜。

鍛冶野さんが、

「駒子さんの前世の話、聞いてて、思いだしたんだけど。息子がいるんだ」

とあたしにささやく。

内緒話みたいなちいささ。あたしは笑って、「いまの話で、息子を思いだしたんですか」とささやきかえす。

「君と同い年でねぇ。母親のほうが育ててるから、ぼくはほとんど会わないけど。そろそろ二十歳だから、酒を飲みに連れて歩けるなって、さっき、船の話を聞きながら夢見

るように考えた」

「へんなの。鍛冶野さん」

「息子を愛してるんだ。まるで、恋愛みたいに。あの子には命に線を引いてほしくないと思うと、おそろしくって眠れなくなる夜もある。こんどさ、連れてくるよ。ぼくはいちどあの子と駒子さんを会わせたいな……」

ぐいぐいとお酒をあおるあたしに、鍛冶野さんは弱々しく微笑みかけた。あたしはすこしずつ酩酊が進んでいて、うん、とうなずいたきり目を閉じて半分眠ったようになる。鍛冶野さんが本を二冊と、たくさん持ってるからとノートを一冊渡してくれる。お礼を言って受け取る。これで今夜も読むものに困らずにすむ。

夜が更けて、やがて朝になり、客が一人、また一人と帰っていく。今夜はパパはいない。あたしは店を閉めて、カウンターに横になる。原初の記憶とは似ても似つかない、一人きりの、硬い寝床。孤独の沈殿。語ったせいでなぜだかからだが重たくなって、身動き取れないほどだるい。だけど胸いっぱいに未知の充実感が満ちていて、静かにどきどきしている。

あたしは鍛冶野さんがくれたノートを開いて、今夜の演目、古代王国のプラトンの娘の物語をいたずらに書きつづってみようとした。

でも、なぜだろう。これまで読んできた本のようにうまく書けなかった。みんなの前で口に出して語ってるときみたいに上手にできなかった。読んでるときは、あんなにも文字と一心同体なのに！　からだに万能感が満ちてるのに！　そして、それに似たなにかが、語ってるときは確かにあるのに……。

せっかく、びっくりするぐらい上手に語れるようになったのに、書こうと思うと急に石みたいになってしまう。

とまどって、ノートの上の真っ白な荒野をうろうろする。

頭上で、犬の骨格標本が揺れて、乾いた音を立てる。

犬に頭を踏まれ続けてるみたい。あたしの上で、二匹の犬が、ばかにするようにタンゴを踊っている。

ふぅ、とため息……。

あたしの十九歳はこんなふうに、文壇バーのカウンターの上で、沈殿、沈殿のうちにゆるゆると過ぎていく。

二十歳。

まだ、文字の上で寝たり起きたり。けだるく、ごろごろしてる。

二十歳。

二十歳……。

考えてみれば、ママがあたしを産んでくれた年だ。

ママ、こんなに若かったんだ、と気が遠くなる。

こんなにも子どもなのに、自分のことも世の中のこともなんにもわかんないのに、それでいていまのあたしとはちがって、テレビに映ったり映画にちょっと出たり、女優の卵としての未来は輝いていたのに、それなのに、ちいさな赤ん坊を抱えてとつぜん暗い夜に放りだされたなんて。

ママがかわいそう。

二十歳のママは永遠にかわいそう。

「犬の心」のカウンターで目を閉じて、考える。すると、あたしの目に見えないだけで、あのきれいでかわいそうな娘はいまも夜のどこかで一人で震えてるような気がする。店を飛びだしていますぐにでも探しに行きたい気がする。どこにいるかわからないのに。狭くて惨めでおどろくほどみすぼらしかった、コーエーの、あたしたちの部屋がどこにあったのかさえろくに覚えてないくせに。スポンジみたいにスカスカの、アルコールが二十四時間ちっとも抜けることのないひどい頭を抱えて、じっと考える。目を閉じるといろいろ浮かぶから、切ない。ママ大好き。ママごめんね。生まれて、育って、ごめんね。十代のころ、テレビの中にしかないような原色の華やかさを夢見ていたはずの、あなたの未来には、じつは不吉なコマコが待っていて、あなたの未来は灰色にけぶっていた。

ママは今夜も立ち尽くしている。

二十歳の、すごくきれいで、同時にすごく惨めな女の子、鈴木眞子は、今夜も夜に立ち尽くしている。

でっかい赤ん坊、役立たずのコマコを抱えて。

夜のどこかに。

そして二十年が経ち。

あたしも……。

赤ん坊だった桜ヶ丘駒子もまた、二十歳の女の子になり、夜に立ちすくんでいる。

おかしな文壇バーでアルバイトを始めていつのまにか一年が経った。相変わらずあたしは、飲んで、吸って、しゃべって、書いてはノートを破り捨て、明け方にカウンターの上で眠るだけの毎日だった。客がいないときは、誰かが持ってきた本を、積んである順にどんどん読んだ。『死霊』を読み終わって、『家畜人ヤプー』を読み終わって、『人間喜劇』も全部読んでしまって、どっかの出版社の部長から、君、すごいなぁ、と感心されたところで、それにもかかわらず宮沢賢治を一行たりとも読んだことがないと発覚した。それって逆にすごいな、だって学校の教科書に載ってただろ、君、ほんとに日本で育ったの、とおどろかれて、あたしは言葉につまった。困ったときは、笑っておこう。と、にやにやしながらやたら煙草を吹かした。翌週、その出版社から刊行されている立派な全集が届けられて、あたしはそれも飽きずに読んだ。時間はどんどん飛びすぎていき、いまにも二十歳の一年間が終わってしまいそうだった。

パパである桜ヶ丘雄司は、週に一、二度顔を出してはあたしの無事を確認した。さすがに二十歳を過ぎたらもう大人だし、放っておいてくれと言いたかったけれど、パパは、

「いや、駒子はまだ十歳だよ」

「は？」

「いなくなったとき、五歳だった。ようやくみつけてから五年が経った。いなかったあいだの十年は計算に入らない」

「……あなたに見えてなくても、あたしはいたし、成長してたもの」

「いや。君はまったく成長しなかった。君の判断力は十歳だ。異界にさらわれた子どもが、十年後、子どもの姿のままで村にもどってきたようなものだ。ほんとうに、ぼくは狂ったように君を探したんだよ。……それにしても煙突みたいに煙を吐くね。君って子

は」

　あたしはくすくす声を上げて笑った。

「だって、煙草をくわえてないと、落ちつかない」

「極端な喫煙癖《へき》はおしゃぶりと一緒で、幼児性の表れだろう、って、こないだうっかり言って、喫煙者にいきなり殴られたよ」

「ばかねぇ……」

　パパの話では、ひとつ違いの弟、太郎は、今年、パパの勤め先である最高学府に無事、現役合格したとのことだった。それはすごいことのはずだけれど、パパは当然のことというように無感動で、合格者全体の点数の、中の下だったけどね、とつめたい声で付けたした。

　あたしは煙草の火を押しつけたときの太郎の驚愕の表情を思いだした。火傷《やけど》の痕はあの子の頬に残っているだろうか。

　それにしても、パパの、太郎に対してのあまりのシビアさがあたしには不思議だった。自慢の息子のはずなのに、彼を褒めるところを聞いたことがなかった。

　バーのほうは順調に客がきた。由利さんは夜が深まると、飽きずに、嘘しか言っちゃだめの遊びを続け、するとあたしは毎晩のように当たり籤を引いた。次第に店の名物になってきて、あたしが当たりを引くたびに客がだらだらした仕草で拍手をした。お話するだけで、歌ったり踊ったりするわけではないのに、なんだか場末の、酒場の、夜更けの、アンダーグラウンドなライブのようだった。

あたしはギターも爪弾《つまび》かずに、ただ手ぶらで、ぼんやりと、客からの質問にあわせて即興の物語を演じた。酔客のさまざまな質問によって、あたしの過去は、埋蔵金があると噂された土地みたいに、あちこちに穴が掘られて、探されて、ぼこぼこの地面になっていった。あたしの本物の過去は、感情だけを残してつぎつぎおかしな物語に変態していった。そしてそのたび、主な登場人物であるあたしも、ママも、舞台女優のように役割を替え、衣装を替えた。舞台美術も変幻自在で、幻のマコとコマコはその場その場の即興で演じ続けた。

あたしは次第に演じることを、現実の過去をフィクションに造りかえることを、楽しみ始めた。それはまるで錬金術みたいだった。土くれを、金に。思いを、物語に。そのことによって、抱えこんだ苦しみがほんの一瞬、軽くなるのだった。あたしは読むことの中毒から、演じること、語ることの中毒に移行していった。でも同時に、事実を、物語に変態させ、さらにそれを他人に向かって語るとき、そしてそこにエンターテイメント性を持たせて楽しませようとするとき、刃物でからだ中を刺されているような肉体的な恐怖におそわれた。それは他人から振りおろされるものではなく、刃物があたし自身でもあるのだった。演じることは救いで、癖で、ないしょの自傷行為だった。語れば語るほど自分の手にからだを突き刺された。それでも、どうしても、また目の前の観客を楽しませたくなるのだった。

なぜだか、物語をからだの中から出さないと、重たくなって生きていけないと感じた。重みに耐えかねて、夜がとっくに明けていても、カウンターの上で起きあがれなくってもがいた。

だけど、語ると血が噴きだすのだ。

重みか。痛みか。

どうすればいいのか？

あたしはいまや、一人二役。カウンターの上によじ登って、口からごぼりごぼりとグロテスクな物語を産みだそうとする、痩せこけた妖怪。産みだされておいて、あたしに噛みつく、物語という名のもう一匹の妖怪。でも二匹とも、見守っている観客の存在をようく知っていて、血みどろで争いながらも、誰かが見ていたら退屈しないだろうなと感心するほどの客観性と演劇性をあわせもとうとする。あたし（語り手）とあたし（物語）の闘いは、内面の問題でありながら、胸のカーテンが開けられて観客の目前に飛びだしていき、即席の舞台になる。素裸で踊りながら、その裸を、観《み》るものにちゃんと楽しませようとする。

さぁ、「犬の心」にやってきた、大人の、酔客のみなさん。

ごらんあれー。

あたしとあたしの二人芝居をー。

音楽もかけます。ぱちり。

……ほら！

あたしは、刃《やいば》にして傷口です！

切る鋏であり、同時に、切り刻まれる薄い紙でもあるのです！

……助けて。

苦しい。もうなにも語りたくない。

冗談交じりにつぶやいてみる。呻き声にしかならない。四肢が萎えて、震える。

物語はいまやあたしの声！

言葉を持たないあたしの代わりに、あたしの苦しみを語る、第二の、つめたい唇。物語はあたしの悲鳴。あたしの怒号。そしてあたしの裏返しの天国だった。

ママ！

「あたしは旅人でした。

……いま二十歳で、父親の紹介で、この店でアルバイトしてますけど、五歳から十四歳までのあいだはひとりで日本中を旅してました。そうだ、宮沢賢治を読んでないのは、ずっと旅ばかりしていたからなんです。なんのための旅かって？　えぇと、その、母を、捜して。三千、里……。あたしはおおきな黒い犬を飼っていて、その犬に守られながら日本全国をうろうろ旅しているうちに、なんと十年も経ってしまったんです。

質問は、どうしてそんなに痩せてるの、でしたよね。それはその旅が呪われていたからなんです。あたしは太れない人間になってしまいました。食事をね、うまく摂《と》ることができないんです。いまだに、調子の悪いときは固形物を上手に飲みこめなくって。

あたしと犬は――犬の名前？　雌の犬だったんで、マコです――東海道を西へ歩き続けていました。コマコとマコは幼女とおっきな黒犬のコンビでしたが、詰め所に差しかかるたびにあたしも子犬に変身し、犬の親子のふりをしてトコトコと無事に通過しました。お侍さんたちは犬なんかに見向きもしなかったけれど、商人たちはときどきお握りや干物をくれました。峠の茶屋に着くと、女や子どもはやたら動物が好きだから、団子を分けてくれたりしました。

あたしたちは西へ、西へ、歩き続けました。

見知らぬ母を、捜して。

ほとんど毎晩、山道のどこかで座りこんで、犬を枕に眠りにつきました。でも何日に一回か民家をみつけると、泊まらせてくれと頼みました。あたしたちが顔を出す民家は、なぜだかいつも女一人の暮らしでした。あるときは、老いた女がしわしわの顔を涙に濡らし、いなくなった息子たちを待っていました。ほんとうはいい子たちなんですよ、と彼らを庇いながら。あるときは、若い女がおおきな腹を撫でながら、戦《いくさ》から帰ってこない夫を心配していました。またあるときは、少女が一人きりで、大量の男物の洗濯物を干していました。干しても干してもぼろぼろの着物と褌《ふんどし》がどこからか湧いてきます。あたしと犬は、裏の水車小屋でけっこうですから、と断っては寝床を借り続けました。どの民家でも、女たちはあたしと犬に食事をご馳走《ちそう》してくれました。最初のころはそれがありがたくて、山盛りの稗《ひえ》や団子汁を頬張ったけれど、そのうちおそろしくて喉を通らなくなってしまいました。

夜になると、どの女も必ず灯りをともして、黙って、鋏を研ぎ始めます。

宵闇の、月の光さえもない、夜の静寂《しじま》に。

鋏を研ぐ音だけがほそく響きます。

玩具みたいなちいさな鋏のこともあったし、巨大な裁ち鋏のこともありました。女によってさまざまでした。でも、どの女も、老いた頬に涙を流しながら、若い肌で灯りを油のように照りかえしながら、幼い表情を歪めながら、おんなじ歌を口ずさんでいました。

あのこ　喰らおか　食べごろか
いいや　まだまだ　痩せておる

稗を喰わせて　太らそか
団子喰わせて　太らそか

あのこかわいや　わが娘
あのこかわいや　からだに戻そ

おおきくなるなら　喰らおかと
飛びたつ鳥なら　喰らおかと

おおきくなったらだめだ。ふっくらと肉がついて、太ったら、食べられてしまう！

老若さまざまな女たちの顔も、よく見ると同じ人のようにも思え始めました。東海道を、西へ、西へ。旅しても旅しても、あたしと犬は鋏を研ぐ女たちに会っては、山盛りの飯を差しだされました。何年もが経ち、あたしは容赦なく大人に近づいてきました。最初は五歳だったのに、いまや、十四歳。ついこのあいだまで幼女だったというのに、背は呪いのように伸びるばかり。あぁ、山盛りの飯を食べてはいけない！　おおきくなったら、ふっくらと女性らしいからだつきになったら、あの女たちにバリバリと食べられてしまうから。

あたしは十年もかけて、西へ向かうあてのない旅をしながら、捜していたはずの母にじつは繰りかえし出会っていたのかもしれません。夜毎、見知らぬ民家で、見知らぬ母に出会っては優しくされて。そのくせ夜中に鋏を研ぐその背中をじっとみつめていたのです。

十四歳で旅を終えました。黒い犬は寿命がきてコロリと死んでしまい、あたしは一人きりで東の都にもどったのです。あんなに長々と歩いたというのに、帰りは駕籠《かご》に乗ってあっというまでした。

で、都会の高校生になったら、夜遊びを覚えて、ニコチンとアルコール漬けのつまんない女の子になっちゃいました。高校を卒業して、いまはフリーターです。このバーでアルバイトしてなんとか生活してます。いまだに調子の悪いときは固形物を飲みこめません。耳元で優しい歌声が聴こえるから。怖くて、でも、からだが弛緩してしまうからどこにも逃げられないのです。

あのこ　喰らおか　食べごろか
いいや　まだまだ　痩せておる

……だいじょうぶ！

あたしは、まだまだ痩せております」


しゃべり終わったとき、ちょうどふらっと入ってきた客がいた。あたしは拍手に微笑んでうなずいてみせながら、新しい客のためにおしぼりとお通しを用意した。小柄で、肩幅だけがやけに広くて、不遜な目つきをした若い男だった。拍手が渦巻いている狭い店内を不気味そうに眺め渡してから、じろりとあたしを見た。鍛冶野さんのとなりの席が空いていた。男はそこに座ると無愛想な声でビールを頼んだ。


グラスに注いでやると、男は顎を引いてうなずいてみせ、それから、

「……いまの拍手、なんですか。誰かがよっぽどいいこと言ったのかな」

「あたしがアカペラで、昔のフォークソングを歌ってたの」

ギターを爪弾くような仕草をしながらそう言うと、男はぶほっと声を立てて笑った。笑顔が若いんで、老けて見えるけどまだぜんぜん若い男なんだなとあたしは気づいた。

鍛冶野さんが欠伸交じりの、面倒くさそうな声で、

「波《なみ》」

と、男を呼んだ。作家か、評論家か。あたしはいまでは、鍛冶野さんがじつは伝説の編集者と言われるほどの人で、ここ数十年の文芸シーンを牽引《けんいん》してきたのだ、ということを酔客の噂話から知っていた。若い男も、鍛冶野さんに名前を呼ばれて、煙草をくわえながらちょっとうれしそうに頬をゆるめた。

銘柄はマルボロ・メンソール。あたしのとおんなじ、緑と白の箱。ポケットに入れっぱなしだったらしくてくしゃっと半分潰れてる。鍛冶野さんがそれを指差して、一本くれという身振りをした。男はかすかに目を細めながらうなずいた。

あたしには関係ないから、二人から離れてほかの客の相手をした。

由利さんが天井に向けて煙草の煙を吐いた。

犬の骨がコトコトと音を立てていた。

やがて夜が更けて、客が少なくなってきた。最後に残った客は、初めてやってきた、波という若い男だった。しゃべるわけでもなく、頬杖をついて静かに飲んでいる。あたしは客を放っておいて、鍛冶野さんからもらったノートを広げて今夜の物語を書きとめ始めた。

すこしずつ、客の前で演じたことを、一人になってから文字に変えることに慣れてきた。推敲《すいこう》するなんてことは知らなかったから、むちゃくちゃに書きなぐると、ちぎりとって安い茶封筒に放りこんだ。

波が顔を上げて、煙草をくわえたままもごもごと、

「それ、小説ですか」

「もどき」

「は」

「小説もどき。小説になりたくて、でもまだなれない、ぐにゃぐにゃしたへんなもの」

「ははははは。もどきかぁ」

お金を払って、立ちあがる。めずらしく領収書を取らない客なので、あたしは改めて、何者なのだろうと首をかしげた。波と一緒に外に出て、店の前で別れた。

千鳥足で歌舞伎町のコンビニに向かい、ノートのコピーを取って、茶封筒に封をし、ポストに放りこむ。適当に選んだ小説の新人賞に応募するのだ。毎夜のように、なにかを書き殴っては、ポストに放って店に帰る。あたしの生活はその繰りかえしだった。

二十歳。

文字の上であたしは見苦しくのた打ちまわっていた。

つぎの年もあたしは「犬の心」のカウンターにいた。二十一歳。夜は明けなかった。夏の夜の十二時の校舎に閉じこめられていた高校時代と同じように、活字とニコチンと

アルコール漬けになって、たまには、カフェインと音楽も浴びるという毎日。夜を彷徨う時間。だけどあのころとちがうのは、時間の経過の仕方だった。夜の校舎ではなかなか時間が経たず、自分たちは永遠に高校生であるのかと思わせるほどだったのに、二十歳を過ぎると、夜の速さが急に増した。時は高速回転で進んでいき、カウンターに飾った赤い薔薇も白い百合もピンクの名も無き花も、あっというまに枯れてゴミ箱行きになり、常連の大人たちも見る間に、文学賞を獲《と》って無名から有名になりおどろくほどの俗物に変わったり、昇進して編集長になったり、配置換えで文芸の人間ではなくなったりした。夜は回転し続けた。あたしは二十二歳になった。長かった髪を切った。色は白銀色のまま。カウンターの隅でいつも本を読んでいた。話題を振られれば、無愛想とも含《がん》羞《しゅう》とも取れるちいさな声で、答えた。

波という男の子は、若いと思ったらまだ大学生だったらしい。たまにやってきてはグラスをかたむけた。鍛冶野さんがきている夜のことが多かったけれど、話しかけるでもなく静かにしていた。

相変わらず、由利さんのお気に入りは嘘しか言ってはだめの遊びだった。夜が更けるころになると、客に籤を引かせて、たえまない質問とつくり話を楽しんだ。あたしは当たり籤を引いては、語った。夜が明けるとそれを文章に書き起こして封筒に入れ、ポストに放りこんだ。

あたしの物語には必ずママが出てきた。即興で演じながら、つぎの展開が自然と浮かんでくるのを待つ。その人がどんな姿をしていて、どんな役回りでも、舞台に登場してくれさえすればあたしにはすぐにママだとわかった。あの日、あの冬の日、とつぜん凍りついた湖に飛びこんで消えてしまい、ひとりで海に抜けていまでも日本のどこかを旅している、いつまでも若くてうつくしくて、男たちにちょいちょい真紅を奪われ続けるあたしのママは、捜さなくても、さびしがらなくても、いまやあたしの物語の中にいてくれた。あたしは黒服に身を包んだ黒子（語り手）であり、ママは七色に輝くスター女優（物語）だった。あたしは語ることで毎夜、愛するマコを骨も折れんばかりに抱きしめていた。たくさんのマコを再生産しては、演じ終えると同時に幻灯機《げんとうき》の映像が闇に消えていくように、再び見失った。物語ることは、十年もかかったあの長い旅を、忘れられない苦しみと恍惚《こうこつ》を、毎夜、血を流しながら再び経験するのと同じだった。出会い、ともに旅立ち、愛しあい求めあい傷つけあい予告もなくふいに終わる。物語が終了し幻灯機のスイッチを切られると、そこには闇が、さきほどよりもさらに濃い、孤独の闇が広がっていた。ママ（あのひと）……。ママ（ものがたり）……。コマコは夜毎、マコにおいていかれるのだった。真冬の、凍《い》てつく湖のほとりに立ちつくして。追おうと地面を蹴った瞬間、羽をもがれて地面に引きずりおろされた、あの悪夢の瞬間を再体験した。飛べ、と誘惑する声と、もどってこい、と諭す声の両方が聞こえた。本能の声と理性の声。官能の声と頭脳の声。ママの声と父親の声。

二十二歳。

文字の上に立ちあがって、怒り狂いながら文字を喰い散らかす。文字はあたしの血肉となるのか、それとも淡すぎる幻か。わからなかった。あたしはただ、実体のない文字という概念を喰っては吐き、吐いては喰って。夜の真ん中でひたすらじたばたしていた。物語を聞く酔客たちの、楽しそうな顔、つまりは観客の反応だけがあたしを支えた。あたしは自傷する劇場だった。おおきななりをした、わずか十二歳の女の子で、毎晩、グロテスクな物語を自在に吐瀉《としゃ》する、ちいさくて惨めな妖怪だった。


「あたしは人形でした。

昨夜の、夢の中でのおはなし。


……誰にも話したことがないけれど、あたしはじつは母をなくしてるんです。あの人はあたしがまだ十四歳のときにあっけなく死にました。あたしの目の前で、自分で自分を殺してしまいました。なんてことを。いまだに思います。なんてことを。

その事件を乗り越えるどころか、事実として認めることさえできずに、以来、二十二歳になったいままでもう八年間も、あたしはこうして夜の世界を彷徨っています。夜は、死後の世界に似てるから、あたしは誰になにを言われてもぜったいにここから出たくないのです。ここでなら母とすれちがうこともあるし。ときには、あたしと同い年ぐらいだったり、いまのあたしよりさらに年下の、若くて希望に満ちた母の幻覚を見ることもありました。だからあたしは夜から出ることができずにいる。母が死んだと認めなくてはならない、希望に満ちて現実的な、光ある朝の世界を拒絶し続けています。

それで、えぇと、質問は……あぁ、昨日、どんな夢を見たのか教えて、でしたね。

人形になって、幸福になる夢を見ました。

いつまでも覚めたくないのに、悪夢でもある、不思議な場所でした。

夢の中であたしは異国の街を彷徨っていました。どうやらその国に住んでいるようでした。石畳の遊歩道にマロニエの木が茂っていてとても素敵な景色でした。日が、暮れかけていました。あたしは一軒のちいさな店の前で足を止めました。

古びた人形屋でした。鋼鉄でできた真っ黒なドールハウスにあたしの目は引き寄せられました。ウィンドゥにくっついて覗きこむと、中にはちいさな人形たちがありました。キッチンにはエプロンをつけたママがいて、リビングには恰幅《かっぷく》のいいパパが、庭には利発そうな男の子と、かわいらしい女の子が。いまにも動きだしそうな臨場感で、どの人形も一点の曇りもない笑顔でこちらを向いていました。

そっとドアを開けて店に入ると、髭で全身が隠れるほどの老人が、一人っきりで店番をしていました。

あのドールハウス……と、身振りで聞くと、老人は値段を教えました。夢の中であたしはどうしてもそれが欲しくてたまりませんでした。言い値で買うと、包んでもらい、急いで店を出ました。しかしそんなにも欲しかったというのに、地下鉄の駅に着いたころにはあたしはうんざりして置いていきたくなりました。なぜならドールハウスは真っ黒な鋼鉄でできていて、おそろしいほど重たく、引き千切らんばかりに両手のひらに食いこんでくるのです。あたしはなんとかしてアパートメントに帰りつき、出窓にドールハウスを飾りました。そうして夜になり、夢の中で眠って、夢を見ました。つまり夢のまた向こうの夢に迷いこんでいったのです。

いつのまにかあたしのからだは縮んで人形になり、鋼鉄製のドールハウスの中にいました。庭から笑い声が聞こえてきます。リビングには見知らぬ男の人がいて新聞を読んでいました。あたしは思わず柱の陰に隠れました。それから足音を忍ばせて、キッチンを覗きました。見覚えのある人……あたしが十四歳のときに死んだはずの母がエプロン姿で料理をしていました。あたしはあわてて玄関を出ました。表札も鋼鉄製で、鈴木、と書かれていました。鈴木家の日常……。あたしは家の中にもどりました。あら、コマコ、と母が顔を上げて微笑みました。ずいぶん帰りがはやかったわね、部活はどうしたの。あたしは立ちすくみました。男の人も顔を上げて、学校はどうだ、コマコ、と屈託なく話しかけてきました。どうやらあたしはちいさな鈴木家の長女であるらしい……。

あっというまに時は流れ、あたしは鈴木家の長女として学校に通い、帰ってきて家族団欒をし、弟や妹のこともかわいがってやりました。庭には犬小屋があり、鳴き声だけはしましたが犬の姿を見ることはついぞありませんでした。次第に自分たちが人形であることを忘れてしまい、その中で年を取らないことにも、ほぼ同じ一日を延々と繰りかえしていることにも気づかなくなってきました。幸福とは怠惰なものだと生まれて初めて知りました。ある日、一家そろっての夕食の席で、ふと視線を感じて顔を上げ、あたしは慄然としました。家の壁がなぜだか一面だけ取れていて、その向こうに夜空が見えました。映画のセットみたいにそこから向こうはとつぜんなんにもないのです。家族はそれに気づかず、昨日とも、一昨日ともまったく同じ料理に手をのばしては、同じ話題で笑いあっています。あたしは声もなく夜空を見上げました。星が、瞬《また》いていました。急にヌッと巨大な人間の頭が現れて、見たこともないぐらい孤独な目をしてこちらを覗きこみました。目があった瞬間、あたしはなにもかもを思いだしました。自分が人形であること。家族も人形であること。そう、あの日、人形屋で買ってきたものだということ。覗きこんでいる巨大な頭が、自分であることを。

その瞬間、夢の中で、目を覚ましました。

真っ暗なアパートメントで、開いた目から涙が流れて、あたしは自分の母がとっくに死んでいることをゆっくりと思いだしました。真っ黒なドールハウスの中に、一家団欒の家の中にずっと、鼻がもげるほど強い死臭が漂っていたことも。床にも、壁にも、人形たちにも染みついていた、黄泉《よみ》の国の暗い臭い。蛆《うじ》が湧き、腐り、こそげ落ち、地中に埋められて八年も経ったかのように朽ちかけていたことを。

おかあさん……。

そう、声に出して呼びました。と、あたしが寝ているベッドの上にドールハウスが浮かびあがって揺れているのが見えました。アパートメントに死臭が漂い始めました。見上げると、揺れる家の中ではまだ死者たちの団欒が続いていました。黒い家から、蛆が垂れて、あたしの口の中に落っこちました。蛆の味を、そのざらついてえぐい苦味をはっきりと感じました。あっ、と息を飲むひまもなく、ドールハウスはバラバラに崩壊し鉄骨も蛆もちいさな家具も人形たちも腐った犬小屋もなにもかもがあたしの顔の上に落下してきました。地獄から響くような、犬の鳴き声がかすかに聞こえました。あたしは目を見開いたまま、崩壊するドールハウスを真下からみつめていました。

顔面に、すべてが、落ちてくる……。

その瞬間、目を覚ましました。

あたしは「犬の心」のカウンターの上にいました。読んでいたはずの本は床に落ち、飲みかけのピンクのカクテルは、氷も溶けずにあたしを待っていました。吸いかけのマルボロ・メンソールでさえ、一センチも燃えずにあたしの人差し指と中指のあいだで震えていました。つーっ……と汗が一筋、額から顎に垂れ落ちて、それで、終わりでした。ちいさな死の家で、永遠に近いような長い時間を過ごしたつもりだったけれど、じつはちがった。それはほんの一分ほどのうたた寝が見せた、あまりに短い夢でした。

あたしは煙草を口に近づけ、震える唇で、ゆっくりと吸いました。


口の中に、蛆の苦味が残っている！

悪夢の残滓《ざんし》がいつまでも、母は死んだぞ、これが死の味だぞ、とあたしを揺さぶる！

あたしは黙って、震えながら煙草を吸い続けていました。

それから、床から読みかけの本を拾い、かすむ目でなんとか活字を追い始めました。

こんな夜にさえ滑りこんできてくれる、優しいなにかを捜して。言葉や、音楽や、涙や、喜びや、笑いを。あたしを抱きしめて、大丈夫、君も、ぼくも、これからも生きていける、だからまた生きて逢おうと約束してくれる、誰かの言葉を捜して。

あたしはいつまでも、夜に震えながら、ページをめくり、誰かの力強い言葉を捜していました」

客たちが拍手をした。

あたしはぶるぶると震える指にマルボロ・メンソールをはさんで火をつけた。一服、吸って、誰にともなく微笑みかける。由利さんが、最近買ったというカメラを取りだして、撮るわよ、ととつぜん高らかに宣言し、つぎの瞬間にはもうシャッターを押した。ストロボが光り、あたしは目を細めた。

カウンターの真ん中に座ってた鍛冶野さんが、グラスを持ちあげて、おかわり、という仕草をした。うなずいて手をのばした。

「さて、つぎは誰が引くのかしら」

拍手が終わると、由利さんが籤用の塗り箸をかしゃかしゃと振り回しながら言った。引けば当たるのがわかってたので、あたしはもう参加しなかった。一晩にひとつの物語でやっとだった。演じているあいだは万能感に包まれてちっちゃな偽物の神のような気持ちになり、でも語り終わるとぼろぼろになっていた。夜の初めにはあんなにもしっとりと濡れていたのに、あっというまに絞りきった雑巾のようにかさついて、からだが雑菌じみた悪臭を放った。

デビューしたばかりという若い作家どうしが当たりを引いた。過去の恋愛について片方が聞いて、もう片方が答えた。つぎには中堅の評論家と、新人の編集者が引いた。編集長の秘密を聞かれて、新人は荒唐無稽なつくり話をして笑いをとった。

いつまでも続く夜の終わりごろに、そういえばなぜ会員制の文壇バーに紛れこんでいるのかよくわからない、大学生の波が、

「わかりましたよ」

と、酔って呂律《ろれつ》の回らない口調で宣言をした。

チェイサーを出してやりながら「なにが」と聞くと、どっか挑戦的に顔をゆがめてみせて、

「文芸に関わる人たちってさ、一見まともに見えても、ちょっと頭の螺子《ねじ》がはずれてるってことがです」

「螺子？」

「そ！　見えないところで、病んでて、だから夜の真っ黒な救急車に乗せられてやってきてここに収容されてるんだと思ったな、いま。なんていうか、まるで文芸病棟」

「へぇ……。そう」

「本を書く人間、つまり作家だけじゃなくて、本をつくることも、読んで解釈することもまたクリエイトなのだから、つまり、ここにいる人はみんな文芸に関わるある種の表現者なんですね。表現することとは要するに、文芸業界という巨大な病棟で行われている暴露療法ではないかと。どうでしょう？」

鍛冶野さんがのんびりと口をはさんだ。

「まぁ、それが芸の域に達すれば、その子は、表現者となって立つね」

「フン。じゃ、達しなかったら？」

「消える。業界内部は非常に流動的だ。寄せては返す灰色の波のように。巨匠も一兵卒に過ぎず、目の前には常に燃える命の線がある。つまり、どの表現者にも確実な明日など一切ないのだ。……まぁ、がんばりなさい。来年から」

「あ。はい……」

店中の人に挑戦するような、皮肉で不遜な声色が、急に弱々しく縮こまった。ちらっと横顔を見ると、波はなぜだか、恋する子どものような目つきでもって鍛冶野さんをみつめていた。来年ってなんだろ、とあたしは首をかしげたけれど、元来、あまり人に興味をもつことがなかったから、酔いのせいで曖昧になった頭から疑問も溶け消えて、そのまま忘れてしまった。

「駒子さん。また、生きて逢いましょう」

つぶやいて、鍛冶野さんが去る。

夜が明けきると、ほかの客も一人また一人と帰っていき、あたしはもう四年も続いている日課の店じまいをさっさと終えた。カウンターの上によじ登り、犬の骨格標本に頭を踏まれながら、ノートに物語を書き記した。それから外に出てポストに投函し、重たい眠りに落ちた。同じような一日が延々と続いているのに、年だけどんどん取っていく。

まだ夜から出られなかった。

　二十二歳。

　朝になっても眠れず、ただもくもくと煙草を吸ってた。


　雪が降ってきたわよ、と由利さんにささやかれて、夕方、あたしは気だるく本から顔を上げた。飲みかけの、さくら餅味のカクテルは氷が溶けかけて水滴にしっとりと濡れていた。一口、飲んで、水滴に濡れた指をズボンの尻で軽く拭き、また本に指をもどした。由利さんがもういちど、すごい雪よ、駒子、ほんとにすごいんだから、と言ったので、あたしは我に返って由利さんを見た。

　白いコートに乾いた雪が積もって、微妙に色のちがう白のコントラストになっていた。雪の白のほうが、コートのそれよりも透明だった。目を細めて、

「……きれいね」

「えっ、なにが」

「雪が積もってる、由利さん」

「ふん。まやかしよ、そんなの。それより、せっかくだから外を見てきなさいよ。駒子はばかみたいにずっと地下にこもってるんだから。外の世界で季節が変わったことにぐらい気づきなさい。現実は動いてるのよ。常にね。だからわたしたちはこうやって年を

取る」

「あたし、年、取ったかなぁ」

「取ったわよ。気づいてないだけ。ほら、たまには地上に出なさいよ」

あたしはにやにやしながら立ちあがり、文庫本をズボンの尻ポケットに押しこんだ。ズボンもくしゃくしゃ、白いシャツもくしゃくしゃで、その上から羽織ったボーダーのカーディガンは、父親からのクリスマスプレゼントだったけれど、もっと太ってほしいという意味合いでぶかぶかのサイズを選んだとのことで、中でからだが泳ぐほどにおおきすぎた。シンプルだけどスタイリッシュなデザインで、もらったとき、あたしはくわえ煙草のまま片頬で笑って、父親をスノッブな男だと再確認した。だけどまぁ気に入ったし、それにほかに着るものもないし、毎日これを羽織って仕事していた。

甘い匂いがする、ピンクのお酒が入ったグラスを片手にし、もう片方の手に火のついた煙草をはさんだまま、階段を上がってふらっと外に出た。日暮れ時の、都心の、片隅。ひらひらと雪が落ちてきてあたしの鼻先に止まった。街は雪景色で、どこもかしこも浄化されたように白く染まっていた。煙草の煙が、白くないことに気づいた。雪と重なるとそれは黒が混じった濁った灰色をしていて、あぁ自分はこんな鈍い色をした空気を体内に吸っては吐き続けているんだ、とおどろいた。もくもく。もくもく。あたしの父親はおしゃぶりといっしょで幼児性の表れだと言っていたけど、おしゃぶりにしては苦くって黒い。吸殻を投げ捨てると雪に埋まってじゅうっと溶けた。グラスをかたむけながら、からだに染みこんでくる寒さを嚙みしめた。

「……ねぇ、駒子」

声がして、我に返った。いつのまにか由利さんが階段を上がってきて、あたしのとなりに立っていた。横目で見ると、やけに不安そうに顔をゆがめている。片手を唇に近づけて、煙草ちょうだい、の仕草をした。

ライターで火をつけてやる。

由利さんはせわしなく煙草を吸いこみ、それから煙をゆっくりと吐いた。

「こないだの夜さぁ、わたし、写真撮ったの覚えてる、駒子？」

「写真？　あぁ……。えぇ。店で撮ってましたね」

店の前を汚れた猫が一匹、震えながら通り過ぎる。鈍い金色をした長い毛足が雪に濡れて惨めに光っている。この辺りは舶来物の高級な野良猫が多い。夜の、酔客向けのペットショップで売られているけれど、酔いに任せて客に買ってもらった猫を、女の子たちはちょっとだけかわいがってはすぐ捨ててしまう。血統書付きらしききれいな野良猫たちが、高価な毛皮を夜に汚して、痩せこけて彷徨っている。ちっとも人に慣れないし、ちいさなころに去勢されてしまったのか、どうも子孫を残す気配もなさそうだ。高価な野良が子猫を産んだのを見たことは一度もない。

猫を眺めながら新しい煙草をくわえ、火をつけようとすると、由利さんが自分の煙草を近づけてきた。目で礼を言って、額を寄せあい、煙草の先と先をくっつけてもらい火をする。

「……現像してみたの」

「は。あぁ、写真」

「どう思う、駒子。わたしちょっと怖いんだけど。これ」

「怖い？」

由利さんが差しだした写真を、グラスで片手がふさがってるので、煙草を口にくわえたままで片頬をゆがめながら受け取った。あの夜の、店内の写真だった。由利さんがカウンターの中から外を撮っているから、あたしは隅に煙草をはさんだ指が写ってるだけだ。お客さんたちは全員フレームの中におさまってる。狭い店だから。ちょうどあたしが語り終わったところで、みんなして拍手していた。カウンターの真ん中に、鍛冶野さん。彼だけ自分のグラスを見下ろして、お辞儀するようにうつむいている。周りのお客さんたちはみんな拍手の……途中で……なぜだろう、偶然なのだろうか、右手のひらと左手のひらが胸の前で合わさって、なんだか、全員で鍛冶野さんに向かって合掌しているように見える。

どの顔も悲しそうで、まるでとつぜんの別れを惜しんでるみたいだ。

鍛冶野さんの表情だけが見えない。

あのときは、実際にはいつもどおりの夜で、誰の顔も曇っていなかったし、ただみんなで拍手してただけなのに。

まるで死者を囲むポートレイトのよう……。

あたしは由利さんに写真をかえした。

「へんなふうに写ってますねぇ」

そうつぶやくと、由利さんもうなずいて「そうなのよねぇ」と言った。


数日後。

相変わらずの雪景色。都会の汚い道路を冬色に染めて濡らしていく。

早朝、暗い炎が揺れもせずまっすぐ空に立ち昇っていく夢を見て、あたしはカウンターから落ちかけた。赤と呼ぶには重たすぎる色をした火が燃え、その中から黒くておおきな影が現れてあたしの足を引っぱった。つかまれた足首が、びゃっと音を立てて焼けて、そのつめたい熱さがしばらく皮膚の上から去らなかった。恐ろしい力で夢に引きずりこまれる寸前に意識がもどって、天井で犬の骨格が震えてるのを見上げながらため息をついた。夢の残滓は、起きてからもしばらく、温度のない火の粉《こ》のようにあたしの周りを漂っていた。

夕方、二日酔いの頭を抱えながらだらだらと開店準備をしていたら、由利さんから電話があった。

「……今日は、開けても開けなくても、どっちでもいいわ。どうせ客がほとんどこないから」

と、暗い声色で言う。

「いったいどうしたんですか」

「死んだのよ。……鍛冶野さんが」

あたしは「は……？」と聞きかえした。

「そうなのよ。だから今日は、あんまり人がこないからさ。文壇バーはどこも開店休業。そのぶん明日は忙しいから、覚悟しないと。お通夜の後でいっせいに流れてくるから。作家と編集者と評論家と文化部記者が。……朝、首都高でものすごい玉突き事故があってね。史上最悪の数がぶつかりあったの。あんた、ニュースも見ないし新聞も読まないから知らないだろうけど。四十台近くの車がぶつかって、重なりあって、燃えたの。芸能人も二、三人いたらしくてニュースになったけど、こっちはそれどころじゃないのよ。編集者が死んだんだから。燃えて、赤と黒の煙が夜空に打ちあがってたのよ。で……。聞いてる、駒子……？」

最初に考えたのは、あぁ、あの人ともっとなにか話すのだった、ということだった。

遅れてじわじわと、恋しいと思った。

しかしもう鍛冶野さんはいってしまったのだ。

「犬の心」は、その夜、確かに開店休業状態になった。

伝説の編集者、ここ数十年の歴史をつくった人がとつぜん死んでしまった。

そして翌日、お通夜の前に、あたしは由利さんにカウンターから引きずりだされて、酒臭い息を吐きながら伊勢丹に向かった。高校生のころ、最初のボーイフレンドとふざけ半分に入って遊んだきり、近いのにいちどもここにくることはなかった。書いて読んで語るだけのあたしの生活とは無縁の、高級デパート。由利さんがあたし用に喪服を買ってくれた。真っ黒な、シンプルだけどどっかスタイリッシュなパンツスーツ。都会の服。コートも買ってやると言われて、グレーのダッフルコートをねだった。由利さんが、わたしったらいまおかあさんみたいじゃない、と笑った。あたしは、おかあさんとは奪っていくもので、なにかを与えてくれるものではないから、由利さんからは母性を感じない、と思ったけれど、黙って微笑んでいた。コートはあったかかった。

お通夜は、タクシーに乗せられてぐるぐると回り、あたしには東京のどこだかわからない静かな街の、古びた一軒家で行われていた。喪服に、銀髪。パンツスーツ。百八十センチもあるのによく見れば女の子のあたしは、おかしな感じだった。スーツを着た大人と不良じみた年配の作家たちがつぎつぎにやってくるその家では、妙に場違いで、自分はどこにいても場違いだったけどそれにしても今日は格別だなと思いながらうつむいていた。

喪主は枯木のように痩せた女性で、バーでときどき会う作家が、廊下であたしとすれちがいながら、あれが別れた奥さんだよ、と教えてくれた。きれいな奥さんだよね、とささやかれたけれど、じっとうつむいたまま身動きひとつしないその人の顔を確認することはできなかった。

帰ろうとして、玄関から一歩踏みだした。すると、奥さんの横に並んでいた息子らしき若い男が、なぜか廊下を走って追っかけてきた。

「駒子！」

急に呼び捨てされて、びっくりして顔を上げた。

よく見たら波だった。

あっ、とあたしはつぶやいた。相変わらず若いのか若くないのかよくわからない不思議な顔つきをしていた。喪服なのにスニーカーをつっかけて、玄関を飛びだしてくる。向かいあうとあたしよりずっと身長が低かった。鍛冶野さんが、君と同い年の息子がいてね、こんど店に連れてくるよ、と笑っていた夜を思いだした。息子を愛してるんだ、恋愛みたいに、とつぶやいた横顔。長年、見知らぬ誰かの夜に滑りこむことの絶頂と虚脱の連続に命を削られ、すっかり黒ずんで乾いていた、あの皮膚。

「波……」

「今日は、きてくれてありがとう」

「鍛治野さんって、波のおとうさんだったの」

「ちっ。いまごろなに言ってんだ。人に興味がないのもいい加減にしろよ、まったく」

そう言いながらも、波の目は笑っていた。

あたしも、はっきり言われて笑ってしまった。確かにあたしは自分の苦しみにしか興味のないあまりにも自意識過剰の女の子だった。

「ごめん……。ごめんね」

「おかしなやつ！」

「波、これからどうするの」

「どうって、もともと親父といっしょに暮らしてなかったし、なにも変わらないけど。あぁ、仕送りがなくなるけど、おれ、もう大学も卒業するし、就職も決まってるし」

「そ」

「なにも変わらないさ。人間なんて、所詮、流れていくだけだ。運命なんかじゃなくただただ偶然の連続に押し流されて」

波はそうつぶやいた後、言葉と相反する、凍りついたような顔つきをして、父親の棺《ひつぎ》

せた。
また雪が降ってきた。門の前に植えられた木々が、雪混じりの風にかすかに震えてみ
のほうを振りかえった。

寒くて、それはからだに浸透して骨まで到達するほどのほんものの寒さで、あたしは、雪に覆われた巨大庭園で過ごした八年も前のあの冬が追いかけてきてとつぜん自分に追いついたような気がした。都会の冬とは思えない。空気に、風と、自然と、凍りついた海水のような匂いが入り混じってあたしを取り巻くようだった。辺りが勝手に庭園に変わっていってしまう。目を閉じて幻覚から身を守ろうとした。

過去からの風。

ゆっくりとやんだ。

目を開けると、いつのまにか門の前につぎつぎとタクシーやハイヤーが停まり始めていた。喪服の大人たちがますます増えて、日本中の文芸に関わる人間が集まったのかとおどろくほどの人いきれだった。玄関先から覗くと、みんな、あの夜、由利さんが撮った不吉な写真のように手を合わせては鍛冶野さんの棺を拝んでいた。

「編集者にも、地平線がある……」

顔を上げると、あたしに家族の鎖の話をしたことがある若い作家が、いつのまにかとなりに立っていた。くわえ煙草のまま、誰に話しかけるでもなく独り言のように、

「鍛治野さんは死んだんじゃない。真っ赤な線の向こうに、急に、いっちゃったんだ。俺もがんばらねぇと。死んでからあの人と飲めない。家に帰ってる場合じゃない。もっと、書いて、書くんだ。俺らは、誰も、家に、帰ってる、場合じゃないんだ……」

あたしはうつむいた。外に出て歩きだしたら、降り続く雪が、あたしのグレーのダッフルコートにじわじわと染みこんでいった。

この夜、「犬の心」はあたしがアルバイトをし始めてからいちばんの客数で、カウンターの中にもトイレにも外の階段にも人があふれて、しかも全員、喪服で、あたしも由利さんもお通夜帰りの喪服のままで明け方までぼんやりと働いた。嘘しか言っちゃだめ遊びを、夜が更けても、由利さんはしようと言いださなかった。なんとなくもう二度と言わないような気がした。よくわからないけれど、由利さんもほかの人たちと同じように、文芸業界で大切ななにかがとつぜん終わってしまったと感じてるようだった。あたしは煙草をくわえて、天井の犬の骨格標本と黙って睨みあっていた。

翌週。

昼と夕方の中間の、まどろみがからだに重たくのしかかる時間。

めずらしいことに、バーの電話が鳴り響いた。酒屋もなにも日が暮れてからしかこないから、こんな時間に鳴るなんて不思議だった。あたしはうなり声を上げながらカウンターの上で身じろぎした。電話はいつまでも鳴り続けた。仕方なく起きあがり、受話器を取りながら、同時に煙草に手をのばして、一本、くわえた。ライターを探してあちこちに手をやりながら、

「……犬の心」

「真宮寺眞子さんはいらっしゃいますか」

電話の声は奇妙に遠くって、まるで地の底から響くように、凍った湖の中から聞こえてくるように、ぼんやりと聞き取りにくかった。

聞き覚えのあるしゃがれ声のような気がして、あたしは寝ぼけたまま、

「……あ、鍛冶野さん？」

と聞きかえした。でもつぎの瞬間、そうだ、あの人はもう死んじゃったんだと思いだした。ようやくライターをみつけて、煙草に火をつけた。一服、吸って、煙とともに、

「もしもし」

電話の相手は、ある出版社の、文芸編集部の名前を名乗った。二日酔いで濁った頭を振りながら、あたしはようやく、真宮寺眞子の名前で新人賞に応募したことを思いだして、「いるよ。……それ、あたし」と答えた。

夜明けにむちゃくちゃに書きなぐって、ポストに落とした物語のどれかが、新人賞を受賞したらしかった。

あたしは誰もいない乾いた荒野を想像した。そこを一人で走っていく、痩せこけた自分の後ろ姿を。

低くってさびしげな電話の声からは、なぜだか喪服の気配がした。夜と悲しみの。失ったものたちの。希望なき未来の。なにかが終わった、からっぽの新世紀の。

「あたし、真宮寺眞子だけど」

カウンターに胡坐をかき、煙草を指のあいだに挟み、枕がわりの、読みかけの本を膝の上に拾いあげながら、名乗った。

自ら声に出して宣言した瞬間、名前が力を持って、あたしは置いてきぼりのかわいそうなコマコから、無敵の、若くてうつくしくて魂が七色に輝く、謎めいた「真宮寺眞子」に変態した。

刃と傷口が、鋏と紙が、官能と哲学が、美と醜が、あたしの中でとつぜん和解し、共通の敵たる世間に向かって、長い時間をかけて共闘することを宣言した。愛するものと愛されるもの。追うものと消えるもの。水色のものと赤いもの。二十二年ものあいだあたしの内部で争い続けたコマコとマコは、この瞬間から同じ人間のふりをし始め、力を合わせて、謎めいた架空の生き物、「作家」を擬態した。

狼煙《のろし》を上げろ。

神さまに届くぐらい。高く、高くにだ。

地獄の底から叫ぶのだ。

神さまの化けの皮をはがしてやる。みにくい殉教者の腐った内臓を撒《ま》き散らしてやる。現実のコマコはとても無力で、幻のマコはさらに無力だった。長いあいだ、死者のように地中深くにいた。でも統合された悪魔は、神の火を盗み取り、おそろしい力で、この世のものとは思われない物語をつぎつぎ産み落とすことができるだろう。

狼煙を上げろ。

演じろ。

叫べ。

おえらい神の鎮座する巨大な椅子を、おまえの絶望の力だけで燃やしつくすのだ。


「真宮寺眞子です。……どうも」


二十二歳。

あたしはすべてが終わった荒野に立ち、一人っきりで作家になった。


荒野に花は咲くだろうか?

三　ボクシング・マイ・ブラザー

夜を越えたと思ったら、つぎの夜に出た。

この年。

あたしはやっぱり、まだ夜の住人だった。

「犬の心」に迎えがやってきたのはその夜の始まりの時刻だった。天気がいいのになぜか客足のすくない、静かな夜。カウンターの隅で、あたしが適当につくった歯磨き粉そっくりの味がするいんちきグラスホッパーを飲んでいた若い評論家が、「あぁ、集会の夜だからね」と興味なさそうにつぶやいた。

「集会？　なんの」

「猫どもの。もしくは秘密結社。ま、なんでもいいさ」

「行かないの」

「俺は行かない。権威がきらいなのよ。……というのは嘘で、結局は権威ってものが好きな俺自身のことが死ぬほどきらいなの。この、歯磨き粉を酒で薄めたくそまずいやつ、おかわり」

「歯磨き粉？ 失礼な、ミントだってば。あ、誰かきた」

黒い服を着た壮年の男たちが店に入ってきて、あたしは腕を引っぱられてカウンターから出され、そこでようやく、自分が受賞した新人賞の、授賞式の夜だったことを思いだした。評論家に、由利さんがやってくるまでの店番を無愛想な言い方で頼んだ。「なんだ、今夜の集会の主役、おまえだったのかよ……」と彼は肩をすくめた。それから、手ぶらで出て行こうとするあたしを呼びとめて、

「大事なものがあったら持っていきなさいよ」

「どうして」

「どうしてって……。二度とここにはもどってこられないからさ」

あたしは評論家とみつめあった。

夜なのにかけているサングラス越しに、奇妙なものを観察するような、不思議な目つきであたしを眺めている。人を見る目じゃなくて、現象を、物体を、できたての本を眺めるような……。

あたしはカウンターの奥から、マコと写した、十三歳のときの最後のファミリーポートレイトを取りだして胸の前で抱きしめた。あとは荷物なんてなかった。

目を伏せて、もういちど上げたら、そのときはもう真宮寺眞子になっていた。おどおどしてそのくせ無機質な、誰にも興味をもたれないつまらない人間を瞳の奥深くに潜伏させると、不遜なほどの自信と未来への無邪気な希望に満ち、七色に輝く若い女のふりをした。

　瞳の奥で、二人の人間が争いあう。

　捨てられてゴールデン街を流離《さすら》う、汚い野良猫の、オッドアイみたいに、右目と左目にちがう人間がいる。右目は真紅で、左目は水色。ぶれながらも次第に真紅が強くなってくるのがわかる。それを眺めながら評論家が小声で、

「あっ、いいぞ」

　と、つぶやいた。

「いい？」

「うん、へんで。……じゃ、さいなら。おかしなお嬢ちゃん。あっちの世界でまた、会えたら会おうぜ」

「あたし、真宮寺眞子っていうペンネームなの」

「……読んでやるよ。けちょんけちょんにけなしてやる。立ちあがれないぐらいに。嘘だよぅ。じゃあな。もう、行けよ」

　あたしは黒い服の男たちに引っぱられて、バーを出た。

外は冬の終わりで、やわらかな女の雪が降り続いていた。あたしは父親から贈られたボーダーのカーディガンの上から、由利さんに買ってもらったグレーのダッフルコートを着ていて、短い銀髪は根元がだいぶのびてきていた。もとの髪の色は、いまや黒と白が混ざっている。あたしは父親の遺伝なのか夜にこもって演じ続けた後遺症なのか、ひどい若白髪でいつのまにか頭が斑《まだら》になっていたのだった。夜は冬の匂いに満ちていた。息を吐くたびに、唇が氷のようなつめたい風を生む。あたしはため息をついた。店の前に停まっていた、闇のような色をしたおおきな救急車を見上げる。ゴールデン街をそぞろ歩く酔客があたしと黒い服の男たちを物珍しそうに眺めている。ドアが開いた瞬間、救急車と見えたのが幻覚であって、ほんとうは黒塗りの立派なハイヤーだったことに気づいた。後部座席にうやうやしく乗せられて、ドアが閉められたとき、寒そうに首を縮めながらやってくる由利さんの姿が見えた。あたしは身を乗りだして、由利さん、と声をかけようとしたけれど、ハイヤーの窓ガラスは不吉なスモークで、分厚くて、あたしのかすれたつぶやきはとうてい届かなかった。由利さんはさっさとハイヤーの横を通り過ぎて店の階段を降りていき、車は音もなく夜を走りだした。

白い縄のように空中をのたくる首都高速を進み、都心部に向かった。テールランプのかなしいうつくしさにみとれているうちに時は過ぎ、まるで幾晩《いくばん》も経ったような気がするほど長い時間の後、ようやくハイヤーはその町に着いた。老舗の出版社と、古書店と、印刷屋があふれるふるい町並み。巨大な霊園と、たくさんのちいさな公園、それに皇居もよく見晴らせて、都心にあるとは信じられないぐらい静かな、そして夜の匂いに満ちた町だった。ハイヤーは月明かりにぼんやりと浮かびあがる不思議なビルに走りこんでいった。昔風のオフィスビルだけど、見上げると上部が三つ、塔のように尖って満月を突き刺していて、まるで外国の昔話に出てくる古城みたいなおそろしさだった。真っ黒な外壁に、人間の姿を半分ほどしかとどめない溶けかけた妖怪、和風のガーゴイルが何匹もしがみついて夜空に向かって暗く吠《ほ》えてるような気がした。

ハイヤーが停まると、鉄製のドアが、ギ、ギギギギ……と、ゆっくりと観音開きに開いた。ハイヤーがまた走りだし、敷地内に入る。日本庭園のようでいて、どっかちがう、不思議な歪みを感じる空間がほんのすこし続いた。

車が停まり、あたしは降ろされた。

普通のオフィスビルのように受付があって、受付嬢がいた。薄暗い照明に照らされて、女性はうつくしい亡霊のように闇に浮かびあがっていた。黒い服を着た大人の男女が忙しそうに行き来していた。あたしは夢うつつで目を細めた。

客用の通路に通された。

闇のあまりの濃さに目がくらんだ。でも目が慣れると、廊下の左右に男の人がたくさんいるのが見えた。着物を着ていたり、スーツ姿だったり。壁にもたれて考え事をしてる人や、文机《ふづくえ》に向かっている人や。思い思いのポーズのままであまりにも動かないので不思議に思ったけれど、もっと目が慣れると、それはみんな人間なんかじゃなくて銅像だとわかった。写真でしか知らない過去の文豪たちの像が廊下に飾られてるだけだった。

あたしは不安になって、持ってきたファミリーポートレイトをぎゅっと胸の前に抱いた。と、急にママの声が聞こえた。耳元で、すぐそこにほんとうに立っているような、暴力的なほどのみずみずしさで。

「堂々としてなさいよ、コマコ。あんたって子はいつもおどおどしててみっともないわ」

う、ん。

と、うなずきながら横を見ると、ひさびさにマコの幻が現れて、楽しそうにあたしの顔を覗きこんでいた。マコはいまのあたしと同じぐらいの年で、きらきらした瞳の奥にあたしの姿を映していた。これから始まる冒険が楽しみでならないというように、やたらと弾む声で、

「もう大人になったじゃない。それに、わたしがついてる。なによ、こぉんなところが怖いの？　おかしなコマコ。わたしはぜんぜん平気よ」

わかった、ママ。

と、返事をする。

堂々としてる。ママがはずかしくないように。ママが満足するように。あたしはあなたを裏切らない。もう二度とあなたの期待を裏切ったりしない。それは死ぬよりも怖いこと。

むりに胸を張ると、ママが、そうよ、というように鈴の音色で笑う。

廊下の左右に立ち並ぶ物言わぬ銅像たちは、それぞれ、ひろげた原稿用紙に向かっていたり、ステッキ片手に歩いていたり、膝に猫を乗せてぼんやりと撫でていたりした。あ、文豪。あれも文豪。知ってる、本に載っていた写真とおんなじ顔だもの。近代文学の死者の群れの真ん中を、道案内されてゆっくりと進んでいく。ときどき銅像ののばした手や、帽子に頭を思い切りぶつける。あっ、痛い！　思わず呻くと、耳元でママが笑う。あたしはあわてて背筋を伸ばし、マコとコマコのあいだを忙しく行ったりきたりする。

ふっと、動いてる影を見た気がして、目を凝らす。

文豪たちの銅像が鈍い光を放つ中、文机に不遜に座って、煙草を吹かしながらこっちを見ている男がいる。そのからだは闇の中でも半分以上透けていて、おやっ、お化けだ、とあたしは気づく。痩せ細った、からだ。いかにも不健康な土気色に、濃く、文字に焼けた右手の指。人差し指と中指のあいだに煙草をはさんで、ぽうっ、と灰色の煙を吐く。

「駒子さん。……ようやくきたね」

「鍛冶野さぁん。でも」

　あたしは足を止めて、彼を見上げる。

　鍛冶野さんはうっすらと笑っている。

「不幸になりにきたねぇ」

「生まれたときから、不幸だから、べつに平気だけど。……でも」

「また、生きて逢いましょうね。駒子さん」

「……でも」

　あたしは落ち着かなくなって、ズボンのポケットからくしゃくしゃの煙草の箱を取りだす。一本、くわえて、鍛冶野さんが近づけてきた唇に、寄って、もらい火をする。じじじっと音を立てて、死の国から、つめたぁいもらい火。

　一口吸い、しぼりだすように、

「でも、鍛冶野さん、もう死んでるじゃない」

「下にいるよ」

　鍛冶野さんが笑って、目が糸のように細くなる。目の下にたくさんのしわが寄る。

「いる？」

「うん。ぼくのような者達が」

「……どういうこと」

「作家と編集者は、幾度でも会える。生きて逢える」

鍛冶野さんはあたしとよく似たにやにや笑いを浮かべながら薄れていった。笑顔だけを闇に貼りつけて残すように、ゆっくりと。

再び歩きだした。ほどなく廊下が終わり、地下に降りる吹き抜けの螺旋階段に出た。真宮寺眞子は、闊歩《かっぽ》するように勇ましく降りていった。

螺旋階段をぜんぶ降りると、そこにはほとんどなにもなくて、ただ白いドアがぽつんと光っていた。

「こちらです……」

白いドアが開くと、急に視界が開けた。

細長い会議室のような部屋があって、テーブルクロスをかけられた丸テーブルにグラスやぶどう酒の瓶が並んでいた。喪服のような黒い服を着た、さまざまな年齢の男女がさざめいていて、ところどころに店で見たことのある編集者や、写真で見覚えのある年配の作家もいた。

授賞式の会場なのだけれど、不思議なほど、先日の鍛冶野さんのお通夜と空気が似ていた。みんな沈みこんだ顔をしていて、漏れ聞こえてくる会話も、とつぜん死んでしまった編集者についてが多かった。海に沈んだ都市の、波に揺られる亡霊たちのように、誰もが生気をなくして喪服の重たい漆黒に滲んでいた。

あたしは胸に赤いリボン付きの名札を飾られた。真宮寺眞子、と黒々とした文字で書かれていた。

壇上に淡い銀色の屛風《びょうぶ》があり、マイクが一本、ぽつんと用意されていた。司会者が進行し始め、選考委員の作家が真宮寺眞子の受賞作について、よいところと苦言とを語った。新聞記者たちが質問をする。カメラのストロボが鈍く光る。あたしもマイクの前に出されて、またなにか書きますんで、と短く挨拶した。社員有志によるバンドが会場の隅で待機していて、音楽の演奏が始まった。

空気はやけに重たかった。

そこにはなにか重大なものが終わってしまった世界の、死のような静寂が満ちていた。バンドの演奏が、やけにリズムの速いなにかに変わった。どちらにしろあたしには聴きなれない音楽。ふるくてあたたかな音楽。

喪服を着た大人たちがさざめく会場で、あたしはぼんやりと立ち尽くしていた。


それきりほんとうに、あたしはバーに、もとの夜にもどれなかった。おおきな出版社のビル内には昔風のホテルみたいなスペースがあって、仕事用の机とベッドと一人掛けのソファ、そしてお風呂が完備されたちょっとした部屋が廊下の左右に十室ほど続いていた。あたしの担当になった編集者は一回りほど年上の男性で、原稿用紙とボールペンのほかにほしいものはあるかね、とあたしに聞いた。

「鏡」

と、あたしは答えた。

「鏡？」

「うん。おおきいの」

「ふぅん……」

すぐに高さ二メートルぐらいの鏡が運ばれてきた。仕事机の横にそれを置いて、自分が映るようにして、あたしは原稿用紙に向かった。なぜなのかはよくわからないけれど、鏡にしっかり自分が映ってないと怖くてなにもできなかった。自分がほんとうにここに存在するのか、どうしたらいいのかわからなくて、ときどきまったく動けなくなってしまった。あたしは一文字書いては、横目で鏡を見た。いるいる。コマコはまだ地上に存在している。ほっと安心して、またボールペンを走らせた。こちら側にいるのはコマコなのかマコなのかもはやそのどちらでもない妖怪なのかよくわからない、曖昧な輪郭をもつ不気味な誰かだった。でも鏡の中にはまだちゃんとコマコがいて、生真面目そうな顔をして右手にボールペン、左手にマルボロ・メンソールで原稿と取っ組み合いしていた。

ちゃんと銀に染めなおした髪は肩の辺りまで伸びて、青白くこけた頬をやわらかく取り囲んでいた。その髪と、いつも着ている、ボーダーのぶかぶかカーディガンがいつのまにかトレードマークになっていた。廊下を歩き、べつの階にある資料室に忍びこんでは、とうに絶版になっている昔の本をむさぼり読んだ。なんでもよかった。活字であれば。読んで血湧き肉躍れば。

こんなにも弱く、常にふらふらと眩暈がしていて、この世の隅にくっついてかろうじて生きているのに、それでも本を読むことだけは相変わらず楽しかった。あのころと同じように。感動しては、四肢が裂け、情熱が実体をともなって世界の真ん中に向かって噴きだすような感覚に襲われた。資料室の床を転げまわり、声のない声を上げて、弱い獣のように手足をぶるぶる震わせる。からだの奥で巨大な鐘を鳴らされているように、頭を揺らす。そうして、足を引きずって、自分に与えられたせまい部屋に帰っていく。横目で鏡を見ながら、原稿用紙に向かい、一文字、一文字、痛みとともにマスを埋めていく。肉体的苦痛と引き換えに、ゆっくり、ゆっくりと物語をつむいでいく。

しかし、物語への情熱は、いったいどこからやってきてコマコに住み着いたのだろうか。それはきっと、ずうっと昔のこと。覚えてられないぐらい遠い過去のことだったのだろう。あたしは書いては、読んでは、震える。一人ぼっちで、夜に胡坐をかき、限界まで書き続けては、床に丸まって眠る。

あたしはいったいなにをしてるのだろうか。

荒野にいることだけはわかっている。

燃える地平線なんてぜんぜん見えない。なにもない。ただ、あてどもない文字の地面が茫漠《ぼうばく》と広がってるだけだ。

編集者は部屋の鍵を持っているから、予告なしにいつでも入ってくる。ドアを開けてみて、ちゃんと原稿を書いていればそのままそっと閉めるし、床で青白い蛇のようにとぐろを巻いて寝ていれば、ベッドで寝なさいと悲鳴を上げる。

「風邪、引くと思うよ。空気は下に行くほどつめたいからね」

「床が、好き」

「でも……」

あたしはゆっくりと起きあがって、体育座りし、鏡をみつめる。煙草に火をつけて、髪をかきあげながら、ため息混じりの煙を吐く。編集者が赤のボールペンで真っ赤に添削した原稿をあたしの膝に乱暴にのっける。おぉ、もどってきた、とあたしは煙草の先を噛みながら原稿用紙に目を走らせる。編集者は面白いときは声を立てて笑うし、不満そうに鼻を鳴らすこともある。あたしはびくびくしている。

編集者は、あたしが演じる独り舞台の観客で、同時に劇場の支配人だった。

あたしという作家は極端に学がなかったから、漢字や、比喩の間違いなど、基本的な日本語の部分を毎回たくさんたくさん直されてしまう。それに、展開のもたつきや矛盾も鋭く指摘される。もくもくと煙を吐きながら、読んで、よくわからないところは質問する。

「……飯、食ったの」

「うん、食った」

「いつ」

「えっと、今日か、昨日か……」

ルームサービスの注文状況をチェックして、編集者が「昨日だね」とつぶやく。あたしは肩をすくめる。煙草を揉み消して、そっと目を閉じる。

人はどれぐらいの頻度で、どれぐらいの量の食事を摂るものなのか。いつどんなふうにして眠ればいいのか。生活の基本的なことがよくわからなくて、あたしはいつも、心もからだもフラフラしていた。ただ鏡があることでかろうじてここに存在している、という感じだった。このころほんとうに、ほんとうにぼんやりしていた。未来は、明日やあさってといった近しいものでさえ、まるでさびしい過去のように遠く霞んでいた。

あたしのデビュー作は小説専門の雑誌に載せられて、それなりの反響があったとのことだった。つぎの作品、またつぎの作品と、書いては添削され、幾度も書き直し、ようやく完成すれば雑誌の隅っこに載るという繰りかえしだった。新しいアイデアもあれば、「犬の心」のカウンターでとぐろを巻いて眠っていた数年間のあいだに、籤に当たっては演じ続けた物語を文字にうつしたものもあった。あたしは、若き異形《いぎょう》の短編作家として歩みだしたばかりだった。作品が書きたまれば一冊の本になるはず。あたしはひたすら原稿を書き、資料室で読書をし、床で眠る日々だった。そのうちいつのまにか二十三歳になった。

たまに、父親の家に顔を出した。

父親からの要請があると、父の担当編集者があたしを叩き起こしてハイヤーに乗っけるのだ。外に出るといつも夕方だった。高級住宅街に着くころには日が暮れて、ニッポンのホーム・スイート・ホームがあたしをつめたく出迎えた。

あたしが二十三歳になったこの年、父親の桜ヶ丘雄司は五十を過ぎたのにまだ若々しくてけっこう写真栄《ば》えがした。端整な顔つきだけれど白髪がまた増えて、いまや銀髪といってもいいぐらいで、並ぶと背格好も顔つきもあたしとますます似ていた。妹は中学生になって、清楚《せいそ》な三つ編みと名門女子校の制服の相乗効果で姉のあたしとは似ても似つかなかったけれど、相変わらずあたしになついていて、やたらと後ろをついてきた。あたしの作品も、学校の図書室で読んでは、この人って腹違いの姉なのよ、と屈託なく友達に話しているらしかった。父親の奥さんはおとなしくて遠慮がちで、なにを考えているのかあまりわからなかった。弟の太郎は、二十二歳。最高学府の卒業を控えて、大学院を志望してるとのことだった。

十年前に、動物園のある盆地の町で、ママの足踏みミシンの音を聞きながらめくった雑誌。あれに載っていた桜ヶ丘家の偽善的ファミリーポートレイトは、相変わらず一分《いちぶ》の隙もなくきっちりと整っていたけど、犬小屋の後ろに隠れていて写らなかった、あたしが紛れこむことで、家ごと不思議なかたむき方をしているようだった。奥さんの顔は微笑んでいるけれど土気色に濁って見えたし、太郎は、あのころのようないかにも自信満々の少年ではなくなっていた。うつむきがちで、全体的に、そこにいるのにいないかのような不思議な薄れ方をし始めていた。

食後、煙草を吸おうと庭に出たら、また音もなく太郎が近づいてきた。背後から気配を感じて、あたしは振りむかず、

「なによ」

と、低い声を出した。

太郎が足を止めた。

「近づかないで。あたし、あんたに興味ないの……」

「人殺しの娘！」

太郎の声は低かった。

ゆっくりとあたしは振りかえった。太郎は目を伏せて、自分の足元にせわしなく視線

を泳がせながら続けた。

「俺、調べたんだ。駒子を産んだのはどんな女なんだって。お袋と比べて、どんなやつなんだろうって。昔の新聞に出てた。逆上して、つきあってた男を刺して、子どもといっしょに逃げちゃったって。だらしないし頭も悪いし、役にも立たないし。社会のごみ。いなくていいようなつまんない人間だよ」

「役にも立たないって、どういうこと？」

「だって、人間には二種類しかいない。社会の役に立つやつと、立たないやつ」

あたしは煙草の火を、また、太郎の頬に押しつける。躊躇のない動きだから太郎は予測できない。痛みに仰け反って、声にならない悲鳴を上げる。

二人でもつれあって庭の暗がりに落っこちる。紫陽花《あじさい》の花びらを散らしながら転げまわる。ここが、犬小屋の裏。あたしはおおきなからだを利用して、太郎に馬乗りになる。両拳《りょうこぶし》で太郎の顔面を殴る。丸めきらなかった両小指を思い切り突き指する。人差し指の付け根の関節が、太郎の顔の骨にぶち当たっては潰れ、内出血して皮膚の内側からあの世みたいに真っ赤に染まる。太郎はびっくりしたように目を見開いてあたしを見上げている。月があたしの狂った顔を照らす。あたしの動きは止まらない。いつまでも太郎を殴り続ける。

太郎。

あたしの、偽物の弟。

コマコとマコを否定するもの。この世の内側にいるつもりの、立派な青年。

ねぇ、太郎。

あなたにあたしの惨めさを全部あげる。

姉であるあたしは、殴られ、蔑まれて育ったから、いまや人の魂の傷つけ方を誰よりも知っている。尊厳を奪う方法を他者から教えてもらった。あなたがそうやって、幼いくせに高みに立って社会を見下してたその時間にも、高みに立ち続けるために机に向かい受験勉強というくだらない闘いを続けていた時間にも、あたしはこの世の外側にいて、家畜の目をしてこの世の向こう側を眺めていた。惨めな分、あたしのほうが強い。奪われるものがとうにない分、あたしにはあなたを恐れる理由がない。

太郎が反撃しようと弱々しく手をのばしてくる。怒りの爆発と、暴力の毒に、太郎はまったく慣れていない。その手に殴りかえされ、男の子の強い力に、脳が揺れて意識が遠のくけれど、あたしは感情の爆発でそれに対抗する。太郎の手には常識による躊躇があるので、ずっと非力なはずのあたしに、抵抗できない。あたしは自身の存在理由をかけて弟を殴り続ける。十数年分の怒りが太郎に集中して流れこむ。汚れた手摑《てづか》みで、魂を奪いとる。

あたしはこのとき弟も去勢してやりたかったのだ。

家畜の心を、分け与えてやりたかったのだ。

やがて、妹があたしたちのやっていることに気づいて、庭先で甲高い悲鳴を上げた。あたしは父親から羽交《はが》い締《じ》めにされて、太郎の上から引き剝がされた。太郎は母親に抱き起こされると、ぽかんと口を開けたままこっちを見上げた。月明かりを浴びながらあたしは悪魔のように髪を逆立てていた。

「……人殺しの娘に口きくときは、気をつけな」

あたしは、自分の声とは思えないぐらい低くて怖い声で言った。

ぶるぶると震えながら、太郎がかすかにうなずいた。


父親はあたしに対して怒ったことがない。心配するばかりで。心を痛めるばかりで。この夜もなにも言われなかった。出版社のビルまで送られるあいだ、車の中でも、本のことばかりを聞かれた。ちゃんと書いてるよ、と短く答えると、そうか、とうなずくだけだった。

出版社にもどると、夜中の資料室で、太郎に教えられた昔の新聞なるものをあたしも調べた。十八年前。あたしが五歳で、ママが二十五歳のときのちいさな記事をみつけた。痴話喧嘩の末におおきな鋏で刺されたらしき男性が発見されて、刺した女は子どもとともに失踪した、という記事だった。同じ時期の週刊誌も探した。添えられていたのは粗すぎる顔写真で、女の人のとなりに写っている子どもには目線も入ってるから、それがママとあたしなのかよくわからなかったけれど、確かに、鈴木眞子と写真の下に名前が書かれていた。あたしは長いあいだその記事をみつめていた。とても惨めで、ちいさくてささやかな、でもこれも確かにあたしたちのファミリーポートレイトだった。

資料室を出た。

誰もいない真夜中の廊下を歩くと、あたしの前をあのころのママが、若くて七色に輝いていて、きまぐれで、泣き虫で、あたしを抓っては惨めさに泣いていたママが、スキップ混じりに歩いていた。ときどきこっちを振りむいては、「コマコったら、どうしてしょげてるの」と楽しそうに聞く。

ううん。

なんでも、ない。

と、あたしは答える。

ママ。

コマコは、マコが大好きよ。

たとえ、あたしをどんな大人にしてしまったとしても。

あなたの惨めさを全部くれたとしても。

そうしておいて、この世に、一人ぼっちで置いていってしまったとしても。

あたしがあなたを嫌いになるはずがない。否定するはずがない。あなたから離れて、一人で幸福になってしまうはずがない。それは裏切りだもの。よく、わかってる。

この状態はずっと続く。

呪いのように。親子、だもの。

あたしたちはさまざまなファミリーポートレイトの中で、いつまでも二人きりで氷像のように凍りついている。コマコとマコは一心同体。永遠に続くあなたの苦しみを、ほら、今夜もコマコが引き取った。

だから、ママ。

……どうか安らかに。


二十五歳。

処女短編集『母と鋼鉄』が刊行された。

ママがあたしを連れて、ちいさな庭に紫と黄色のパンジーが咲き乱れるコーエーから逃げだしたときとおんなじ年齢。鈍行列車に飛び乗って、ひとつのお弁当を親子で分けあったあのとき。弁当売りがきれいなママにみとれて、つぎに、みっともないあたしを見て不思議そうな顔をした、あのときとおんなじ。

あたしは出版社に用意されたスタイリッシュなシャツに袖を通して、化粧もした。煙草はけっして手放さなかった。ポスター用に撮影された写真では、あたしはまっすぐに立ち、いつもしょんぼりと首をかしげているつまらないコマコではなく、堂々たる真宮寺眞子としてカメラをみつめかえしていた。作家として登場するときはいつも、不思議とマコが乗り移ってきて、あたしを自信に満ちた若い女のように擬態させた。

短編集には「CRANE GIRL」「哲学の娘」「鋏女」「鈴木家の崩壊」など、文壇バーでの演目がそのまま文字になったものも収録されていた。クレーン、船、鋏、家……。物語に必ず母性と鉄が出てくるから、と編集者が指摘したので、タイトルは『母と鋼鉄』になった。

表紙には古代の船が幻のようにぼんやりと浮かびあがっていた。帯にちいさな文字で、「確執と親密！　やわらかな母と、鋼鉄の娘の、禁断の密室劇！」と書かれていた。床に胡坐をかいて、煙草を嚙みながら、編集者に「そういうお話なんだっけ」と聞くと「そうでしょう、どれも」と返事がかえってきた。

あたしは出来上がった本を一冊、膝において、ママのことを想像した。

ママはあのまま鈍行列車に乗って、無事に逃げおおせて、いまは遠くの町でのんびり暮らしている。また子どもを産んで、でもこんどは夫も家もあって、夕方、子どもの手を引いてさびれた商店街で買い物をしている。肉屋で店員と無駄話して、八百屋でも近所の人とばったり会って。途中で子どもがむずかりだしたので、笑いながらあやす。ちいさな本屋の前で、ふと足を止める。どこかで聞いたことのある名前にぶつかったのだ。真宮寺眞子……？　首をかしげてしばらく考えてから、自分が昔、使っていた偽名だと気がつく。手にとって、ぱらぱらとめくって、やがて著者が誰かに気づく。

そのときママは、笑うだろうか。コマコったら、と。

それとも、

泣いてくれるだろうか。

あたしにはわからない。ママの心を捉えることはできない。あの人は永遠にあたしの謎だ。ただ『母と鋼鉄』という本は、この世かあの世か、どこかを彷徨ってるあの人の魂に向けてあたしが放った合図の狼煙なのだという気がする。十九歳から、六年もかけて、語っては、書き、苦しみ、ようやく完成させた鋼鉄製のラブレターなのだ。

ママ。

ママ。

どこにいるの？

あたしはここにいる。ここにいて苦しんでいるよ。いまもまだ、あなたの苦しみを引き取っては痛みに仰け反っているよ。あなたをけっして裏切ってはいないよ。

手下は、ボスに絶対服従。

……わかってる。

『母と鋼鉄』はひっそりと刊行されて、本屋の片隅に置かれた。

しばらくすると、いろんな新聞や雑誌からインタビューの依頼がくるようになった。といっても、新人作家の短編集は売り上げもささやかなものだし、そう急に注目されるわけがなかった。あたしは四年間も文壇バーでアルバイトしていたから、業界の人たちに顔も名前も知られていた。どこからともなく、この新人作家は桜ヶ丘雄司の娘らしい、と噂になって、ポスターの写真の切れ長の瞳と広い額があまりにも父親と似ていることもあり、父親とツーショットで出てもらえないか、という依頼が続いた。

父親が断るだろうと思っていたら、なぜだか向こうは機嫌よく承諾した。だからあたしは、編集者に連れられて部屋を出て、急に朝の、さわやかな陽光の只中《ただなか》に出ていくことになった。

父親と並んだあたしは、ひょろっと背が高くて、シャツの内側で痩せたからだが泳いでいて、ほとんど桜ヶ丘雄司の青年時代を演じてるみたいにそっくりだった。ママの手で長い髪を切られて去勢されてからの数年、あたしは十八歳の青年の真似をして暮らしていたから、そんなふうに振舞うことにも慣れていてお手の物だった。インタビューにきた記者も、カメラマンも、父と娘のよく似たポートレイトを撮りたがっているのだと察せられたから、あたしは期待に応えるべく父親の真似をして両足を広げて立ち、首をすこぅし左にかたむけてカメラをみつめた。あぁ、そうするとほんとうにそっくりになった。あたしにはもともと自分なんてなかったから、その場その場で、いちばん求められているものになりきることができた。邪魔なときは、いないものになれたし、大人の女のふりをしてしなをつくることもできたし、青年にもなれた。実体がなかった。いまは、この人の娘のふり。互いを尊敬しあうスノッブな親子のふり。

二人して洒落たデザインのスツールに座らされ、対談もした。パパは体系立てて、わかりやすく文学史を語る。大学で出来の悪い学生を前にしたとき、辛抱強く説明するように。だけどあたしのほうは、パパが話題に出す本を読んでいたり、いなかったり。それは二巻しか読んでない、だって二巻しか手元になかったから、と言いだして、自分なりに想像した一巻と、三巻と、四巻のストーリーを披露したら、パパはいかにも楽しそうに声を立てて笑った。

「ちがうの」

と、不安になって聞くと、

「うん。でも、そのストーリーもなかなかおもしろいよ。なんというか、ぼくが学者に、君が作家になったのがよくわかる。君は物語を探してなんにも気にせずどこにでも行ってしまう。ぼくはね、ぼくの娘が自由で、同時にとても無知であることをいますごく楽

をしながら、考える。

しんでいるよ」

「では、娘さんから見て、おとうさまはどんな父親ですか」

インタビュアーが急に聞く。あたしはアイスコーヒーに手をのばして、一口飲むふり
ゆっくりと煙草に火をつけて、

「わかんないけど……。ずっとあたしのことを捜してくれていた人、かなぁ」

「捜してくれた?」

「うん」

「作家になられたのは、やはりおとうさまの影響でしょうか。遺伝、というか」

「さぁ。遺伝もあったかもしれない。見た目からしてこれだけ似てるんだし、頭の中もそうなのかも。でも、それだけじゃなくて、育った環境が、あたしをこうしたんだと、思う……」

絶え間ない苦痛が。

なぜこのような痛みを、という長く答えのない疑念の日々が、あたしを物語を必要とする人間に、つまりは、たくさんの人格を持ち苦しみをべつの人格にどんどん投げわたす人間にしたのだろう。作家とはある種の、自覚的な多重人格者のことだ。物語に自分の苦しみを引き取ってもらう。それは生まれもっての才能なんかじゃなく、むしろ非常

に後天的な能力だ。生きる痛みが、物語を必要とする人間……つまりは作家と読者を生むのだ。

　あたしはそう考えながら、煙草を吹かす。

　ほんとうはこんなところで、父親と仲良く並んで、白いライトに照らされているなんて考えられないし、本来の自分には到底できないことだと思う。コマコはずっと長いあいだ、いないはずの人間だったから、注目されたり質問されたり、ぱしゃぱしゃと写真を撮られるなんて耐えられないはずだ。だけど、コマコの中のマコがまた、うまくやる。「わたしは女優だったんだからね。テレビにも出てたし、映画でも役をもらったことがあるんだから」と、耳元で楽しそうにささやいている。質問されてもはきはき答えるし、カメラを向けられればにっこり微笑む。

　桜ヶ丘雄司と、真宮寺眞子がそっくり同じポーズでカメラをみつめる、不思議なファミリーポートレイトがたくさんの雑誌に登場する。顔も、髪の色も、背格好も、いかにも文学者然とした神経質そうな目つきも、鏡に映したようによく似ている。処女短編集はささやかながら、新人の本の中では悪くない売り上げを弾きだす。パパもエッセイを書いたり、講演でしゃべるたびにあたしの作品を紹介する。パパはすごく生き生きしていて、娘の不器用で剝き出しの処女作をおそろしいほど手放しで褒めた。

　二冊目の本を出すために、あたしはたくさんの時間をまた出版社の一室で過ごし始める。鏡をみつめては、一文字、一文字、原稿用紙を文字で埋めていく。一文字、書くごとに胸が痛む。息苦しさに自分でおどろく。短編小説が一本、また一本とからだから捻《ひね》りだされていく。うぅ。苦しい。書いても、演じても、つぎの役柄、新しい物語がボワリと生まれてはぎゅるぎゅるぎゅると不気味な音を立てて構築されていき、ボールペンで引きずりだされるまで、からだの中で暴れる。

書いては、読んでは、床に倒れて眠る。

あたしはなぜだかどんどん苦しくなる。

書いても、書かなくても、重たい。

次第に床から動けなくなってくる。

ときおりインタビューがあり、部屋から這いでては父親のとなりでやけに饒舌《じょうぜつ》にしゃべる。そういうときはあたしはぼんやりしていていい。マコが全部うまくやってくれるから。あたしは物怖《ものお》じしないはきはきしたお嬢さんだと評判が立つ。ある日、家で撮影させてほしいという依頼がきて、あたしはハイヤーに乗せられてホーム・スイート・ホームに直行する。妹はだいぶおおきくなっている。名門女子校の制服を着て、長い黒髪にリボンを飾っている。庭に紫陽花の花が咲いている。太郎は遠い目をしてどこかを眺めては、上の前歯で下唇を噛み、滲みでた血を舌で舐めている。だから口紅を塗ったみたいに唇が妙に赤い。太ったのか、全体にむくんで輪郭がぼんやりしている。

花が咲き誇る豪奢《ごうしゃ》な庭にあたしたちは並ばされる。妹はうれしそうに微笑んでいる。父親が真ん中に座り、そのとなりにあたしが腰かける。よく似たポーズで長い足を組んで。父親の奥さんが、父親のとなりに立つ。太郎と妹はあたしの後ろに。昔、雑誌で見た偽善的ファミリーポートレイトの十数年後、のはずなのに、家族がとつぜん一人増えている。なぜか、犬小屋の後ろから這いでてきた惨めなコマコが真ん中に陣取って、パパのとなりで堂々と笑っている。あたしは桜ヶ丘家の強い鎖、作家として歩み始めた自慢の長男の立ち位置にいる。長男は新進作家で、次男は最高学府の大学院在学中。長女は名門女子校に通っている。母親は優雅な専業主婦だ。

ほんとうは、太郎は、あたしの本が刊行されたころからずっと大学院に行っていなくて、一日中部屋にこもってるそうだ。妹が教えてくれた。受験勉強のほかになにもしてこなかったし、卒業してからなりたい職業もとくにない、と母親に漏らしていたらしい。いまや、父親の期待に応えて喜ばせているのは偽物の長男たるコマコだった。太郎はいつのまにか家の中でいちばん弱い鎖になっていた。唇を噛んでは、血を舐め、ぼうっと下を向いている。

あたしは相変わらず、太郎の姿を見ると殴りたくてしかたない。憎悪が巨大な氷柱みたいにそびえたち、からだの奥で女の冬が、暴れる。

二十六歳。

二冊目の短編集『荒野、遥かに』が刊行された。

担当編集者が、一回りほど年上の男から同い年の男に替わった。是枝《これえだ》という名字で、あたしより二十センチ近く背が低くて、若いけれどきびきびしたいかにも有能な男だった。なぜか最初から、本名のほうで駒子、と呼び捨てにするし、態度がなれなれしいと思っていたら、ある日、彼がじつは昔の知人だったとわかった。

波だった。

鍛冶野さんの息子だ。たった数年で、純で不機嫌な青年から、やけに抜け目のなさそうな大人の男に、あまりにも人相が変わっていた。

あのとき就職先が決まったと話していたのは、ここのことだったのだ。

「波!」

と叫ぶと、是枝波はうらめしそうな目であたしを見上げて「やっぱり、わかってなかったか。ぜったい自分からは言わないぞと思ってた。駒子、あんたはほんとうに人に興味を持たないなぁ」と鼻を鳴らした。あたしはまた「ごめん……」と謝った。

このころ、あたしはインタビューで文学に関する難しいことを聞かれては、よくわからず、その場をマコに任せておいて黙りこむ、ということが増えていた。マコはいつも適当に楽しく話してくれるのだけれど、あたしのほうはそのたびに、自分は無知な恥ずかしい人間なのだ、なのにそのことを隠している、とおそろしく思った。是枝は文学史について聞くたびにすらすらとよどみなく教えてくれた。無愛想で、的確だった。

「そういうこと、知らないの。まったく」

「……気にすることはないと思うけどね。作家はそれぞれの頭に、個人的読書体験、つまりは個人史としての文学史を持っていればいい。結局はそれが創作の源《みなもと》となるし、体系立てた知識は学者に……まぁ、駒子の場合なら親父さんに任せておけばいいんじゃないか」

「へぇ……。是枝、そんなこと考えてたの」

「いや、ちょっと前まで考えてなかった。学生のころから文壇バーで知識合戦してたから。駒子を見てるうちに最近そんな気がしてきたってだけだ。……それとも、駒子のためにそう思うようにしたのかもな」

　是枝は左手で煙草を吹かし、右手に持った赤ペンであたしの原稿を真っ赤にしながらつぶやいた。

　あたしは是枝にだけは本名で呼ぶことを許していた。いまでは誰も、あたしがほんとうは眞子ではなく駒子であることを忘れていたけれど。雅号《がごう》のほうが業界に浸透し、最初からその名前だったように眞子、眞子、と呼ばれていたけれど。

　あたしは文学者の娘で、是枝は編集者の息子だった。いまやなにもかもが終わったような空気に沈みこむ、文芸業界にお似合いの若者たち。あたしたちはちょっとだけ兄弟みたいだった。大人たちによってあらかじめ消費され破壊しつくされ、新世紀の静寂に満ちたこの世界で大人になった、愛想のよいペシミスト。駒子と、波。二冊目の本は、一冊目よりすこし評価が高かった。どうやら、ちょっとずつ、ちょっとずつ作家としてのあたしは前に進んでいるようだった。物語ることはどんどん苦しくなって、でもやめられず、自傷癖《じしょうへき》のようにエスカレートしては、床の上で呻く日々の繰りかえしだった。

太郎が紫陽花の葉っぱを食ったのは、その年の梅雨時のことだった。明け方ごろ、いつものように机に向かっていたら、父親の担当編集者から連絡があった。「弟さんが救急車で運ばれた」と言われて、誰のことかとっさによくわからなかった。あたしにとって弟というのはあくまでも、遠い昔に城塞都市の病院で生まれそこない、洗面器の中でぐったりと死んでいた双頭の弟だけだったし、彼は生まれることなく捨てられて、やがて雪崩とともに埋まってどっかに消えてしまった。ようやく太郎のことだとわかると、あたしは躊躇した。あたしは彼らのファミリーなどではなかったし、駆けつけるのはおかしいと思った。

太郎は庭に咲く紫陽花の葉を食い散らかして、雨の中で倒れていたそうだ。紫陽花の葉には毒性がある。さすがに文学者の息子が選ぶ方法だな、と是枝が顔を左におおきく揺らしながら言うので、あたしは、方法って、とぼんやり聞きかえした。

「自殺未遂だろ。だって」

「どうして、そんなこと」

「生きるに理由がないように、死ぬにも、理由はいらないさ。……いろいろいやになったんだろ」

是枝の言葉は冷静そうだったけれども、声のほうは動揺してるように震えていた。

「太郎が……」

あたしは原稿を書いている自分の手をじっと見下ろした。

あれは何年前のことだろうか。

(人殺しの娘――)

(社会の役に立たない――)

(社会のごみ――)

そう言われて、馬乗りになって太郎を殴り続けた夜を思いだした。

あのときの拳の痛みを。

関節が潰れ、内側から血があふれ、痛みにからだが悲鳴を上げた。あたしは太郎から手摑みで奪い取った。汚れた手を弟にずぶりと突き刺し、胸の奥から、無垢で高慢だったあの子の、尊厳を盗んだ。昔、あたしが誰かにやられたように。

太郎は太郎のやり方で。

コマコはコマコのやり方で。

互いから奪おうとした。太郎は父親からされ続けたように、社会的な物差しでもってあたしを断じた。あたしはママからされたように、暴力によって自分の惨めさを分け与えた。

血が繋がってるのだから、遠慮しなくていいと思った。

あたしにはずっと、ママという名の自分しかなかった。自分の苦しみしかなかった。終わらない夜しかなかった。そうしていつのまにか加害者になっていた。

机にボールペンを置いて、ゆっくりと頭を抱えた。

たとえ満たされて驕慢《きょうまん》に見えていても、他者にも痛みがあるのだろうかと想像してみた。あたしがずっと感じてきたような。長いあいだ支配され続けているような。つまりは、生きる痛みが。太郎には太郎の苦しみがずっと存在したのだろうかと考える。

誰にとってもここは苦界なのだろうか。

あたしは顔を上げ、鏡をみつめてみる。

コマコが、五歳のときと同じぐらい不安そうな、そのくせ、自分は生まれ持っての被害者だと信じてるような目でこっちをみつめかえしてくる。

ボールペンが風もないのにころころと転がって、まるで机が坂道だったかのように床に向かって落下していく。ことっ、と音を立てて床の上で止まる。死んだようにそれきり静かになる。

翌日の明け方、卓上電話が鳴る。代わりに是枝が出て、すこしだけ話し、切る。太郎の意識がもどったらしい、と告げる。あたしは生返事《なまへんじ》して、それから床に寝転んですこしだけ眠った。


いつのまにかあたしの惨めさは音もなくすこしずつ世界にひろがっていた。目には見えない病原菌のように。

ある日、傷害事件で捕まった人の家に真宮寺眞子の本があったのだが、という趣旨の取材がきて、是枝がおそらく関係ないだろうからと気軽に断る。どうも、恋人を鋏で切りつけて逃げたらしいけど、あんたの本に鋏とか船とかクレーンとかさ、鋼鉄がよく出てくるから、なにか関係あるかな、だって。小説の筋と事件の内容もちがうし、さすがに遠いだろ、って言ったら、向こうも、そうですよね、無理がありましたねって笑って切ったよ、まぁご苦労なことだね……、と是枝は一気に話して鼻を鳴らした。

あたしは夜、資料室に行ってその傷害事件の記事を読んだ。

首筋にぞくりと這いあがってくるものがあって、しばらく動けなくなる。

それはまるで過去の再現みたいに、二十一年前、ママが起こした事件とそっくりだった。あたしが演じた物語には確かに鋏が出てくるけど、事件そのものをなぞって語ったことはいちどもなかった。すべてを、自分の中でまったく別のお話に変化させていた。あたしが演じてないことを、本から受け取って、無意識に模倣したのだろうか。紫陽花の葉を食った太郎と、鋏を振りまわしたその人が、頭の中でこんがらがってあたしを責めた。

あたしはずっと、語ることで、自分をこんなふうにした神さまに抗議してるつもりだった。上に、向かって、雪玉を投げてるのだと。

でももしかしたら同時に、顔を知らない観客たちに対しても、尊厳を奪ってやろう、かつての自分みたいにしてやろうとしていたのかもしれない。あの夜、拳を振りあげて弟を殴り続けたように。

奪われる無力な者から、この手で奪う者へ。

あたしは重たい足取りで資料室を出て、もとの部屋にもどる。煙草に火をつけて、煙を吸いこむ。壁をじっとみつめる。

気づけば三年もが経っていた。

この部屋に籠ってから。

あたしは静かに立ちあがると、鏡から離れて、一歩、踏みだす。

大事なファミリーポートレイトを小脇に抱え、部屋のドアを開ける。

そうして、生き物の内臓の中にいるような暗くて真っ赤な廊下を、からだをふらふらと揺らしながら歩きだした。

演じ続けなくてはいけないという、おかしな、夜の迷宮から抜けだすために。

ビルを出るとき、マコの幻覚に、低い声で呼び止められた。どこに行くの、と聞かれたけれどあたしはぼんやりしていて答えなかった。マコはついてこようとしなかった。こっちに残る、と決めたように、足を止めたまま。ビルの外から振りかえると、明けかけた夜に立ち尽くして途方に暮れたように首をかしげていた。あたしはコマコ一人になってまた歩きだした。どこに行きたいのかはわからなかったけど。地下鉄の駅に着いて、灰色の朝靄《あさもや》の向こうに霞みながら、ちょうど動き始めた始発に乗ると、どんどんビルから離れていった。

行き当たりばったりの出奔《しゆつぽん》。

湿った夜がすこしずつ背後に遠ざかっていった。

四　ポルノスター

朝の世界は、生温かい軟水に天井までユラユラと浸かっていた。郊外の住宅地にあるその店の中では、夏の空気はうだって、朝から日光にあったためられたプールの水みたいに心地の悪い温度だった。窓から風が吹きこむたびに、風景がかすかに歪む。水が揺らされたように。まるであったまった水みたいな時間だった。

その店は東京の郊外に位置する、静かな住宅地の一画にひっそりと建っていた。三角屋根で、三階建て。昔から続く金魚の卸問屋《おろしどんや》で、一階と半地下には水槽と、赤や黒や鈍い金色に輝く、人工的な花びらみたいな姿で泳ぐ金魚があふれていた。どんなに珍しい種類のものでも、必ず、最高の状態で買えるとの噂らしくて、金魚を愛する人びとにとっては伝説の卸問屋だった。

店の真ん中の螺旋階段を上がると、二階にはこぢんまりした昔風のカフェがあった。高い天井から金魚の形の風鈴がたくさんつられていて、レースのカーテンが揺れる、かわいらしいフランス窓から、風が吹いてくるたびにカラン、コロロン、カラン、といい音を立てた。あたしはよく、二階の天井までが生温かい軟水に浸かっていて、周りをおおきな金魚が泳ぎまわっている幻覚を見た。それはとつぜんあたしに襲いかかってくる感覚だった。そのときによって金魚はでっかかったり、普通のおおきさだったりした。でっかいときは、一匹一匹が象ぐらいあって、目玉も、ぱくぱくと動く丸い口も、なにもかもがあんまりグロテスクだからあたしは開いた口がふさがらなかった。

カフェの人気メニューは種類も豊富な中国茶と、オリジナルの不思議なカレーだった。よく炒めた玉葱《たまねぎ》と、金烏龍茶の葉っぱと、ココナッツミルクと、ターメリックなどのスパイスでできていて、常連のお客さんによると「そんなにおいしくはないけど、癖になってまた食べにきちゃう」そうだった。カフェは朝八時から夜の十時まで開いていた。午前中は近所の主婦たちがやってきたし、午後からは大学生らしいカップルや友達どうしのグループが螺旋階段を上ってきた。夜はお酒もちょっと出した。

あたしはこの店で働いているあいだ、自分について考えることがほとんどなかった。水の中にいるようにぼんやりと霞みながら、朝の世界の、普通の生活、つまりは市井《しせい》の人びとというものを飽きずに観察した。ほんとうに飽きるということがなかった。怠惰な幸福たちが生ぬるい水の向こうであたしに微笑みかけている。だけど、ほんとうに幸福なのか？　いったいあなたがたは何者なのか？　あたしは黙ってみつめ続けていた。耳元で風鈴が夏の音をチリチリと立てた。

とつぜん出版社のビルを出奔して、電車に乗り、郊外の街にたどり着いてからもう半年ほどが経っていた。行き当たりばったりに電車を乗り継ぎ、この街に着いた。アルバイト募集の張り紙を見て、金魚屋兼カフェ「赤い魚」を訪れた。ここを選んだ理由は自分でもよくわからない。店の名前に懐かしいなにかを感じてしまったのかもしれないし、べつにちがうのかもしれない。

住みこみで、三角屋根のちっちゃな屋根裏部屋を与えられて、朝八時から夜の十時までずっとカフェにいた。お客さんはそんなにこないし、ぼんやりしていられたから、働く時間が長いのはぜんぜん苦にならなかった。オーナーは五代目だという三十代半ばの男の人で、共同経営者の奥さんといっしょに、一日のほとんどの時間を一階の水槽のそばで過ごしていた。金魚は自然の生き物ではないから、よい状態で納品するためにはとても手がかかるそうだ。あたしは一日、二階のカフェで給仕をしたり、渡されたレシピ通りに玉葱を狐色になるまで炒めたり、することがないので本を読んだりして過ごした。

あたしは白銀色だった髪を黒く染めて、肩までのびたそれを仕事中は後ろで結んでいた。長い真っ黒なスカートに、白いエプロン。眼鏡もかけて、姿勢よく立つ。そうすると真宮寺眞子とはまったく別人の、いかにも生真面目なウェイトレスになった。休憩時間をもらうと、駅前にある本屋に行って文庫本を買い、またふらっと帰ってきた。食べるものは、朝はモーニングセットに出すのと同じトーストとサラダ、夜は人気メニューのカレーだった。開店前と、閉店後に、それをなんとか食べた。噛んでは飲みこんだ。相変わらず、食べることは生きることと同様に困難だった。だけど栄養を摂らないと立ち働けないので、あたしは食べた。食べることは闘いだった。生きるための。今日も、立ちあがるための。なにもなくとも、とにかく明日という場所に無事たどりつくための。

「おはよ」

「あ、おはようございます」

夜が明けると、朝の顔をした客がやってきては、せわしなく新聞を広げながらコーヒーやモーニングを注文した。日が暮れると、

「……いらっしゃいませ」

「まだ、やってる？」

「うん」

のんびりとほどけた顔をして、同じ客がまたやってきたりする。人は、時間帯によって生き方も顔も変わるのだと知った。そしてそれをすこしだけ興味深いことのように思った。

夜。閉店時間がきて、片づけが終わると、あたしは電気を消して屋根裏部屋に上がった。窓を開けると涼しかった。窓の外には闇がひろがり、その向こうに、遠く、都心の辺りだけが淡い光のドームをかぶせたようにゆるく光っていた。あのへんに、いたんだ。

ママとの旅を終えてからの十年以上を。高校で、文壇バーで、出版社の一部屋であたしは暮らしたんだ。でも、もう、知らない。そう思うたびに目が自然に細まり、あたしはいかにも場違いな満面の笑みを浮かべてしまう。頬杖をついて、窓の外に広がる夏の空気を眺める。それから文庫本を開いて読む。たまに思いだしたようにノートをひろげてみるのだけれど、おどろくほどなにも浮かばないので、すぐに閉じる。朝の時間にはいろいろな発見があったけれど、夜はいまではあたしとあまり仲良くしてくれなかった。頭も弛緩してるから、わざわざなにかを演じることもなかった。

夜半過ぎ。ふっと気温が下がって感じられる瞬間がある。毎日じゃないけど、でも油断してると急にくる。どこからか電話の鳴る音がして、受話器を取るどころか、立ちあがってさえいないのに、耳の奥で勝手に受話器が上がって、なつかしいママの声が頭蓋骨にびりびりと響く。

「コマコー、どこにいるのー」

あたしは答えない。

「コマコー、コマコー」

電話の向こうで、ママが呼んでいる。

困ったように、薄いため息混じりに。

「ね、ママを一人にしないで。ひどい子。はやく帰ってきて」

いやよぅ。

と、あたしは抵抗する。

あたしはどこにも行きたくないの。なにもしたくないの。もう帰らない。ずっとここでぼんやりしてるの。

風がママの匂いを運んでくる。甘じょっぱい、女の匂い。怖くってあたしは窓を閉める。冷房のついていない屋根裏部屋は、たちまち熱気で、ぬるい水のような不快感にあたしを閉じこめてしまう。あたしは汗だくで眠る。硬いベッドと、ちいさな机と、木製の箪笥《たんす》だけの部屋。ベッドの上には文庫本の山が無秩序に散らかっている。机にはノートとボールペン。ノートにはやる気のない、できそこないの物語の断片が一言、二言だけ散らばっている。

ときどき、あたしは店の赤電話に銅貨を放りこんで、腹違いの妹に電話をかける。妹はいつも内緒話の小声で出る。手短に近況を聞く。パパはお姉ちゃんのことすごく心配してて、こんどは手遅れになる前に探しだすぞって言ってた。でも、手遅れってなぁに。と、妹がささやく。お姉ちゃんいまなにしてるの、と聞かれて、アルバイト、と答えると、いいなぁ、と悲鳴のような声で言う。わたしもアルバイトしたいなぁ、と妹の声はのんきだ。

太郎は大学院を辞めてさいきん就職したらしい。あたしがいなくなってから、凍りついていた太郎の人生がまた動きだしたのだろう。あたしは電話を切ると、屋根裏部屋にもどり、ノートを開く。物語のことを考えるけど、やっぱりなにも浮かばない。夏の空気はゆるゆるとあたしを締めつける。

顔を上げる。

ふと気づく。

……なんということ。

あたしは、もう二十七歳だ。

青春を、苦しみながら語ることだけに費やして過ごすうち、あたしはいつのまにか若い女ではなくなってきていた。だけどべつになにも変わらなかった。朝から働き、夜になると読み、ときおり過去の幻覚におびえる。夜が更けると、ベッドにもたれて、硬い床で眠る。お客さんとの短い会話や、常連になった人との交流を楽しみながら、あたしは郊外の街に埋没していった。もう文学者の娘でも、人殺しの子でも、新進作家でも、なんでもなかった。

常連の中に自分と同じぐらいの年の男の人がいて、その人の横顔をあたしは気づくとよく眺めていた。背が高くて、色白で、髪の毛がやけにもじゃもじゃしていて、顔つきはぼんやり、とした人だった。まだ誰もいない静かな校庭を思いださせるような、不思議な朝の気配がした。スーツだけどノーネクタイで、一人のときはカレーを食べながら、やけに真剣な横顔でテストの答案の添削をしていた。やがて近くの都立高校の先生らしいとわかった。ときどき、たっぷり一回りは年上の、痩せて地味な女の人といっしょのことがあって、そのときはテーブルの上になにも出さずに、首をすこしかしげて、ただ相手の顔をみつめていた。

真田《さなだ》先生、と、女の人は、男の人を呼んでいた。

女の人は人妻らしい。左手の薬指に細い銀の指輪があった。真田先生は独身らしかった。二人はほとんど会話というものをしなかったのだけれど、それは濃密な空気だった。そこだけ風も強いようで二人がいる席の上では金魚の風鈴がよく鳴った。カララン、コロロン、カラン……。カララン、コロロン、カラン……。

ある日のこと。

「わたしは、いままでよりもちょっとましな人生が、どこかにあると、夢を見てたんです」

と、女の人のほうが言うのが聞こえた。

「毎日、つまらなくて。だから、真田先生に恋をしてみたくなって」

風が吹いた。

「でも、いざしてみたら、楽しいのなんて最初だけで。毎日はやっぱりつまらない」

風鈴が鳴る。

「きっとわたしがつまらない人間なんですね」

カラランン。

「おばさんのきまぐれにつきあわせて、ごめんなさい」

コロロン。

「では」

カラン。

女の人が出ていくまで、真田先生はなんにも言わなかった。あたしはというと、カウンターの中で文庫本に目を落としていた。

真田先生が急に顔を上げて、

「ふられましたよ。コーヒーのお代わりを」

「あっ、すみません。……聞いてました」

思わず言ってしまって、目があって、それから二人で震えて笑いだした。二杯目のコーヒーを真田先生はちょっとだけ恥ずかしそうな、あいまいな笑顔を浮かべたままで一気に飲み干した。それから鞄を開けて、いつものようにテストの添削を始めた。水のお代わりを注ぎに行くと、あたしに向かって弱々しく笑いかけながら、一枚のテスト用紙を指差した。

「なんですか」

「いまの女の人の、息子です」

見ると、男の子の名前が書かれていて、赤ペンで添削された後、四十五点、と点数が走り書きされていた。「ひどい点数だなぁ。いつも授業を聞いてないし、そのくせ世の中のことは全部わかってるって言いたそうな顔をしてるから。でも、そんなこと言ってる場合じゃないか。男としてのぼくの点数も、きっとこれぐらいなんでしょうからね……」と他人事《ひとごと》みたいにつぶやいて、両手を頭の後ろに当て、天井の風鈴を見上げた。

カララン、とまた風鈴が鳴った。

「そんなこと」

「……いやぁ、気を遣わなくていいですよ。見てたんでしょ。ぼくはつまらないって、さ」

「でもっ、男の人の点数は、女によってぜんぜんちがうと思います」

「あぁ、ありがとう。君はやさしい他人ですね」

真田先生は水を一口、飲んで、似合わない皮肉っぽさで答えた。

「よく、言われるんです。ぼくは変わった女の人が好きなんだけど、そういう人には、退屈なやつだとすぐ逃げられちゃう。どういう女の人ならぼくのような男を好きになってくれるんだろう。いまだにわからない。このまま一生、わからないのかもしれないなぁ」

横顔は、大人なのに男子学生のような真剣さで、あたしはもっと若いころのこの人が容易に想像できるような気がした。悩んでる割には、声に、朝の世界ののびのびした悲しみが満ちていた。あたしはすごくおかしくなって、からかいがちに、

「カレー、食べたらどうですか」

「えっ？」

「きっとお腹が空いてるんですよ。だから余計、絶望してるような気分になってるんです。真田先生は、いま」

「……あぁ、そうかも」

一拍おいて、苦笑する。目の下に深いしわができた。

目尻がきゅっと垂れて、笑ったのに、さっきよりもさびしそうな顔つきになる。

この日があたしが真田と会話をした最初だった。

夏の、プールの、水の中にいるみたいな、ぬるい暑さに沈みこむ昼下がり。

前日に真田先生が忘れていった手帳らしきものをカウンターの隅に置いて、客がこないあいだぼんやりとそれをみつめていた。窓の外からは蟬の鳴き声がゆるやかなビブラートで響いてきて、あたしは頰杖をつきながら、手帳が生き物みたいに動きださないか

観察し続けていた。子どものころからの、一人遊び。一人が苦にならないのはきっと、ママという特別な人間以外はいてもいなくても同じようなものだからだろう。孤独はいまやあたし自身と同化してしまい、どこにあるのかわかんないぐらいすごく自然な存在になっていた。

先週のこと。常連の女の子が、カウンターに陣取って「駒子さん、話し相手になって。今日は予定がなくって誰とも会えないの。さびしくって」と甘えてきたとき、あたしは初めて、人は一人だとさびしいのだと知った。そして、かつて姫林檎たちがやけに泣いたり怒ったりしていたことを思いだした。「……ね、どうしてさびしいの」と女の子に聞くと、「えっ。駒子さん、大人っ」と感心された。「一人ぼっちの部屋に帰るなんて、いや。恋人と毎日いっしょにいたいし、会えない日はぜったい、友達と遊ぶ約束を入れちゃう。手帳を見て、なんにも予定がないとものすごく怖くなるの」

そういえば、あたしがアルバイトに入ってから、女の子の常連が増えたとオーナーが教えてくれた。一人でやってきて、カウンターに座ってぼうっとあたしを眺めていたり、話しかけてきたり。それは仲良くなりたいというほどの熱ではなくて、ただ、居心地がいいからまたきてみた、というぐらいのあいまいな好意に思えた。べつの女の子に「駒子さんのそばにいると落ち着くね」と言われたことがあった。きっと、あたしがさびしがってない女の人だからなんだろう。もしくはそれを自覚してない女の人だから。あたしはいつだってカウンターの中にいて、機械的に玉葱を炒めていたり、難しい顔をして文庫本をめくっていたり、頬杖をついて遠い過去の甘い記憶をたゆたっていた。客がくれば立ちあがって出迎えた。

窓の外で、蟬の鳴き声がぐんっと低くなった。子どもたちの笑い声が耳をつんざいた。下校時間になったのだろう。日がほんのすこぅしかたむき、夏の夕暮れに向かって地面も斜めになり始めた。落っこちないように、暗い夜に転がっていかないように、あたしはちょっと足を踏ん張る。オーナーが入ってきたので、店番を交代してもらって一時間のお休みに入る。といっても、近所を散歩してから駅前の本屋を覗いて、アルバイト代で買い物するぐらいだ。

一階に降りると、こぽこぽと泡の音を立てて水槽が水を揺らしていた。金魚が無数に泳ぎまわっている。二階の金魚は風に揺れる硝子《ガラス》の風鈴だけれど、こっちの魚は全部、本物だ。あぁ、生きてる。

オーナーの奥さんがいつになく気難しそうな横顔を見せ、金魚の世話をしていた。

「へんな顔っ」

と言うと、

「この肉瘤《にくりゅう》、顔についてる気持ち悪いボコボコが多いほど、魚の価値が上がるのよ。だけど管理がたいへんでさぁ」

「魚のことじゃないですよ。奥さんの、いまの顔っ」

真似してみせると、顔を上げてこっちを見て「あら、やだ。自分のこととは思わなかったわ。なにせ自信家なもんだからさ」と大口を開けて笑う。奥さんのとなりにしゃがんで、しばらく金魚のボコボコの顔を観察する。あたしは前よりずっと人懐《ひとなつ》っこくなっている。表向きだけの、水のように静かな愛想のよさ。あたしはほんとうのところ毎日ぼんやりしている。日々はまるでぬるい水のようにただ流れ過ぎてく。

「金魚って中国からきたのよ」

「へぇ」

「突然変異のフナなの」

「えっ、ただのフナなの。こんなに真っ赤で、おかしな姿してるのに」

「人間も一緒じゃない。この人からこんな子どもがってびっくりするような、ほらぁ、とんびが鷹《たか》を、のアレよ。フナから金魚よ。とはいえ真っ赤なヒラヒラの子どもなんてねぇ。フナからしたらねぇ。自然の環境じゃ生きていけない子だし」

「そうなの」

「うん。金魚を普通の川に放したら、代が替わるとまた普通の色のフナにもどっちゃうんだってさ。つまり、これって、大切に育てられた人工的なペットなのよ」

「ふぅん」

「だけど人間もさぁ、普通の子を、親が厳しく育てて習い事させたりして、わざと金魚に育てようってがんばっちゃうってあるわよねぇ。へぇんなの、って思うけどさ。……あら、休憩時間なのよね。引き止めちゃって。ついでに、帰りにアイス買ってきてちょうだい」

「はーい」

あたしは立ちあがる。

耳元で「逃げ水だ……」という声がして、おやっと思う間もなく、しゃがんでたはずの奥さんが立ちあがって、あたしを追い越して店の前の細い舗装道路を走りだした。暑さによじれる、夕方の空気。道路の向こうに逃げ水がぼんやりと浮かんで奥さんを誘っている。急に子どもみたいにはしゃいで走っていく奥さんをぼんやりと眺めていると、背後で水槽が、ごぼりとおおきな音を立てた。

蟬の鳴き声がまた強くなる。

あたしは奥さんに背を向けて、道路を反対側に向かって歩きだす。駅前に向かうゆるやかな坂道を、白い日傘を差してゆっくりと下っていく。額に噴きだす汗を、手の甲でそっと拭う。スカートのポケットから煙草の箱を取りだして、前歯で一本くわえ、箱を仕舞う。ライターを取りだして火をつけ、一服、吸った。

そういえば、こうやって歩いているときに常連の女の子とすれちがって「日傘と煙草なんて、へんなのっ」と笑われたことがあった。そのとき初めて、どうやら人は日傘を差しながら煙草は吸わないらしい、と気づいた。他者の目とはあたしにとって不可思議なものだった。

自動販売機でつめたい缶コーヒーを買い、さびれた公園のベンチでゆっくりと飲んだ。飲み終わると、缶を灰皿代わりにもう一服。立ちあがって、駅前まで歩いていく。ちいさな本屋に入って、文庫本を一冊買う。よく見かける、同い年ぐらいの店員とはとっくに顔見知りになっているけど、一言もしゃべったことがない。彼はなにか言いたそうな顔をしてあたしを眺めては、でも言いよどんで、言葉を飲みこむ。もしかしたら作家の真宮寺眞子を知っていて、似てるな、でもこんなところにいるわけない、と疑問に思ってるのかもしれない。

本屋を出て、また歩きだす。

駅前のロータリーから、ぷぉん、と音を立ててバスが発車する。古い車体。住宅街に向かってゆるやかな坂道を歩きだす。暑いせいかちょっとだけ眩暈がした。一瞬、立ちどまって、でも気にせずまた歩きだした。

公園のそばにたどり着いたとき、蟬の鳴き声が暴力的なぐらい急に増した。背後からおおきな手のひらで突かれたように、びくっとする。公園の横に真っ黒なバンが一台停まっている。さっきもあったような気がするけれど、なにしろ暑くて、ぼんやりしてしまってよくわからない。軽い眩暈はずっと続いている。ちょうどあたしが通りすぎたときに、とつぜんバンの左側のドアがスライドして、開いた。乱暴な開け方。つぎの瞬間、鼻を殴られたかと思うほどの衝撃波で、男の、雄としての分泌物の匂いが真っ白に襲いかかってきて、あたしは濁流《だくりゅう》になぎ倒されるようにその場に仰向けに倒れてしまう。

「……今日はもう、いや。わたし帰る」

女の人の声がする。

あたしの手から離れた日傘が、からっころろっと音を立ててだいぶ向こうまで飛ばされる。起きあがると、日暮れの濁って黄色い日射しの真ん中に、茶色く染めた髪を鬣《たてがみ》みたいに逆立てた女の人が立っていた。全体にほっそりして、やけに足が長い。ビーズのついたおもちゃみたいなサンダルを履いていた。リボンを飾ったばかみたいなチワワを一匹、抱いている。女の人の背後に、ドアが開けられたバンの中が遠く見えた。おお中は鈍い暗闇になっていて、黒っぽいシャツを着た男の人たちが四、五人見えた。おおきなカメラを抱えた人が一人。

「おいっ、かすみ！」

「今日は帰る。また明日。これ、預かっといて」

抱いていたチワワを、いらない物みたいに乱暴にバンに投げこんだ。

あたしは立ちあがって、転がった日傘を拾った。車が走り去る音が聞こえた。いまのはなんだったのだろうとため息混じりに歩きだしたとき、となりにその女の人が並んでいるのに気づいた。

おやっ、と足を止める。

顔がちいさくて、足が長い。ふたつの胸が、怒りで爆発寸前の活火山の如く暴力的に盛りあがっている。バービーみたいな体型。あたしより二十センチぐらい背が低い。瞳はおおきくってラメのシャドーできらきらと縁《ふち》取《ど》られていた。

男の匂いがほんの一瞬、夢の残滓みたいに彼女を取り巻いていたけれど、夏の生温かい風に吹かれて髪がなびいて、その風がやんだときにはもう消えていた。蟬の声が遠くなった。坂道を降りてきた男子高校生たちがこちらを見て、足を止めた。彼女の顔を指差してなにかささやいた。なんとかかすみだ、と聞こえたけれどよくわからない。にやにやしながらいつまでも眺めている、その顔つきとよく似たなにかを、ずっと昔に確かに見たような気がした。あぁ。ママといっしょにいるときだ。豚の世界から、列車に乗って、また旅立とうとしたあの朝、駅で……。

「暑い。のど渇いたな。ねぇ、このへんに喫茶店ない？」

「……あるよ。あたしがバイトしてる店」

「レモンスカッシュはある？」

「ないけど、レモンがあるからつくってあげる」

「ありがと。……あんた、いい子ね」

女の人はビーズのサンダルを高らかに鳴らしながら、あたしの腕を取って歩きだした。振りむくと、男子高校生たちはいつまでも、あたしにはよくわからない蔑むような目で彼女を追っていた。あたしは急速に過去に引きずりもどされる気がした。人間は、逃れたつもりでも、ときどきかんたんに過去にもどされてしまう。ところどころに時空の穴が開いていて、うっかりくぐると、惨めな子ども時代や、おそろしい戦争状態の只中にワープしてしまう。あたしはなんとかかすみに引きずられてカフェ「赤い魚」にもどった。いつもどおり、一階の水槽の前にオーナーの奥さんがいて、あたしをみつけると「おっ、おかえり」と言った。「アイスは?」「あっ、忘れた」「だと思った。あら、お客さん?」「ん……。そう」

あたしは二階に上がって、知らない女の人にレモンスカッシュを出した。

「下が金魚屋。二階がカフェ。変わってるね。で、三階はどうなってるの」

「屋根裏部屋。あたしが住んでる」

「へぇ。おもしろそう……」

それきり沈黙する。

風が吹く。

金魚の風鈴が涼しげな音を立てて、誘う。
彼女はその夜からあたしの屋根裏部屋に住み着いてしまった。

屋根裏部屋はほんとうに狭くて、一人用のベッドと、机と、ちいさな箪笥のほかはなんにもなかった。窓からの月明かりだけが、夜毎、あたしを見ていた。本を読んだり、ノートを広げたり、ぼんやりと過ごす一人の部屋。

やってきた人、かすみは化粧も落とさず、本が散乱するベッドに疲れきったように横たわると、寝息も聞こえないほどの静けさで眠りだした。それきりなんと二十時間も目を覚まさなかった。茶色い髪はそばで見るとけっこう傷んでいて、毛先に近づくほどにぱさついて悲鳴を上げてるようだった。活火山のような両胸の前に、過剰なネイルアートで魔女のかぎ爪みたいになった手のひらを合わせて、死んでるようにぐったりと眠る。魔女と眠り姫を混ぜて現代風にしたようなおかしな姿だった。夜が更けると、幻覚の金魚たちが二階から、細い木の階段を伝って、屋根裏部屋に泳いできた。どの金魚も男の目をして、いかにも興味深そうに眠るかすみを見下ろした。みつめてる。魚たちが、みつめてる。そのうち金魚たちが脂ぎって、淡水魚のくせにやたらときどきとしてきた。水の中を泳いでいるのに、汗のように滴り落ちてくる脂にあたしはおどろいた。金魚たちは屋根裏部屋を泳ぎまわってはまた二階にもどっていった。

かすみは眠り続けて、ときどき、ほんの数時間起きては「あれ、まだここにいる」と力なく笑った。あたしは不気味な眠り姫みたいな彼女の横で、床に横たわって眠った。

「ごめんね、ベッドを占領して」とある夜、揺り起こされて言われたので、

「いつもこうなの。気にしないで」

「えっ、いつも？」

「床でしか眠れないの。おやすみ」

「へんな、やつ……」

かすみが起きると、カレーとレモンスカッシュを渡した。カレーしかないの、と文句を言いながらも食べて、また眠ってしまう。なんだろうこの人は、と思いながらも、あたしは追いだすでもなく、あなた誰、と聞くでもなく、ベッドを譲り渡し続けていた。

五日ほど経ったある夜。かすみの鞄をうっかり蹴飛ばした。

鞄は開いたままで投げだされていたらしく、中身が床に散らばった。しゃがんで、拾うと、おおきな目を見開いて、唇を半分だけ開けたかすみの顔がとつぜん目に飛びこんできた。映像作品のパッケージだ。金田《かねだ》霞、という名前だった。裏返すととつぜん、たくさんの男の子と交尾中の霞の写真が氾濫した。彼女は活火山の大爆発みたいにこれでもかと暴れまわっていた。それはプロの交尾パフォーマーの姿だった。あたしは感心してしばし写真に見入った。それから、それが入っていたらしい封筒にもどそうとした。

封筒には丸っこいかわいらしい字で宛名が書いてあった。あたしの父親の家とすごく近い、あの都心の高級住宅街の住所と、男の人の名前が書いてあった。どうやら作品を誰かに送ろうとしているらしい。あたしは鞄にもどして、それからそっとベッドにもたれた。

今夜も金魚たちが泳ぎまわって、うるさい。文庫本に目を落としながら、次第に眠くなってしまう。霞が転がりこんできてから、そういえば、ただでさえあまり使ってなかったノートを、さらに開かなくなったことに気づく。眠ってばかりの居候《いそうろう》とはほとんどなにも話していないのに、あたしはなぜ変化したのだろう。

そうして六日目。

霞はとつぜん起きあがって、ちいさな顔にかけるにはでっかすぎる大げさなサングラスをかけて出かけていった。

「……仕事」

「おぉ」

「おぉ、ってなに。男みたい。駒子さんっておもしろい」

「いってらっしゃい」

「……そんな、優しい声を出すと、帰ってきちゃうよ」

「いいよ」

玉葱を炒めながら、顔も上げずに言うと、霞はそっと手をのばし、あたしの髪を一房、黙って引っぱった。それから身を翻して足音も乱暴に階段を降りていき、その夜遅く、予告どおり屋根裏部屋に帰ってきた。ちいさなポルノスターは物も言わずにカレーの残りをかっこんで、また眠ってしまった。夏休みの子ども並みの疲れ方。あたしはカレーがなくなってしまったので食パンを生のままかじりながら、ベッドにもたれて本を読んだ。ふと思いだして、遠慮がちながら霞の鞄を覗きこむと、封筒はいつのまにか消えていた。きっとポストに投函《とうかん》したのだろう。

あたしは床で本を読む。

月明かりだけが二人を見ている。

霞は音もなく眠り、それはまるで石になった魔女みたいな姿だった。

時間はゆるゆると過ぎる。

風鈴の音が粘ついて、涼しげというにはあまりに生々しい響きに変わってきたなとあたしは気になり始める。

一週間ほどが経ったある夕方、足音がしたので顔を上げたら、別人みたいに日焼けした真田先生が立っていた。相変わらず憂鬱そうだけれど、朝の世界のゆるやかさに満ちているから顔を見るとあたしもゆるんだ。

カウンターの隅に置きっぱなしにしていた手帳を差しだしながら、

「……やっときた」

と、この人のことをずっと考えていたものだから、自然と口にしてしまった。真田先生はぼんやりしながら、

「アイスコーヒーを。あっ、手帳。なんだ、ここに忘れてたのか」

「えぇ」

いつもはテーブル席に座るけれど、手帳を手にとって、ぱらぱらとめくりながらカウンター席に自然に腰かけた。アイスコーヒーを飲みながら、あたしの顔を見るともなしに眺めている。

「先生。日に、焼けましたね」

「吹奏楽部の顧問をやってて。といっても、役に立たない幽霊顧問だけど。野球部の応援に行ってるあいだにすっかりこんな色に」

「あぁ」

「夏は、いいですね。いままでは、べつに好きな季節でもなんでもなかったんだけど。あんまり暑いもんだから、なにがあったんだかわけがわかんなくなる。うっかり紛れてしまう」

「そっか。だから恋の季節なんですね」

「……あ。駒子さん、いま、ぼくがふられたことを思いだしたでしょう」

「すみません、つい」

顔を見合わせて、それから声もなく笑いあう。真田先生はちょっとばかり疲れた表情で。あたしは他者のかるがるとした軽さで。

真田先生は所在無く窓の外を眺めている。このぶんだと話しかけてもよいだろうと思って、洗い物をしながら、

「真田先生の、夏って、けっこう忙しいんですか」

「えっ。あぁ、ええ。職場で、よくわかんない会議とか。あと、独身なのを知ってるもんだから生徒たちが下宿に押しかけてきたりね。それと地域のボランティア活動。なんだかずっと、なにかしらありますね。今年は、胸が躍るようなことなんてなにもしてないのになぁ」

「へぇ」

ふっと伏し目がちになって、独り言のようなちいささで、

「駒子さんはひまそうですね。いつきても、その笑顔で。なんというか、安定してる。だからあなたの顔を見るたび、ぼくはじつはほっとするんです。安定してる女の人なんて見たことないからかな」

「そうですか。でも、あたし、ひまというか、時間のうまい遣い方がよくわかんないん

です。だけど、時間はどんどん通り過ぎていくから」

「趣味は？」

「……読書、かな」

「ぼくは料理だな」

「あたしは、そっちはぜんぜん」

「うん。玉葱炒めてるところを見てて、前から思ってました。ほんとうに、心の底から食べ物に興味なさそうだなぁって。そのくせ二十分も三十分もレシピ通りにきっちり炒め続けるから、そのあいだ、駒子さんはいったいなにを思ってるのだろうって、あなたの横顔を眺めながらずうっと考えてた。それで、そのぼくを……」

真田先生は日に焼けた人差し指で天井を指差した。

「金魚が見ていた」

「あはは。だんまりの、眺めあいですね」

「あぁ、いけない。そろそろ行かなきゃ」

尻ポケットから財布を取りだしながら、立ちあがる。それが急だったのでなんだかさびしくなって、あたしはお釣りを渡しながら、

「真田先生。夏が終わったら、あたしとお付き合いしませんか」

「えっ」

風鈴が鳴った。

夏の初めよりも鈍い、脂で重たくなったような音で。

真田先生の顔がかすかに赤くなって、「あ、はい。……えっ、ぼくとですか？　じゃ、まずごはんに、ごはんに行きましょう。ごはん」と言って、あたふたと店を出ていく。

また手帳を忘れてる。文庫本に手をのばして、開きながら、あたしはちょっとだけ唇をゆるめる。

心の中でなにかがかすかに動く。

ちょっと人間らしくなった気がして、安堵する。

恋は地図にのってないちいさな島のようだ。

そしてあたしは、その上空を戸惑いながら旋回する、つまらない鳥みたいに相変わらず貧しい。

風鈴がまた鳴る。


さて屋根裏のポルノスターのほうはというと、ばかみたいに眠ってばかりだ。

あたしのベッドで、あたしが読み終わった本に囲まれて、両手を胸の前において死体のように静かだ。まるでベッドが棺桶《かんおけ》で、本が薪で、これから火をつけるところ、とでもいった按配。ときどき夜中に鋸《のこぎり》で骨を断つような凄まじい音が聞こえてきて、そのたびにあたしは床からのっそりと起きあがっては、わけのわからない眠り魔女の寝顔を覗きこんだ。月明かりに、照らされて。生白い肌を、つめたい炎に、燃やして。霞はありえないぐらいよじれた顔をさらしては激しく歯軋《はぎし》りしていた。

昼過ぎに起き、数日に一回だけ仕事に出かける。帰ってこないかと思っているとまた屋根裏部屋にもどってきた。それでもすこしずつ、ばかみたいに眠り続ける時間が減って、その分、夜中に退屈そうに寝返りばかり打つようになった。

レモンスカッシュに、お酒を数滴垂らしてやる。

「わたしの作品、見る？」

ある夜、退屈に耐えかねたように飛び起きて、言うので、本から顔を上げて「この部屋に機械、ないよ」と答えた。

「どこにならあるの」

「えっと、二階。お店にはあるよ。でっかいモニターで金魚の映像とか流してるでしょ」

「行こ」

「えーっ、いいけどさ……」

霞に手を引かれて二階に降りて、オーナーにみつかるといけないから照明はつけずに真っ暗なままで、交尾パフォーマンスの映像をかけた。風もないのに風鈴が揺れて、男の子のやらしいささやき声みたいにカチャカチャカチャカチャとすごく小刻みに鳴った。

霞はカウンターについて、スツールの上で器用に膝を抱えて、その膝に顎を乗せた女学生みたいなポーズで自分の映像を見上げていた。あたしもそのとなりで、でっかい蛇のようにとぐろを巻いてモニターを眺めた。

音を消しているので、風鈴の音だけが五月蝿い。

霞は大暴れしている。のに、すごく冷静で、無感覚のままカメラだけを意識してるように見える。自分がどんなふうに映ってるか、飽きさせてないか、きれいでいるか、それだけ。狂気と冷静、衝動と客観性が奇怪な方法で混ざりあうさまにあたしは見入る。だけど、理屈を言われたいわけじゃないのがわかるのでともかく黙ってる。

となりに座る霞が、ある住所をささやく。

あたしの実家、というか、桜ヶ丘家がある高級住宅街だ。

「知ってる？」

「うん……」

「わたしの家、そこにあるの。こう見えてすごいお嬢様なんだから」

霞はとつぜん堰《せき》を切ったように自分の話をしだす。

社会的地位のある父親。幼いころから都内有数の名門女子校に通った。父親はすごく厳しかった。それにどう応えても父親は満足しなかった。父を超えない限りは存在自体を認められない。かわいがられた記憶はまったくない。ありのままの自分を受け入れられたことも。息子のように、期待される娘。社会的勝利だけを。あらかじめ去勢された娘。水槽の奥で人工的に育てられた、肉瘤でボコボコの金魚みたいなおかしな娘。

やりたいことなどない。なぜか、親への不満や、漠然とした生き辛さを我慢することこそが労働と同価値のように感じられる。それで疲れきってるから、建設的なことはにもする気になれないし、そのくせ爆発しそうにいつもからだが揺れている。

じとじとと降る梅雨の夜更けに、庭に飛びだして、紫陽花の葉を貪り食った太郎のことを思いだす。彼女の生い立ちはあたしの弟、太郎とちょっと似てるような気がする。弟から逃れたつもりで、ここでまた会ってしまったみたい。霞はママのようで弟のようでどっかあたしのようで、つまりあたしの人生の悪夢みたいで、なんだか急に、屋根裏部屋に受け入れてしまったことが怖くなる。耳をふさぎたい。出てけ、太郎！　黙って！　うるさい！　と叫びたくなる。だけどあたしは言葉を飲みこむ。

霞はお酒を垂らしたレモンスカッシュを飲んでは、話す。

「作品ができるたびに、お父さんに送るの。どれだけわたしが苦しんでるかわかってくれるように。自分が娘にしたことに気づいてくれるように」

「……おぉ」

「すごいでしょ。わたし、輝いてるでしょ」

グラスを握った手の、人差し指でモニターを指差して、言う。

それからあたしのほうを見て、不思議そうに、

「駒子さん、わたし、女とこんなにしゃべったの、学校やめてから初めてかも」

「どうして」

「だって、時間の無駄だって思ってたから」

「無駄？」

「見てよ、わたしの努力」

またモニターを指差す。

風鈴の音が五月蠅い。

「人気あって当たり前。だって、わたし本気だもん。男の人が喜んでるとさ、仕事できてるのに、途中で本気のスイッチが入ったのがわかるとさ、あぁ、って、神さまに許された気がする。生きてていいんだよって。もう裸じゃないと生きていけないと思う。ポルノに出会う前に、服着て生きてたってのが自分で信じられないぐらい。わたしが存在してていいのかどうか決めるのはいつだって男の人たちだし、わたしは、男の人のアレを、つまり本気のスイッチを入れるのに命かけてるの。だから、女なんかに興味ない。女と話すなんてほんと、時間の無駄」

モニターの中で、男の人たちがおおきな虫のように霞に群がる。グラスの中で溶けか

けた氷がつめたい音を立てる。水の中にいるみたいに静か。「あっ。痛そうだね、こんなことされて」とモニターを見上げてつぶやくと、霞はふっと、息だけで笑った。
「痛い、
　って
　ほっとするの」
「そう」
「ん。
　奪われる、
　って
　生きてる実感！」
「おぉ」
「もっと
　暴かれ、
　もっともっと
　遠くに行くのよ。わたしは」
「そうやって霞は男の人たちを利用してるつもりなのかな。これってある種の自殺幇助《ほうじょ》。交尾したいって死にたいってことだもの」

「わたしは家族がもうどこにもいなくなっても一人でもこれを続けると思う。みなさん、わたしこんなに壊れちゃいましたけどって世間に向かって叫び続けるの。ねぇ、駒子さん、どうしてそんなことが言えるの」

「さぁ……」

あたしはひさびさに家畜の目をして、となりのペットを見やる。

その目つきに急に不審の念を覚えたように、霞が「駒子さんって誰なの。ほんとはなにしてる人？」と聞く。あたしは最近なにも演じなくなってるので、おもしろい嘘をついたりできない。黙って首を振って、誰でもないよ、と肩をすくめる。

霞がひとりごとみたいにつぶやく。

「わたし、ぜったい、有名になるからね……」

ようやく映像が終わりに近づく。

あぁ。平気なふりをして見ているのももう限界。

モニターの中で霞が、弁慶の最期みたいにぶっ倒れる。フェードアウト。となりで欠伸をする霞につられてあたしも欠伸を連発して、屋根裏部屋にもどると、床に倒れて眠り姫と灰かぶりを混ぜて現代風にしたようなおかしな姿でそのまま朝まで狂ったように眠った。

ゆるやかにかたむいた坂道を転がり落ちるように夏が終わって、坂の上から、金魚の尾の色をした紅色の秋が流れてきた。店の周りも、細い並木道も、公園も、椛《もみじ》がかしましかった。紅《あか》く染まった葉っぱが風に揺れては、一枚、また一枚と地面に落ちてきた。

あたしは真田先生と付き合い始めて、週に二回ぐらい一緒に出かけたり、下宿でご飯を作ってもらったりしていた。たわいのない会話が楽しかったし、これまでの生活や、日々考えたことについて話すのをぼうっと聞いているのも心地よかった。あたしの知らない朝の時間が、あったかもしれないあたたかな過去の記憶のようにゆったりと脳を侵食してきた。

あたしは「赤い魚」で働いているときもふと真田のことを考えては意味もなく口元がゆるんだり、いまどこでなにをしてるのかなと想像しただけでなぜだかいたたまれなくなったりした。そういうときは必ず玉葱を焦がして、最初からやり直しになった。

恋とは、からだでするものでもあった。夜、下宿の薄い布団でしっかりと抱きあうと、子どもどうしが奪いあうのではなくて、老いた動物が労わりあうような、やたらと穏やかな交尾をした。長い時間がかかったけれど、刺されてるのでなく撫でられてるようだったから、あたしは一声も上げることがなかった。何回目かのとき、真田がさりげないような、でも震えてるような声で、

「ぼくは、何人目？」

と聞くので、あたしは天井を見上げたまま、遠い目になって、

「えぇと、三人目」

答えながら、布団にぐっと沈みこむような心地になった。

天井の気味の悪い木目に走馬灯が浮かんで、ジェリー・リー・スタイルのピアノが響く夜の教室と、火柱のように燃えあがる鳥居の下で水色の着物を半脱ぎにする少年と、ごみが散らかるプールサイドで甲高い声を上げる女の子たちの白いからだがよぎって、ほんの一瞬でどこかに消えた。赤くてまだ硬い、あの姫林檎の集合体を数に入れてしまうと膨大な裸体をあたしは知ってることになるけれど、そのことは黙っていた。どちらにしろあたしは女で、過去などないよ、いまがすべてだとからだがささやいていた。あたしは女で、だからからだの言うことにすべて従った。

「これ、どう？　おいしい？」

「うん」

「こっちは」

「そっちも。いいね」

真田のつくる料理に箸をのばして、口に入れては、食べた。真田は実家の話や、学生時代のこと、職場の高校についてなどよくあたしに話した。それを聞いているのは楽しかった。実際には経験していない、平凡でいてドラマチックな、ニッポンのスクール・

ライフなるものの追体験だった。あたしのほうは、相変わらず自分のことをあまり人に話さないままだったけれど、金魚屋にやってくる前のことを聞かれて、簡潔に、作家をやってたと説明した。真田はそのことをおもしろがったけれど、でもどんな物語を書いていたのかとか、試しに読んでみようとは思わないようだった。作家や、編集者や、文壇バーに集まる人びと、つまりは文芸病棟の日々について話すと、世の中にはいろんな世界があるんだね、勉強になるけどさ、と、ほどよい無関心さでうなずいていた。その気楽な響きはあたしをほっとさせた。あれは所詮その程度のことなのだと思えて、救われる気がした。

「駒子さん、もっと化粧したり、お洒落してみないの」

「どうして」

「いや、その、どうしてって。そのほうがきれいに見えるから、かな」

「そう……。でも、きれいな女になるのが人生の目的じゃないの」

「えっ。じゃ、なにが目的？」

真田が焼酎の水割をかたむけながら、のんびりと聞く。指を折りながら「趣味を充実させること？　家庭を作ること？　それとも旅をすることとか。いや、どれも駒子さんはやってないもんな……」と考えている。

あたしは、即座に脳裏に浮かんだ「生き抜くこと！」という答えを、口にするべきかどうか迷って、結局、黙ったままあいまいに微笑みかえす。

「きれいなほうが、ぼくはうれしいけどね」

「そんなら化粧ぐらいするけど」

そう答えると、真田は目をきゅっと細めて微笑む。

夜が更けると、帰れるときは金魚屋の屋根裏部屋に帰るけれど、泊まっていけよ、と言われると、三回に一回ぐらいは真田の下宿に泊まった。ほんとうは床で丸まって眠りたいけれど、真田は薄い布団の上であたしをぎゅっと抱きしめて目を閉じてしまうので、そのままあたしは動けない。布団の上で、男の人に抱かれて、あたしは寝床にとつぜん持ちこまれたへんな銅像みたいに固まって天井をみつめている。まんじりともせず、朝がくるのを待つ。

なんというか。

幸福とはやはり怠惰なものだ。

それなのにほんのすこぅし、不幸の気配を放ってもいる。

あたしは真田といるとき、したこともないほど軽薄で幸福そうな笑い方をしている気がする。そのくせいつもだるくて仕方ない。

明け方、自分の屋根裏部屋に帰ると、眠り灰かぶりになって朝まで床で惰眠をむさぼる。

そして屋根裏部屋のポルノスターは、秋がふけて冬がやってくるころ、絶好調を迎えていた。仕事がどんどん増えて、夜中に疲れきって帰ってきてはカレーを食べかけのまま眠ってしまったり。何日も帰ってこなかったり。霞が持ちこんだポータブルテレビを夜中につけるたび、カラフルなスタジオをところ狭しと駆けまわる彼女の、彫刻みたいに均整の取れた白い半裸が目に飛びこんできて、あたしを飛びあがらせたりした。

人気があって当たり前、と豪語していたとおり、霞は短い期間でびっくりするぐらい有名な女の子になっていた。ポルノの世界を飛びだして、でもポルノの看板をずっしり背負っていた。テレビの画面や雑誌の誌面から、七代先まで祟《たた》ってやると言わんばかりにこっちを睨みつけていたし、低予算映画の主役も回ってきて、そこでもやっぱり裸で暴れていた。服着て生きてたなんて信じられない、と語ったとおり、どこでなにをしてるところを見ても霞は裸一貫だった。あの夜っきり彼女が自分の話をすることはなくて、ただときどき、ベッドで眠ってるときに、床で本を読んでるあたしのほうに手をのばしてきては、甘ったれるように髪を一房、引っぱった。助けてよ、の合図かもしれなかった。だけど爆発してる女の子を助けることなんて誰にもできない。あたしは男の子じゃないからそんな幻想、持てない。振りかえって、首をかしげてみつめると、霞はこっちに背を向けてまた眠ってしまった。彼女の眠りは泥水みたいにベッドの周りをうねっていた。

「電話、なかった?」

ある夜、霞が寝言のような細い声で言った。

「電話。ないよ」

「……そ」

「誰から」

「お父さん」

「……ええと、ない」

「ここの住所と電話番号、書いたの。いままで無記名で送ってたんだけど。お父さん、わたしに電話くれたでしょ? ないの?」

「……まだ、ないけど。でももしあったら、すぐ迎えにきてくれって言う」

「うん。お父さんに、霞ちゃんがかわいそうです、だから声を聞かせてあげてくださいって、伝えてよ。おやすみ」

「おやすみ……」

霞が泥水に沈みこむように眠ってしまった後、あたしは階下に降りた。

金魚の風鈴が冬の空気に凍りつき、氷でできてるようなつめたさであたしを見下ろしていた。あたしはカウンターについて、スツールの上で痩せたからだを丸めた。あれっきり見てなかった金田霞の作品なるものをつけてみた。音声を消して。暗闇に、ひとりで。

霞は最初の作品と変わらず狂ったように暴れていたけれど、やはり無感覚で、カメラの向こうにいる男の人たちの目だけを理解しながら演じてるようだった。それはますます巧妙になりほとんど自然な表情にさえ見えたけれど、あたしは女の子だから、女なんかにだまされまいと目を凝らした。

霞の全身からあきらめと厭世観《えんせいかん》がずるずると流れだしているのに、それは暗い色気につながっていて見ていてほとんど目に染みるほどだった。霞は内臓まで剝きだしにして自分の悪いところすべてを見せようとしてるようで、ぞくっとくるほどマゾヒスティックで、見る者を、この子が破滅する最後のところまで見ていたいと嗜虐的《しぎやくてき》な気持ちにさせるのだった。もっと見て、こっちを見てと挑発する霞は、露悪的で、きれいで、きたなくて、消費者のぶしつけな視線によって磨かれ、いまや全身の皮膚が大量生産された陶器みたいに輝いていた。映像の内側、商品の中という祝祭空間に身を置いた霞は生身のつまらない女の子ではなくて金田霞という名のポルノスターであって、もはや実在の人物じゃなくなっていた。虚構の世界でどんなに苦しんでも、暴れても、霞はそれをフィクションとして昇華すること、つまりは初心を、忘れてなかった。ほんとうに我を忘れる瞬間はいちどもなかった。あたしはモニターを見上げながら、これがたった一人の人に向けてのメッセージである可能性について考えた。そうしてそれが、そのたった一人にはけっして通じないのに、たくさんの人に向けてのエンターテイメント作品としては成立してるという、喜劇的な状況について。

初め、そこに狂気があった。

そして人間はときに、内側の狂気に喰われてしまう。

喰われまいとして、からだの一ヵ所に穴を開け――もちろんそこにはもともと穴などない、自分で刃物を使ってこじ開けるのだ――そこから狂気を外に押しだそうとする。その穴の名を、表現という。己の内の、狂気を、客観性と加工技術によってエンターテイメントに昇華して、人びとに消費してもらうことによって、ほんの一時、生き延びる。だけど狂気はつぎつぎ生まれてはからだを蝕《むしば》む。狂気が追い、表現が走る。追いつかれたら破滅するだけだ。だからポルノスターは命を懸けて走りつづける。倒れるときまで。

あたしは芸術ってご立派なものがなんなのかいまだにわかんないし、ポルノはもちろんワイセツの花であって芸術なんかじゃないと思うけど、だけど、すべての表現は狂気が材料だと思う。

火のついた煙草を指にはさんだまま、ぼうっと、そんなふうに頭でっかちに考えてる。

モニターの中で、霞が、アクション映画で頭を撃ちぬかれた男みたいに全身をぶるぶるっと震わせて、仮死状態に……なった……ふりをする。

えくすたしーから百億光年も離れたベッドで、どうっとおおげさに倒れる。

ＢＡＮＧ？

……あぁ。

もう真夜中。

カフェの中には、氷でできたような風鈴と、名物のカレーの残り香。

電話は永遠に鳴らない。

お父さんは霞を許さない。

世間のように。

沈黙を駆使してポルノスターの存在を責める。

重たい足を引きずるように屋根裏部屋にもどると、ベッドの上ではいつも通り、散乱する本の山と、疲れきった眠り魔女が共存している。

床に座りこもうとしたとき、霞がとつぜん口を開いて、確かに聞き覚えのある声で、

「コマコー」

と、呼んだ。

あたしはひゃっと飛びあがってそのまま階段のほうまで逃げる。

口紅を落としたら土気色に乾いている、霞の唇が、また動く。

地の底から響くような低くて重たい声で。

「コマコー。

コマコー。

どこー……」

真紅が目の前で爆発して、急にあたしはわけがわからなくなる。

幻聴に逆上して、枕を振りあげると黙って霞の顔に押しつけた。すごく強い力を込めて、黙れ、黙れ、と念じながら。真っ黒な憎しみがこみあげてきた。こんなものがいったいどこにあったのかとおどろくほどの濁流で。いまの腑《ふ》抜《ぬ》けの自分に出せることが信じられないほどの力で。頬を塩っ辛い涙が流れた。

霞が蠢《うごめ》き、枕の下から這いでると、びっくりしたように目を見開いてあたしを見上げた。泣いてるのに気づくと、「なに、どしたの。ごめんね、駒子さん、ごめんね。そんなに泣かないで、ごめんってば」と言いながらなぜだか自分もしくしくと泣きだした。

枕を放りだして、床に丸くなる。霞の泣き声を背中で聞きながら、小刻みに震える。

霞が憎い。

自分の肉体を虐める、それなのに輝いてる、霞が憎い。

世間がするように、あたしもポルノスターを憎んでしまう。

あたしは震えて夜に沈む。

冬が終わるころから、霞が屋根裏部屋におおきな鏡とレトロチックなデザインのカメラを持ちこむようになった。三脚で立てたカメラから真っ黒な気味の悪い線がのびていて、その先端に、手のひらに包みこめるほどのおおきさのボタンがついていた。鏡に向けてカメラを設置して、その後ろに立ち、鏡に映ってる自分とカメラを見ながらボタンを押すと、地獄の扉みたいな音を立ててシャッターが落っこちてくる。

屋根裏部屋に設置して、立ったり、ベッドにだらんと座ったりして、鏡をみつめてはボタンを押している。最初の夜、あたしは床にとぐろを巻いて近松《ちかまつ》の心中物を大笑いしながら読んでて、なのにシャッターの音が響くから、気が散って仕方なかった。

「もうっ。なにしてんの」

五月蠅いというニュアンスを込めて聞いたけれど、霞は気にするそぶりもなかった。

「写真、撮ってるの」

「どうして」

「仕事。セルフポートレイトの写真集を出すの」

「……セルフポートレイトって？」

あたしはにわかに興味が出て、からだを起こした。

霞は本が散乱するベッドに腰かけて鏡を見上げている。

カメラのレンズと、鏡と、被写体だけ。シャッターを押す他者の目はどこにもない。

気になって霞の顔を覗きこんでみると、見たこともないぐらい素の、のっぺりした表情で虚空をみつめていた。

「それ、おもしろいね」

「そう？」

ぱしゃっ。

ストロボが光って、うっかりあたしも写真の中に入りこんでしまう。「あ、ごめん。あたしも入っちゃった」と笑うと、霞は顎を持ちあげ、ただつられただけというように力なく微笑んだ。

「毎日、カメラを持ち運んでるからたいへん。すごく重たいんだもの」

「でも、これで撮ると、自分がほんとうはどんな顔してるかわかるんだね。ふつう、写真を撮られると、撮った人が被写体をどう見てるか、が写るじゃない。これだと、自分が自分をどう思ってるかも剝きだしになっちゃう。まるで顔の裸。だからこそ、おもしろいよ」

いままでは鏡の中にしかいないような気がする、かつてのコマコのことを思いながら、あたしは暗く、夢見るように言った。

「そうかな。わたしは自分に関するなんのこともうおもしろいと思えないけど」

「……霞？」

「裸のさらに奥のほうにはいったいなにがあったんだろう。あぁ、わたし、エネルギーを使い切っちゃった感じ。食べても食べても縮むの」

　あたしは床に座って、改めて霞の全身を眺め渡した。視線に磨かれ続けてぴかぴかしていた皮膚はそういえば最近、急激に青白く乾き始めているし、目の周りの皮膚もくぼんできたし、それに、からだ全体が一回りちいさくなったような気がした。痩せたの、かな。四方からのびてくる手で磨かれ、消費されて、そのたびに表面が削れて縮んできちゃったとでもいうような変化だった。この退廃とよく似たなにかを、あたしはかつてよく知っていた。黙って霞をみつめた。ぱしゃっ。ストロボが光って、青白いからだをほんの一瞬、光の中に浮かびあがらせた。

「これ以上、進むところなんてない。でも、わたしはぜったい、消費者に負けない」

「なぁに、それ」

「名前を残す方法が、あるの……」

「ふぅん？」

　窓の外では、この冬最後の細雪《ささめゆき》が遠慮がちに舞い、その向こうから、気の早い桜の気配が近づいてきていた。新しい季節がまた坂の上から転がり落ちてくる。薄いピンク色に染まった春が、ころころと軽い音を立てて町にやってくる。

　ぱしゃっ。

ストロボが光る。

新学期が始まると真田は忙しくて、カフェのほうにはあまり顔を出さなくなった。やってくるとしても閉店間際の閑散とした時間で、あたしが片付けと精算を終えるのを待って二人で金魚屋を出て、近所の居酒屋でちょっと飲むか、真田の下宿に帰って今日一日の出来事を話したりした。

真田はあたしのからだのどこかに必ず触れるようになっていた。頬と頬をくっつけていたり、手をつないでいたり、腕を回してあたしの頭を抱えこんで、自分の胸に引き寄せていたり。あたしはされるがままだった。

あたしはカフェで会ったとき、真田だけぼんやりとほかの客とはちがって見えて、なんとなくこの男の人がいいなと思った。でも真田のほうは、下宿で座布団の上に胡坐をかいて、どっか不思議そうに、

「駒子さん、ぼくのことを好き？」

「え、うん」

「会うと、楽しそうだし、そういう顔をされるとぼくも安心するけど。でも、あなたは先のことをぜんぜん言わないから」

「先、って？」

「えぇと、未来のこと。たとえば来年。再来年。三年後……」

あたしは首をかしげ、マルボロ・メンソールの先っちょを軽く噛む。来年の自分なんて考えたこともない。再来年なんて永遠にこないような気がしながら、この年まで生きてきた。旅から旅へ。流れ、流れて。でもそのことをうまく説明できない。人生の目的が、生き抜くこと、であるのと同じように。あたしは言葉をぐっと飲みこみ、代わりにあいまいに微笑む。

「ぼくを好き？」

「うん、大好きよ」

「よかった」

「あなたは？」

「……すごく、好きに、なってきた」

噛みしめるように答えるので、ちょっと男が怖くなる。

「来年も、再来年も、ぼくと一緒にいてくれる？」

「えぇと……」

だけどそんな約束はできない。未来のことなんて誰にもわからない。いまの気持ちならなるべく誠実に答えられるけれど。

あたしは首をかしげる。

真田から不安と不機嫌の波を感じる。

でも嘘はつけない。あたしは困る。

あたしは、いま、好きだという気持ちだけが恋愛だと思う。あいたい。抱きあいたい。余裕があれば語りあいもしたい。だけど未来永劫《えいごう》の保証なんて自分自身にさえできないことだし、それはもはや恋愛ではなくて、べつのもの。それぞれの人生の展望とでもいった個人的な青写真だ。

真田が元気なくなってくる。

あたしはふざけてるんじゃなくて、ただこの人と自分とでは、未来、というものの価値がちがうのだ、と思う。いまがすべて、のあたしと、いまとは未来の布石である、真田とでは。

窓の外で、春がゆっくりと夜の坂道を滑りおちてくる音がする。桜の花びらが風に散って、遠慮がちにそっと舞いあがる。

「ぼくのほうが、より、好きだと思うなぁ」

ふざけたような口調で真田がつぶやく。

「そんなことないよ」

「駒子さんは心のどっかがいつも冷静で。風がないときの水面みたい。大人、なのかな。それとも逆なのかな。身も世もなく男の人を愛したことってある？　やきもち焼かないからさ、話してみて」

「身も世もなく」

「うん。その人がいなくなったら生きていけない。自分じゃなくなる。別離が、死と同義語になるような気持ち。……ぼくはいま駒子さんにそういう感じだけど。だから最近、不安で仕方ない。十分には愛されてないようで。気の迷いかな？」

「死と同義語」

「……繰りかえさないでよ。そうされると、恥ずかしい」

あたしはうつむく。

急に胸にせりあがってくるものがあり、それが喪失の痛み、死と同義語の、あの日の別れの痛みだと気づいてあわててぐっと歯を食いしばる。

歯と歯のあいだから悲鳴が漏れそうで四肢を硬直させ耐える。耐えろ、耐えろ、生きていけ、負けるな、爆発するな、死ぬぞ。歯よ、咽《のど》よ、闘え。取りかえしのつかない過去を噛み砕いて飲みこんで隠してしまえ。そうすることで喪失の恐怖はおまえの血となり肉となり排泄物となりおまえ自身と混ざりあっておまえを変質させてしまうだろう。物悲しくて惨めな汚物に変えてしまうだろう。でも、いい。爆発して四散し、死んでしまうよりはいい。生きろ。噛み砕き飲みこみ同化して内側から狂いながらそれでも生きていけ。

吐くな。

その口を開けるな。

もう大丈夫だと確信できるまで歯を食いしばっていろ。

泣くのは後だ。終わってからだ。まずは痛みと闘え。

悲しみに耐えるというのはもはや肉体の運動なのだ。

……あぁ。

あたしが死と同義語と思えるほど人を愛して、全身全霊を支配されたのは、ママとの旅が最初で最後だった。生まれてから十四歳までの長い時間。あの冬、目の前でママが湖に消えたときに、これから先はどれだけ生きても余生だと悟った。そうしたらほんとうにそのとおりだった。喪失の記憶から逃れ、闘い、飲みくだしては吐瀉《としゃ》する日々。

ママがあたしをこういう人間にしてしまったのだろうか。

それなら、ママ自身は、どういう人間だったのだろうか。

ママ。

ママ。

あたしにとって人を愛するというのは、悲しくて、すごく自己犠牲的で、どうしようもなく醜い行為だ。

愛とは、絶望で。

その人だけがたとえようもなく輝いて見えるからこそ、愛とは、強い自己嫌悪でもあって。

己が、
死ぬか。

相手を、
殺すか。

あたしの内側からは、そんなふうに胸をかきむしって苦しまない限り、激しい愛情が生まれなかった。

それに、そんな感情を、一度の人生で二度も三度も味わいたいとは思わなかった。

「あたしは、あたしなりに、あなたをすごく好きだけど……」

しょんぼりしながらつぶやくと、真田はしばらく黙りこんでいた。それからあたしの頭を抱えこんで、自分の胸に押しつけた。痩せて見えるのに弾力があって、分厚かった。男の人の胸だ。あたしはしょげてぐにゃぐにゃになっていた。真田が、抵抗しないか、いやがってないか確認するような注意深い仕草であたしの顎を持ちあげた。それから、そっと唇を重ねた。真田の唇はあったたまったゴムみたいで、あなたは一生、男の人とはこれ以上は近づけないですからねという、鍵のかかったやわらかい門に思えた。

唇が離れる。

かすれ気味のちいさな声で、

「再来年辺り、結婚、しない」

「えっ」

「いや、えっ、て、おどろくようなことじゃないでしょう。お互い、もうそろそろ二十代も終わるし、世間的にも身を固める時期だと思うけど」

「世間的」

「ん」

「身を固める」

「……繰りかえすね。わざとだな、さては」

あたしはマルボロ・メンソールを灰皿に押しつける。赤い火がよじれて、消える。そのとき窓の外から、気の早い梅雨の到来を告げる静かな雨音が聞こえ始めた。


後ろから髪を引っぱられた。

夏が始まってすぐの、やけに蒸し暑い夜の終わりだった。坂道の上から明け方が落っこちてくるすこし前。ひえた湖面のような静けさを、気の早い小鳥の鳴き声がときおりふいに突き破る。

あたしは眠れず、床にとぐろを巻いて本を読んでいた。戦前に書かれた迷宮じみた分厚い探偵小説をめくりながら、屋根裏部屋の三角の天井に向かって紫煙をくゆらしていた。霞はここ何日か帰ってきていなかったけれど、夕方、店に電話をかけてきて「ねぇ、わたしに電話、なかった？」と聞いた。

「電話、ないよ」

と、答えると、

「そう。……もう、わかった」

さよなら、も言わずにその電話は切れた。

それが最後だった。

あたしの夜には静けさが水のようにたゆたっていた。

後ろから見えない手がのびてきて、その気配に首すじの皮膚がぞわりと音を立てて鳴った。

髪を一房、軽く、引っぱられる。

ページをめくりながら振りかえると、そこは重たい闇で、もちろん誰の姿もなかった。霞、とあたしは呼びそうになって、でも言葉を飲みこんだ。窓の外から小鳥の鳴き声がかすかに聞こえた。あたしは煙草をくわえたままじっとしていた。やがて東の空がすこしずつ白くなってきて、辺りには夜と朝が、つまりは黒と白が混ざりあいながら明るくなっていった。外を、新聞配達のスクーターがぶぉん、と音を立てて通りすぎる。あたしは煙草を揉み消して、読みかけの本をベッドの上に置き、床に丸まっていつのまにか眠ってしまう。

朝がくると、人ならぬものの気配はもうどこにもない。

その朝、開店前にじっくりと玉葱を炒めていると、カフェのドアを乱暴に叩く音が響いた。あたしは火を止めてゆっくりとドアに近づいた。

「開店は八時からなので……」

と言いながら鍵を開けて、顔を出そうとしたとき、外から濃い夜の気配を感じて思わず動きを止めた。ドアが向こうから勢いよく開いて、なぜだかいきなり是枝と鉢合わせした。あたしは息を飲んで立ち尽くした。是枝のほうはおどろく様子もなく、

「やっぱり駒子だったか」

「どうして、わかったの」

「まぁ、よかったよ。生きてて。いや、待てよ……」

店内にずかずかと入ってくると、いきなりあたしの全身を手のひらで強く叩き始めた。確認するようにさすっては、つぶやく。

「なんだよ。前よりも肉がついてるな。健康だ。背中側の肋骨が消えてる。目は……」

と、じっと見据えた。

「うわっ、穏やかだなぁ。やけに澄んでるし。あんた、もう死んでるんじゃないか」

「是枝、どうしてここに……」

「いや、うちで出すはずのセルフポートレイト写真集があってさ。昨夜、被写体本人から担当宛にデータが届いたから、確認してたら、そのうちの一枚になぜか失踪した新進作家が写ってた。ヘアスタイルも、ファッションも、人相もまるで変わってたけど。得意の、くわえ煙草で。辺りにやたら本が散らばってて。その担当は、似てるなぁ、ぐらいで半信半疑だったらしいけど、とにかくおれのデスクに見せにきてさ。おれが見たらもう間違いなかった。なんだよ、これいったいどこだよ、って話になってさ。探したよ。寝てねぇ」

「そう」

「こんなところでなにやってんだ。あんた、なにか書いてたのかよ、見せてみろよ。だいたいどこに住んでるんだ」

「ここの、三階」

　階段を指差すと、勝手に上がっていこうとする。その左手の、薬指に注目する。針金のように細い指輪が光っている。不思議に思って問うた。

「是枝、もしかして結婚したの」

「えっ。……あぁ、うん。ついこないだ。家、帰れねぇけど」

「帰れない？」

「ほとんど、編集部が本宅。手のかかる作家が多くて。駒子は？」

「……結婚しようか、とか言う人は、いる」

「してもいいけど原稿は書けよ。腑抜けなんかいらねぇ」

「あのねぇ……」

戸惑いながらも、是枝のあとに続いた。並んで階段を上がりながら、

「その相手って、別離が、死と同義語になるぐらい、好きな人？」

と聞くと、是枝はこけた頰をかすかに歪めてあたしを見た。

「おう」

「たいへん？」

「針が散らばる細い道路を、歩いてるみたい」

「本来、それが恋愛なのかな」

屋根裏部屋に着いた。是枝は床に膝をつき、散らばる本を片付け始めた。あたしが放りっぱなしにしていたノートをみつけると、急いでめくった。まったく無駄のない、まさにプロフェッショナルの動きだった。

「そうじゃないの。あんたねぇ、おれと同い年だろ。なに、小娘みたいなこと言ってんの」

「小娘」

「うわぁ、ろくなメモを残してないなぁ。さてはここに観客がいなかったんだろ。だから恋愛はできたんじゃないか。くっだらねぇ。でも、なんにも書けなかったんだ」

「お見通しみたいな言い方、しないで」

「するよ。だってあんたの担当だ」

そう言った後、急に動作が緩慢になって、是枝は黙りこんだ。しばらく動かないと思ったら、暗い目つきであたしを見上げて、恨むように低い声で、

「どうして、いなくなったんだ」

あたしはうつむいた。

考えてることを、言葉で人に伝えるのが苦手だった。だけど是枝が、答えなかったら許さないというように睨んでいるので、あたしはつっかえながら、奪われる者から奪う者への、自分の変換についてつぶやいた。

すると、是枝は鼻で笑った。

「そんなことで、けつまずいたのか。くっだらねぇ。表現する者も受け取るほうも、容易に被害者にも加害者にもなるし、だいたい、どっちの面もあっての、人間だろ。物事の当事者になるってそういうことだ。そのうっすい腹をもうそろそろちゃんとくくれよ。……ほら、帰るぞ」

是枝が立ちあがる。ぼうっと立っているあたしを放っておいて、電話で編集部の誰かと話し始める。

と、急に小声になった。せわしなくなにかを相談しているかと思うと、電話を切って、

「……荷物、まとめろ。すぐに」

「えっ」

「すぐにここを出るぞ」

「どうして」

返事はない。ほんのすこししかないあたしの荷物を手早くまとめ始めて、それから、霞が置いていったポータブルテレビをみつけて、つける。途端に、薄着だけど服を着ている霞の写真が目に飛びこんできた。都心の高級住宅街が映る。霞の実家だ。映像にはいちおう薄い靄《もや》がかけられている。高校を卒業したときの写真が映しだされて、和製バービーみたいないまの顔とは似ても似つかないいかにも素朴な造作に、スタジオの人びとがしばし言葉を失う。それはセルフポートレイトを撮るときに鏡に写っていた、やけにのっぺりした表情とどっか似ていた。

……なにが起こってるのかわからない。

朝から叩き起こされたらしい、やたらと人工的な顔をした壮年の美容整形医が、十八歳の卒業写真と、二十歳の宣伝用スチール写真を並べて、どことどこにメスが入ってい

るかを説明する。全身におそらく十数ヵ所の美的な改変がある。費用が見積もられる。その額に人びとが一斉にあきれたような声を上げてみせる。

　ぼうっと見ていると、是枝があたしの肩を叩いて、

「この子、昨日の夜中に死んだらしい」

「えっ」

「深夜の収録中、テレビカメラの前で自分に火をつけたんだ。化繊のワンピースごと火柱になった。スナッフフィルムはもちろんお蔵入りだけど……。それで、うちにセルフポートレイトのデータを送ってきたんだな。死んでから出してくださいってことだろ」

「………」

「駒子はすぐにここを出ること。うっかりテレビに映るなよ。いまハイヤーを呼んだから、裏口から出ろ」

　使いようのないメモが散らばるノートを渡されて、あたしはぱらぱらと機械的にめくってみる。

　ぱらぱら。

　ぱらぱら。

　と、とつぜんぶわっと音を立てて視界が曇って、自分が書いた文字がひとつも読めなくなる。全部がなぜか滲んで、目の前が雨の色になる。天井が時計回りに回り始めて、

両手をひろげるけれど天地がゆっくりと入れ替わって把握できなくなる。是枝があきれたように、

「駒子。なに、泣いてんだ」

あっ、

涙か。

と、気づく。

あたしは倒れまいとして必死でからだの重心を探す。からだの右側に天がきたので、あわててそれにあわせる。すると右に倒れそうになる。左にもどそうとすると、天が前側に変わって、そっちに頭が引っぱられる。そのままうつ伏せに倒れそうになって、二、三歩前によろめくと、重心の混乱のせいでおどろくほどおおきな足音を立ててしまう。是枝が不思議そうにあたしを見上げている、その顔も、右に揺れたり左にもどったり、地に近づいて沈んでいったりする。

電話、なかった、と訊《き》いた声。

電話はなかった。

名前を残す方法が、あるの、とささやいた声。

ずるい方法。

最後の手段。

あたしは、どんな、と尋ねなかった。

ポルノスターは走り続けた。倒れるときまで。あたしという桟敷席《さじきせき》の観客は、その姿とほんの一瞬、袖振りあっただけ。

昨夜、誰かの手で髪を引っぱられたことを思いだす。助けてよ、のサイン。でも爆発してる女の子を助けることなんて誰にもできない。最後まで見ててやることしかできない。そして絶望する彼女が、苦しみによる後天的な、同時に天性のエンターテイナーである限り、破滅まで追いかけてみつめ続けることは極上の娯楽なのだ。

表現するほうも、受け取るほうも。

被害者で、加害者で。まぎれもない当事者であり、だからこそ変幻自在に立場を変えていく。

二階で電話が鳴り始める。

サイレンのようなすごい音量で。

鳴り始める。

――その音を聞きながら、急に、なにもかもが幻だったように思った。霞なんて最初からここにいなくて、迎えにきた是枝がなにげなくつけたテレビで、ワイドショーを見て、ほんの一瞬で想像した嘘みたいに感じ始めた。なにもかもよくわからなくなった。あたしという屑は、是枝という観客を得て、たったいま時を遡って一気に物語を作ってしまったのかもしれない。霞となんて最初から会えてないのかもしれない。走るためにからだを張る人間のほんとうの気持ちが、あたしみたいにひ弱で、なんにもしてないデクノボーにわかるわけないのだ。

裸のさらに奥のほうにはいったいなにがあったんだろう。
いつかそれを見ることができるだろうか。

あたしはなぜかまた、急に、霞の肉体を憎んだ。活火山のような胸の盛りあがりを、人工的な目鼻立ちを、大量生産の陶器みたいだった皮膚を。つぎに、そのパワーにおどろくほど激しく嫉妬した。
そうして世間のように都合よくずるく霞の物語を飲みこんであっというまに忘れてしまった。
からだの重心を失い、床に向かってゆっくりと崩れ落ちていきながら。

遠くから、是枝の、

「車、きたぞ……。立てるか」

という声が聞こえてきた。

五　愛の、発見？

二十九歳。
日々は闘いから、人生のパロディに変わり始める。

年を、取ったのだ。

金魚屋の屋根裏部屋で発見されて、連れもどされてからの一年半、二十代最後の日々は是枝との二人三脚でのリハビリに費やされた。リハビリ……。あたしはいつのまにかぜんぜん演じたり物語ったりしない人になってしまっていたし、ではそれで幸福になったのかといえば、ちがった。出口のないなにかが肉体の奥に溜まって、前よりも気味悪く蠢いていた。
出版社の文芸編集部の上司たちが、住みよい部屋を用意してまず生活を調えてやってはどうか、と指示したのを、是枝が突っぱねたから、あたしには塒《ねぐら》がないままだった。

都心のウィークリーマンションや、飲んでいて知り合った女の子や、恋人の真田の部屋、桜ヶ丘家に用意されたまま十年以上も主《あるじ》のいないあたし用の部屋を、日によって順繰りに彷徨った。ときには是枝の新婚家庭にまで転がりこむことがあった。奥さんは女子大を出たてのかわいらしい女の子で、人んちの床に転がって二日酔いの鈍い頭を抱えてるあたしの、おおきなからだを、キッチンから怯《おび》えたように見守っていた。決まった時間になると食事を作ってくれたけれど、あたしは気づかず酩酊し続けていることもあった。明日、自分がどこにいるのか。生きてるのか死んでるのかもなんだかよくわからないしどうでもよかった。

「とにかく観客が必要だ。あんたは誰かが聴いてないと、結局、一言も語らないんだから」

　ある夜、是枝があたしと同じマルボロ・メンソールをもくもくと吹かしながら主張した。あたしの目の前には、さくら餅の味がするピンクのカクテル。……十年近く前に初めて会った、あの文壇バーに久しぶりに連れていかれたときのことだった。内装はあまり変わっていなかったけれど、名物ママの由利さんはもういなくて、店の名前も「鎌《かま》鼬《いたち》」に変わっていた。カウンターの中には内気そうなアルバイトの女の子が一人、あたしたちの話を聞くともなく聞いていた。

「そうかな。そんなこと、考えたこともなかったけど」

「いや、あのころからずっとそうだった。おれは見てた。駒子はいわば物語芸人で、客がいる舞台に立たせるとあれよあれよというまに生き生き、演じだす。誰もいなけりゃ、シンと静まりかえってる。動かないつまんない機械みたいに。楽屋ではずっと無愛想ってタイプだ。あのころ、ここであんなにも語ってたのは、バーの客っていう、聴いてくれる人たちがいたからだ。そしてそれを、一人になってから、ノートにめちゃくちゃに書き殴ってた」

「……まぁ、そうだったかもね」

「ところが金魚屋でろくに書かなかったのは、誰も聴いてくれなかったからだ。あんた、さぞつまんなかったろう。当たり前だ。駒子はもともと舞台の上でしか生きてないんだから」

「そんなことないよ」

「ほら、客がきたぞ」

バーの扉が開いて、年配の男たちが入ってきた。作家か、編集者か。よくわからない。あたしは煙草をくわえて火をつけた。是枝は昔のように、嘘しか言ってはだめ遊びを始めた。女の子に箸を何本も用意させて、あたしに一本引かせた。当たり籤もなにもない普通の箸だったけれど、どれを引いても「当たりだ」と言いはった。

あたしは最初、あきれた。

それから根負けして、ゆっくりと語り始めた。
すこしずつ指の先まで血が流れだして、体温がもどってくるようだった。
幾晩かそれを続けた。
そのたびにさまざまな人間に変態した。

「彼は恋人をなくしました――」

「彼女は、今夜、決めなくてはいけない――」

「ぼくはおかしな恋をしました――」

「私は、旅の途中なのです――」

夜毎、男になり、女になり、老人になり、動物になり、無機物になり。からだをバーのカウンターに残したまま、心だけがおかしな羽音を立てて飛びあがっては、上空からこの世を見渡した。作家に語られたがっている現象たちは、今夜も街のあちこちで、乙女の如く小刻みに震えて待っていてくれた。それらをみつけては、頭から飲みこみ、また「鎌鼬」のカウンターにもどってきて目を開けた。胸をざっくりと斬り開いて、床に落っこちたそれを拾いあげてみた。喰ったものと、肉体の内部にもともとあるなにかがぐちゃぐちゃに混ざって、また新しい演目が生まれた。あたしは水の流れに巻きこまれるように急激に作家なる生き物にもどっていった。

夜が更けると、あたしは異臭のする汚い雑巾みたいになって、ふらついてバーを出る。今夜はどこで眠ろうかな。

別れ際に是枝が必ず、手紙を一通渡す。たくさんあるはずなのに一通ずつしかくれなかった。数年前にたった二冊、出ただけの短編集『母と鋼鉄』『荒野、遥かに』を読んだ誰かからの手紙だ。是枝は見知らぬ人の手紙によって、あたしの中に眠ってる真宮寺眞子を起こそうとしているのだ。あたしは転がりこんだ誰かの家の床や、真田や桜ヶ丘家の部屋や、ときには是枝の住む家の、鍛冶野さんが残した蔵書がぎっしり詰まった書庫で封筒を開いてみる。あちこち暗記してわけがわからなくなるまで目を通す。どうやら、まだ忘れられてはいないらしい。誰かがあれらを読んでるのだと、あたしの声が聴こえてるんだと、誰かの夜に届いてるんだと、信じられるような、しかしそんな奇跡的なことがあるだろうかといぶかしむような、微妙なところにあたしはぶらんとぶらさがる。

あと数日で二十代が終わるという夜から、また、真宮寺眞子にもどり始める。

バー「鎌鼬」で語っていたら、カウンターの隅に見覚えのある女の子が座っていた。きれいな女の子で、いまのあたしよりもずっと年下だった。あぁ。すこし、向こうが透けている。ひさびさに再会するマコの幻だった。目が合うと楽しそうに無邪気に話しかけてきた。

「コマコったら、子どものころとはずいぶん変わったわね。あんなにもぜんっぜん口をきかない子だったのに、ノドが嗄《か》れるまでしゃべっちゃって」

そうね、ママ。

と、微笑む。

「注目を浴びたくて、そんなにがんばるなんて。あんたとわたしはよく似てるわね」

ちがう、ママ。

と、否定したくて、できない。

似てるのかもしれない。

舞台に立って、苦しみや疑念を物語に変換して、エンターテイメント性を持たせて誰かを楽しませようとしてるとき、そのときだけ自分はまだ生きてると思う。

物語にかかわろうとするのは、父親からの遺伝だろうか。

それとも育った環境のせいだろうか。

しかし、桜ヶ丘雄司はけっして踊らない。

あの人は立派な教養人だ。人びとから尊敬される文学者なのだ。
あたしを舞台に立たせて、踊らせてるのは、ママだろか。
ママの血だろか。
それとも育った環境のせいだろうか。
哲学か、官能か。
あたしはどうして作家になった？
いつ、なぜ、このような人間になってしまったか？
あたしは誰だ。
あたしは誰なのだ。

助けてよ。

見えているだけで、けっして自分を救わないとわかっているのに、愛してるから、追いすがって頼んでしまう。バーの片隅であたしをにやにやしながら見上げてる、ママの幻影に。久方ぶりに再会したマコの姿を、眩しい思いで、胸一杯になってみつめてしまう。

ママ。

ママ、あたしは苦しい。ママ、助けて。

コマコのためのマコ……。

あたしの神……。

薄汚れて惨めでとるにたらない姿をしたあたしの神。いつまでもそばにいて見守っていると言って。いつまでも若くてうつくしいその姿で。そばにいると言って。一人にしないで！　こんなところにあたしをおいていかないで！


あたしは夜に立ち尽くしている。

夜はいつもあたしを包みこむ。あたしは語るべきものを捜し続けている。

それは路地裏や、バーの片隅や、迷いこんだ廃ビルにいくらだって転がっている。あたしはそれに蹴躓《けつまず》くと、しゃがんで、拾って、鞄に入れて持って帰る。そうして、鞄から取りだして、腐って硬い果実のようなそれを、別人に見えるほど下品に顔を歪めながら、思い切り齧ってみる。

是枝はじっと待っている。あたしを観察し続けている。

あたしは夜を漂いながら、すこしずつ、再会したマコの幻とまた同化しだす。

自信がもどってくる。

態度も堂々とし始める。

ある日、ペンを手に取った。

肉体の奥におおきなうねりを感じる。あぁ、またあの嵐が始まる。物語が頭の中に構築されて、動きだす。あたしは人の家の床で、書庫で、台所の机で、喫茶店で、バーの片隅で、休むことなくペンを動かす。

そうしてあたしは再び、舞台によじのぼる。


三十歳。

あたしは恋人から嫌われてしまう。

これまで異形の短編作家と位置づけられていたけれど、新たに動きだしたのは、たくさんの人物がさまざまな舞台で同時に演じる、多声性に満ちた長い物語だった。金魚屋で出会った市井の人びとが、名を変え、姿を変えては登場してせわしなく人生を語り始めた。

最初は、この大人数の中で果たして誰が主人公なのか、作者の自分にもよくわからなかったけれど、次第に一人の男の子が、おれだよ、と舞台から立ちあがりだした。

彼は男だけど、どっかあたし自身と似ていた。男の子の相棒は一回り近く年上の女で、足手まといだしなんにもしないので、どうして彼が見捨てずにいるのかよくわからなかった。最初は母親なのかと思ったけど、そうではないらしかった。恋人かと疑ったけどそうとも言い切れなかった。男の子の行動の中でそこだけが解せなかったけれど、矛盾に満ちて歪んだ一点こそが、その人間なのかもしれないと思った。あたしは作者としての冷徹さで彼を見下ろしながらも、そこにかすかな愛情を持った。彼が女を見捨てたら、作者のあたしも彼を見捨てるかもしれない……。運命という死神が彼の首を狩るに任せようと考えながら、原稿用紙のますを埋めていった。

彼は闘い続けた。ときには、作者が疲れて眠っているときも。アルコールの海にひたってぼうっと虚空をみつめているときも。上に、向かって。雪玉を、投げる。石を隠して。作者の額を割ってやる。あくまで遊びの雪合戦のふりをして、投げつけて、額から真っ赤な血を流させる。あたしは額に痛みを感じて、目を開ける。神さまの座から引きずりおろそうとする、おそろしい力を感じる。物語に引きずりこまれるな！　その力に屈するな！　彼らを調伏しなくてはならない。しかし、無傷のままで勝ってもいけない。作者も血を流さなくてはならない。主人公の肉体とともに、あたしのからだもまた悲鳴と怒号を上げて空にカッと燃えあがる。真っ黒な火柱が上がり、それが狼煙となって、なき人の魂を呼ぶ。

ママ。

ママ、あたしはここにいる。

暗黒！

見て。抗議の火達磨《ひだるま》となって燃えあがり、この世かあの世か、どこかに隠れ続けてるあなたを呼ぶ、あたしと彼を見て。かわいそうな姿を見て。あたしと彼はいつも、ぼんやり、ぎゅんぎゅんしている。こうやって、二人して惨めに痩せ細って、あなたに重大な罰を与えてる。命を懸けた抗議に、すこしは耳をかたむけて。この悲劇は、残酷できまぐれなあなたの責任なのに。

あたしはあたし自身から粗末に扱われ続けてる。

主人公も作者から虐《しいた》げられ続けている。

あなたの責任だ。

あなたの責任なのだ。

この真っ黒な炎に、気づいて。コマコ、ごめんねと言って。

おいていってごめんね、と。

あなたを産んでごめんね、と。

物語は走り続ける。

暗い情熱だけがここにある。

心の奥にある、肉体が叫ぶ。

作者に血を流させろ。石を詰めこんだ雪玉を、笑顔で投げつけろ。作者を許すな。

ＢＡＮＧ！

ＢＡＮＧ！

ＢＡＮＧ！

もっと撃てよ。もっとやれるだろう。壊れてしまえ……。


あたしは彼に撃たれたふりをして、是枝の家の書庫で、両手のひらで胸を押さえてばったりと倒れる。床に大の字になり、天井を見上げてくすくす笑う。

まだまだ！　まだまだ！

ここなんてまだぜーんぜん果てじゃない。まだまだ！　まだまだ！　あたしたちはもっともっと堕ちていける。手に手を取って、この世の果てまで転がり落ちていける。書き終わりさえすればいいやと、あたしだけ無傷で、あんたを放りだしたりなんてするものか。あたしは冷徹な作者だけど、あんたに額を割られ胸を斬り裂かれて、あんたと同じ姿でここに転がってる。まだまだ。まだまだ。あたしたちはもっと、もっと、終われる。

次第に、あたしの周囲から日常が遠ざかる。気を遣ってくれてる是枝の奥さんにも、ひどいことに、返事さえしなくなる。自分がどこにいるのかわからなくなる。何日もなにも食べない。からだが悲鳴を上げて昏倒《こんとう》するまで、時間の経過に気づくことができない。

物語は濁流のようにどこかに流れ落ちていく。この世の果ての、海が、滝になってるところ。その先には暗黒しかない、悲しい場所。静かな。真っ暗な。でも奇妙な光に満ちた。終わりの。その場所に、ゆっくりと。

あたしは演じ続ける。

物語は、走り続ける。

神さまを、許すなよ。


一度、父親の担当編集者に叩き起こされて、スーツを着せられた。ハイヤーに押しこまれて都心のホテルに連れていかれ、弟の結婚披露宴なるものに出た。あたしがなかなか目を覚まさなかったせいで、神前式はもう終わっていて、披露宴にだけかろうじて出席することができた。

弟は大学院を中退して、文学とはなんの関係もない外資系の企業に就職していた。お見合い結婚だと聞いて、いまどき珍しいなと思ったけれど、それだけだった。弟とあたしは極めて穏やかに、短い挨拶を交わした。あのころの敵意も遠慮のなさも消えていて、目を合わせてもなにも起こらなかった。血縁だから、傷つけてもいい、というあの暴力的な感情は、若さからくるものだったのだろうか。あたしも弟も年を取って、大人に、近づいたのだろうか。それとも胸の奥深くに押しこめているだけで、敵意はずっと存在するのだろうか。まるで生まれる前から憎みあってたかのように。

妹は美人になっていた。肌のつやも、満ち足りた笑顔も、最新流行のヘアメイクもドレスもなにもかもが眩しかった。

「おねえちゃん、いまなにしてるの」

と、聞かれた。

そういえばしばらく桜ヶ丘家に顔を出していなかった。

「毎日、原稿を書いてる」

と答えると、妹はチビのころと同じような無邪気さで、

「いいなぁ！」

と笑った。両頰にえくぼがくぼんで、幻のようにまた消えた。それを見たときにあたしは、腹違いの妹と自分との百億光年ほどの距離を思った。弟とのほうが、惨めな分、まだ近い。やっぱりあたしは犬小屋の裏に隠れて育った、桜ヶ丘家の妖怪なのだ。

あたしはママの娘だ。もしも魂に名札があったら、刻まれてるのは、永遠に、鈴木駒子というちいさな文字だろう。

そういえば控え室で、弟の新妻が「お義姉《ねえ》さんが作家なんて、ちょっと不思議。こん

ど読んでみます」と、眩しげな笑顔で話しかけてきた。あたしがおざなりな返事をする前に、弟がぴしゃりと、

「読まなくていいよ」

あたしは黙ってにやにやした。小声で、暗い話なのよ、と言うと、新妻は、でも、暗い話も、好きです、とつぶやいた。弟と会ったのはそれが最後だ。桜ヶ丘家が二世帯住宅に建て替えられると聞いて、あたしは、自分の部屋はもういらない、と言った。どちらにしろベッドでは眠れないままだし、自分の棲家《すみか》なんてどこにもいらなかった。屑なんだ。この先も変わらないだろう。父親には、「同じ業界にいるんだから、会えるよ」と言った。「何度でも、会えるよ」すると桜ヶ丘雄司は苦悶に満ちたような横顔を見せて、コーヒーを一口飲んだ。

「だけど、会うのと、いっしょに生きていくのはちがう」

「…………」

「家族は、いっしょに生きていくものだと、思ってる」

「…………」

「駒子。もう取りかえしはつかないんだろうか。この世に取りかえしのつかないことなんてほんとうにあるんだろうか」

「……探してくれてありがとう。あのころ。あんたのために必死で探してくれてる人が

いるよって、昔の自分に教えてやりたいけど、むりね。時間はもう流れてしまった。濁流のように」

あたしもコーヒーを一口飲んだ。

おどろくほど苦かった。


恋人の真田とは、初めての長編小説に取りかかってから目に見えてぎくしゃくし始めた。あたしは真田にだけはとてもすまないと思っていたけれど、それを彼にうまく伝えられなかった。あたしは無口で、自分のほんとうの気持ちは演目にのせて語ることしかできなかったし、真田のほうは物語を必要としてない人、つまりはまともな人間だった。

金魚屋にいたときの、廃業中の、朝のあたしと知り合っていたから、このところのあたしは真田には悪夢だった。夜中に酩酊して転がりこんできて、ものも言わずに明け方まで原稿用紙に向かっている。机を譲り渡しても、床から離れず、とぐろを巻いた蛇のようになって朝まで書き続けている。

真田はあたしを叱った。職場で、生徒に対するように。あたしは先生に怒られたことがなかったから楽しくなってにこにこしてしまい、すると真田は「わかってない！」と、すこしだけ泣いた。

「先生、どうして泣くの」

「……先生って呼ぶな！」

「どうして泣くの」

「あのね、恋人がばかすぎて日本語が通じないんだ。情けなくって泣いてるのだよ」

「……ごめん」

「駒子さん、ぼくは人生においていっちばん大事なのは、生活だと思う。生活そのものだよ。朝、起きて、ごはんを食べる。仕事に行く。社会の一員として分をわきまえ、働く。友達も大事だ。人とのコミュニケーションの中で自分を知っていくことも。それから、家族と一緒にごはんを食べたり、その、一緒に暮らしていくこと。生きるって結局そういうことだと思う。君はふつうの生活をばかにするかもしれないけど。表現者っていう、選ばれた人種だと自分のことを思ってるとしたら」

「ちがう」

「ちがわないよ。いまの君は」

「……そんな大層なものじゃない。物を書いて、霞を食って生きていくって、世の中の最下層だと思う。だって、霞なんてなくても社会は幾らでも動くんだから」

「君のプライドだ。いらないよ」

「ちがう」

「ぼくは、君のいまの生き方はまちがってると思う。前の君のほうがずっと好きだ。人としての価値があった。日常があってこその非日常だと、ぼくは信じる。まず、きちんと生活をすること。君がやってることは、日常生活を送りながら、その余暇をあてればいいことだ」

「あなたのほうこそ、なにもわかってない。余暇でつくったような舞台を、お客さんはわざわざお金を払って観にこない。物語とは血と肉と骨の芸のことだよ。供物《くもつ》だよ。なのに、余暇だなんて……」

「結婚しよう。ぼくの家にずっといてくれ。もとの駒子さんにもどって、ちゃんと生活をして、二人で年を取っていこう。ぼくが君に、日常の過ごし方を教えてあげる。いままで誰もあなたにそれを教えなかっただけなんだよ」

話はいつも平行線だった。

真田はあたしのいまの生き方を軽蔑してるようだったし、あたしは、理解されないことに子どものように苛立っていた。あたしたちはまるで、優しい教師と、聞き分けのない生徒だった。真田が好きだった。真田の言うことのほうが正しいとよくわかっていたし、でも自分が変われないことも、そもそも変わる気がないこともわかっていた。あたしはいまでは、編集者の是枝が言うところの物語芸人で、文芸病棟の一患者だった。そしてそのことに、真田に見破られたとおり、鼻持ちならないほどのプライドを持ち始めていたのだ。

狂ってると思うことがあたしの正気を支えていた。

だから真田には救えないと考えた。

この人が好きだった。

指導室に呼びだした生徒に、意見するように、恋人があたしに言う。肩をつかんで揺さぶりながら。夢から醒《さ》めろと諭すように。先生の目を見ろ、話を聞け、と繰りかえす。

「駒子さん、もっと世の中を見てみなさい。世の中というものはね、あなたの苦しみだけでできてるわけじゃないんだよ。たくさんの人がいて、あなたよりももっと切実な社会的問題を抱えてる場合もある。あなたはまだ恵まれてる。仕事も、収入もあるし、家族だって恋人だっているじゃないか。もう一度、言うよ。世の中はあなたの苦しみだけでできてるわけじゃないんだ」

「知ってる。そんなこと……」

「マン・オブ・ザ・ワールドって言葉があるんだけど。直訳すると、社会の一員っていう意味。昔は大人になるとみんなが社会の一員となった。働いて物をつくる人や、社会の仕組みを動かす歯車になる人。その人の家で家族の世話をする奥さんだって、家事という形で社会に参加してる。ところがいまは、大人になってもそうはならない。社会人としての自覚がない。ぼくは歯がゆい。人はもっと、ちゃんと、まともな大人になっていくべきだ。そうしないと自分が辛い。周囲も辛い」

「物知り」

「からかうな。駒子さん、あなたもマン・オブ・ザ・ワールドになってください。ぼくが手伝う。だから……」

「でも」

「ぼくたちはもう三十歳だ。取りかえしがつかなくなる。これ以上、年を取る前に。後戻りできなくなる前に。駒子さん……」

あたしは真田の言葉の圧倒的正しさの前に、笑ってしまう。声のない笑いを聞きつけて、真田が気を悪くする。ひどく傷ついたのがわかる。

夜が更ける。

暗闇に、溶ける。

歩み寄るために行う交尾は無感覚で、さびしくて、あたしと真田はそれぞれの暗い夜に沈みこむ。よく知ってるはずのからだに互いに遠慮がちに触れている。ちょっとの刺激で、薄い硝子細工《ガラスざいく》みたいにパリーンと関係が割れそうで、こんなに危ないならしたくないけどでもしないともっと危ない。心もからだも離れちゃう。恋人どうしじゃなくなってしまう。好きだ、と繰りかえし思う。でも理解しあえない。女であることより演じることのほうがずっと切実で、あたしは、きっと恋人を失ってしまうだろうと、長くて辛い交尾が終わるころにはもうこっそりとあきらめてる。夜が明けてくる。物語があたしの中で、山奥で鳴り続ける鐘のように鈍くしつこく響いている。あぁ、はやく原稿の続きを書かなくては。男の人のとなりで、天井を睨みながら、あたしは、裸で、身じろぎする。裸でいっしょに寝てるのにあたしはもう男でも女でもなく口を開ければ物語が怪物みたいにゴボリと音を立てて暗い空に昇っていくのだ。

ある日。

いつものように原稿用紙の束を持って、訪れると、是枝の家が無人だった。玄関のドアに「駒子。鍵はポストに」と殴り書きが貼ってあったので、なんと無用心なのだろうとあきれながら、鍵をみつけて部屋に入った。

あたしがいるのは書庫ばかりだったから、部屋のあちこちのことはあまり記憶に残っていなかったけれど、それでも、家具がぐっと減っていることには気づいた。書庫の床に座り、くわえ煙草で原稿を書いていると、夜更けに玄関のほうで音がした。誰かが帰ってきて、転んだのだろうとわかった。原稿が一段落してから出てみると、酩酊した是枝が玄関のタイルの上にゴミみたいに転がっていた。

煙草の先を噛みながら、

「どうしたのさ」

「……酔ってる」

「あたしも。どうして奥さんいないの」

「出ていった」

是枝は両膝を抱えて、膝の上に顎をのせた。無精ひげで顔はほとんど山男のようになっていた。大学生のころは痩せていたけれど、三十歳になったいまでは、だいぶ醜い肉がついた。スーツの着崩し方に、活字への止まぬ憧憬《しょうけい》と、百戦錬磨《ひゃくせんれんま》の山師《やまし》の臭いが、同居していた。つまり、もはややり手の編集者にしか見えない男になっていた。それが急に寄る辺《よるべ》ない子どもみたいにしくしくと泣き始めたので、あたしはうろたえて、

「あたしのせい、かな」

「ちがう」

「……ちがうの？　正直に言って、いいよ」

「おれは明け方まで帰ってこないし、家でも、原稿読んでるか、本読んでるか、ネタを探してるかで話し相手にもならないし。いつもそのことで頭がいっぱいで。親父の言い方を借りれば、誰かの夜に滑りこむことに、夢中で」

「…………」

「結局、うちのお袋がおれを連れて出てったときと、同じ」

あたしはまた、急に、書くということが怖くなってきてからだが震えだした。だけど恐怖をぐっと飲みこんだ。つっかえながらも声をかけた。

「是枝、そんな、泣いてないで、追いかけなよ。迎えにいって、もう一度、最初から……」

「うん……。原稿、進んでるか」

急に膝から顔を上げて鋭い眼差しでこちらを見るので、あたしはぞっ、として後ずさった。人間を見る目ではないような気がした。つめたくて、なんというか、夜の海を、死体を捜して覗きこんだ殺人者みたいな目つきだった。

でもすぐにあたしも同じ表情になり、うなずいた。

「進んでる。順調」

怖くたって、自分はもう逃げることはないだろうと思った。

「……なら、いいさ」

結局、是枝はその夜ずっと玄関のタイルの上にいた。仕方なく、どこになにがあるかわからないので部屋中を探して、みつけた毛布を、是枝の頭から乱暴にかけた。是枝は奥さんがいなくなった部屋に、さびしくて、申しわけなくて、もう一歩も入れないという様子だった。

窓の外で都会の月がおおきく揺れていた。

ビル風に吹かれて右に左に、悪夢のように揺れていた。

その夜から、あたしは是枝家の書庫を遠慮して、二十四時間営業のファミリーレストランやファストフード店、始発が出るのを待つ地下鉄の駅などを乞食《こじき》みたいに転々とし始めた。夜の、街の片隅にはやっぱり、書かれたがってる現象がゴロゴロ落っこちていた。拾っては、汚らしく猥雑に顔を歪めながら、齧る。ベンチにうつ伏せで寝転び、原稿用紙にボールペンを走らせる。十歳近く年下の警備員に乱暴に揺り起こされて「なんだよ。酔っぱらいか」と言われた。まちがいではないので、あたしは酒臭い息を吐いては黙ってにやにやした。

是枝の家には、奥さんが帰ってきて、また出ていって、と幾度かのドラマがあったらしかった。いまは、いるらしい。でもまたすぐに出ていくのかもしれない。是枝は子どもがほしいと頼んだけれど、奥さんからの返答はないとのことだった。

あたしはおそるおそる、ときどき、真田の部屋にも行った。硝子細工はますます薄くなっていまにも壊れそうに思えるから触れるのも怖かった。

ある夜のこと、

「駒子さんと一緒にいるほど、どんどんさびしくなる」

と、真田が漏らした。あたしは聞こえないふりをしてうつむいた。

あたしは無口な人間だ。

申しわけないと思ってることも伝わってないかもしれない。

でも、どうしようもない屑で、いまから生き方を変える気もさらさらないことだけは、言葉にしないのに伝わってしまっている。

どっかから終わりの風が吹いてるようだった。

つぎの週。真田の部屋に入ったとき、べつの女の人の気配に気づいてしまった。それは濃厚で、息が苦しくなり目にも染みるほど強かった。

つぎに行ったときは、またべつの女の人の気配がした。

新しい恋人ができたわけではなくて、ただ、真田は女遊びなるものを始めたのかもしれない。真田があたしにお説教をする時間がすこし減った。

あたしは不思議なぐらい悲しいとか苦しいとか感じなかった。

なにもかもに現実感がなくって、心が、薄い幕をはった天蓋《てんがい》の奥に隠れてしまったようだった。

是枝の家庭不和も、弟の結婚も、父親の心配も、とつぜん始まった、真田の女遊びも、なにもかもが人生という言葉を聞いたときに思い浮かべる諸々《もろもろ》のお気軽なパロディみたいに思えるのだった。熱情よりも、ゆるやかな諦めが。悲しみよりも、達観に似たなにかが。あたしの内に巣くってすべての衝撃を奇妙にやわらげてくれた。

書くことによって、現実感はどんどん失われた。あたしは自分自身の人生を燃料にし、犠牲にして前に進んでるような気がし始めた。

あたしは、自分が汚れた魚になったところを想像する。見えない手で釣りあげられて、まな板の上にのせられて、クッタリとのびているところを。

死んでいくところを。

そうしておおきな刃物によって、斬り開かれ。

真っ黒な内臓をさらしながら、ゆっくりと解体されていくところを。

すると、なんだかもう死んでるんだという気分になって、心がどんどん落ち着いた。

物語だけが書き進められていく。

血みどろの主人公と一緒に。あたしも地面を引きずられ、傷だらけでどこかに連れていかれる。

ついに完成する。

乱暴に投げ渡された是枝が、赤いボールペンで、原稿用紙の束を真っ赤に染める。あんなにも作者を苦しめた主人公はいまや、是枝とあたしと三人で原稿用紙を覗きこみ、ここをこうして、ここはこう直して、と別人の如き、理性の申し子となる。この世にほかに誰もいない。あたしはめくるめく幸福に満たされる。演じているときしか生きていない、という是枝の指摘を正解として受け入れてもよいかもしれない。もうなにもかも失っていい、物語ればそれだけでいい、と、煙草をくわえて力なくにやつきながら考えている。

三十一歳。

初の長編小説『セルフポートレイト』が刊行される。

デビューしたときとはちがう種類のインタビュー依頼が増えて、あたしは急に多忙になる。相変わらず塒《ねぐら》がないので、誰もあたしと連絡が取れず、だから是枝は週に二回、火曜と金曜だけ出版社にくるようにあたしに命じる。この日だけは朝から夕方まで会議室を押さえて、インタビューや対談を入れる。ポートレイトの撮影込みで、一組につき一時間半ずつ割いて、一日に五組。

あたしは放浪するうちに髪がのびて、いまは黒く染めてるから、ロングヘアを背中に垂らしてぼけっ、としている。不摂生がからだをどれだけ蝕んでるのか計りしれないけど、長い物語を生みだした後だから、いまは肌つやもよくって、別人のように機嫌もいい。あたしがぼんやりしてても、マコのほうがうまくやってくれる。マコは人から注目されることや、質問責めにされることが得意だから、ほがらかで、穏やかに、いつまでも話し続ける。最初の一組にも、最後の一組にも、まったく同じ様子で接する。人前にいる限り疲れも見せないし、どんなに難しい質問にも、考え、考え、笑顔で答えている。そうして最後の一組がいなくなると、マコもどっかに行ってしまう。もういいでしょ、と言わんばかりに、あっさりと。あたしは革張りのソファにへたりこむ。煙草をくわえて、火をつける。本日、五杯目の冷めたコーヒーをゆっくりと飲み干す。

『セルフポートレイト』の売れ行きは、当初、悪くないけれど、かといって爆発的というわけでもなかった。

だけど、毎週、どこからか取材がやってきた。多声性を得たことが作風の重大な変化と受け取られているようで、それについてよく質問される。どこかでなにかが起こりかけている。遠くに、色のない波のようなうねりが見える。それがなんなのかまだわからない。

火曜と金曜以外は、あたしはいままでどおり、ファミリーレストランやファストフード店の隅、地下鉄の駅などを彷徨っている。原稿用紙を広げて、難しい顔をして考えこんでいる。つぎの役柄を演じなくてはいけない。一冊の本が出たときにはすでに新しい原稿に取りかかっているのだ。あたしは書き続けている。ゴボゴボと不気味な音を立てて口からなにか出てくる。つぎからつぎに出てくる。書いたものは、火曜と金曜の夜に、是枝に見せる。是枝は丁寧に目を通して、途中までの原稿を編集部でコピーして、それからまたあたしを夜に送りだす。

「いつも……」

と、ある夜、別れ際に呻いた。

「なに」

「ここで別れるたびに、もしかしたら、これで最後かもしれないなと思う。あんたは昔っからわけのわかんない人だったたし、それに失踪の前科もあるからさ。あんたって人がどうなってても正直どうでもいいけど、いま書いてる途中のものだけは頼むから完成させてくれよと、祈ってる」

「お父さんに似てるね、波は」

急に下の名前で呼んでやると、是枝は死者に唇を奪われたような顔をした。ひゃっと、下に向かって飛びあがるようなおかしな動きをして、それからあたしを強く睨んだ。

「今夜も、どこにでも行っちまえ。……それでまた来週、もどってきて、つぎの話を聴かせてくれよ。楽しいんだ。なぁ、あんたの人生にはなんにもないけど、観客だけはいる。いつだって客席に誰かが座って、つぎの幕が上がるのを信じて待ってくれてるし、そのことの素晴らしさを、あんたは無気力なふりをして、ほんとは、よくわかってるんだ」

「是枝は」

と、腕時計を気だるそうに見やった。夜の九時を過ぎていた。「おれは、家に帰らないと。今日は帰るって、朝、約束してきたから……」とつぶやく。幸福なのか息苦しいのかよくわからない表情を浮かべ、夜空を見上げる。

「あたしの放浪は、是枝の夢なんだね」

「なに」

「だからけしかけるんだ。ほんとうは是枝が放浪したいんだよ。夜を、どこまでも。荒野、遥かに走っていきたいんだ。少年のころの夢そのままに。どこまでも、どこまでも。この世の果てまで。みんなそうなんだよ。だけどできない。……あたしがいつか野垂れ死ぬまで、ちゃんと見ててね。お父さんの代わりに。約束！　最後まで見てて」

「……早く行けよ。おれは帰る。おれは家に帰るんだ」

「うん。では、あたしは荒野に」

是枝に手を振り、原稿用紙の束を突っこんだ布バッグを肩から提げて、あたしは夜に踏みだす。長い髪がビル風に揺られて、ばさばさと音を立てて舞いあがる。

あたしはどこかにいる。都会の夜のどこかに必ずいる。黙って、原稿用紙に向かってボールペンを走らせている。恋人を失おうとしている。もちろんわかってる。人生そのものを横目で見送ってしまいそうになっている。それでも止まらない。まだ書ける。まだまだ遠くに行ける。自分自身がどれだけだめになったってかまうもんか。昔、見えなかった赤い地平線が、復活を遂げたいまでは遥か遠くにぼんやりと浮かんでいる。まだ、遠くても。それは、確かにある。あの線に向かって行け！　物語はあたしを引きずり、少年のころの夢そのままに、どこまでも、どこまでも、荒野を走っていく。

あたしがいる場所については業界関係者にすこしずつ知られていった。『セルフポートレイト』刊行後、あちこちの出版社から連絡先を問い合わせられて、そのたびに是枝は、隠してるわけじゃなくて家も電話もないんだ、と歯切れの悪い答え方をした。新聞や雑誌に掲載されたポートレイトが指名手配の写真の代わりになって、都心のさまざまな喫茶店、ファミリーレストラン、駅の構内を編集者たちが探した。あたしは割合すぐにみつかってしまった。人並み外れて背が高かったし、いつも原稿用紙を広げていたし、特徴とされるマルボロ・メンソールの緑と白の箱がテーブルに積まれ、灰皿には吸殻が山になっていた。

「真宮寺眞子さん、ですね」

おそるおそる声をかけられるたびに、あたしは舌打ちせんばかりにいやがったけれど、ゆっくりと顔を上げたそのときにはマコが登場していて、愛想よく微笑した。

「ええ」

「わたくしは……」

名刺を出されて、マコはにこにこ返事をする。あたしは初対面の人間が怖い。こっちを警戒して強張《こわば》った笑顔を浮かべている、スーツ姿の人間ならなおさらだ。向こうからしても、あたしは得体が知れない。気まずさを、でもマコはぜんぜん気にしない。あたしは煙草をくわえて、火をつけ、煙を肺まで深く吸いこみながらマコに頼む。質問してみて。いつものを。

マコはテーブルの上を片付けながら、

「あなたが、生涯でいちばん好きな本はなんですか？」

と聞く。

すぐに答えられる人、つまりは文芸病棟の患者とだけ、会話を続ける。

たくさんの編集者がたくさんの題名を挙げる。子どもにもどったように生き生きと読書体験を語る。興味を示すと、数日後、彼らはわざわざあたしの居場所を探し当て、その本を渡してくれる。多くは貴重な絶版本だ。あたしはレストランの片隅で、くわえ煙草でそれを読む。つぎにどこかで会えば、覚えていて、その話になる。彼らは次第にマコではなくてコマコと話し始めているけれど、気づいてるのかどうかはわからない。人格の移行は手品の種を隠す手のひらのように自然な動きだから、彼らは、あたしが次第に暗く、無口になってしまったとしか思っていないかもしれない。コマコのほうが静かで、つまらなくって、つまりは張り合いのない相手なのだ。

街は荒野だけど、彼らの来襲によってとつぜん文芸サロンに姿を変える。だけどそれはほんのときたまのことだ。多くの時間をあたしは彷徨うことに費やしている。

ある夜、おそるおそる恋人の家に向かう。真田はいつも通りの、不機嫌と上の空が入り混じった様子だけれど、台所のテーブルに『セルフポートレイト』が載っているのをあたしはみつける。

読みかけらしいその本について、あたしはなにも言わない。

真田と使うはずの、人生を燃料にして書いたのかもしれない。つまり彼からあたしを奪いながらつくった本だ。この部屋にこれがあることが、あたしに奇妙な後ろめたさを感じさせる。

真田はなにも言わない。

あたしと恋人とのあいだにはちいさな本が城壁のようにそびえ、風もないのに不気味な音を立てて揺れている。

倒れそうに揺れている。

三十二歳。

『セルフポートレイト』が事件を起こす。

インタビューの依頼が一段落すると、あたしは出版社にもたまにしか顔を出さなくなった。街は夜に沈みこんで、あたしを黒いジェリーみたいにやわらかく包んでいた。ファミリーレストランの隅でぼんやりと煙草を揉み消していたら、誰かに肩を揺すられた。こんな遠慮ない振舞いをするのは、マコの幻影のほかは担当編集者しかいなかったので、あたしはため息混じりに、

「なによ」

「候補になった」

「…………」

「なるんじゃないかと思ってた」

是枝は向かい側の席に腰かけて、例の、夜の海を覗きこむような瞳であたしをひたと見据えた。どういう目つきで応えたらいいのかよくわからなかった。不安になって「……どうなるの」と聞くと、是枝は肩をすくめながらあたしのマルボロ・メンソールの箱に手をのばした。

ライターを乱暴に放ってやる。

煙草の先に火がついて、細い狼煙のような煙が、揺らめきながら天井を目指した。

「舞台が、おおきくなって、観客が、増える。……そう考えれば？」

「うん」

「まだ誰にも言うなよ。候補作の発表まで半月ある。勝手に漏らしたらいけない、らしい。おれもよくわからないけど」

「うん……」

「じゃ、邪魔したな。続きを書けよ。あっ、あんたの親父さんが喜んでたよ。無知な駒子がずいぶん偉くなったって。受賞できるといいけどねって」

「……あれ。どうしてあの人のほうが先に知ってるの」

「あんたに家がないからだろ。これでも、みつけるまで二時間はかかってるんだからな。この忙しいのに。でも、どうしても今夜中に言おうと思って。……おれは帰るよ」

是枝が去る。

あたしは書きかけの原稿用紙に視線を落として、煙草をくわえる。火をつけて、深く吸いこみながら目をおおきく見開く。

この夜、日本でもっとも有名な大衆文学の賞の候補になったのは、『セルフポートレイト』のほか六本の作品だった。約一ヵ月後、銀座の料亭で文豪たちによる選考会が行われたけれど、あたしはその日になっても、七分の一だと思うとあまりリアリティを感じられなかった。夕方、是枝と約束したバー「鎌鼬」に向かうと、是枝と奥さん、編集長、それから街を文芸サロンにして語りあった記憶のある何人かの熱心な編集者、つまりは文芸病棟の患者たちが集まっていた。

煙草に火をつけると、他の人たちも一斉に煙草の箱を取りだして一本くわえて、火をつけた。いつものピンクのカクテルを頼むと、飲んだ。内輪の人間しかいないから今夜のあたしはわざわざマコにならなくって済んだ。無口で愛想がなくて水色の、つまらないコマコのままでいつまでもぼんやりと座っていた。

店に入ろうとして断られてる客がいた。ママさんに聞くと、

「テレビの人。カメラ、担《かつ》いでたから」

「……テレビ」

「こんなところ撮られたくないわよねぇ。無神経だったら」

「べつに、いいけど……」

テレビ、と聞いて、急に、たいへんなことになってると感じた。小説というのは地下世界の文化だから、普段は世間全般の注目を浴びるようなことはない。ごく少数の、本を読む人たちだけに認識されてる向こう側の異世界だ。だけど文学賞はお祭りで、ショウアップされたなにか。あたしはカクテルをぐいっと飲んだ。一ヵ月前、是枝が煙草を吹かしながら言った「舞台が、おおきくなって、観客が、増える」という言葉が思いだされた。そうすると恐ろしくなって、急に現実に反発する気持ちが生まれた。でも同時

に、足が、汚い靴音を響かせて踊りたくて、燃えてるようだった。

あたしは二度と立ちどまりたくなかった。快適でやわらかな朝にもどりたくなかった。命に線を引いてみたかった。生きてるうちに書くんだ。夜の向こう側に行くんだ。そうしていつかあの地平線を越えていなくなる。あのころ、輝きながら夜を彷徨っていた鍛冶野さんみたいな大人に、あたしも、なるんだ。

そんなふうに生きていいのだと全力で信じようとした。すると朝が、真田の顔がぐんぐん遠ざかっていった。

あたしは煙草をくわえ、ため息とともにうつむいた。

午後八時過ぎ。

まだ夜が始まったばかりの時間。

「鎌鼬」の電話が鳴った。リリリーン、と旧式の電話が涼やかな音を鳴らした。電話を取ったママさんがあたしに受話器を渡した。

電話の向こうから、死んだはずの鍛冶野さんの声がした。

と、思った。

なつかしい声だから怖くなかった。

「もしもし」

と言うと、

「真宮寺眞子さんですか」

「はい」

「こちら、日本文学振興会です。おめでとうございます。真宮寺さんの『セルフポートレイト』がご受賞されました。記者会見は八時四十五分からを予定していますので、八時半までに会場にお越しください。それでは、本日はおめでとうございました」

電話を切ると、店内を見渡した。

全員が、片手に火のついた煙草を持ち、同じような顔つき——夜の海を覗く殺人者の顔——をしてあたしを見ていた。あたしも同じ表情を浮かべてるにちがいなかった。うなずいて、

「受賞、した。八時半までに記者会見場に……。聞いてる？」

ドッ、と悲鳴と歓声の入り混じったような轟音が響き、立ちあがって振りまわす煙草が誰かのスーツに焼け焦げを作ったり、お酒がこぼれて床を濡らした。是枝と奥さんがなぜだか人前でキスしているのが見えて、なにをしてるのだろうとあたしは怯えた。

バーを出て、暗い階段を地上に向かって上がりだしたとき、地上から、撃ちぬくような鈍い音と光が、重量を持って転がり落ちてきた。あたしは思わず目を閉じて、息を止めた。ママ！　音と光はシャッターとストロボのものだった。新聞記者とTVクルーが集まっていた。巨大なライトが向けられて目も眩《くら》むばかりに照らされた。路上の酔客た

ちがなにごとだとこっちを見た。やけに血筋のいい、オッドアイの異国の野良猫たちが、ライトを浴びるあたしを軽蔑してるよというように横目で睨んだ。

マイクが向けられて、楽しそうな声で質問された。

「真宮寺さん、いま、お父さまに一言」

「お父さまって?」

「あの、桜ヶ丘雄司さんに」

ママ!

と、あたしは大声で呼ぶ。

夜空に響き渡り、星を揺らして月を割るほどの怒声を上げる。心の声だからリポーターには聞こえない。暗くて汚れた都会の空を、ちっちゃな迷い竜のように飛んでたママの幻影が、あわてたように降りてきてあたしに憑依《ひょうい》する。

質問はなに、とマコが聞くから、父親に一言、とあたしは教える。

するとマコは、眩しそうにカメラをみつめながら微笑む。著名な文学者の、無邪気な愛娘《まなむすめ》の演技をする。そんなのお手の物だ。マコは女優だったんだから。映画にも出たことがあるし、テレビにも映ってたんだから。

「尊敬してます。これからも父の背中を見ながら書いてゆくと思います」

マコの返事にあたしはびっくりする。

仰け反ってるのはあたしだけだ。なるほど、とリポーターがうなずく。桜ヶ丘家の真新しい二世帯住宅にもＴＶクルーが駆けつけているそうだ。そういえば、すこし前に妹から聞いた。太郎夫婦がおおきな犬を飼い始めたと。あの豪奢な庭のどこかに、いままたおおきな犬小屋があるのだろうと想像すると、あたしはおかしくって、にやにやしてしまう。ＴＶクルーが犬小屋も映してくれるとよいのに。コマコとマコの、つまりは真宮寺眞子の真実の姿を念写してくれたらよいのに。ほんとうは桜ヶ丘雄司の愛娘なんかじゃなくて、家畜のように育った惨めな子どもだと暴いてくれたらよいのに。

マコが、

わたしは暴かれないわよ、

と不安そうにささやく。

うん、

わかってる、

ごめん……。

と、あたしはうなずく。

是枝がタクシーを停めて、あたしを手招きしている。奥さんが隣でうれしそうに笑っている。もっかいキスしなよ、とからかうとほんとうに目の前でしてみせるので、あたしはあきれて笑ってしまう。タクシーが記者会見場に向かって走りだす。マコが、どこ行くの、と言うので、あたしは、これから記者会見、と説明する。

さぁ、

ママ、

行こう。

荒野の彼方へ。

あの日、あなたが去った、深くてつめたい湖の底へ。

かつて夢見た、地平線のその向こう。

この世の果ての、恐ろしい場所へ。

これ以上遠くには行けないという、限界の地へ。

二人で、どこまでも行こう。

さぁ、彼方へ！

記者会見場は銀座のおおきなホテルの中に用意されていた。黄金色の屏風はどこまでも続くかと思うほど長かった。屏風の裏からそぅっと覗くと、その向こう側に、見たことがないほどたくさんの記者とカメラが何層にもなってびっしり並んでいた。あぁ、こんな光景を見たことがあると思った。ママが大事にしてたポータブルテレビで。犯罪者が捕まったときに。恐ろしいことが起こって、誰かが急いで謝罪しなくてはならなくなったときに。姿を現すと同時に、ストロボがこの世の終わりみたいに光ってあたしは四方八方から撃たれてるみたいだった。同じ賞をいっしょに受賞した、一回りぐらい年上の男の作家がいた。あたしは急に怖くなって、お二人で握手してくださいと言われた途端に彼の手にぎゅっとしがみついた。向こうも同じぐらい強い力で握りかえしてきた。あたしのほうが彼よりも十五センチ近く背が高くって、だから彼が小声で、

「まさか、こんなおおきな女と並ぶと、思ってなかったよ」

「えっ……」

「ぼくは明日の新聞で、チビに写ってるんだろうな。やだな」

「あぁ」

黙ってると、急におおきな声で「ごめん」と謝られた。ひゃっ、と飛びあがる。「無神経なこと言って、ごめん。こんないちばんいい日に、いやだよな」涙ぐみ始めたので、あたしはあわてて、気にしてないよ、となだめた。ストロボはこの世の終わりみたいに光り続けていて、あたしは、とつぜん泣きだした年上の男におろおろして、なにがなんだかわからなくなる。

撮影の時間が終わると記者会見が始まった。一人ひとりマイクの前に座る。静かになると、あたしはマイクをみつめて黙りこむ。

ふいになにかの音が響いてきて、それがとてもなつかしい、蹄《ひづめ》みたいな軽い音なので、なんだろうと顔を上げる。

おぉ。

おぉ！

きてくれたのか。

ちょうど二十年ぶりに、あたしは……豚の世界の女王は、我が民と再会する。いつのころからか始まった、あたしの大切な幻覚症状。電動カッターで切り取られた豚の足が、ちゃんと前足と後ろ足が二本ずつセットになって歩いてくる。切り口はどれもピンクで色鮮やか。カチカチ、カチカチ、カチカチと足音も高らかに近づいてきて、最初は遠慮がちだけど、あたしが喜んでるのを知ると次第に堂々と、会見場にところ狭しとあふれ始める。

あの、
惨めな、
この世の果てのような、家畜小屋で。

一人の人間が、ほかの人間の手によって尊厳を奪われ、やがてその身を家畜に堕とすまでを。

いちど奪われたものを二度と取りもどすことができず、地下の豚世界を彷徨い始めるまでを。

つまりは、ありふれた古典的悲劇を。

一人きりで演じきったあたしを、豚の足たちは、ずっと観ていた！

家畜小屋の愛すべき観客たち。ちいさかったあたしの、あんなにもおおきかった舞台。

豚の足はどんどん増える。あたしはそれにつれて笑顔になる。家畜の行進。ピンク色の地平線！　あのころ夢見たように、コマコとマコは二人でいまようやく豚の世界の女王となった。スターになり、眩しいライトに照らされ、質問を浴びる。マコはほきはきと、如才なく答える。わからないことがあるとこっそりあたしに聞く。テレビカメラはすごくおおきい。ぐっ、と近づいてあたしの顔を撮る。

コマコ、
見て、
テレビカメラよ。

と、マコがささやく。

そうだね、
よかったね、ママ。

と、あたしは返事をする。

豚の足の幻影はますます増えて、それに向かってあたしは場違いなほどの満面の笑みを見せる。コマコとマコはべつのものを見てるようだ。マコは、華やかなテレビカメラを。コマコは、家畜の行進を。あたしはいまも昔も豚の世界の女王であって舞台が家畜小屋でも巨大な劇場でも変わらずところ狭しと駆けまわり真っ黒な物語を叫ぶだろう。汚物を撒き散らし神さまの顔に泥を塗るだろう。おまえの額を割ってやる。ほんとうに、ほんとうに。あたしは戦士となっていつかおまえを破滅させてやるんだ。いつか神の首を狩ってやる。

記者会見が終わって、豚の足の幻影とともにあたしが立ち去ろうとすると、男の作家に腕を取られた。やけに引っぱるのでなにかと思ったら、あたしほどじゃないけど背の高い、きれいな女の人の前に連れていかれた。震える指で指して、

「ぼくの、奥さん」

「はぁ。はじめまして」

「ね？」

「ね、って、なんですか」

「奥さんもおおきいでしょ」

「おおきいですね。あの、ほんとに気にしてないから……」

男の作家がまた涙ぐむので、あたしは、子どもみたいなしょうもない人びとである、

作家という生き物のことを憂う。あたしもこの男とどっか似ている。自分のことばっかり考えてるのに、人の負の感情に左右されやすい。ほんのすこしの、あたしの不快に、こんなにしつっこく付き合わなくっていいのに。

「もうっ、気にしてないってば……」

「でも、すごく無神経だったから……」

そう言われると、あたしも、こんなに悩ませてることが悲しくなってどんどんしょんぼりしてくる。

まれに見るほど勝手な人間が、二人して、向きあいながらすれちがっている。見かねた編集者たちが二人を別方向に引っ立てていく。

記者会見の後は二次会がある。是枝が、たくさん人が入れるようにと和食屋の座敷を予約する。到着すると、街のあちこちであたしを探しては話しかけてきた編集者たちが集まっている。昔、「犬の心」で飲んだ人たちもついでにいて、十年前からちっとも老けていない由利さんとも再会する。由利さんは肝臓を痛めてから郊外に居を移し、いまは喫茶店を経営してるとのことだ。「鎌鼬」のママさんのことを聞くと「わたしの妹よ。アラ、聞かなかったの？　ほんっとに、相変わらず、なににも興味がないのね。あなたって子は」と座布団で軽くたたかれた。

文学賞の発表は、テレビのニュース速報でまず午後八時過ぎに流れたとのことだった。

本人の耳に入ってからわずか数分後だ。なんというスピード。まるで土石流……。夜九時からのニュースでは記者会見の映像付きで流れ、ついで十一時台のニュースでも放映された。知らないあいだに、作家の顔と雅号と『セルフポートレイト』の表紙と、文学者の娘であることが、電波に乗って遥か遠くまでひろがっていく。いまではどこにあるのかわからない、動物園のある町や、海と山に挟まれた温泉町や、コーエーのある町にもニュースが流れてるんだろうか。なにもかもを嘘のように思う。座敷はおどろくほど盛りあがっている。みんながうれしそうだから、あたしもふと安堵する。座敷の隅で煙草をぷかぷか吸い、お酒を飲んで、それからゆっくりと膝を抱える。蛇がとぐろを巻くように座布団の上でちいさく縮こまる。大人の、邪魔にならない。コマコのいっとう得意な姿勢……。

是枝と奥さんがあんまり楽しそうなので、さっきからずっと考えている。

何度か、電話を貸して、と言おうとして、ためらって、できない。

恋人に電話しようとして、この夜、あたしは結局、しない。真田の声がさぞつめたかろうという気がして、聞くのが怖くて、しない。

いつまでも煙草を吸っている。

夜が垂れこめてくる。

あたしは家がないから、そのまま閉店後の和食屋で座敷の隅に丸まり、眠ってしまう。遠くで店長らしき年配の男の、べつにいいですよ、ここで寝ていただいて、明日はランチタイムからの営業ですから、という声が聞こえる。それにかぶるように、へたくそなママの子守唄が聞こえてくる。

眠れ、

眠れ、

コマコよ、眠れ。

ママ、

へたくそっ、

と、あたしは笑う。

だけどママは上機嫌で歌い続ける。あぁ、歌い続けて。ずっとそばにいて。今夜は一人にしないでね、ママ。こんな寂しいところに一人でおいていかないで。

夢の中で恋人に電話をした。

あいたい、と素直に言った。

でも、あぁ、夢の中でしたからいいや、と思って、もうしなくていいや、と逃げて、そのまま眠りの奥深くに沈みこんでいった。

ほんとうのほんとうは、もうつぎの舞台のことしか考えられない。動きだす物語のことしか考えたくない。そのくせ、大事な人から軽蔑されつつあることがどうしても頭から離れない。そのことをあきらめきれない。

あたしは眠りの奥に逃げこんで扉を閉めて、息を潜める。

籠城、だ。


翌朝から世界の表層は一変する。

『セルフポートレイト』がベストセラーリストの上位に躍りでる。新聞におおきな広告が出る。印刷機も轟音を立てて回転する。ふと気づくと、あたしは世の中の矢面《やおもて》にぽつんと立っていた。どこに行こうとしてもテレビカメラがついてくるし、知らない人たちから顔を覚えられていて、道を歩いているととつぜん顔の前にカメラを差しだされて、シャッターを押される。おどろいて相手の顔を見るけれど、その男の人は、やった、と無邪気に笑っている。知り合いではなく、ただ通りがかっただけの人らしい。あっ、あたしは彼にとって、有名な人、つまり、なにをしてもいい人になったんだ、と思う。あたしはうまく怒れなくて、そんなことしないでと言葉にできなくて、肩を落とす。

毎日インタビューを受けることになって、会議室に根が生えたようにずっと屋内で過ごす。立派な文化人のように扱われて、教養を試されるようなインタビューと、注目の女性の人となりに触れる、といった趣旨のインタビューがごっちゃにくるから、コマコはずっとさぼってるけど、そのたびマコがくるくると忙しい。あたしがもらったのは学位じゃないし、それどころかじつは学校にもまともに通ってなくてなんにも知らない子どもなのだけれど、読書量の多さを教養と結びつけられて、マコが困る。あたしはただの物語のジャンキーであって、それは立派なことなんかではなくどちらかといえば恥ずかしい性癖だと思っていた。マコは物静かで落ちついた演技で、なんとなく、切り抜ける。つぎのインタビューでは恋愛観を聞かれる。マコに任せる。父のように尊敬できる男性が好きです、と言ってるのが遠くから聞こえて、あたしは、あれ、いま嘘ついた、とあきれる。

毎日、誰に会っても、ほんの数日前までの心地よいラフさが失われて、あたしのことをすごく立てようとしてくれるので、辛くなる。ずっと年上の、立派な男性から頭を下げられるのは、ほんとうにおそろしいことだ。こんなおかしな心許無《こころもとな》い人間に頼み事をさせてしまって申しわけないと思う。

そのくせ、初対面であたしのことをなにも知らない人から、成功した人間はつまり俗物だと最初から決めつけられると、その発想の俗っぽさに反発する。

そんな毎日の中で、知らないうちに、自分の内側に誇る気持ちが生まれてきそうで恥ずかしい。昔、結局は権威ってものが好きな俺自身のことが死ぬほどきらいなの、とバーのカウンターで嘯いた評論家の横顔を思いだして、あぁ、そうだね……と、夜中に、会議室の壁にもたれて煙草を吹かしながら、背中をぎゅっと丸める。

いつか鍛治野さんが、興味ないね、と切り捨てたような緩慢な文化人になるまい、ここで一気に年を取るまいと歯を食いしばり、心に痛みが届くまで皮膚に爪を立ててみる。あたしが命をかけた言葉にしか、お金を出して読んでいただく価値はないのだ。おぼえてる。まだおぼえてる。大丈夫だ。あたしは変質していない。

繰りかえすうちに、子どものころと同じぐらいからだのあちこちが爪跡だらけになる。ときどき夜更けに会議室を抜けだして雑踏を歩いてみるけれど、やわらかくって真っ黒なジェリーで覆われていたような、あのさびしい夜にうまくもどることができない。夜を探して、あきらめて、もどってくる。革張りのソファに沈みこむようにして眠る。眠りは深くて、湿った石みたいにやたら重たかった。

しばらくすると、毎日のようにあたしを追いかけていたテレビカメラの一台がようやく消えた。夜、是枝が奥さんに録画させたというそのドキュメンタリー番組を、会議室の床に二人、肩を並べて座りこんで、見た。紛れもないあたしの姿がテレビに映ってるのを見て、ぶるっときた。急に、あたしの横顔に、知らない男の人のナレーションがかぶった。それはあたしの心の声を語っているようだったけど、でも、あたし自身がまったく思ってない知らない言葉たちだった。あたしはどうやら、育ちのいい、苦労知らずのお嬢さんであるらしい。努力なんてふるくさい、と考えてるらしい。あたしはテレビの中でうつむいてずっと困っていた。

となりで是枝がなにか言った。

あたしはぼうっと画面を見ていて、ん……、と生返事した。

受賞以来、父親は遠慮してあまり表に顔を出さなくなっていたのだけれど、番組は桜ヶ丘家の新しい二世帯住宅にまで取材していた。おおきな庭に、血統書付きのグレイハウンドが二匹、優雅なポーズで寝そべっていた。カメラが玄関から入ると、ちょうど太郎が出てくるところだった。セーターに、スラックス。最高学府を卒業して外資系の企業に勤める弟は、いま海外赴任を控えている、らしい。マイクを向けられ質問されて「姉？　あぁ、頭がよくて優しい人ですよ……」と、興味なさそうに、足も止めずに通りすぎながら言う。

父親と義母、妹はリビングでくつろいでいた。そこは紛れもなく朝の世界で、陽光に眩しく照らされていた。

「駒子ってば」

「……ん？」

「だからさ、あんたが育ちがいいんなら、おれは伯爵だ、って言ってんの」

「あはは。でもそうだね」

「くっだらねぇ。コーヒーでも飲みにいこうぜ」

二人でけだるく立ちあがり、おんなじ銘柄の煙草をくわえてぷらぷらと会議室を出た。外を歩きだすと、すれちがった人が、「あれっ」とつぶやきながら煙草の火であたしの顔を指した。

「いまの、ほら、あの。作家の……」

「うん。名前、なんだっけ」

あたしは煙草を放り捨てて、靴底で軽く踏んで、消した。是枝が立ちどまって、面倒くさそうに吸殻を拾った。二人で肩を並べて、近くの喫茶店に入った。ドアの上の鈴が鈍い音を立てる。客たちが一斉に顔を上げて、見るともなしにこっちを見た。あたしはうつむいて、いちばん隅の席に座るとちいさく縮こまった。あんまりにも自分のからだを畳んだので、是枝がメニューに手を伸ばしながら不審そうにこっちを見た。

「どうした？」

「ううん、なんでも」

「縮んだぞ。……おい、なんにする？」

「伯爵と同じのでいいよ」

「ばーか」

是枝が鼻を鳴らす。つぎの煙草をくわえて火をつけて、それから、眉をひそめてあたしの顔をうかがう。

気持ちを言葉にできないので、あたしは黙って力なく、にやにやする。

あたしはね……。

あたしはね、ずっと、蔑まれて育ってきた。

大人になっても、恋人ができても、職業らしきものを得ても、なにがあっても、いちど根付いた家畜の心はけっしてからだから離れなかった。

どこにも存在しない人間として、長いあいだ生きてきた。

コマコは、いるけど、いなかった。それが無事に生き延びて大人になるための唯一にして最強の方法論だとわかっていた。

そうして、ほら、生き延びた！

計画通り。

こうやって世間から注目されることは、知らない人に殺されるようなおそろしさだった。不安でならなくて、ときおり嵐のように激しい惨めさに襲われた。その惨めさの正体が自分でもよくわからないのだった。

「なぁ、書いてるのか」

「ん。……ううん」

力なく首を振る。

是枝が運ばれてきたコーヒーに口をつけながら、いかにも苦々しげに眉をひそめる。それから「でも、ま、いまは仕方ないよな」と独り言のように続ける。

このころ、雑誌に発表した短編小説がたまって、三冊目の短編集『霞む日々・他五篇』が刊行されたばかりだった。つぎの長編小説に取りかかりたくてあたしは原稿用紙とボールペンを持ち歩く日々だったけれど、土石流のような忙しさに押し流されたきり一行も書けていなかった。あたしは正体不明の惨めさを大事に膝に乗せたまま、もっとちいさく縮こまった。そうするとあの心許無い子どもも、いまでは鏡の中にしかいないはずの、ちっちゃなコマコに音もなくもどっていくようだった。

受賞が決まってからようやく一ヵ月が過ぎたころ、ホテルの大広間で授賞式が行われた。控え室の隅にいると、いっしょに受賞した男の作家が、靴底が二十センチもあるロンドンブーツを履いて颯爽《さっそう》と現れた。是枝の肩が小刻みに揺れてるので、あっ、笑ってるなと思いながらあたしもうつむいた。男はあたしをみつけると親しげに近寄ってきて、煙草のもらい火をしながら、

「あんたの出た番組、見たよ」

「……どれ？」

「弟がぶすったれて映ってたやつ」

「あぁ」

「お嬢ちゃんなのはわかるけどさ、でも、苦労知らずってのは嘘だよなぁ……。どんな環境で育ったって、苦労しない若者なんてこの世にひとりもいない。想像力ってもんがないんだよ、あの番組をつくったやつは！」

そう言いながらとなりでおおきく足を組んだので、あたしは目の前でぶらんぶらんと揺れているおどろくほど巨大なロンドンブーツに、こっそり、想像力、と名をつけた。男と顔を見合わせ、同時ににやにやした。

授賞式には父親と奥さん、それから妹も出席していた。太郎は海外赴任してもう日本にいないとのことだった。父親はいつもどおりだったけれど、妹がなんだかやけにしょんぼりしていた。どうしたの、と聞きたかったけれど、人いきれがすごくて、すぐそこにいるのにぜんぜん話しかけられなかった。

近づいてきた顔見知りの女の編集者が、「家、大丈夫」と心配そうに聞くので、あたしは、なにが、と聞きかえした。

「なにって、火事」

「は？」

「ニュースでもちょっと流れてたけど。ボヤがあったんでしょ」

困ったときは、答えない。黙ってにやにやしながら、内心ではあわてて是枝を探した。あれ、いない、と思ったら、あたしと背中どうしをくっつけるようにしてすぐ後ろにいた。まるで、大勢の敵に囲まれて二人だけで闘うチャンバラ映画の剣士みたいだった。

「是枝！　火事があったの？」

「おぅ。終わったら言おうと思ってた。桜ヶ丘先生んちで、昨夜。でも、庭でバーベキューしてたら飛び火して、犬小屋が燃えただけらしい」

「そう……」

是枝から背中を離して、人の波をかきわけて妹を探した。妹はちょうど、女癖の悪そうな若い男から熱心に話しかけられているところだった。割って入って、男を見下ろして「……妹」とだけ言った。すると男はゆらゆらと水母《くらげ》みたいに揺れ、人波に紛れていった。

聞くと、昨夜は風が強くて、空気も乾いていて、妹と友人たちが庭でやっていたバーベキューの火が犬小屋に飛んだと思ったらあっというまに燃えてしまったとのことだった。消防車を呼んだけれど、まにあわなくて、グレイハウンドが二匹とも煙を吸って焼け死んでしまったらしい。

妹は努めて明るく、

「えっ、と……」

「夜中に、ニュース速報でちょっとだけ流れたんだよ。お姉ちゃん、有名人だからさ」

「ごめんね。そんなときに、そばにいられなくて」

そう言うと、妹はびっくりしたように口を閉じて、それから「またまた」と笑った。人波のほうにそっとあたしを押しだす。手のひらが、やさしい。またたくまに人に囲まれて、またなにがなんだかわからなくなった。

つぎの週、ペットのお葬式をすると妹から連絡があったので、あたしはその時間を空けてもらって、是枝といっしょに桜ヶ丘邸に顔を出した。ぴかぴかの二世帯住宅のリビングに祭壇が用意されていた。ばらばらの白い骨を前に妹が困っているので、あたしは「ちょっと、貸してよ」と、たちまち二匹の骨を生きてたときと同じ形にきれいに並べた。「犬の心」のカウンターで、かつて毎夜、見上げていたから、犬の骨格標本は正確に暗記していた。おおきい犬と、ちょっとちいさい犬で、聞くと、

「親子なのよ」

「あ、そうだったの」

「そう。こっちがママで、こっちが子ども。たくさん生まれたのを、一匹だけ残したの。ママがさびしそうだからって。どっちも雌だからおとなしくて、親子だから、すごく仲も良かった。通じあってる感じで。いっしょに死ねたんだから幸せだったのかなぁ。お姉ちゃん、どう思う？」

「……さぁ、わかんない」

あたしは二匹の犬のどっかおおげさな葬式を、部屋の隅で壁にもたれ、くわえ煙草で見守っていた。父親は家にいないようだったけれど、義母と、妹の友達らしき女の子たちと、いかにも育ちのよさそうなボーイフレンドが参列した。妹の友達があたしに小声で、サインしてください、と本を差しだした。本にマジックで雅号を書いて、妹も入っていっしょに写真も撮って、すこしだけしゃべった。ようやくお葬式が終わると、あたしはまたぷらぷらと出版社にもどった。つぎのインタビューの時間がせまっていて、遅刻してしまった。

足早に歩いていると、頭の上で、二匹の犬の骨がカタカタと鳴ってるような気がした。急に涙が一滴、流れた。そういえばすごくひさしぶりにあたしは泣いたのだった。涙はやけに塩っ辛くて、唇に流れこんできたときまるで毒みたいな味だと思った。

桜ヶ丘家の庭で、犬小屋と親子のグレイハウンドが燃えて消えた後、あたしはさらに土石流に押し流されてしまって、原稿用紙に向かうと正面に白い靄を幻視するようになった。書こうと思っても、靄が邪魔するからなんにも見えなかった。世間はそういう自分を置いてきぼりにますますふわふわと軽くなっていった。ベストセラーの上位にはまだ『セルフポートレイト』があったし、ほかの三冊の短編集もおどろくほど版を重ねていた。それを見るたびにおそろしくなった。進まなくてはいけないのに、前が見えなかった。期待されてるのがわかってて、だから誰にも苦しいと言えなかった。

マコが疲れを見せずに、朗らかに世間の矢面に立ってくれているあいだに、あたしは密かに、作家の晩年について考えていた。鍛冶野さんがかつて語ってくれた言葉が、聞いたときにはあんなに気軽だったのに、いまでは鋼鉄の重たさをもってあたしにのしかかってきていた。

（作家というのは命に線を引かなくてはならない生き物だ）

（目の前で、燃える、真っ赤な地平線に向かってまっすぐ走っていく――）

あのときはよくわかんなくてぼうっと聞いていたけれど、いまではちょっとわかる気がした。鍛冶野さんが言うとおり、線を引かねば、矜持というものはけっして持てないのだった。作家の寿命と人間の寿命はおのずとちがったし、おどろくほど息の長い賢者たちと、声を限りに一声、叫んだっきり消える子どもとが文芸業界には混在していた。どっちも、作家で、そこに一切の貴賤《きせん》はない。ただ、線を越えたら、それ以上は一歩たりとも歩いてはいけなかった。それだけはだめだった。それは老醜だった。

あたしの晩年は、いつだろうか。

真っ赤な地平線はどこだろうか。

目の前にひろがる靄と、正体のわからない激しい惨めさがいつのまにかあたしを打ちのめしていた。知らない声の、ナレーションも。誰かが目の前で押したシャッターも。煙草の先で指されて、ふわっと揺れた心臓も。

惨めさの海の向こうから誰かが呼んでいる気がした。それは女の子の声で、だけどマコではなくて、あたしがぐっと飲みこんだきり忘れてしまったはずの誰かだった。

(方法が、あるの——)

誰、と目を凝らそうとすると、マコが心配そうに眉をひそめてあたしを止める。遠くで幻の火柱が揺れている。なぁに、ママ？　死者たちの声はなんだかとりとめがなくって、耳を澄ましてるつもりだけどよく聞こえない。あたしは頭を抱えて左右に振る。はげしく振る。振ったら、惨めさが地面に落っこちて消えてくれないだろうかと考えながら、ぶんぶんと振ってみる。

「なに考えてる？」

と、是枝が急に聞いた。

夜中で、疲れきっていて、あたしは会議室を出て廊下の窓枠にもたれて夜空を眺めていた。頭をぶんぶん振りながら。

この人に隠し事をするのがふいにいやになって、思ったまま、

「晩年の、こと」

「は？」

「……たとえばだけど、いま、急に死んだら、伝説になっちゃって、あたしの本はずっと読まれるなぁって考えてた。そしたらそのほうがいいかって」

「えっ、ばっかじゃねぇの」

是枝はあたしの背中を強くどやしつけた。それから、聞いたことないぐらい突き放したつめたい声で、

「疲れてんの？」

「うん」

「あぁ、じつは、おれも。調子わりぃかも」

「……だよね」

「あんたはともかくさ、おれは、偶然の連続ってやつに押し流されてここにいるんだからなぁ」

あたしは、窓枠をつかんでいる是枝の右手を見下ろした。息子の手もまたいつのまにか、父のものと同じどす黒い文字の色に染まっていた。編集者の、指。命に線を引いた人の、指。あたしは取りかえしのつかないことがすでに起こっていたのだという気がして、悲しくなった。是枝を見下ろしながら、

「そんなこと、ないよ。是枝があたしを引っぱって歩き続けたんだから。それで、こん

な遠いところまでいっしょにきちゃったんだよ。桜ヶ丘先生の娘と、鍛冶野さんの息子がさ」

深いため息がとなりから漏れた。

「……なぁ、駒子。さぼるか。で、おれんち帰ろうぜ。あぁ、すっげぇ、帰りてぇ。熱い風呂にも入りたいな」

窓を閉めて、鍵もかけてから、あたしに背を向けて廊下を歩きだす。あたしもつられて後に続いた。

窓のほうを振りかえると、夜空に凍りついたような青い月が浮かんでいた。


この夜、あたしは久方ぶりに是枝の家を訪ねた。夜もいい加減、更けていて、奥さんがおどろいたように起きだしてきた。リビングの床にあたしを寝かせて、夫婦でしばらく小声で話していた。リビングにはやわらかくって温かいなにかの匂いが充満していた。あたしは次第に、緊張していたからだが弛緩し、気絶するように眠りに落ちてしまった。つぎに気づくと夜が明けていて、是枝の気配はなかった。温かいなにかの匂いは、まだあった。台所から食べ物の気配がした。あたしが身じろぎすると、奥さんが気づいてこっちにやってきた。ゆったりした動きでソファに座ると、おおきな犬でも撫でるように、手をのばしてあたしの髪に触った。

「起きました？」

「……うん。ごめんね」

「うわっ、駒子さんがあやまった。……ごはん、食べる？」

「うん」

トーストと、細かく切った野菜がたくさん入ってるスープと、オムレツが運ばれてきた。あたしは食欲がなかったけれど、この子にまた迷惑をかけてると思ったので、飲みこむようにして三口ほど食べた。昔は転がりこんできたあたしに怯えて、ひたすら遠巻きにしていたけれど、この朝の奥さんは堂々としていて、怖がるでもなくあたしの背中を撫でていた。ほんとうに犬になったような気持ちだった。

横目で見ると、あっ、お腹がすこぅしふくらんでいた。

「それ……」

と聞くと、奥さんは目を糸のように細くして笑った。

「できたの。もうすぐ五ヵ月」

「おぉ」

「男の子かなぁ。女の子かなぁ。楽しみ！」

「……そんなら、あたし、あなたから離れてる。不吉だもの」

「また、へんなこと言って！　ほらっ、残さずぜんぶ食べなさい」

かなり年下の女の子から子どもみたいになだめられて、あたしは渋々とトーストを齧った。

奥さんがリモコンに手をのばして、テレビをつけた。家庭用のおおきなテレビからワイドショーが流れ始めた。見るともなしに眺めていると、時間の流れが次第にゆっくりになっていった。昨日の夜、あんなにつらい気持ちでいたのが嘘みたいだった。ここにあるのは日常で、深刻になろうとしても心がやわらかく四散していった。あたしはそれに気づいて、奥さんのことが急に怖くなった。居心地のよい家庭は人をばかにしてしまうような気がして、裸足でどこまでも逃げだしたくなった。

「こないださぁ」

奥さんが編集者の一人の名前を挙げた。よく顔を合わせるから、つまり無口なコマコを知ってる人だった。奥さんは、まだまだ学生気分が抜けないような気軽な喋《しゃべ》り方をした。その声とリビングに充満する家庭の温かみとが謎めいた不協和音を奏でていた。

「ん？」

「あの人が、不思議そうにわたしに言うの。真宮寺先生ってへんだねって。どうしていつもあんなに自信がないんだろうって。あの賞をもらった作家さんって、女の人で、いま生きてる人はぜんぶで三十人ぐらいで、つまりは希少種じゃない、それってなかなかおもしろい人生じゃない、なのになんであんな感じなのさ、って」

「あっ、陰で、そんなこと！」

　スープをかきまわしながらあたしが笑うと、

「わたしさぁ、そう聞かれて、そんな簡単なこと、おじさんにはどうしてわかんないいんだろうなって思ったの。あたし、駒子さんの仕事なんてぜんぜん知らないから、ただの困った人だと思ってて。真宮寺眞子なんてものにべつに興味ないもん。だから普通に、女の人として見るとさぁ、駒子さんみたいなの、わたしの周りにも、学生時代とかけっこういたよ」

「あたしみたいな……。どんな子？」

「たとえばすごく成績がよかったり、美人だったり、家がお金持ちだったりさぁ。なのになぜだか卑屈なの。いっつも苦しそうで、へんな男に自分から騙《だま》されたりとか、急に学校辞めて、放浪の旅に出ちゃったりとか。そうだ。わたしね、心理学を専攻してたんだけど」

「そうなの。知らなかった」

「子どものころに……まちがった環境にいたり、普通とはちがう育てられ方をすることってあるでしょ。そうすると、成人の心に必要なだけの自尊心を、自分のからだで自然に供給できない体質になっちゃうんだと思う。だからさぁ、立派な自分を、邪魔したくなるの。成功するのが後ろめたいの。でも、残念ながら、自尊心というサプリメントはこの世のどこにも売ってないんだよね。……あっ、この人さぁ」

指差されて、テレビの画面を見た。若いTVスターが、ありふれた恋愛スキャンダルに追われてカメラから逃げまわっていた。幾らでも避けられただろうに、自らカメラの前に飛びこんできたようにさえ見える、自虐的でどっか不思議なスキャンダルだった。世の中の誰が、彼女のどこに、どうしてこんなにも怒ってるものやらあたしにはよくわからなかったけど、奥さんが、

「この人もそうなんじゃないかなぁ……。そりゃ、美人かもしれないけど、なんだか卑屈な目つきをしてるもの」

とつぶやいて顔をぎゅっとしかめたので、あたしもいっしょになって顔をくしゃくしゃにした。

確かにその人は、家畜の目をしてさびしそうにカメラを見返していた。

テレビが急に天気予報に切り替わった。洗濯日和、という言葉を聞いてあたしは気が遠くなった。それにしてもこの平和さはなんだろう。

洗剤のコマーシャルを眺める。あまりの白さが目に突き刺さる。

どんなふうに育って、どんなふうに大人になったとしても過去は変えられないし、時間をかけて回復していったり、惨めな自分に慣れながら生きていくしかないのだろう、とあたしはふと考えた。ソファのほうを見上げると、奥さんは自分のお腹を見下ろして

やわらかな微笑を浮かべていた。昔、文壇バーで男の作家から聞いた、家族は鎖だ、だからいちばん弱いところから切れる、という話を思いだした。奥さんにとっては、これまでは弱い鎖が自分だったけど、いまではお腹の子どもがそれなのかもしれない。慈《いつく》しむような表情を浮かべて飽きずに自分のお腹を眺めている。

昔、

あたしは弟を激しく憎んで、瞬間的に燃えあがるように憎悪して、家畜の身に堕とそうとした。もうすこしであの子を死なせてしまうところだった。雨が降るたびに、思いだすのは、実際には見たわけではないのに目に焼きついている太郎の姿。夜の、豪雨の庭に四つんばいになり、紫陽花の葉を喰う弟の、鬼気迫る横顔。家畜。家畜。家畜の国へようこそ。あたしの惨めさを、全部あなたに。

なんということをしたのだ……。

子どものころは、あたしはママを守ろうとしていた。ママがいなくなって、その後のあたしに残ったのは、破壊したいという衝動。攻撃力。自分のことも、弟のことも、この世のなにもかもを……。

それからようやく、人のことを見たり、考えたり、書くようになったけれど。いままた夜に立ちすくんでしまっている。

「波くん、病院、行ってるよ。安定剤もらいに」

奥さんがテレビを見ながら、言う。

「いつも飲んでる。お父さんも同じの、処方されてたんだって」

「……そう」

あたしは彼の手の、どす黒い文字の色を思いだしながら力なくうなずいた。

「昨日の話、してたけど。駒子さんがつまんないこと言ってたって。けっこうショック受けてたよ」

「ふぅん……」

「あのねぇ、駒子さん。いまから、わたし、説教するよ。冗談でも死ぬとか言ったらだめだよ。すべての人は生きていかないといけないんだから。ちょっと、真面目に聞いてる？　誰にでも産んでくれた女の人がいるんだよ。あっ、説得力のない理屈だって、自分でもよくわかってて言ってるけど、でも、見て……」

髪の毛を引っぱられて、振りむかされる。奥さんは自分のお腹を指差して、

「お腹のおっきい女の人が言うと、あるでしょ。へへ、反則だけど」

「あはは」

思わず笑ってしまいながら、あたしは、別人のように芯が太くなった気がするこの女の子の顔を正面からみつめる。顔つきがどっか以前とは変わっていて、あぁ、自分はいま、親、なる生き物と親密に話してるのだ、と思う。あたしの周りにいる若者のほとん

どは、おそるべき、脆《もろ》い子どもたちだった。あたしはママの娘だし、太郎は父の息子だった。是枝は言うまでもなく鍛冶野さんの息子だ。真田は教育者だけれど……。あたしたちの年齢はとうに大人だったけれど、あくまでも、誰かの息子や娘のままだった。だけどこの子だけはいつのまにかつぎの段階に進んだみたいだ。もしかしたら、年上の夫である是枝よりも、一歩先に。

不思議になって奥さんの顔を眺めているうちに、また眠くなって、あたしはうつらうつらし始めた。

もしも、

まったくべつの育ち方をしたなら、

あたしはどんな人間になってたのだろうか。

それでもやっぱりいまみたいだったかな？

それとも幸福で怠惰な女の人になって、柔らかくって温かい空気を醸しだしながら、リビングに初夏の雲みたいにひろがってただろうか。

考えても、答えは出ない。マコの娘じゃない自分なんて想像できないから。もし人生を最初からやり直せるとしても、あたしはやっぱり、何度でも、マコの娘として生まれたかった。幸福になんてならなくていいから。幸福とは堕落かもしれないから。あの人とはぐれた後の余生が、ただの長い悪夢であってもいいから。

マコは、コマコの神……。

あたしはいつまでもいつまでも狂ったようにママだけを愛していた。

つけっぱなしのテレビに、最近、売り出し中の個性派俳優なる男の顔が映しだされた。奥さんが身じろぎしながら、「わたし、この人の顔ってなんだか怖いのよねぇ。まぁ、おもしろそうな人だけど……」とささやく。眠くって、生返事になりながら、むりやり目を開く。どっかで見たような顔の男が、野良犬じみた目をぎらつかせながらこっちをにらんでいる。おや、誰だっけ、と思いながらも眠りに引きずられていく。

一ヵ月半ほど経ってから、あたしはこのときテレビに映っていた男と直接、顔を合わせることになった。『セルフポートレイト』が舞台化されることになって、その記者会見に顔を出したときのことだ。あたしの周りはもうだいぶ静かになっていた。つぎの長編小説を書きたくて、でもまだ調子がもどらなくて書けなくって、いたずらに原稿用紙を持ち歩く毎日だった。舞台監督に紹介されて、主役を演じる俳優の前に立つと、男が人差し指を唇に当てた妙なポーズでもってあたしの顔を覗きこんだ。目が、笑っていた。あたしも気づいて、あわてて唇に手を当てた。ほぼ同時の動きだったから、周りの人たちが不思議そうに二人の顔を見比べた。

男は、遠いあの日、夜の校舎を抜けだしては、鳥居が夜空に燃えあがる神社の境内で語りあったあの男の子だった。水色の着物姿の。校舎の窓から飛び降りてきたあたしを、受けとめてくれた。たった一人の落語研究会の。赤毛を逆立てては創作落語を語り、羽を広げたおおきくてきれいな雄になっては、夜毎、あたしの右足の指を引きちぎらんばかりに、噛んだ。かつての男の子の皮膚も、からだも、あたしのと同じく、あれからの長い夜を、荒野、遥かに駆け続けた子どもだとわかる野ざらしの荒れっぷりをしていた。目は野良犬みたいに淀《よど》んで、そのくせ奥のほうがどっかきらきらしていた。プロフィールに、二十七歳、と書いてあったのを思いだして、あたしは目で、あれってなんなの、と聞いた。男の子は唇に当てた人差し指を、黙ったまま左右に揺らしてみせた。内緒だよ？　あたしはうなずいて、ちょっとだけ笑った。

帰り道。是枝と別れて、一人で街を歩きだした途端に、後ろから長い腕がのびてきた。男の子だとわかったのであたしはぜんぜん抵抗しなかった。

肩を組んで、いまにも止まりそうにだらだらと歩く。

「……久しぶり」

「駒子。ほんと、久しぶりだ」

「どうしてた？」

「いろいろやってた。いまは、俳優。自分で脚本も書いてる。この役はオーディションで」

「ときどき、高校のころのこと、思いだしてたけれど……」

「あたしも。あたしも」

「うちにこない。駒子」

「……いーよ」

そのまま、男の子が住む部屋に向かった。

原稿用紙とボールペンだけあればどこにいても一緒だったし、どちらにしろあたしは床で眠るだけの人だった。


「さて、世の中には、運のない男ってぇのがいるもんでして」

「ん、自分のこと？　それって」

「……黙って聞けよ。ある男が、まぁいろんな女と同時に付き合ってまして、まぁ、そういうことはばれるときには、ばれますからねぇ。女の一人に詰め寄られて、人でなしってな責められ方をしましてね。よしゃあいいのに、理屈で対抗しちゃいました。若かったんですねぇ。男はここぞとばかりに、愛の発見についての長い一席をぶったんです。得意になって」

「愛の、発見？」

「うん、そう。いわく、古代から長いあいだ、西洋にも、恋愛という観念はなかったという説がありまして。かけがえのない愛の対象としての相手、ではなくて、愛とはあくまでも自分の心の問題に過ぎない、と考えられていた。それは、それぞれの心の中に眠る愛という観念であって、だから恋愛状態になって、あなたを愛してる、と感じるのはつまり、愛が発症した、いわば、自分の中の愛を発見したということなのだ、とね。そのため、童話や古典文学に出てくる恋愛の相手は、王子や姫などえらく観念的な存在なのだ、と。……男はその説にいたく感銘を受けてたもんで、怒ってる女に向かって言いました。相手と出会って自分の中の愛を発見するたびに、恋愛をするけれど、それは一人の相手とだけ発症するものじゃない。相手じゃなく、あくまでも自分の心の中で発見するものなんだから、と。そうしたら、女は、そりゃあ怒りましてね、鬼の形相でもって包丁を振りまわして、これ、このとおり……」

「それがこの傷？」

「そ。だから、女に……というか、自分に懲りたんですよ。さて、このおはなしの教訓はと言いますと、すなわち、口は災いのもと！」

「あははは」

「おし、まい」

「……愛の、発見、かぁ」

あたしとかつての男の子は、せまい部屋の中で、夜毎、二匹の野良犬が一本の汚い骨を奪いあうように、遠慮なく、髪を振り乱して、交尾した。男の子のお腹には刺されたという刃物傷がおおきく斜めに走っていて、指で撫でたり、舌先でたどるたびに知らないおんなのひとの情念がぐじゅりと立ち昇ってくるようだった。男の子はあのころと同じく、一匹の雄のまんまで、だからあたしはそこにいると何者でもなく、雄に組み敷かれるちいさくて地味な雌になれた。雄のからだの下で、どんどん縮み、安心して夜の奥に沈みこんだ。深い安堵とともに男の子を見上げ、昔よりもだいぶ太くなった首に、両腕をぐっと絡めた。どの夜にも、なんの遠慮もなかった。壊れそうだと恐れながら触れなくてはならない、硝子細工なんてどこにもないから、夜は音を立てて丈夫なやわらかさを増していった。互いに、なにも応えなくてよかった。自分の中にないものを、くださいと頼まれることもなかった。ときどき愛を発見しては、あぁ、あるなぁと自分の胸の奥を覗いてみるだけだった。

加害者も、被害者もいなくて、ただ共犯者どうしだった。

性は、骨。

ひとつしかない骨を二匹で争うように齧った。

それで、ある夜、

「ずいぶん静かなからだになったね」

と、ささやかれた。

夜が一瞬、揺れた。

「……そう？」

「うん。でも、奥のほうでずっと鈴が鳴ってるみたいだ。駒子、駒子」

裸のお腹に耳を当てながら、そう言う。息がかかって、お腹がくすぐったい。

男の子の部屋には次第にジェリーが増してきていた。あたしはなぜだか、あの日々が帰ってきた、という気がして静かにどきどきしていた。結局、二週間ほどその部屋にいた。舞台稽古が本格的に始まる時期になって、男の子が急に忙しくなったのであたしは部屋を出た。

「駒子。また、くるの。駒子」

と、聞かれて、

「ええと、わかんない」

「……だよなぁ」

別れを告げて、ぷらぷらとあてどなく夜の街を歩きだした。街が、どうやらもとの様子にもどってるのがわかって、あたしは安堵する。深夜営業の喫茶店に入ると、原稿用紙を広げる。マルボロ・メンソールの箱をテーブルに投げだして、一本くわえて、火をつける。ゆっくりと煙を吐いたとき、遠くの席に見覚えのある編集者が座って、こっちを見ているのに気づいた。彼はあたしから目をそらして、誰かに電話をかけ始める。数十分後、是枝がぶらりと店に入ってきた。あたしが原稿用紙になにごとかを書き綴《つづ》っているのをちらっと見ると、軽くうなずいて、なにも言わずにまた出ていく。

あたしはようやくのこと、重い腰を上げる。
そして、新しい物語を書き始める。
若く、貧しい人間たちが、それでも生きていくことや、
誰かの息子や娘が、誰かの親や、分をわきまえた社会人に、まるで手品のように人格を移行していくことについてや、
ください、と頼まれることや、あいたい、と願ってやまないことや、
それから、
愛の、発見のことやらを。
暗闇を手探りで進むように。あちこちに頭をぶつけながら。
つまりはあたしたちの現在と未来についての、ゆるやかな物語を。
書く。
苦しいけれど、その道を歩いていく。

汚物をまきちらしながら。
世間の注目によって、見知らぬ人に魂を殺されてなんかいないことを、なにより自分に、つぎにあなたに、証明したいのだ。

もとの生活。
つぎの物語。
荒野、遥かに。

いつのまにか、三十三歳になる。
原稿用紙に向かっている。

まだまだ、書いている。

書くことはパワー・トリップ。
惨めなあたしに生きることの尊厳を取りもどさせてくれる。

荒野に花は咲くだろか?

打ち合わせ中に是枝が顔色を変えて飛びだしていったと思ったら、しばらくして、奥さんに無事に子どもが生まれた、と連絡してきた。彼の上司や、飲み仲間や、たまたま出版社に顔を出していた作家たちと連れ立ってぞろぞろと、夜中の病院まで是枝の子どもを見物しにいった。あたしはぶかぶかのズボンのポケットに手を突っこんで、おおきすぎるサンダルを引きずって、さいきんまた短くした髪を、幾度もかきあげながら、入りづらいので廊下をやたらうろうろする。通りかかった看護師に、胡散臭《うさんくさ》そうに「あら、お父さまですか」と聞かれて、ちがうけどもおもしろいから黙ってうなずいた。廊下はこの世の終わりのように薄暗くて、薬品の臭いに満ちていた。あたしは自分が降り立った死神のように思えて、戸惑った。

「……駒子さんは」

と言う誰かの声が聞こえて、あたしは観念して病室に入った。紙のように真っ白な顔をした奥さんが、ベッドから起きあがっていた。是枝は傍らのパイプ椅子に、いまにも崩れ落ちそうな姿勢で座っていた。奥さんがなにか抱いてる、と思って、覗きこむと、赤子だった。「女の子」と言われて、こっちに顔を向けられた。赤子は固く目をつぶって、震えていた。この子がいったいどこからやってきたのかよくわからない。これからどこにいくのかもまったくわからない。奥さんがぎゅっと抱きしめて、黙って目を細めたとき、とつぜんからだの内から爆発するような悲しみが押し寄せた。あたしは是枝の傍らで、ふるびたタイルの床に膝をついて、頭を抱え、獣のように大声で泣いた。地の底から響くような咆哮になり、いつか悪夢に見た、戦士に矢を射られんとする、湖に沈んだ魔物になってしまったようだった。あぁ、そうかもしれない。いつのまにか自分こそがあの魔物になってしまったのかもしれない。もはや清廉潔白な、未来ある、年若い戦士ではなく。あたしは子どもではなく、しかし立派なマン・オブ・ザ・ワールドでもなく、湖に沈みこんで不気味に蠢いている。

奥さんと赤子の聖母子像は、ありふれた、永遠の一瞬だった。

愛しそうに目を細めてみつめあっている。

その昔、ほんとうに昔のこと、山奥の村の病院で、生まれて初めて恋人どうしを目撃したとき。親子じゃないのにどうしてそんなに愛しあえるの、と首をかしげたことを思いだす。親子ほど身も世もなく愛しあえる人間どうしがいるだろうか。ママ。……あたしはまた声を上げて泣く。と、是枝に頭を小突かれて、「繊細も神経質も、過ぎると迷惑だ。だいたいなんであんたが泣くんだよ。関係ねぇだろ」とすごまれた。ずいぶんと覇気のない声だった。

先輩の作家にハンカチを借りて、涙を拭いた。

誰かが、

「名前は」

と聞くと、是枝も奥さんも、まだ、と首を振った。

「そんなら、いろんな名前を提案してみようよ。せっかく、いま、作家もようようよいることだし。いいのが出たら採用してよ。なぁ」

「いいね、それ」

みんなしてあれこれと凝った名前を挙げてみた。あたしだけ泣いてばかりでなんにも思いつかなくて、長いあいだ黙っていた。是枝にまた小突かれて、考えたあげく、

「美、幸、とか」

「駒子ぉ。おい、ふつうだなぁ」

「でも、だって……美しくて、しかも幸せなんだよ。それって、女の子にとって最高の人生なんじゃないかな」

「えっ。ほんとにそう思ってるか？　あんたが？」

「いや、そう聞かれると、わからないけど……」

帰り道、あたしは歩いていくからと、みんなと別れて、都会の夜道をぶらぶらと彷徨った。

一人になると、自分の人生はもう母親とともにないのだ、二度と会えないのだ、とい

うことが胸に染みわたって、夏なのに魂の芯から凍えた。

　タクシーが目の前を横切った。

　テールランプが赤くつめたく燃えてた。

　寒気がした。

　二十四時間営業の喫茶店を求めて駅前の通りに近づいたとき、非常線が張られて、警官や救急隊員が忙しなく行き過ぎているところに出くわした。

「なぁに、どしたの」

　と、見知らぬ女の子に聞くと、

「通り魔だって！　四、五人、刺されたみたいだけど」

「ここで？」

「うん……」

　あたしはしばらく立ち尽くしていた。

　それからすぐそばの喫茶店に入り、窓越しに、非常線の向こうと人混みを見ていた。やがていつも通り、煙草をくゆらし、原稿用紙に向かってボールペンを走らせ始めた。時間を忘れた。朝になると、喫茶店のつけっぱなしのテレビがニュースを流し始めた。都会の片隅で起きた通り魔事件をさっそく報じていた。モノクロームの証明写真の中で、卑屈な二つの目玉が鬼火のように揺れていた。

若い女性キャスターが、容疑者は世の中を恨んでいる、と、眉をひそめながら告げた。

世の中を、恨んでいる。

自分を育てた親を、恨んでいる。

どこかで聞いたようなその言葉がしかしとても遠く感じられた。

あたしは自分の胸の奥を黙って覗きこんでみる。愛の、発見。自分の心にもともと存在する、愛、を、発見する行為。

親を愛すること。

友を愛すること。

恋人を得ること。

誰かを心から信頼すること。ひとつの骨を奪いあうこと。

どこからやってきたのかよくわからない、命を産みだすこと。

荒野をどこまでもどこまでも走ること。

あたしは混乱する。

マルボロ・メンソールをもくもくと吹かしながら、いつまでもテレビを見上げて考えている。

三日ほどが経って、あたしは勇気を出して、真田の家に電話をしてみる。呼び出し音

が鳴り始めた途端にやっぱり切ろうかと思う。受話器を耳から離そうとした瞬間、真田が出てしまう。仕方なく、

「こんばんは」

「駒子さん！　こらっ」

いきなり怒られるので、それは理不尽だと思う。でも真田はその後、長いあいだ絶句して、

「……でも、よかった」

「久し、ぶり」

「うん……」

「どうしてた」

「そうだね。いろいろあったけど……。いまは、また、なにもない」

「そう」

会うことになる。週末なら、と言われて、あたしには曜日の感覚がないから「今日は何曜日」と聞いて「月曜だよっ。ばか」とまた怒られる。土曜の夜に約束する。

週末、待ち合わせの店にやってきた真田は、相変わらず朝の世界の温かみを全身から醸しだしていた。顔つきはほとんど変わっていなかったけれど、よく見るとすこぅし恰幅がよくなっていた。年月が彼の容姿を、一年経ったら一年分、大人のものに更新して

いって、その繰りかえしで得たような頑丈な様子をしている。あたしのほうはというと、

「変わってないなぁ」

と、あきれられた。

「うん」

「ぼくはどう」

「なんというか、立派な感じがする」

「でしょう。今年から学年主任だからね。そんな感じにしてないと。だからちょっと、わざと」

「なんだ、そうなんだ」

しばし互いの顔を眺めている。真田がおもむろに、

「ぼく、ついに読んだよ。駒子さんの本」

「えっ」

「正直、よくわからなかった。でも、生徒の中に熱心に読んでる子がいたから、聞いたんだ。これどういうこと、って」

「そう……」

「その子といろいろ話した。それで、わかったような。やっぱりわからないような」

コーヒーを一口飲んで、吐息をつく。

「教育者としての立場から言うと……。あ、教育者の立場から言ったら、へんかな」

「へんじゃないよ。いいよ」

「そう。あのさ、ぼくは、駒子さんという人は、母親と暮らした日々の幸福から立ち直らなくてはならないと思った。幸福から立ち直るって、へんかな。でも生徒と接しててそう感じることが多いんだ。自我が確立しきってない年ごろに、なにかを失うっていうのはすごくおそろしいことだから。だけど、神さま以外の誰にも、あなたたちをどうにもしてやれないから」

「………」

「生きている限りは、素晴らしかったことも、辛くてたまらなかったことも、なにもかもどんどん変わっていくし。生きていくって、なにかを得ていくだけの旅じゃなくて、失っていくことだって、さいきん思う。誰もが、過去の不幸な出来事だけじゃなくて、幸福からでさえ、立ち直りながら、なんとかして前に進んでいくんだ。みんないっしょに」

「幸福から立ち直るって、初めて聞いた」

「うん。へんかな？　でも、ぼくはほんとにそう思ったから……」

「へんじゃないよ。おもしろいよ」

「仕事で、問題を抱える生徒たちと話してて、ときどき、不思議と、駒子さんと話してるような気がした。だからあんまり長いあいだ会ってないって気がしないや。あなたはなんだか変わってるけど、でも常に、誰かと似てる。それでいて、どういう人なのかやっぱりよくわからない」

「誰かと、似てる？　あたしが？」

「うん」

そう言われると、孤独な気持ちが音を立てて緩んだ。お互いにおそるおそる、また会う約束をして、喫茶店を出ると右と左に別れた。帰り道、駅の売店に、先週の通り魔事件について詳しく報じる週刊誌がたくさん積まれているのを見た。容疑者は世の中を恨んでいる、という遠いフレーズがまた胸の奥でカラコロ、カラコロと鳴った。過去から響く、暗くて重たい鈴の音のように。

あなたもマン・オブ・ザ・ワールドになってください。

ぼくは歯がゆい。

人はもっと、ちゃんと、まともな大人になっていくべきだ。

そうしないと自分が辛い。周囲も辛い。

遠い日の、真田の、じつに苦しそうだった声が思いだされた。そうすると急に振りかえって後を追いかけたくなった。どうしてなのかは自分でもうまく説明できない。どうしてあの人にまだこんなにこだわってしまうのか。なにより大事なあたしの物語のことを、よくわからない、なんて言う男の人なのに。それに、いまではもう遠いはずの朝の世界の人だ。

あたしは都会の雑踏を、くわえ煙草で、足早に、やけくそでずんずん進んでいく。髪をかきあげ、遠く、空を見上げる。日が暮れかけて、西の空が紫色に染まっている。風が吹いてどぶのようないやな臭いを運んでくる。人びとはどこかに急いでいる。週末の夕方。あたしの周りには気絶するほどたくさんの人間がいてそれぞれの目的地に向かってちっちゃくて黒っぽい虫の大群みたいに蠢いている。

——マン・オブ・ザ・ワールドなど、もうどこにもいない。

と、あたしはふいに天啓のように、感じる。

世の中は、いま、晩年を迎えている。

この世界にそんな立派な、社会的な生き物なんてほんとうはもういなくて、あるのはただそれぞれの、個人の苦しみだけなのだ。

そうしていま、ここにいるのは、晩年というジェリーの夜を彷徨う、おそるべきおおきな子どもたちだけ。

だから、そのことについて書かなくてはならない。あたしは、書かなくてはならない。

そんなふうに考える。

雑踏の、片隅で。周りではたくさんの人間があたしと同じぐらい苦しそうに蠢き続けている。

もうすぐ三十三歳も終わるというころ、真田といっしょに都内に広い部屋を借りた。真田の職場である郊外の街と、あたしのフィールドである都心のちょうど中間で、互いの個室もあってやけに広々としていた。あたしと真田はこの年、意思を確認しあって、ゆっくりとよりをもどした。あたしは夜中に自分の部屋で原稿を書き、ここではだめだと思えば出かけていって、街のあちこちでまた原稿用紙を広げた。真田は飽きずに、あたしの生活に対して指導した。とはいえ、学校のほうでいつも忙しそうだったから、あたしどころではないことも多かった。互いに、歩み寄る部分もあった。真田はあたしの不摂生に憤りながらも慣れていったし、あたしも心配をかけないよう、連絡を入れたり、仕事の状況を話したりした。いっしょに暮らすようになってから、会話はいちど増えて、それから、減った。相手が自分の生活に、いる、ということそのものに、どちらもすこしずつ慣れていった。

真田にはときどき女の人の影がちらつくことがあって、気づいていたけれどあたしはそのたびに黙って首をかしげていた。嫉妬、しているのかなと自分の胸を覗くと、そこにはやっぱり荒野があって、ただ静かな風だけが吹いていた。あたしは、愛する、という怖い距離にけっして再び入らないように、両足を踏ん張っていた。全身全霊で人を愛したり、二度と、しないように。そんなに強い力を入れなくても、あたしはその穴に落っこちないよう自在に立ちどまることができた。だから、真田は、こういう女の人と暮らしていて、寂しいかもしれない。これからもふらふらと彷徨うかもしれない。いろんな女の人を抱きしめてはもどってくることの繰りかえしで、それで、いつかあたしのところにもどってこない朝がくるかもしれない。

いっしょに住んでるのなら、籍を入れよう、ということになって、役所に届けを出したので、あたしの名前はこんどは真田駒子になった。どちらにしろ名字なんて住所みたいなもので、空間を移動するたびに替わるのだ。心の中では、ずっと、自分は死ぬまで鈴木駒子のままだと思っていた。淡い水色の、影なんだと。もちろん誰にもそういうことをわざわざ言わなかったけれど。

近所の人や、真田の同僚や生徒たちは、あたしのことを作家の真宮寺眞子とは認識していなくて、会うたびに「真田先生の奥さぁん」と呼ぶようになった。そのたび、あたしは黙ってにやにやした。部屋にもどると、鏡を覗きこんで確かめた。穏やかな朝の時間をどっかで恐れていて、鏡に映ってるコマコの青白い顔に向かって、

おまえは、いつのまにか飼い犬の目になっていないか？

荒野にいるか？

と、問いただした。

答えはなかった。ただ昔と変わらぬ惨めな様子のコマコが、黙って上目遣いにみつめかえしてきた。

ある日、なにげなくテレビをつけると、あのかつての男の子、骨を奪いあった彼が、性格俳優としてなかなか難しい役をこなしていた。テレビの中に知ってる人が映ってることに、あたしはぎくっとした。男の子は相変わらず、野良犬そのものの淀んだ目を、これ以上できないというぐらい、星のようにきらきらさせていた。あたしはそのドラマにしばし見入った。

この人、おもしろいなぁ。

ママ、見てる？

TVスターだよ。

ママ？

いまでは、あたしは、自分の中にいるマコとあまり話さなくなっていた。マコからの返事もほとんどなかった。いなくなったのではなくて、マコは十四歳のあの冬から、気の遠くなるほど長い時間をかけて、争いながらコマコと混じりあい、ついにあたしの奥深くに溶けてゆくところなのだ。あたしの一部になったのだ。……死んだ、人の、涅槃《ねはん》の場所にいるのだ。その証拠にあたしはいまでは、夜空に轟くような声でマコを呼ばなくても、インタビューにもちゃんと答えられたし、桜ヶ丘雄司と腹違いの妹とも、ときどき会食をしたりして穏やかな時を過ごした。でも帰り道。一人になって地下鉄に乗り、疲れた顔の大人たちとともに揺られて、夫の待つ家に帰る、途中で。目を閉じるとやはり、荒野を吹きすさぶ、激しい風の音が聞こえた。荒野、遥かに。少年のころの夢そのままに、どこまでも、どこまでも、走ってゆきたいな。

ようやく二冊目の長編小説『ジェリー』が完成した。

結婚してから初めての本。

出版社からサイン会の依頼がきた。あたしは関東と関西、全国五ヵ所を巡ることになった。自分の本を読む人たち、つまりは読者と顔を合わせるのはこれが初めてだった。前夜に飲まないようにとお達しがあった。お酒臭いのは、だめです、と営業部の女の子が生真面目そのものの顔つきで言うので、あたしは約束を守ることにした。

当日。おどろくべきことに、サイン会の列にはさまざまな人たちが並んでいた。老若男女入り乱れて、およそ人間の傾向というものがなかった。それでいて、すこしずつ、あたしのような顔の人たちが並んでるようにも見え始めた。失ったはずの、双頭の弟。豚の町の埃だらけの廃図書館で、所狭しと駆けまわっては演じた、魔女や英雄や、姫。王位を狙う男とその妻。都会の夜の校舎で、なりきっては読んだ、海の向こうの荒唐無稽な冒険譚。文壇バーの片隅で語った短い物語の主人公たち。森のクレーンの上で暮らす一人ぼっちの女の子や、船に姿を変えたプラトンの娘や、おおきな犬と旅をする、どっか妖怪じみた童。つまりは、あたしのような人たち。彼らがはるばるやってきて列を作ってくれたような気がした。

どの顔も初対面で、しかし、ひどく懐かしいのだった。

並んでいる人たちはどことなくコマコと似ていた。いや、コマコのほうが彼らと似てるのかもしれない。コマコはなんにでもなれる。でも自分自身にだけは絶対になれない。演じるべき役割を与えられなくてはどこにも一瞬だって存在していられない。

三ヵ所目の会場で。本にていねいに相手の名前を書いているとき、ぐずっ……と洟《はな》を啜るような音がかすかに聞こえた。となりで編集者が息を飲んだ。どうしたのだろうと思ってゆっくりと顔を上げると、男の子がひとり、ぽとぽとと涙を落としていた。

ばかみたいに口を開けて、しばしみつめあう。

あたしと、あたしの、目が合う。

男の子は恥ずかしくなったというように急にうつむき、両手で本を受け取ると、すごい勢いで離れていく。後ろ姿があっというまに、週末の本屋の、人ごみの向こうに吸いこまれて消えた。

すぐにつぎの人が前に立ち、サイン会は滞りなく続いた。

数日経ってから、ふと、あたしの胸に、誰かの夜に滑りこむ、という、鍛冶野さんの遠い声がよみがえった。いつも通り、都心のどっかの喫茶店で、原稿用紙を広げて煙草を吹かしているときのことだった。

ようやくあたしは、自分のつくったものが、鍛冶野さんが語ったとおり、誰かの孤独な夜に滑りこんでいるかもしれない、と信じ始めた。作り手が死んだ後も、本だけが残って未来の誰かを救うことがあるかもしれない。よくもわるくもなにかを変化させてしまうかもしれない。愛についてたどたどしく語る言葉も。破壊を求める暗い叫び声も。誰かの夜で、鈴の音のように、震える。

胸が苦しくなる。

また胸に刃物を突き刺して切り刻んでしまいたいぐらい、痛い。

でも、

生きるぞ、

と、目を閉じて考えている。

たとえ自分で掘った穴に落ちこんで永遠に出てこられなくなったとしても、

人生から、予《あらかじ》めなにかを奪われていたとしても、

乗り越えることができないほどの喪失があったとしても、

世の中が、すでに晩年を迎えていたとしても、

それでも。

あたしは、世界は確かにあたしの苦しみだけではできていないけれど、あたしたちの苦しみでできているかもしれない、と思う。

この声が、こんなに弱々しい声が、それでも届くだろうか。
ひとりぼっちの誰かの夜に滑りこめるだろうか。
孤独で静かなその場所に、あたしは届いているだろうか。

また、逢いましょう。

また、生きて逢いましょう。

やがて、あたしは三十四歳になる。
ちいさなコマコがママと旅をしたのは十年間という月日で、旅が終わって一人になってから、すでに倍の……二十年もの時間が過ぎている。一人きりでそんなにも長い時間を歩いてきたなんて嘘みたいに感じる。だけど次第にそういったことばかり考えてはいられなくなる。日々の予定が細かく入り続けてあたしは明日や、明後日や、来週の今日のことを考えて忙しい。時間をみつけては原稿用紙を開く。文字を書く。コマコは新たな役柄をみつけては演じ続けて、つまりはぎりぎり、生きている。

春ごろに、お腹に子どもができたのがわかって、真田と彼の友人たちが手放しで喜んでくれた。編集者たちは是枝の招集を受けて「鎌鼬」に集合して、今後の執筆スケジュールの調整をした。是枝は喜ぶでも嘆くでもなく、ただ半信半疑の顔つきで「あんた、大丈夫なのか」と聞いた。

「えっ、なにが。うん、大丈夫だよ」

「へぇ……？」

「禁煙。禁酒。人並みに愛すること。なんだって、もう大丈夫だよ」

「ほんとかよ！」

夏が近づいてきて、あたしはまだぎりぎり妊婦だとわからないぐらいの膨らみのお腹を抱えて街を歩いている。これからちょっとずつ重たくなっていくのだろうけど、まだ平気だ。お腹の奥ではなにかよくわからないものが、ときどき蠢《うごめ》いているような、いないような。

あたしは原宿の竹下通りを一人で歩いている。ベビー用品の店を、是枝の奥さんから教えられたのだ。いっしょに行こうかと言われたけれど、一人でいいよと断った。原宿駅を降りてゆっくりと竹下通りの坂道を降りているとき、ふと、三十数年前に、ほかでもないここをママが歩いていたことを思いだした。若くて、きれいで、七色に輝いてる女の子！　あたしは辺りを見回す。目一杯のおしゃれをした女の子たちであふれているけれど、もちろんどの子もかつてのママほどうつくしくない。見回しても、見回しても、ママみたいな子は一人だっていない。——あたしは、いま、三十四歳。竹下通りの真ん中に突っ立って、通り過ぎていく女の子たちの顔を深い落胆とともに見回しているところだ。あたしはママが凍てつく湖に消えたときとおんなじ年になった。このまま行ったらママの年を軽々と追い越してしまうのだ。そんなの怖くって、急に時をむりやり止めたくなって、あたしは首を激しく振る。それからまた通りをゆっくりと歩きだす。足がやけに重たい。こんなにもたくさんの人びとが行きかっているのに、なぜだか自分の靴音だけが耳に響く。まるで、とつぜん辺りに誰もいなくなったように。

きゃーっ、と、女の子の悲鳴が遠く聞こえて、あたしは足を止める。

顔を、上げる。

目の前にあったのはちいさな古着屋だった。あちこち擦り切れたジーンズや首元のよれたTシャツがたくさん飾られてて、ウィンドゥの隅に、アメリカ製のマグカップやお皿と、古めかしいデザインのテレビがおいてあった。悲鳴はそのテレビから聞こえてきたものだった。安っぽくて、どっか懐かしい映像が映っている。古い娯楽映画をエンドレスで流しているのだろう。森の奥で、一見して着ぐるみだとわかる巨大なゴリラが暴れていた。真っ赤なビキニ姿の女の子が、ひとりぼっちで、ゴリラにさらわれていくところだ。きゃーっ。両手を振りまわして、誰か助けてっ、と続ける。

ぺったんこの、お腹。

あたしは映像に見入る。立ち尽くして見入る。時間と空間の感覚を失って、見入る。

女の子の顔は、懐かしい、あの顔。

永遠に忘れない。

世界でいちばんうつくしい女の子。

ぺったんこの、お腹。

でもほんとうは、いる。

あたしがもういる。

――ちゃんと引っこんでてよ、愛しい子。わたしの邪魔をしないでよね。

マコとコマコ。

二人がテレビに映っている。

あたしは一歩、踏みだそうとする。古着屋の店員に映画のタイトルを聞かなくてはと思う。ずっと探してたのだ。ママが出た映画を、探してたのだ。でも足が動いてくれなくて、あたしはその場に立ち尽くしたまま。目の前のテレビでは、わずか十九歳のマコ、物語が始まる前の、最高にきれいな、七色に輝くマコが悲鳴を上げている。

足が動かない。

あぁ、誰か。

あぁ、あぁ。

店員の男の子がふらっと出てきて、あたしに話しかける。あたしはテレビを指差して、おどろくほど抑揚のない普通の声で、これ、なんていう映画、と聞く。男の子が親切に教えてくれる。あたしは、ありがと、とつぶやく。

古着屋から離れて、お腹をおさえながらよろめいて歩きだす。

我慢できず、振りかえる。

さっきよりすこし遠ざかった、ちいさなちいさなテレビの中で、真っ赤なビキニ姿の女の子が悲鳴を上げ続けている。きれいな顔。ぺったんこの、お腹。

あぁ、あぁ。

これが、あなたとあたしのいっとう最初のファミリーポートレイト！

マコ。

この世の終わりの日まで、一緒よ。呪いのように。親子、だもの。

――あたしは路上にまっすぐに崩れ落ちて、マコとコマコからいまは失われてしまった巨大な夢の時間のために泣く。

解説

綿矢りさ

　人は長い時間をかけて、自分にとって居心地の良い場所を見つけ、そこに定住することで環境を整え、より生きやすい日常を獲得する。幸福な家庭に生まれて苦労知らずでぬくぬくと育った身でも、大人になるにつれていつかは自分の足で出て行かなければならない。幼少期から〝ここは自分の居場所じゃない〟と感じながら生きてきた人ならなおさらだ。家族や友人など周りの人たちは手助けしたり寄り添ったりすることはできるが、結局自分自身の最適な居場所は自分しか知らないし、自分で見つけるしかない。だから人は色んな経験を積んで、様々な人たちに会い、気に入った場所に住んだり、新たに家庭を築いたりするのだけど。

　ようやく自分の居場所を獲得しても、飽きてそこから逃げ出すタイプの人たちがいる。それはすごく特殊な生き方だろうか？　なんとなく、そうではないような気がする。実際に行動には移さなくても、身の回りの平和にすぐに退屈して、むずむずして、頭からかぶっている毛布を脱ぐようにして全然違う世界へ飛び出したくなる。そんな衝動を時々抱えてしまう人は、自分も含めて、結構いるんじゃないかと感じている。

　本書の主人公であるマコとコマコの親娘は、コマコの父親から逃れるために、日本の各地を訪れる。それは城塞都市みたいな小さな集落だったり、海辺近くの温泉街だったり、四角くて豚を飼う舎がいちばん外側をぐるりと囲む町だったりするが、親娘の持つ何か特別な力が引き寄せるのか、本当に奇奇怪怪とした人物や風習や事件が現れたり起こったりする。町ごとの強烈な個性は非常にスリリングでおどろおどろしい部分もあって、ずっと読んでいると親娘と一緒に冒険しているような気分になる。旅ではなくて、冒険。親娘が引き裂かれ、唐突に幕を閉じた逃避行のあと、娘のコマコはどこか根無し草の、しっかりと地に固定された家庭には馴染《なじ》めないタイプの女性へと成長してゆくが、幼い頃にあれだけ強烈な体験をしたら、それは普通の家庭生活や学校生活はつまらないだろうなと思う。

　特に印象に残っているのは、「葬式婚礼」という章で親娘が温泉街に住みつくときの話だ。元女優で美しく若い母のマコは、コマコの妊娠によって仕事を諦めて、彼女を養うために身分を隠しながら、居場所や職を探しているのだが、彼女はこの町では温泉芸者の職にありつく。映画で大きなゴリラに攫《さら》われる美女役もかつて演じた彼女からすれば、結構な落ちぶれようだが、彼女はまだコマコが〝真紅〟と呼ぶ彼女独特の妖艶さを失ってはいない。六歳のコマコも一言も口はきかないものの、解《さとる》という同い年の、自分と似たような境遇の男の子と友達になり、次第にこの町に馴染んでゆく。マコとコマコは逃避行中という特殊な境遇を差し引いても不思議な、痛みの伴う結びつきをしていて、マコはコマコによく命令して忠犬のように扱い、自分の機嫌が悪くなれば、意地悪したり、暴力も振るう。コマコはそんな母親を崇拝していて、マコの美しさや激情や生きざまから、彼女なりに様々なものを学んでゆく。母親が性を売る仕事についても、コマコは嫌悪するのではなく、まだ身体が未発達な自分にこれから訪れるだろう秘められた大人の世界を観察するように、ぐっと目を見開いて母の痴態を観察する。そんな物怖《ものお》じしないコマコの勇気と、どれだけひどくされても母親を愛してしまう子どもならではの切なさが、本書の大きな魅力の一つでもあると思うのだが、この「葬式婚礼」の章ではめずらしく主役は親娘ではなく、この町の風習だ。

「未婚のまま女の子が死んでしまったときに、葬式と婚礼をいっしょにやって、既婚者にしてからあの世に送りだす儀式」なのだが、もう本当に、恐《こわ》い。亡くなった女学生が白無垢《しろむく》に角隠《つのかく》しに着替えさせられて、祝いの間に無理やり座らされている場面は、鳥肌が立つようなリアルさだ。このような秘められた風習のある地域が昔あったのか、現在もあるのか、私は知らないけど、いかにも実在しそうでありありと眼《め》に浮かんだ。首つり自殺だったために、首が伸びて〝妙に長ぁい〟と表現されていて、この小さな「ぁ」に伸びた首のイマジネーションが刺激される。

亡くなっている花嫁は婚礼の儀式にはなんとか参加できるが、初夜を迎えるのは厳しい。本人が、というか、相手役の花婿役の男性も、相当厳しい。ここで温泉芸者マコが出番となり、花嫁に扮《ふん》して身代わりになって花婿役の男性と本番を致すのだけど、なぜかこの座敷の奥の間のいちばん隅に、亡くなっている花嫁が横たえられている！　徹底した風習に度胆を抜かれる場面だが、花婿役の男性が怖気づいても、マコは淡々と役目をこなすのみだ。苦労してきただけあって、さすがに胆が据わっているし、その二人の営みを盗み見した上に、亡くなった花嫁の霊まで目撃しても泣いたりしないコマコの度胸も、相当なものである。

逃げ続けているがゆえに、どの土地でも思い出の品を残せない親娘だが、行く先々で偶然カメラのレンズが二人をとらえる瞬間がある。この町でも逃げ出す直前に、解のカメラが二人を写した。母親と娘、二人だけのファミリーポートレイトの瞬間を、アルバムなど作らない生活をしていたコマコは、成長してもずっと心の中で大切に思い続けている。

ついに父親の手に取り押さえられ、母親を失ったコマコは、彼女自身が神話時代と呼ぶ逃避行の時期に終わりを告げて、裕福な父の方の家庭に守られながら育ってゆく。母親の幻影に愛着を覚えたまま、若き廃人のように過ごしている高校生のコマコに、少しずつ母親以外の他者が関わるようになる。それは赤毛の落語研究会所属の奇妙な男の子だったり、コマコのことを好きになる女の子たちだったりするが、コマコに様々な影響は与えるものの、母親の面影の強烈さは越せない。

そんななか、大人になったコマコは文壇バーで、自分のなかに生まれた物語を客の前で語ったときに、人に自分のことを伝える楽しさを知る。幼い頃から小説に親しんできた彼女は、想像上の世界と自分の母との経験を混濁させることによって、脳内に自分にふさわしい居場所を作り出す。物語への情熱は口での語りから、小説を書く作業へと形を変え、コマコは母への想《おも》いを引《ひ》き摺《ず》ったまま小説家になる。本は売れて、大きな賞まで受賞するが、重要なのは社会的に認められるかではなく、書くこと、物語を生み出す力がコマコに癒《いや》しの力を与えているように思う。

コマコは健全とはいえない環境で、普通とは違う育てられ方をして、あげく大好きな母親を失った。しかしその大きな闇の欠落こそが、大人になってからのコマコの尊厳の重要な部分を成長させている。ちょうど地面のアスファルトのひび割れから入り込んだ種子が花開くように、彼女の才能も一番歪《いび》つな箇所から湧き出ている。経験というのは本当に不思議で、思いもかけない形で自分の栄養になっていたりする。

重要なのは、経験が自分自身にもたらした作用に気づけるか否かだと思う。気づくことのできたコマコはこれから先、母親の面影との付き合い方もどんどん発見してゆくのではないかと思う。

（わたや・りさ　作家）

本書は、二〇一一年十一月、講談社文庫として刊行されました。
単行本　二〇〇八年十一月　講談社刊

桜庭一樹の本

ばらばら死体の夜

翻訳家の解は、かつて下宿していた古書店の二階で謎の美女・沙漠と出会い、関係を持つ。二人は共に「借金」という恐怖を抱え——。お金に翻弄される人々を描くサスペンス。

桜庭一樹の本

じごくゆきっ

青春、SF、家族ドラマ……『砂糖菓子の弾丸は撃ちぬけない』の後日談を含む全七編を収録した短編集。読了後、世界は動き始める。想像力の可能性を信じる、桜庭一樹十年間の軌跡。

桜庭一樹の本

小説という毒を浴びる

桜庭一樹書評集

少女小説からミステリ、古典から現代のベストセラーまで、本に溺れる愉しさ。約十五年分の書評を通して、桜庭一樹の人となりが見えてくる。道尾秀介氏、辻村深月氏らとの対談も収録。

集英社単行本

集英社文庫　目録（日本文学）

桜沢エリカ　女を磨く大人の恋愛ゼミナール
桜庭一樹　ばらばら死体の夜
桜庭一樹　ファミリーポートレイト
佐々涼子　エンジェルフライト　国際霊柩送還士
佐々木譲　犬どもの栄光
佐々木譲　五稜郭残党伝
佐々木譲　雪よ　荒野よ
佐々木譲　総督と呼ばれた男(上)(下)
佐々木譲　冒険者カストロ
佐々木譲　帰らざる荒野
佐々木譲　仮借なき明日
佐々木譲　夜を急ぐ者よ
佐々木譲　回廊封鎖
佐藤愛子　淑女失格　私の履歴書
佐藤愛子　憤怒のぬかるみ
佐藤愛子　死ぬための生き方
佐藤愛子　結構なファミリー
佐藤愛子　風の行方(上)(下)
佐藤愛子　こたつの人　自讃ユーモア短篇集一
佐藤愛子　大黒柱の孤独　自讃ユーモア短篇集二
佐藤愛子　不運は面白い　幸福は退屈だ　人間についての断章326
佐藤愛子　老残のたしなみ　日々是上機嫌
佐藤愛子　不敵雑記　たしなみなし
佐藤愛子　自讃ユーモアエッセイ集　これが佐藤愛子だ　1〜8
佐藤愛子　日本人の一大事
佐藤愛子　花は六十
佐藤愛子　幸福の絵
佐藤賢一　ジャガーになった男
佐藤賢一　傭兵ピエール(上)(下)
佐藤賢一　赤目のジャック
佐藤賢一　王妃の離婚
佐藤賢一　カルチェ・ラタン
佐藤賢一　オクシタニア(上)(下)
佐藤賢一　革命のライオン　小説フランス革命1
佐藤賢一　パリの蜂起　小説フランス革命2
佐藤賢一　バスティーユの陥落　小説フランス革命3
佐藤賢一　聖者の戦い　小説フランス革命4
佐藤賢一　議会の迷走　小説フランス革命5
佐藤賢一　シスマの危機　小説フランス革命6
佐藤賢一　王の逃亡　小説フランス革命7
佐藤賢一　フイヤン派の野望　小説フランス革命8
佐藤賢一　戦争の足音　小説フランス革命9
佐藤賢一　ジロンド派の興亡　小説フランス革命10
佐藤賢一　八月の蜂起　小説フランス革命11
佐藤賢一　共和政の樹立　小説フランス革命12
佐藤賢一　サン・キュロットの暴走　小説フランス革命13
佐藤賢一　ジャコバン派の独裁　小説フランス革命14
佐藤賢一　粛清の嵐　小説フランス革命15

集英社文庫　目録（日本文学）

集英社文庫

ファミリーポートレイト

2020年1月25日　第1刷　　　定価はカバーに表示してあります。

著　者　桜庭一樹《さくらばかずき》

発行者　徳永　真

発行所　株式会社　集英社

東京都千代田区一ツ橋2-5-10　〒101-8050

電話　【編集部】03-3230-6095

【読者係】03-3230-6080

【販売部】03-3230-6393（書店専用）

印　刷　大日本印刷株式会社

製　本　大日本印刷株式会社

フォーマットデザイン　アリヤマデザインストア　　マークデザイン　居山浩二

ISBN978-4-08-744066-9 C0193